S. Annick.
Juillet 2001.

Les amants
de Saint-Pétersbourg

Jean Chapot

Les amants de Saint-Pétersbourg

ROMAN

Albin Michel

22, rue Huyghens, 75014 Paris

ISBN 2-226-09353-2

« Soyez la bienvenue,
vous qui venez à ma rencontre
dans l'écho de mes propres pas,
du fond du corridor
obscur et froid du temps. »

O.V. de L. Milosz

Saint-Pétersbourg

Raté ! Avec un miaulement furieux, le chat roux disparut comme un trait fauve entre deux poubelles de l'Aeroflot. Lâchant son épuisette, Evgueni grommela en soufflant sur ses doigts engourdis par le froid. Du temps des communistes, c'était un lapin qu'il aurait chassé avec plaisir. Parce que, à cette époque-là, il y en avait plein qui se baladaient tranquillement sur l'herbe du terrain d'aviation, entre les pistes bétonnées. Mais maintenant c'étaient les gars de l'entretien qui les mangeaient, ces lapins. Et lui, Evgueni, devait se rabattre sur les chats qui grouillaient autour de la cantine. C'était quand même moins bon que le lapin. Cette idée de chat lui fit venir une pensée émue pour son père qui lui avait parlé de ceux qu'il pourchassait au début du siège, en 1941. Des « lapins des toits », c'est comme ça qu'ils les appelaient, son père et ses copains, quand ils cherchaient à attraper de quoi manger et que tous les chats de Leningrad y étaient passés en moins de trois semaines. Repensant aux lapins, Evgueni haussa les épaules. C'était idiot. A quoi bon avoir des regrets ? Du temps des communistes, de toute façon, personne n'aurait jamais osé chasser le lapin sur un terrain d'aviation. Des fois qu'un petit malin en aurait profité pour sauter dans un avion en partance pour l'Ouest ! Evgueni soupira et mit le cap sur les poubelles des compagnies occidentales nettement mieux fournies en restes consommables que celles de la cantine de l'Aeroflot. Chemin faisant, il repensa à son père et se dit que, à cinquante ans de distance, avec cette affaire de chat, la boucle était bouclée : pour ne pas mourir de faim, le père et le fils avaient dû chasser le lapin des toits...

Il contourna un hangar et adressa un vague signe de la main à un groupe de mécaniciens de piste qui se réchauffaient, les mains tendues au-dessus d'un brasero. Ils toléraient sa présence dans l'enceinte de l'aéroport. Après tout, n'avait-il pas été bagagiste il n'y avait encore pas si longtemps ? Et puis un jour on avait réduit les effectifs, il avait perdu son emploi, et Nadia l'avait jeté à la porte de son appartement de Pétersbourg. Evgueni avait alors décidé de rester vivre sur l'aéroport plutôt que de crever de faim en ville. Ici, au moins, il connaissait du monde, les poubelles étaient bien fournies et en pleine saison on pouvait espérer se faire quelques roubles en portant en douce vers les taxis les valises des touristes étrangers.

Un sifflement suraigu de réacteurs le ramena à la réalité. Devant lui, tout près, un Airbus d'Air France forçait sur un moteur pour virer de quatre-vingt-dix degrés afin de gagner sa place de parking. Evgueni était si près de l'avion qu'il pouvait voir les visages curieux des voyageurs derrière les hublots. L'espace d'un instant, son regard croisa celui d'une passagère blonde dont l'expression marqua de l'étonnement en l'apercevant. Evgueni réalisa soudain qu'il tenait par la queue le cadavre d'un chat qui pendouillait contre sa jambe. Il le fourra en hâte dans la large poche de sa vieille capote militaire, fit demi-tour et se hâta vers la sortie des passagers. Peut-être pourrait-il lui porter ses valises, à cette belle blonde, sait-on jamais ?

Dora détourna les yeux de l'homme au chat mort qui l'avait dévisagée. Elle fronça les sourcils. Comment la présence de ce clochard en loques était-elle tolérée dans l'enceinte d'un aéroport ? Une telle scène eût été impensable lors de sa dernière visite dans ce pays. Il est vrai qu'il s'agissait d'une tournée officielle du New York City Ballet et, surtout, que cela remontait à 1987, lorsque ce pays s'appelait encore l'Union soviétique.

Elle revit le cadavre du chat. Un chat noir. « Mutti » aurait parlé de mauvais présage. Sa mère... Que son visage s'imposât à elle ainsi brusquement l'étonna : il y avait si longtemps qu'elle n'avait pas pensé à elle ! A sa décharge, elle ne l'avait que fort peu connue. Un jour, elle devait avoir cinq ou six ans, on était venu la chercher à la Volkschule, à l'École du Peuple, pour lui annoncer que Mutti avait eu un accident. A la maison, on l'avait aidée à se hisser pour embrasser sa mère qui avait le visage tout froid et semblait dormir. Elle ne l'avait pas revue avant qu'on la mette dans une boîte en bois. Elle avait accompagné son père au cimetière. C'était au mois de décembre. Il neigeait sur Berlin-Est. Papa était en uniforme et, derrière lui et tante Hilda, autour de la tombe, il y avait plein de gens du Parti en pardessus gris. Lorsqu'il arrivait qu'elle y repensât, il lui semblait toujours que cette scène appartenait à une vie qu'elle n'avait jamais vécue, comme tirée d'un film sur le réalisme populaire de l'ex-RDA, un documentaire dont elle n'aurait été que spectatrice. Puis elle revit tous ces regards qui convergeaient vers la petite fille qu'elle était dans le cimetière enneigé de Pankow. Des regards froids comme la mort. A ce souvenir, elle frissonna.

– J'espère que vous avez fait un agréable voyage sur ce vol et que vous ferez un bon séjour à Saint-Pétersbourg, mademoiselle Kempf.

L'hôtesse était penchée sur elle et souriait. Dora la remercia et se renfonça dans son siège. Oui, ils avaient été aimables dans cet avion et, pour une fois, ses compagnons de voyage pas trop indiscrets. En première classe, ils vous laissaient la paix la plupart du temps et n'osaient pas demander d'autographe. Sauf un Grec, en juin dernier, entre New York et Houston. Elle revit le regard de l'homme bedonnant, en chemise, les dessous de bras tachés de sueur qui, penché sur elle, un papier et un stylo tendus, la déshabillait littéralement. Elle sourit. Comme elle avait aimé les regards posés sur son corps qu'elle savait parfait lorsqu'elle dansait encore ! Enfin, pas tout à fait parfait... En coulisse ou dans les loges, les yeux des spectateurs s'attardaient volontiers sur le corps des ballerines. Elle-même ne pouvait s'empêcher d'admirer le corps d'une danseuse en mouvement. Le glissement souple des muscles des cuisses, des reins, du torse, était à ses yeux une vision toujours sensuelle et fascinante. C'est peut-être d'ailleurs ce sentiment qui l'avait attachée à cet art. En découvrant, petite fille au regard ébloui, le corps d'Olga Vissetskaïa venue danser *Giselle* à Berlin, elle était rentrée à la maison en déclarant qu'elle voulait devenir danseuse. Le fait qu'elle fût grande et élancée pour ses sept ans avait dû davantage militer en sa faveur que son admiration subite pour la grande ballerine soviétique. Une amie de son père, elle-même membre important du Parti, avait glissé trois mots en sa faveur auprès de la direction du Conservatoire national de la danse de la République populaire. C'est ainsi qu'avait débuté sa carrière.

La chef hôtesse revint avec un carnet à couverture de cuir. Ah, les autographes ! Dora s'efforça de sourire. Elle n'oubliait jamais qu'elle avait été « la » Kempf, une des plus célèbres danseuses étoiles des deux décennies précédentes. Une période magnifique de sa vie où son art atteignait presque la perfection. Et surtout des jours merveilleux avec Peter. Dans ces temps-là, elle appréciait plus que tout les ovations qui montaient vers elle à la fin des représentations et elle aurait été malheureuse sans ces manifestations d'admiration. Elle goûtait aussi le regard des hommes et des femmes qui, dès qu'elle apparaissait, détaillaient sa poitrine, ses jambes, son allure, son port. Elle se souvint d'un mot de Peter à qui elle s'était plainte en riant de la bousculade frénétique des demandeurs d'autographes, un soir à la sortie des artistes du Metropolitan de New York. « Mais non, tu adores ça ! avait-il rétorqué en souriant. Un jour, cela te manquera... »

Ce en quoi il s'était trompé. La célébrité ne lui avait pas manqué du moment où elle avait décidé de mettre fin à sa carrière. Beaucoup plus essentiel à ses yeux était le regard de Peter lorsqu'il se posait sur elle. Un regard à la fois empli d'amour et surtout de cette expression d'émerveillement si intense qui lui rappelait invariablement à chaque fois le premier regard qu'il avait posé sur elle dans sa loge, à l'Opéra de Paris.

Mais, après tout, n'était-ce pas à cause de ce regard qu'elle était ici, dans cet avion qui roulait lentement vers son parking sur l'aéroport de Saint-Pétersbourg ?

Dora Kempf

Du fond de la vieille limousine à la suspension grinçante, Dora jetait un regard attentif sur le paysage urbain qui défilait de chaque côté de la voiture.

– Ils sont venus jusque-là ? s'étonna-t-elle.

– Oh oui ! Et bien plus près encore ! Attendez un peu, je vous montrerai jusqu'où exactement, dit le chauffeur de taxi en hochant la tête.

Il portait une longue barbe mal taillée et sentait fort un mélange de tabac rance et d'oignon ; mais son visage avenant avait plu à Dora et le fait qu'il était âgé avait emporté son choix. Au début, cependant, l'expression de l'homme s'était fermée lorsqu'elle lui avait demandé de lui parler du siège de Leningrad, qu'il devait certainement avoir vécu enfant.

– Votre papa serait-il venu faire du tourisme en uniforme à Leningrad en 1941 ? avait-il demandé agressivement en guise de réponse.

– Parce que je suis allemande ? avait répondu Dora du tac au tac. Ne soyez pas stupide. Je suis née dix ans après la fin de la guerre.

– Excusez-moi, avait grommelé le chauffeur. Jamais je ne pourrai les encaisser, ceux-là. Même cinquante ans après. Excusez-moi, si vous êtes de cette race-là.

– Ç'a été horrible, n'est-ce pas ? avait-elle repris après un silence.

– Pire que ça. Et encore, je n'ai pas vu le plus monstrueux. Je n'y suis pas resté assez longtemps. J'étais encore môme en 41. Le Soviet de Leningrad a évacué le maximum de gosses dès que le lac Ladoga a été gelé et qu'on a pu passer sur la glace et faire jonction avec le reste du pays. Mais mon père et ma mère y sont restés. Lui a été tué au front dès le début du siège et elle est morte de froid. Lorsque je suis revenu, avec ma sœur, il n'y avait plus que ma tante... Il en est quand même mort près de huit cent mille pendant ces neuf cents jours...

Il se retourna vers elle pour mieux la regarder.

– C'est un Russe qui vous a parlé du siège ?

– Non.

Tout cela devenait trop compliqué, voire dangereux pour lui. En un vieux réflexe, le chauffeur se contenta de hocher la tête, se tut et reporta son attention sur sa conduite. Quelques rues plus loin, il ralentit. Tendant le bras par la fenêtre, il montra un pavillon quelque peu monumental.

– C'est la station de métro Avtovo. Les premières lignes allemandes passaient là, juste devant l'entrée de la station. A l'époque, bien sûr, le métro n'existait pas, mais c'est bien jusqu'ici qu'ils sont venus, les nazis. Si cela vous intéresse, on s'arrête et je vous traduis l'inscription écrite dans la coupole, à la gloire des héros...

– Non, merci. Une autre fois, peut-être.

Elle se rejeta au fond de la voiture et resta silencieuse, comme perdue dans ses pensées, jusqu'à ce qu'ils arrivent à l'hôtel.

Le directeur du Métropole l'accueillit en homme qui connaît le monde et ses célébrités. Il s'inclina avec grâce et l'assura du bonheur qu'il éprouvait à ce qu'une si grande artiste eût choisi son établissement pour séjourner à Saint-Pétersbourg.

– Je vous ai vue danser *Le Lac des cygnes*, ajouta-t-il. Vous étiez... (il ferma les yeux à cette évocation) inoubliable.

– Je ne suis pourtant jamais venue à Saint-Pétersbourg, s'étonna Dora.

– Mais vous l'avez dansé au Bolchoï de Moscou il y a dix ans ! répliqua-t-il avec fierté. J'ai assisté aux trois représentations. Néanmoins, toute la ville, je parle de Saint-Pétersbourg, bien entendu, vous garde quelque rancune de n'être jamais venue vous produire ici, au Kirov.

– Je l'ai regretté aussi, répondit-elle en souriant. Il y a tellement d'endroits où j'aurais aimé danser et où je n'ai pu le faire. Vous savez, ce n'est pas moi qui organisais les tournées.

Il s'inclina de nouveau et lui tendit sa carte en l'assurant qu'elle pouvait faire personnellement appel à lui à tout moment et qu'il se ferait une joie de rendre son séjour agréable. Il l'accompagna jusqu'à la réception et vérifia son passeport en s'excusant.

– Je ne savais pas que vous aviez également la nationalité française.

– Je l'ai acquise automatiquement en épousant un Français, répondit Dora.

Il la dévisagea un instant, se pencha derrière le comptoir de la réception et lui tendit une enveloppe.

– Le Kirov, justement, a laissé ceci pour vous.

Dora saisit le pli. Avant de s'engouffrer dans l'ascenseur, elle fut reconnue comme à l'aéroport et dut accorder quelques autographes.

Dans sa chambre, elle décacheta précipitamment la lettre. Aktiamov, le directeur du Kirov, lui souhaitait la bienvenue et confirmait le rendez-vous qu'elle avait sollicité de la direction des archives. Soulagée, elle se laissa tomber dans un vaste canapé à franges démodé et se dit qu'il allait falloir jouer serré avec tous les gens qu'elle allait rencontrer. Elle se souvint d'une citation que Peter lui rappelait avant chaque acte public de sa vie de vedette : « Souviens-toi du proverbe égyptien : Tu es toujours maître de la parole que tu n'as pas dite. Mais la parole que tu as dite est ton maître. » Elle allait devoir se montrer très égyptienne pendant les prochains jours...

Le théâtre Kirov n'était pas loin et Dora, un plan de la ville à la main, choisit de s'y rendre à pied. Un soleil automnal parait de mille feux les façades colorées. Elle marchait lentement, les yeux levés, regardant avec attention édifices, canaux et palais.

Soudain, une explosion sembla soulever un immeuble. Des images en noir et blanc lui apparurent : dans des déflagrations effrayantes, des murs s'écroulaient dans des volutes de poussière et les gens couraient vers les abris. Elle se souvint brusquement que ces images terribles appartenaient à un film soviétique sur le siège de Leningrad qu'elle avait vu, adolescente, avec sa classe du lycée Walter Ulbricht. Elle prit soudain conscience qu'elle n'avait pas eu le temps de parler de ce film à Peter. Elle frissonna et hâta le pas, s'efforçant de chasser de son esprit cette dernière soirée d'août où sa vie avait basculé.

Mais, comme chaque fois qu'elle voulait refouler ces moments terribles, le souvenir de Peter resurgit et s'empara d'elle, la submergeant tout entière. Pourquoi était-il parti si vite ? Elle eut du mal à réprimer un sanglot.

Anna Souvorine

Dora scrutait le regard interrogatif de la jeune archiviste planté dans le sien. Cela avait été un soulagement lorsque Aktiamov, le directeur du Kirov, l'avait mise entre les mains de Sonia. Elle semblait intelligente, vive et désireuse de rendre service.

– Décembre 1943 ? Vous êtes sûre de la date ? demanda Sonia. Parce que le corps de ballet n'a été recréé que fin 43. D'après ce que je sais, il a fallu repartir de zéro pour reformer la troupe. Le théâtre avait cessé toute activité depuis trois ans, depuis l'hiver 41, trois mois après le début du siège.

– Je suis absolument certaine de l'année, dit Dora. Quelqu'un a vu cette danseuse, Anna Souvorine, interpréter *Le Lac des cygnes*, ici au Kirov, en décembre 1943. Je veux savoir ce qu'elle est devenue. On doit pouvoir la retrouver, n'est-ce pas ? Il y a bien des archives de ces années-là ?

– Bien sûr. Quel âge avait-elle ?

– A peine dix-huit ans. A cet âge-là, elle devait être premier sujet ou première danseuse.

– Je dirais première danseuse si elle était bonne. Danseuse étoile si elle était exceptionnelle.

Sonia hocha la tête.

– C'est curieux, fit-elle, son nom ne me dit rien. Elle n'a

pas dû poursuivre sa carrière après guerre... Savez-vous si elle était de Leningrad ? Je veux dire, si elle était née ici, ou si sa famille était d'ici ?

– Je ne sais pas, répondit Dora, soudain déconcertée. Pourquoi cette question ? A cause de son adresse ?

– Pour savoir si elle a été évacuée.

– Évacuée ?

– Dès que cela a été possible, on a fait partir tous les sujets jugés valables. Essayez de comprendre : on savait d'avance qu'à la réouverture il ne serait pas question de reprendre des éléments restés sur place – aucun danseur, adulte ou adolescent, n'aurait pu survivre physiquement aux privations de trois années de siège et recommencer à danser fin 43. Ceux qui n'ont pas été évacués ont presque tous péri. Et ceux qui ont survécu n'ont jamais redansé. C'était le sens de ma question.

– Je n'avais pas pensé à cela, excusez-moi, dit Dora. Évacuée où ?

– Dans une des républiques de l'URSS en guerre. Certains sont allés à Moscou, d'autres à Perm ou plus loin vers l'est quand les Allemands se sont approchés de la capitale. Mais tout cela est certainement consigné dans nos archives. A cette époque, nos fonctionnaires étaient très... (elle chercha le mot le moins compromettant) très méthodiques.

Sonia vérifia une dernière fois le papier où elle avait noté la demande de Dora, puis la dévisagea de nouveau.

– Le temps que je fasse une première recherche, désirez-vous visiter la galerie de verre du musée du Théâtre ? Il y a en ce moment une exposition Chaliapine. Le costume qu'il portait pour *Boris Godounov* y est exposé, ainsi que le morceau de crépi sur lequel il dessina *Dossiféi.* C'est superbe, vous verrez.

– Merci, dit Dora. Je préfère ne pas m'éloigner.

Sonia désigne alors les salles qu'on apercevait au-delà de son bureau. Vastes pièces emplies de grands classeurs de bois à tiroirs, entre lesquels des gens consultaient des documents, assis à des tables équipées de lampes à abat-jour d'opaline verte, très vieillottes de style.

– Vous avez dans ces salles les dessins originaux des plus beaux costumes des ballets du Kirov depuis la fondation du théâtre Marinski. Dans la deuxième salle, la salle Moussorgski, il y a beaucoup de portraits et de photos de danseurs. Si vous allez y faire un tour, vous vous y verrez, ajouta-t-elle avec un petit sourire.

– Merci, dit Dora avant de s'éloigner.

Elle avait à peine fait trois pas que Sonia la rappela :

– J'avais oublié. Vous n'avez pas de photographie de cette Anna Souvorine ?

– Non.

– Vous ne savez donc pas à quoi elle ressemblait ?

– Si. A moi, paraît-il. A moi lorsque j'avais dix-sept ou dix-huit ans, à ce qu'on m'a dit.

Un peu plus tard, en passant devant un portrait à l'huile de Noureev qui suivait une superbe photo de Mikhaïl Barychnikov au New York City Ballet, Dora se promit de demander à l'archiviste si ces portraits avaient été accrochés là avant ou après le départ de Gorbatchev.

Puis son esprit revint aux multiples questions de la jeune archiviste. De quoi avait-elle besoin, au fond ? D'une adresse d'Anna, d'un début de passé professionnel, d'une extrémité du fil d'Ariane sur lequel tirer pour la retrouver. Logiquement, Anna avait dû devenir danseuse étoile. Au fait, quel âge aurait-elle ? Si elle était âgée de dix-sept ou dix-huit ans en 1943, au moment de la reprise du corps de ballet, elle devrait avoir soixante-huit ou soixante-neuf ans... Était-elle seulement toujours en vie ?

Le bruit d'un livre tombant à plat sur le marbre du sol avec un écho retentissant la tira de sa rêverie. Elle se retourna brusquement et croisa le regard effaré d'un vieil homme barbu qui, déjà accroupi pour ramasser le volume, la fixait avec une expression de stupeur. Avant que Dora, déconcertée, ne puisse esquisser un geste, le vieillard se releva et s'enfuit, abandonnant le livre à terre. Interloquée, Dora aida une visiteuse à ramasser le lourd volume et regarda le titre, qui ne lui dit rien.

– Je suis désolée, vraiment, croyez-le bien, dit Sonia en dévisageant Dora de ses beaux yeux clairs, mais aucune Anna Souvorine ne figure sur les registres du corps de ballet en 1943. Aucune. J'ai également vérifié les listes de tous les membres de l'École de danse et du corps de ballet depuis l'année 1930 jusqu'à la fermeture du théâtre en 1941, je ne l'y ai pas trouvée non plus. Rien. Cette Anna Souvorine n'a jamais fait partie du Kirov. Je suis vraiment désolée, répéta-t-elle devant l'expression de déception de Dora.

– Il se peut qu'elle ne se trouve pas dans vos archives, dit Dora d'un air buté, mais quelqu'un l'a vue danser ici en décembre 43. La dernière fois qu'elle a été aperçue dans ce théâtre remonte très exactement au début d'avril 1944. Elle a pu repartir ailleurs par la suite...

– C'est impossible. Elle figurerait automatiquement sur ces registres. Ainsi que sur les feuilles de répétitions, sur les listes de cours, les programmes des ballets, partout... Or, elle n'y est pas. Êtes-vous certaine qu'il s'agit bien de Leningrad et non pas d'une autre ville de l'Union soviétique ? Cette personne qui dit avoir vu cette jeune danseuse a pu se méprendre...

– Certainement pas. La personne dont je parle n'a pas pu se tromper de ville. Il s'agit bien de Leningrad.

Sonia hocha la tête, interloquée par l'assurance abrupte de Dora.

– Et le nom ? Vous êtes sûre du nom ? Peut-être a-t-elle dansé sous un nom de scène...

– Non, non, elle s'appelait Anna Souvorine et il n'y a aucune raison pour qu'elle ait usé d'un pseudonyme.

Sonia était troublée.

– Je vais essayer de la retrouver par la section photographique, lança-t-elle avec une bonne volonté évidente. Il s'agissait donc de quelqu'un qui vous ressemblait, avez-vous dit ?

– Beaucoup, lorsque j'étais plus jeune.

Dora s'anima.

– Je n'ai pas sur moi de photographie de moi-même à cet âge-là, mais...

Sonia sourit.

– Mais nous en avons ! Je me souviens d'un reportage sur vous dans une revue de 77, je crois, où vous dansiez *Giselle* à Londres, au Covent Garden. Dès que j'ai du nouveau, je vous téléphone, mademoiselle Kempf. En ce qui me concerne (elle tendit une carte), voici mes coordonnées personnelles.

Perdue dans ses pensées, déçue dans son impatience, Dora longeait un parc dont les arbres perdaient déjà leur parure automnale. Dorant les ocres des façades, le soleil couchant virait lentement au rouge. Prenant les rues en enfilade, un petit vent froid soufflait, annonciateur de l'hiver. Dora resserra le col de son manteau.

Elle n'entendit pas venir l'homme. Une main posée de manière brusque sur son épaule la fit se retourner d'un bloc pour se retrouver devant le vieillard aperçu dans la salle de lecture des archives.

– Laisse-moi te regarder, murmura-t-il avec ferveur, laisse-moi regarder sa fille...

– Sa fille ? La fille de qui ? demanda Dora, interloquée.

– La fille d'Anna Souvorine, bien sûr ! Tu ne peux être

que la fille d'Anna, n'est-ce pas ? Tu lui ressembles tellement !

Le vieil homme tendit la main et, avec une sorte d'émerveillement, caressa lentement la joue de Dora. Il se dégageait du vieillard cette assurance tranquille de celui qui rêve tout éveillé. Elle comprit brusquement qu'il fallait réfréner les questions qui se bousculaient sur ses lèvres, se montrer patiente, rassurante, ne pas lui faire peur...

– Non, dit-elle doucement, je ne suis pas la fille d'Anna Souvorine, mais je suis effectivement à la recherche d'Anna. Moi, je suis née à Berlin, en Allemagne de l'Est, bien après la guerre, mais je...

– Alors tant pis !

Il avait presque crié sa déception et tourné aussitôt les talons. Il disparaissait déjà dans une venelle à une vitesse surprenante pour un homme de son âge. Elle courut après lui.

– Attendez ! S'il vous plaît ! Attendez !

Lorsqu'il consentit à s'arrêter, il regarda furtivement à droite et à gauche avant de lui faire face, comme pour s'assurer qu'il n'était pas suivi. Craignant qu'il ne se sauve encore, Dora le saisit par les revers de son manteau et approcha son visage du sien.

– Je sais que je ressemble beaucoup à Anna Souvorine, dit-elle très vite. Mais si vous, vous m'avez prise pour sa fille, c'est donc qu'elle a bien existé, n'est-ce pas ? Qu'elle était vivante, ici, en 43 ! Qu'elle a dansé au Kirov à cette époque ! Parce que, même si on ne la retrouve plus sur les registres du théâtre, elle a quand même existé, Anna, n'est-ce pas ?

Elle criait presque. Comme elle le sentait sur le point de s'enfuir de nouveau, elle insista, des larmes lui montant aux yeux, sa voix se brisant :

– Dites-moi qu'Anna Souvorine a bien existé, je vous en prie ! Je vous en supplie...

– Qui vous a parlé d'elle ? finit-il par demander, l'air méfiant.

– Lui !

Éperdue, Dora fouilla dans son sac et en tira une photo qu'elle brandit devant ses yeux.

– C'est lui qui m'a parlé d'elle ! Lui l'avait bien connue !

Saisissant la photo, le vieil homme sortit des lunettes de sa poche, les chaussa et présenta le cliché de biais à la lumière afin de mieux l'éclairer aux derniers rayons du soleil.

– Peter ! s'écria-t-il avec émotion. Oh, Peter ! Le petit Français... Mon Dieu, mon Dieu...

De grosses larmes commencèrent à couler de ses yeux. Dora reprit avec douceur le document et elle aussi posa son regard sur la photographie défraîchie. Tous deux avaient sous les yeux un cliché noir et blanc représentant un très jeune homme, dix-sept ou dix-huit ans peut-être, posant avec un air de défi devant une cathédrale. Au loin, à gauche du cliché, on apercevait des drapeaux à croix gammée pendant des façades des maisons. Le vieil homme retourna la photo. Une écriture jeune mais régulière indiquait : « Strasbourg, décembre 1942. » Le vieil homme reprit la photographie et désigna Peter.

– J'étais son ami, moi Vladimir, dit-il avec une sorte de fierté émue.

– Alors, Peter avait raison, dit Dora. Anna Souvorine a bien fait partie de la troupe du Kirov.

– Évidemment qu'elle en faisait partie, puisque, fin 1943, Peter venait la chercher tous les dimanches après la matinée ! Ici, au Kirov, à Leningrad !

Peter 1943

Peter traversa un pont. Par-delà la balustrade, il pouvait apercevoir sur le canal Griboïédov gelé les files interminables de femmes qui, emmitouflées dans des lainages et des vêtements informes, attendaient leur tour pour se fournir en eau autour des trous creusés dans la glace. Il y avait bien longtemps que le système d'alimentation des appartements avait sauté, faute d'entretien, de matériel et de personnel. Depuis deux ans, trois peut-être. La ville, qui n'avait tenu au début que par les sacrifices surhumains de ses habitants, était cependant en meilleur état que les ruines que le jeune homme pouvait apercevoir autour de lui ne le laissaient supposer. On ramassait bien encore çà et là au petit matin des cadavres gelés, mais ces horreurs étaient devenues moins fréquentes que pendant les hivers 41 et 42, les plus terribles. Oleg lui avait dit qu'à cette époque-là, quand des gens tombaient devant vous, personne ne se penchait pour les ramasser, car on était trop faible. Trop épuisé pour soulever ces « sacs d'os », comme les appelait Oleg qui, sans doute pour mieux se défendre de l'indicible, aimait à plaisanter de tout.

Le froid, la faim, la crasse, voilà quels avaient été, dans l'ordre, les ennemis de Peter, comme avant lui ceux des centaines de milliers d'habitants de la ville assiégée. Au début, à l'usine, cela avait été laborieux pour lui. Peter n'était pas un manuel. Ne sachant que quelques mots de russe, il avait eu du mal à saisir ce qu'expliquaient les contremaîtres de l'usine d'armement. Mais il s'y était mis plus vite qu'il ne l'aurait cru : après trois semaines, il avait été affecté au montage des mitrailleuses de tourelle, au bout de la chaîne de finition des tanks T-34. Il faut dire que, question armes, il s'y connaissait. Quant à la vie courante, il ne lui avait fallu que huit jours pour assimiler les quelques mots essentiels à sa survie immédiate : manger, dormir, se laver, froid, chaud, faim, du feu, aller, venir, où ? comment ? merci...

Il avait également très vite compris qu'il était préférable d'éviter les petits dortoirs. Il valait mieux dormir dans la puanteur, la crasse et la promiscuité des grands dortoirs de l'usine. Au moins, serrés comme des animaux les uns contre les autres, les hommes se tenaient-ils chaud. Au petit matin, lorsqu'il arrivait que l'un de leurs compagnons ne se levât pas, mort de faim, de maladie ou d'épuisement, ils se contentaient de signaler le fait au contremaître de service après avoir fermé les yeux du défunt et l'avoir dépouillé de ses vêtements.

C'est à cette condition quasi animale que ces salauds de nazis l'avaient contraint. Il ne pardonnerait jamais aux Allemands, s'était-il dit. Jamais. Ni lui, ni ses enfants, ni les enfants de ses enfants. Ni jamais personne de sa descendance. Une bête qui ne pense qu'à ne pas mourir de froid, à manger et à boire, à voler les morts, voilà ce qu'ils avaient fait de Peter Muller !

Quant aux autres, les Soviétiques, ils avaient parfois de ces méthodes... Il se rappellerait toujours le jour où Oleg l'avait retenu par le bras au moment où il allait accepter une alléchante corvée d'abattage de bois, car les commissaires avaient promis aux volontaires qu'ils pourraient revenir avec la moitié de ce qu'ils auraient abattu !

– C'est un attrape-couillons pour se chauffer gratis avec tes os, avait expliqué Oleg. Voilà le topo : ils vous amènent à cent types dans une forêt, ils vous donnent des haches et vous montrent les arbres en vous fixant une norme d'abattage. Par exemple cent stères à faire tomber dans la journée. Cent stères à se partager *fifty-fifty* entre eux et vous. Quand vous avez coupé les cinquante premiers stères, à la moitié du travail, ils vous remercient et s'en vont avec « *leur* » bois en vous laissant l'autre moitié à couper et à ramener chez vous. Comment, tu n'as pas pigé l'astuce ? C'est pourtant facile : ils savent qu'à ce moment-là tu seras tellement épuisé que tu n'auras même plus la force de lever ta hache ! C'est ce qu'ils attendent, que tu claques sur place, de froid et de fatigue ! Ce n'est pas génial comme combine ? Eux, ils ont le bois que tu leur as coupé avec ardeur dans l'espoir d'avoir bien chaud le soir même, alors que toi, tu es déjà « refroidi » sans le savoir. Le milicien qui m'a raconté ça s'en tient encore les côtes !

Peter se disait que, de retour en France après la guerre, il devrait *absolument* raconter tout cela dans un livre. Il fallait que soit connue toute cette souffrance. Il en aurait des choses à dire ! A dix-huit ans, il se sentait déjà très vieux lorsqu'il pensait à tout ce qu'il avait vécu... Ce serait peut-être le premier ouvrage qu'il publierait dans sa future maison d'édition. Il en était toujours à chercher un titre pour son roman – mais pourrait-il appeler ce récit authentique un roman ? –, quand des explosions lointaines le ramenèrent à la réalité. Il sortit de sa rêverie et se retrouva devant le canal Griboïédov et ses files de babouchkas qui attendaient sur la glace, comme dans des peintures de Bruegel. Au loin, vers l'Amirauté, un chapelet de balles traçantes s'éleva à la poursuite d'un avion invisible, striant de rouge le ciel plombé. Peter frissonna, hocha la tête et, reprenant sa marche, hâta le pas pour atteindre le Kirov. Avant la

France, il y avait Anna ! Pour son plus grand bonheur. D'ailleurs, aurait-il tenu le coup sans elle ?

Anna finit de rouler ses trésors dans un papier gras qu'elle fourra dans son sac et, après avoir saisi sa chapka, quitta la loge bien chauffée pour se précipiter vers les escaliers de l'entrée des artistes.

A peine sortie sur la place, elle chercha Peter du regard et le vit arriver de loin. Elle leva joyeusement le bras et l'appela. Ils s'élancèrent l'un vers l'autre et s'étreignirent.

A ce spectacle, le visage d'un homme qui épiait Anna derrière une colonnade du théâtre se figea. Il donna un léger coup de coude à un second civil. Sans se concerter, les deux hommes regardèrent les amoureux s'éloigner, puis commencèrent à les suivre discrètement, parfaitement anonymes dans la foule emmitouflée de loques qui se hâtait dans l'air glacé.

– Alors, raconte, disait Anna à Peter. Tu n'as pas trop froid ? Tu manges à ta faim ? Tu dors convenablement ? (Elle l'examina.) Mais tes bottes sont toutes déchirées !

– Laisse...

Peter sourit et tendit ses mains vers le poêle du foyer-bunker, sorte de lieu de refuge où la population pouvait boire du thé brûlant, acheter quelque méchant biscuit et passer un moment à se réchauffer à l'abri des bombes et des obus. Ils étaient assis à même le sol, le dos calé contre un mur.

– Je vais très bien, dit-il, rassurant. La semaine dernière, je l'ai presque entièrement passée dans un bureau surchauffé. J'ai été rudement bien nourri. Ils avaient besoin de quelqu'un pour traduire des tracts en allemand...

– Parce que c'est pareil que l'alsacien, l'allemand ?

– Presque. Mais j'ai aussi appris l'allemand littéraire au lycée de Strasbourg.

Elle ouvrit son sac et en sortit deux cigarettes. Elle lui en tendit une.

– J'ai d'autres choses pour toi, ajouta-t-elle en fouillant dans ses affaires.

– Quoi ?

– Une grande tranche de lard et vingt morceaux de sucre !

Elle extirpa un paquet qu'elle essaya de lui mettre dans une poche.

– Tu ne dois pas te priver, la gronda-t-il. Tu as besoin de toute ton énergie !

Il la regarda avec une telle sévérité qu'elle éclata de rire.

– Les danseuses ont des rations de travailleur de force ! Tu ne savais pas ça ?

Il rit à son tour.

– Bientôt, on n'aura plus besoin de se priver de rien ! Au printemps, les boches seront foutus ! L'autre jour, dans ce bureau où je traduisais les tracts, j'ai écouté la radio anglaise avec les officiers. On n'est plus loin du but, maintenant : les Italiens se sont rendus fin juillet et, depuis deux mois, une grande île de mon pays, la Corse, est libérée. (Il s'enflammait à présent.) Les Américains et les Anglais vont débarquer en France et l'armée Rouge va pousser jusqu'à Berlin avant l'été ! Tout cela pour se refermer en même temps, comme les mâchoires d'une gigantesque tenaille !

De l'index, dans la poussière, il traçait sur le sol des flèches aussi rageuses qu'enthousiastes qui s'élançaient comme autant de traits à l'assaut d'une croix gammée.

– Et après, ajouta-t-il, je t'emmène en France !

– Et ma danse ?

– Qu'est-ce que tu crois ? Il y a un Opéra, à Paris !

– Ils ne me laisseront jamais partir.

Elle détourna son visage. Qu'il ramena immédiatement vers lui.

– Je voudrais bien voir ça ! Après la guerre, après toutes

ces horreurs, nous pourrons faire tout ce que nous voudrons, je te jure ! affirma-t-il avec force. Qu'au moins toutes les souffrances que nous avons endurées aient servi à nous rendre libres ! Aie confiance, mon amour. Ne sois pas pessimiste, je t'en prie. C'est déjà si difficile...

– Tu as raison.

Elle lui caressa la joue, et se blottit de nouveau contre lui.

Ils fumèrent un instant en silence, puis elle jeta un coup d'œil vers la fenêtre.

– Il va bientôt faire nuit...

Tout autour, personne ne faisait attention à eux. Elle se pencha vers lui et lui murmura quelques mots à l'oreille. Il fut si étonné qu'il la dévisagea et rougit, stupéfait comme si elle avait dit une énormité. Il se pencha à son tour et souffla :

– Tu te rends compte de ce que tu risques si on me trouve ?

– On ne te trouvera pas là où je veux t'emmener jusqu'à demain matin, parce que j'ai un complice qui montera la garde.

– Un complice ? fit-il, éberlué.

– Tu le connais. C'est Vladimir Vinovski, le machiniste qui t'a rattrapé l'autre jour lorsque tu as glissé sur les marches verglacées. Quand il fait trop froid pour retourner au dortoir, je dors chez lui quelquefois. Va savoir pourquoi, mais il t'aime bien...

Énigmes

Vladimir avait entraîné Dora vers un parc où des enfants jouaient, bruyants. Légèrement agacée, elle s'étonna de le voir se retourner sans cesse d'un air méfiant.

– Mais de quoi avez-vous peur, à la fin ?

– D'eux, évidemment !

– Qui, « eux » ?

– Mais eux, bien sûr ! Les mêmes que ceux qui ont embarqué Peter en 44 et l'ont déporté en Sibérie.

Il parlait tout bas, comme s'il craignait d'être entendu.

– C'était au début du printemps, commença-t-il, et...

– C'était le 10 avril 1944, très exactement, le coupa Dora.

Vladimir s'arrêta et la dévisagea, soudain méfiant.

– Comment pouvez-vous savoir que c'était en avril ?

– Parce que c'est Peter lui-même qui me l'a raconté. Il y a deux mois de cela, chez nous, en France.

– Il a donc réussi à retourner dans son pays ?

C'était un cri de surprise heureuse. Elle acquiesça.

– Les Soviétiques ne l'ont libéré qu'à la fin de 1946. Peter m'a raconté que le KGB...

Vladimir rectifia :

– C'était le NKVD, à l'époque.

– Il m'a raconté, poursuivit Dora, qu'à la fin de la guerre les autorités soviétiques avaient du mal à faire la différence entre les Alsaciens et les Allemands. Parce qu'ils parlaient la même langue et avaient porté le même uniforme feldgrau.

– Et que ça les arrangeait aussi drôlement de le croire, les salopards ! gronda Vladimir, coléreux. L'immédiat après-guerre, ç'a été le temps des grandes vengeances de Staline. Il a exigé de solder les comptes de tous ceux qu'il estimait s'être mal conduits avec lui !

Dora acquiesça.

– A cause de ça, beaucoup d'Alsaciens et de Lorrains enrôlés de force comme lui dans l'armée allemande sont morts en captivité. Peter, lui, a eu la chance de revenir en France. Directement de Sibérie à Sébastopol, puis en bateau jusqu'à Marseille. Évidemment, il ne voulait pas quitter l'URSS sans revoir Anna. Depuis son arrestation, il n'avait jamais cessé de crier son innocence et de réclamer le droit de retourner à Leningrad pour la retrouver...

Vladimir la dévisagea, puis baissa la tête et fit quelques pas en silence. Elle le rejoignit.

– Dans un sens, ça valait peut-être mieux pour lui qu'ils aient refusé, dit-il avec douceur, quand il la sentit à sa hauteur.

– Pourquoi donc ?

– Mais parce qu'ils l'avaient fait disparaître, elle aussi, ces ordures !

– Disparaître ? Mon Dieu !...

Dora s'était immobilisée, livide.

– Mais pourquoi ?

– Personne ne l'a jamais su.

Il se retourna de cette manière craintive qu'il avait et prit Dora par le bras.

– Ne restons pas ici, on peut nous entendre, dit-il comme un ordre.

Ils sortirent du parc, tournèrent le coin d'une rue et s'engagèrent dans l'avenue Sadovaïa.

– Anna a d'abord cherché à savoir pourquoi Peter avait été arrêté, je suppose ? demanda Dora, dès qu'ils furent seuls.

– Bien sûr que oui. Elle a commencé immédiatement à faire des démarches à l'usine, où on a fini par lui dire que Peter avait été emmené par la police. Mais personne ne savait où ni pourquoi. Elle a eu alors l'idée de demander de l'aide à un ami de sa famille, un jeune officier qui avait fréquenté ses parents, juste avant la guerre.

– Quel officier ?

– Un lieutenant d'un régiment d'artillerie de la Garde qui se battait alors à Leningrad. Un héros bardé de médailles.

– Et alors ?

– Il est venu plusieurs fois la chercher au théâtre. Il voulait vraiment l'aider. Anna me disait qu'il faisait des recherches dans toute la ville. Que c'était son plus sérieux espoir. Pensez donc, il avait été décoré de l'ordre de « Héros de l'Union soviétique » ! Elle s'accrochait follement à l'idée qu'il allait pouvoir retrouver Peter et le faire libérer.

– Et il a fini par apprendre où il était détenu ?

– Non. Il faut vous dire qu'en ces temps-là on disparaissait pour un oui ou pour un non. Et quand on avait disparu, personne n'était capable de vous retrouver. Jamais.

– Si je comprends bien, ce lieutenant a échoué ?

Vladimir hocha la tête.

– Cela n'avançait pas très fort, ça traînait. En attendant qu'il retrouve Peter, j'essayais de remonter le moral d'Anna. Et puis un soir, il s'est passé quelque chose de terrible. Il était très tard. Le théâtre était vide, tous les danseurs et les techniciens étaient partis. En faisant ma ronde des décors, j'ai entendu des pleurs venant d'une loge. C'était Anna. Elle ne s'était même pas changée. Elle était encore en tutu et en chaussons, et elle sanglotait éperdument. Je l'ai prise dans mes bras comme une enfant qu'elle était et j'ai essayé de la consoler. Elle a cherché à me parler, mais elle hoquetait de désespoir. A un moment, j'ai compris qu'elle disait : « les salauds ! ». Oui, c'est ça qu'elle répétait comme une litanie : « les salauds, les salauds ! »...

– « Les salauds » ? fit Dora machinalement.

– Oui, c'est ce qu'elle disait.

– Et après ?

De toute la force qui lui restait, Vladimir donna un coup de pied rageur dans les débris d'une boîte de carton qui traînait sur le trottoir.

– Après, je ne l'ai plus jamais revue !

– Que s'est-il passé ?

– Rien, justement. Anna a brusquement disparu et personne ne l'a plus jamais revue ! Personne.

– Que voulez-vous dire par « disparu » ?

– Lorsque je suis arrivé le lendemain matin au théâtre, elle n'était pas là et on avait retiré toutes ses affaires de son vestiaire, de la loge qu'elle partageait avec d'autres et de sa chambre où j'ai couru tout de suite. Tout s'était volatilisé, tout ! Plus le moindre chausson, plus aucun vêtement, la plus petite babiole ! Comme si on avait voulu qu'elle n'ait jamais existé !

– Mais enfin, s'exclama Dora, Anna n'était qu'une danseuse de ballet ! Elle ne détenait pas les secrets de l'armée Rouge ! Ce n'était pas une espionne, que je sache !

– Il n'y avait pas besoin de véritable motif à cette époque-là pour être arrêté. N'importe quoi était bon ! N'importe quelle dénonciation... Vous m'avez dit tout à l'heure que vous aviez passé votre jeunesse en Allemagne de l'Est, vous devez savoir comment cela se passait...

Dora frissonna. Par bouffées, des souvenirs lui revinrent. Effectivement, on pouvait aussi « disparaître » sans laisser de trace dans ces années-là, en RDA.

– Quand a-t-elle été arrêtée ? demanda-t-elle.

– Début juin 1944. Le 7, pour être précis. Je m'en souviens à cause du débarquement allié en France qui avait eu lieu la veille et que je venais d'apprendre. Je courais vers le théâtre pour le lui annoncer...

– Mais les gens du Kirov, ceux qui ont vu l'arrestation, que vous ont-ils dit ? Ils n'ont pas protesté ? Et d'abord, qui l'a arrêtée ?

– A votre avis ? fit Vladimir en ricanant. On m'a parlé de militaires. Mais c'était forcément les miliciens du NKVD.

Ils firent encore quelques pas, chacun perdu dans ses pensées. Vladimir se retournait souvent pour regarder derrière lui.

– Et la personne à qui elle avait demandé de l'aide pour retrouver Peter, ce jeune officier, reprit Dora, vous vous souvenez de son nom ?

– Oui. Il s'appelait Kolomiakov, Sacha Kolomiakov. Un type très courageux, certainement. On ne donnait la médaille de « Héros de l'Union soviétique » qu'aux militaires qui avaient vraiment fait une action d'éclat !

– Et lui, vous ne l'avez jamais revu ?

– Jamais. J'ai souvent pensé à lui. Mais la guerre n'était pas finie. Il a peut-être été tué par la suite.

Il faucha l'air d'un geste ample.

– Vous savez, nous n'étions qu'à l'été 44. Jusqu'en mai 1945, il y en aurait encore des millions qui allaient mourir.

Ils reprirent leur marche en silence.

– Anna avait-elle des parents à Leningrad ? De la famille ? demanda-t-elle enfin.

Il acquiesça.

– Son père et sa mère, mais...

Il leva la main pour arrêter le flot de questions qui déjà se pressaient sur les lèvres de Dora.

– Ils ont été tués tous les deux dans un bombardement en 42, un an avant qu'Anna ne revienne de Moscou où elle avait été évacuée. Elle était fille unique et n'avait aucune autre famille.

Il s'arrêta et la dévisagea.

– Vous voulez vraiment la retrouver, n'est-ce pas ?

– De toutes mes forces, dit Dora, le regard planté dans celui de Vladimir. J'ai promis à Peter que je la retrouverai si elle est vivante.

– Si elle est vivante ?

– Parce que vous ne croyez pas qu'elle le soit ?

– Bien sûr que si ! fit-il avec brusquerie, sinon, pourquoi l'attendrais-je toujours pour lui remettre ses lettres ?

– Quelles lettres ?

La question avait fusé, impérative. Dépité comme un gamin pris en faute, Vladimir baissa la tête.

– Quelles lettres ? répéta Dora. Je vous en prie, implora-t-elle en le voyant se fermer, j'ai été la femme de Peter et c'est à sa demande que j'ai fait tout ce chemin pour retrouver Anna ! Ne me cachez rien, je vous en supplie !

– Fin 1945, après la victoire, se décida Vladimir, la ville a voté un budget pour remettre le théâtre à neuf. Avec les autres machinistes, on nous a demandé de repeindre l'intérieur. En démontant un miroir de la loge qu'avait occupée Anna, à la place même où elle se maquillait, j'ai découvert une sorte de cavité et, dans ce creux, un paquet de lettres certainement cachées là par Anna.

– Que contenaient-elles ?

– Mais je ne les ai pas ouvertes !

Indigné, il la regardait comme si elle l'avait accusé d'un scandaleux méfait.

– C'étaient des lettres adressées à quelqu'un ou reçues de quelqu'un ? demanda-t-elle avec patience. Ou bien une sorte de journal ?

– C'était un paquet de lettres fermé par un ruban.

– Qu'en avez-vous fait ?

– Je les ai cachées en attendant qu'elle vienne me les réclamer.

– Pourriez-vous me les laisser lire ? Il y a peut-être dans cette correspondance l'explication de ce qui est arrivé.

– C'est impossible. Elle les avait cachées *avant* d'avoir été arrêtée.

– Je comprends bien, mais peut-être avait-elle déjà peur de quelque chose ou de quelqu'un. Ce qui expliquerait qu'elle ait éprouvé le besoin de dissimuler cette correspondance, justement. Il faut que je lise ces lettres, Vladimir. Si vous le voulez bien, allons maintenant chez vous.

– Non, non, fit-il très vite en se retournant pour observer les environs d'un air méfiant. Les lettres n'y sont pas, je les ai cachées ailleurs.

Il entra sous un porche et, sortant un bout de crayon de sa poche, inscrivit une adresse sur un papier qu'il tendit à Dora.

– C'est là que j'habite depuis que j'ai pris ma retraite. C'est en banlieue. Venez après-demain, vers midi. J'aurai les lettres. Et peut-être autre chose... Mais faites attention de ne pas être suivie. Ne louez surtout pas de voiture, vous pourriez être filée. Ne commandez pas non plus de taxi à votre hôtel. Prenez-en un au débotté dans la rue, comme si vous vous étiez souvenue brusquement d'une course à faire, personne ne se méfiera. En arrivant à mon village, faites-vous déposer à la gare des autobus et continuez à pied après vous être assurée que le taxi est bien reparti.

Elle le dévisagea, intriguée.

– Mais de quoi avez-vous peur, Vladimir ?

– Je ne sais pas. Je ne pourrais pas vous expliquer, mais, lorsque je pense à Anna ou que l'on évoque sa personne, je sens une grande angoisse me gagner et j'ai parfois envie d'éclater en sanglots. Je sais que c'est irrationnel, mais cela ne se commande pas, n'est-ce pas ?...

Il laissa la phrase en suspens et la regarda comme si elle

pouvait donner quelque explication à cet étrange phénomène. Comme Dora le scrutait, interloquée, il chercha à mieux s'expliquer :

– La nuit, je fais souvent des cauchemars où je revois ma petite Anna en pleurs blottie dans mes bras et répétant sans arrêt : « Les salauds ! les salauds ! » Elle avait dû voir ou entendre des horreurs pour être dans cet état ce soir-là. D'autres nuits, elle m'appelle et me supplie de la protéger, et je suis déjà mort ! Je ne suis plus là pour lui apprendre ce qu'elle a absolument besoin de savoir !

– Qu'est-ce qu'elle a absolument besoin de savoir, Vladimir ?

Il ne répondit pas, mais examina les environs d'un regard halluciné.

– Ils pourraient nous entendre, murmura-t-il d'un air mystérieux. Je vous attends chez moi après-demain.

Il saisit le bras de Dora et le serra très fort.

– A après-demain. Je ne voudrais pas mourir sans l'avoir revue. Il faut qu'elle sache ! Il faut absolument qu'elle sache ! Vous comprenez ?

Et il s'enfuit sans se retourner.

Dora et son double

– Je suis heureuse que vous ayez pu venir dès mon coup de téléphone, dit Sonia, qui marchait d'un bon pas, une chemise cartonnée à la main. Car ce que j'ai découvert est plutôt étonnant...

– Vous avez retrouvé une trace d'Anna ? fit Dora, anxieuse. J'en étais sûre !

– Ce n'est pas exactement cela. C'est beaucoup plus compliqué, je dirais même énigmatique.

Intriguée, Dora tenta de mieux saisir l'expression de la jeune femme, qui parcourait d'un pas alerte les salles d'archivage du Kirov.

– A propos de l'officier dont vous m'avez fourni les coordonnées hier au téléphone, dit Sonia, j'ai appelé mon homologue du Service historique de l'armée à Moscou. Si ce lieutenant Kolomiakov a survécu à la guerre et s'il est toujours de ce monde, ce ne sera pas un problème de savoir ce qu'il est devenu. Mon collègue me contactera dès qu'il saura quelque chose.

Elles atteignirent l'extrémité d'un couloir et Sonia ouvrit une porte.

– Je vous en prie...

Elle s'effaça pour laisser pénétrer Dora dans ce qui semblait être une section photographique des archives. Puis elle la guida dans un dédale de corridors et de salles jusqu'à une petite pièce dont elle referma soigneusement la porte.

– Asseyez-vous, mademoiselle Kempf, je vous en prie, dit-elle en avançant une chaise.

Elle s'assit à son tour et se pencha vers son interlocutrice.

– Hier soir, intriguée par ce que vous me demandiez, j'ai recommencé mes recherches, et ce que j'ai découvert m'a tellement stupéfiée que j'ai passé toute la nuit à le vérifier. Au début, j'ai eu du mal à en croire mes yeux, et puis j'ai dû me rendre à l'évidence... Comme je vous l'ai dit hier, je n'avais trouvé nulle part le nom d'Anna Souvorine. Les archives de l'époque semblaient normales et paraissaient plus que bien tenues. J'avais cependant l'impression que quelque chose m'échappait, mais sans savoir très bien quoi... Tout collait presque trop bien : le nombre de danseuses correspondait exactement au nombre de vestiaires attribués, au nombre de cartes de rationnement délivrées, aux paires de chaussons allouées, etc. Je me suis alors mise à vérifier les états civils. C'est en faisant cette opération que j'ai découvert l'existence dans le corps de ballet d'une danseuse qui, en réalité, n'a jamais existé. Suivez-moi bien : il y a eu ces années-là dans la troupe une danseuse sans identité. C'était un nom dans les archives, des photographies avec le même nom, mais pas d'état civil ! Une danseuse fantôme...

– Vous voulez dire que l'on aurait créé quelqu'un de toutes pièces ? fit Dora, stupéfaite. Mais pourquoi donc ?

– Au début, je n'ai pas compris. Puis tout à coup j'ai saisi ! J'ai pris le problème à l'envers : comment aurais-je procédé, moi, si l'on m'avait demandé de faire disparaître en vitesse quelqu'un des archives sans que cela se remarque ?

Elle prit un temps pour ménager la surprise :

– En le remplaçant par un autre, c'est évident !

– J'ai peur de ne pas très bien vous suivre, dit Dora.

– C'est pourtant simple. Les gens à qui on a demandé

de supprimer toute trace d'Anna Souvorine ne pouvaient pas effacer son nom et ne rien mettre à la place. Car cela aurait laissé un blanc partout : dans les programmes, dans les registres, dans les listes du personnel, partout. Le moyen le plus pratique pour supprimer un nom rapidement était donc de le remplacer par un autre... On ne pouvait pas agir différemment. Et, en y regardant de plus près, je me suis aperçue qu'on avait effectivement gratté le papier des registres et falsifié tous les documents dans ce sens-là.

– Mais pourquoi avoir voulu à tout prix effacer la mémoire d'Anna ?

– Vous n'en avez aucune idée ? demanda Sonia. A votre tour d'être franche avec moi, ajouta-t-elle. Pourquoi se serait-on donné tant de peine ?

– Je ne sais pas... Je ne comprends pas. Tout ce que je sais et que je viens d'apprendre de la bouche d'un ancien machiniste du théâtre, c'est qu'Anna Souvorine a été arrêtée par le NKVD début juin 44.

Sonia se leva brusquement.

– Arrêtée ? C'est Vladimir qui vous a dit cela ?

– Vous le connaissez ?

Sonia acquiesça.

– Il passe le plus clair de son temps ici à compulser les archives de l'époque, mais il reste mystérieux et lointain. J'ai pris cette attitude pour une nostalgie de cette époque-là. Il y a pas mal d'anciens du Kirov qui sont comme ça. Pour revenir à Anna Souvorine, il fallait vraiment que l'on ait quelque chose de très grave à lui reprocher pour se donner tout ce mal ! Surtout en temps de guerre. Qu'avait donc fait cette Anna pour mériter ce traitement spécial ?

Elle regardait intensément Dora, qui négligea de répondre à la question.

– Qu'avez-vous découvert d'autre ? demanda-t-elle.

Sans la quitter du regard, Sonia répondit par une autre question :

– Quels sont les liens qui vous attachent à Anna Souvorine ?

– C'est tellement compliqué...

Troublée, Sonia la scruta un instant en silence, puis se détourna et alluma un agrandisseur auprès duquel elle s'affaira en glissant des documents sous un objectif.

– Regardez, commanda Sonia.

Un écran s'alluma et Dora sursauta, lorsqu'une image d'elle apparut en gros plan.

– Ce portrait que j'ai trouvé dans nos archives, c'est une photographie de vous prise à l'Opéra de Paris en 1976, dit Sonia. Vous aviez vingt-trois ans à l'époque. Sur la photo que voici maintenant, juste à côté de vous...

Un autre portrait de Dora, avec des traits un peu plus jeunes, apparut près du premier. Dora sembla étonnée.

– Je ne me rappelle pas quand et où on a pris cette photo de moi.

– Je ne pense effectivement pas que vous puissiez vous le rappeler !

Sonia laissa traîner le suspense.

– Car ce n'est pas un portrait de vous, mademoiselle Kempf ! Mais une photographie d'Anna Souvorine prise en 1942...

Surprise, Dora se leva instinctivement en portant la main à sa bouche. Puis, sous le regard scrutateur de Sonia, elle resta un long moment immobile, les yeux rivés sur les deux images, comme hypnotisée par leur ressemblance.

– C'est hallucinant..., murmura-t-elle, bouleversée.

Elle se retourna vers Sonia.

– Vous êtes sûre qu'il s'agit bien d'Anna ?

Comme Sonia acquiesçait, elle s'inquiéta :

– Ne venez-vous pas de me dire que l'on s'était donné un mal fou pour faire disparaître toute trace d'elle ?

– Tout le monde peut commettre des erreurs, même les meilleurs ! rétorqua Sonia. La preuve. Cette nuit, en triant des centaines de photos, j'ai découvert un négatif datant de fin 42 qui s'était glissé parmi des dizaines d'autres rangés dans une enveloppe contenant des documents d'une autre époque. Une erreur. J'ai immédiatement tiré un positif et il n'y a aucun doute possible sur l'identité de la personne : le nom de Souvorine et la date sont gravés au bas du négatif.

La jeune archiviste reporta son attention sur les deux photographies.

– Vous êtes parentes, cela ne fait aucun doute, dit-elle enfin, ne pouvant détacher son regard des deux portraits. Pourquoi me l'avoir caché ? Et pourtant, vous ne pouvez pas être sœurs... Anna avait une vingtaine d'années au milieu du siècle et vous en avez maintenant à peine un peu plus de quarante. Vous êtes donc sa fille...

– Je n'ai pas le moindre lien de parenté avec Anna, protesta Dora d'une voix bouleversée.

Elle se leva, fit quelques pas dans la pièce, puis revint fixer, très émue, la photographie de la très jeune femme dont elle était le sosie.

– Pour tout vous dire, Sonia, reprit-elle enfin d'une voix presque inaudible, c'est la première fois de ma vie que je vois ce visage. Je connais l'existence d'Anna Souvorine depuis peu, mais c'est aujourd'hui seulement que je découvre ses traits... Quant à la ressemblance, si elle est en effet étonnante, elle n'est pas tout à fait parfaite, regardez bien.

De l'index, elle désigna et souligna sur les deux photographies quelques différences minimes dans le détail des traits.

Le regard de Sonia, qui allait d'une photo à l'autre, revint se poser sur Dora.

– Peut-être, mais c'est quand même extraordinaire, dit-elle enfin. Il y a une chance sur des millions pour que deux êtres se ressemblent à ce point. On vous prendrait l'une pour l'autre...

Un sourire éclaira le visage de Dora.

– C'est exactement pour cette raison que je suis ici, déclara-t-elle.

– Quelle raison ? demanda Sonia, désarçonnée.

– C'est une longue histoire, une histoire qui commence en France, à Strasbourg, à la fin de l'année 1942, répondit Dora en sortant de son sac une sorte de cahier d'écolier vieilli qu'elle tendit à Sonia. Au début, il y avait un jeune homme qui s'appelait Peter. Peter Muller...

Journal de Peter

24 décembre 1942,

Je commence ce journal en cette nuit de Noël 1942 sans savoir si je pourrai le poursuivre longtemps. Je résume les faits : le 15 novembre dernier, les boches ont placardé dans Strasbourg des affiches annonçant que tous les jeunes gens qui auraient dix-huit ans révolus au 1er janvier 43 allaient passer un conseil de révision pour une incorporation obligatoire immédiate dans la Wehrmacht. Des voix se sont élevées et il paraît que l'évêque a officiellement protesté en chaire contre cette incorporation forcée de citoyens français dans une armée étrangère. Mais Wagner, le gauleiter d'Alsace, l'a expulsé de l'évêché et assigné à résidence après lui avoir répondu que les anciens départements de l'Alsace et de la Lorraine réannexés au IIIe Reich en 1940 étaient désormais intégrés au territoire allemand. Normalement, j'aurais dû faire partie de la Hitlerjugend.

Au lycée, il se dit une fois de plus entre nous que le seul moyen d'y échapper serait de réussir à gagner la zone libre non occupée du sud de la France où, paraît-il, commencent à se créer des maquis qui accueillent les jeunes de mon âge. Mais cela devient de plus en plus difficile de quitter le territoire réannexé considéré comme allemand. Pourquoi ne l'ai-je pas fait avant, fin 40 ou début 41 ? Depuis cet été, ceux qui se sont fait reprendre à la frontière avec la France occupée ont été directement incorporés de force dans la Wehrmacht. Une dizaine de jeunes qui ont tenté de prendre le maquis dans la montagne ont été fusillés sur la grand-place de Colmar.

(Décrire avec soin dans ce journal ce que nous avons vécu pour qu'on s'en souvienne après la guerre. Comment les nazis ont commencé à germaniser l'Alsace : notre rue est devenue la Adolf-Hitler Strasse, la langue allemande est obligatoire, les poteaux indicateurs, les enseignes, les inscriptions administratives, tout a été traduit en allemand. Le franc a été remplacé par le reichsmark. Se rappeler l'organisation nazie de la population : le blockleiter, membre du Parti responsable du pâté de maisons, et ainsi de suite jusqu'au zellenleiter pour le quartier, etc. Se souvenir de la Hitlerjugend pour les plus jeunes, des SA, des SS, de la Gestapo, de la Maison Brune pour les adhérents du Parti, etc., etc.)

Avec papa, nous cherchons tous les soirs un moyen pour que je puisse échapper à la conscription forcée. Peut-être passer par un cousin de maman qui a une ferme située à cheval sur la frontière ? Mais maman pense qu'il est très collaborateur. La nuit dernière, je l'ai encore entendue se disputer avec papa à mon sujet. Elle lui reprochait pour la centième fois de nous avoir fait revenir à Strasbourg, elle et moi, après la défaite. Nous aurions dû, disait-elle, attendre la fin de la guerre en zone libre, à Montauban, où nous nous étions réfugiés en juin 40. Mais, comme tout le monde ou presque, papa a eu confiance en Pétain. Et il n'imaginait pas que Hitler allait réannexer l'Alsace et la Lorraine. Et puis il y avait sa chère maison d'édition à l'ombre de la cathédrale, ses quelques ouvriers dont il fallait s'occuper...

21 février 1943,

Je reprends mon journal aujourd'hui. Après des aventures peu glorieuses, je me retrouve à Munich, soldat de deuxième classe au 143e régiment de panzergrenadiers (chasseurs de chars). Fin décembre, j'avais tenté de quitter l'Alsace par le sud du département du Haut-Rhin en compagnie de mon ami Paul Julliard qui prépare comme moi une licence de lettres. Avec un passeur, nous avions réussi à nous faufiler entre les patrouilles de gardes-frontière quand nous nous sommes égarés dans la forêt. En pleine nuit, dans la neige jusqu'aux genoux, nous avons perdu les autres de vue et, ne sachant plus dans quelle direction aller, nous avons décidé d'attendre l'aube pour nous repérer au clocher du village voisin. Nous avions rendez-vous le lendemain devant une statue dans le chœur de l'église de Fougerolles, en Haute-Saône, avec une sœur du père de Julliard. Elle devait nous héberger quelques jours chez elle, Paul et moi, avant de nous emmener d'abord à Paris et de nous aider ensuite à trouver une filière pour passer la ligne de démarcation et gagner la zone libre.

Hélas, pour patienter jusqu'au lever du jour et ne pas crever de froid, nous nous sommes réfugiés dans une cabane de chasse où, comme des idiots, nous nous sommes assoupis. Et la patrouille de l'aube nous y a cueillis comme des gamins surpris en train de voler de la confiture !

Regroupés à environ quatre cents dans une ancienne caserne française du génie de Strasbourg, on nous a vite séparés, Paul et moi. On nous a mélangés avec des volontaires alsaciens qui avaient devancé l'appel et à qui, évidemment, nous n'avons pas parlé. Trois jours plus tard, j'ai été versé dans la compagnie d'instruction d'un régiment bavarois de panzergrenadiers où il n'y a que des natifs du cru. Je suis ainsi complètement isolé, seulement en contact avec des Allemands. Ils le font exprès, naturellement. D'ailleurs, sur mon livret matricule militaire, en face du mot « ori-

gine », il y a écrit « staatenlos », ce qui veut dire « apatride »... La première fois que j'ai lu ce mot, cela m'a fait un effet bizarre d'apprendre que j'étais né nulle part. Mais mon lieu d'incorporation y est inscrit : « Strassburg ». S'il m'arrive quelque chose, on saura où chercher. Un peu plus loin, il est aussi indiqué qui prévenir en cas de décès. Charmant !

Je suis claqué par l'exercice et le soir je n'ai plus que la force de me débarrasser de mon paquetage pour m'écrouler sur le bat-flanc. Quelquefois, le spiess (l'adjudant de compagnie) nous fait relever cinq minutes après et nous repartons en pleine nuit pour une marche de dix ou quinze kilomètres, paquetage de campagne sur le dos, rations et munitions de combat chargées !

J'ai écrit chez moi et j'ai reçu trois lettres de maman. Papa ne m'a écrit qu'une seule fois quelques lignes au bas d'une lettre de maman. On dirait qu'il n'a rien à me dire. En fait, je crois qu'il a un peu honte de me savoir où je suis. Il pense que c'est de sa faute et il s'en veut. Je lui ai écrit pour lui dire que c'était le destin, que l'on n'y pouvait rien.

Ce matin, je me suis regardé dans la glace : en six semaines, c'est incroyable ce que j'ai changé. Je suis plus maigre, mais plus costaud aussi. Plus musclé, pour être précis. Il faut dire que l'entraînement dépasse tout ce que je croyais possible de faire accomplir physiquement à des jeunes hommes de dix-huit ans. Marches incessantes de jour comme de nuit, course, natation, tir, escalade, descente en rappel, entraînement à balles réelles... Cela n'arrête pas. Nous sommes devenus durs comme du bois. Si les sous-off' sont vieux – notre adjudant a au moins trente ans –, les officiers sont tous très jeunes. Hans-Albert, un ami que je me suis fait ici – un ex-étudiant aux Beaux-Arts de l'université de Munich –, m'a dit que le lieutenant qui commande notre section, croix de fer et tout et tout, n'a que vingt-trois ans. Les pertes sont très lourdes dans les unités comme la nôtre. Notre régiment a été reformé complètement sept fois depuis septembre 1939.

Début février, nous avons appris que la VIe Armée de Paulus avait capitulé à Stalingrad. Nous avons peu de détails sur ce qui s'est réellement passé. Hitler a fait un grand discours que l'on nous a forcés à écouter. Il a parlé du sacrifice suprême de la VIe Armée pour le peuple allemand. Ceux qui savent décoder disent qu'il a dû y avoir une sacrée casse ! On parle de cent mille prisonniers. Les Waffen SS de la caserne d'à côté qui nous regardaient jusque-là avec mépris semblent nous haïr carrément et nous accusent, nous Wehrmacht, de lâcheté. Il y a eu quelques sévères bagarres entre des gars de notre régiment et eux. L'autre nuit aussi, lorsque des bombardiers américains qui cherchaient à atteindre les usines Messerschmitt à Augsbourg se sont trompés de cible et nous ont copieusement arrosés. Un vieil homme a été pris d'un accès de démence et voulait à tout prix sortir de l'abri en plein bombardement. « Le Führer et Goering avaient promis que jamais on n'entendrait le bruit d'une bombe anglaise en Allemagne ! Et qu'est-ce qu'on entend en ce moment, hein ? Les pets du gros Goering ? Hitler est un voyou et Goering un porc ! » hurlait-il en imitant le grognement du cochon. Des gens ont ri dans le noir mais, après la fin de l'alerte, les SS ont emmené le vieux et voulu rosser tout le monde.

5 octobre 1943,

Il a commencé à neiger il y a trois jours et nous ne voyons plus les lignes soviétiques en face de nos tranchées. Tout est blanc : la terre, le ciel d'où tombent perpétuellement des milliards et des milliards de flocons. On dirait que nous sommes isolés du réel par d'énormes couches de coton hydrophile. Même les rares coups de feu semblent ouatés...

Notre régiment est arrivé devant Leningrad à la mi-septembre. Au début, nous étions en pleine bouillasse, puis il s'est vite mis à geler et à faire très froid.

Un peu plus au nord de nos positions, juste au bord de la mer Baltique, la ligne de front passe exactement par l'agglomération de Peterhof (Petrodvorets en russe), où se dresse le château d'été du tsar construit sur les ordres de Pierre le Grand, jadis sûrement splendide, et dont je ne peux voir aujourd'hui que les ruines. Parfois, les nuits de pleine lune, on aperçoit les vestiges fantomatiques de ce qui a dû être un parc magnifique avant la guerre.

12 octobre 1943,

Il neige toujours et la météo prévoit que cela va continuer encore une semaine.

Hier, j'ai vécu un des pires moments de ma vie. Le vaguemestre m'a donné une lettre. C'était une missive de mon cousin Henri Dedecker m'annonçant en quelques mots la mort de papa et de maman dans un accident de chemin de fer à Halbsheim. Henri me dit qu'ils ont été tués sur le coup et n'ont pas souffert. Pauvre maman qui avait peur de tout, j'aurais tellement aimé la revoir. Et papa, si honnête et si droit... Il a dû trouver tout cela injuste, s'il a eu le temps de savoir qu'il allait mourir.

Ma lettre à la main, je suis sorti dans la tranchée enneigée et je me suis mis à pleurer comme un gosse. Cela m'a fait une drôle de sensation de penser que j'étais maintenant tout seul dans la vie... Ce qui était encore plus curieux, à la réflexion, c'était de ressentir cette solitude alors que j'étais moi-même dans le vide absolu, au milieu d'un néant uniformément blanc et ouaté, à des milliers de kilomètres d'un chez-moi que je ne reverrai peut-être jamais... J'ai brusquement réalisé que tout cela n'avait plus aucun sens et, pour la première fois, j'ai regardé les lignes d'en face et surtout la neige qui tombait, complice.

J'avais déjà pensé à déserter, bien sûr. Je ne suis ni le seul ni le premier à en avoir l'idée parmi les Alsaciens-Lorrains enrôlés de force. Mais nous en avions été dissuadés dès notre incorporation. Toute tentative de désertion entraînerait en effet des représailles immédiates sur nos familles, nous avait-on dit. Et, de fait, la vengeance s'est instantanément abattue sur tous ceux qui ont tenté de passer de l'autre côté. Les malheureux qui se sont fait rattraper ont été fusillés sous nos yeux. Quant aux autres, ceux que nous n'avons jamais revus et qui ont peut-être réussi, on nous a montré les photos de leurs parents pendus à des crocs de boucherie. Pour cette raison, j'en connais peu qui ont déserté. Mais là, tout seul dans cette tranchée, à ce moment précis, hier matin, j'ai réalisé que j'allais enfin pouvoir accomplir ce que j'ai envie de faire depuis mon enrôlement forcé : déserter. Au détail près de pouvoir arriver de l'autre côté sans me faire descendre, je suis libre, parce que seul au monde ! Si je déserte, il n'y a désormais plus personne sur qui les nazis peuvent se venger.

C'est en mars que notre régiment a été engagé pour la première fois contre les Soviétiques avec le groupe d'Armées Nord dans la poche de Rjev, poche dont nous nous sommes retirés fin mars pour éviter l'encerclement et nous établir devant Smolensk. En me baladant avec Hans-Albert dans les rues de cette ville, je n'ai pas pu m'empêcher de penser à la Grande Armée qui était passée par là plus de cent trente ans avant ! Qui m'aurait dit, lorsque je lisais le Mémorial de Sainte-Hélène *pendant la drôle de guerre, qu'à peine quatre ans plus tard, à l'autre bout de la Russie, je mettrais mes pas dans ceux des grognards de Napoléon... Début juillet, nous avons appris qu'une gigantesque bataille de chars avait eu lieu plus au sud dans le saillant de Koursk et qu'elle avait tourné à l'avantage de l'armée Rouge. En septembre, les Soviétiques avaient atteint le Dniepr. La grande retraite est commencée... sauf devant Leningrad assiégé depuis septembre 1941, et où je viens d'apprendre que je suis désormais seul au monde.*

15 octobre 1943,

Aujourd'hui, j'ai pris seul la relève de 14 heures pour la garde à l'avant-poste. Je n'ai jamais parlé de mes projets à personne, surtout pas à Hans-Albert. Il vaut mieux qu'il ne sache rien. Ainsi, il sera naturel et sincère lorsque la feldgendarmerie l'interrogera. Comme à son habitude, il jouait de l'harmonica pour l'escouade lorsque j'ai quitté la casemate. Il m'a jeté un bref coup d'œil de son regard de cocker et m'a souhaité une bonne garde. Adieu, Hans-Albert. Tu as été un ami fidèle et je penserai souvent à toi, si peu militaire dans l'âme !

Après avoir quitté nos avant-postes, je savais qu'il fallait que je prenne la direction est-nord-est pour atteindre les lignes soviétiques, de l'autre côté de Peterhof que je laissais sur ma gauche et au nord.

La seule chose que je n'avais pas prévue, c'est que, très vite après avoir rampé hors de nos lignes, je ne saurais plus du tout où je me trouvais dans cet univers blanc. Passé un petit moment de panique, le nez dans la neige, je décidai que si je m'éloignais de la musique de l'harmonica, j'étais dans la bonne direction. Tu vois, Hans-Albert, tu m'as rendu un dernier service sans le vouloir avec ta musique ! A cent mètres à peu près de nos lignes, je n'entendis plus rien. Toujours à plat ventre, je démontai la culasse de mon Mauser que je jetai d'un côté et le fusil de l'autre. Déserteur, oui, mais sans arme ! Je me débarrassai aussi de mon casque, de mes cartouchières et de ma baïonnette. Puis je sortis un petit drapeau français que je m'étais confectionné et je recommençai à ramper devant moi. Bientôt, j'entendis deux hommes parler en russe. Mon minuscule drapeau tricolore et les deux mots que je devais répéter de nombreuses fois par la suite, « Ia, frantsouzki » (Moi, français), étaient mon seul viatique.

29 novembre 1943,

Leningrad. Je reprends mon journal exactement au moment où je suis resté, c'est-à-dire entre nos lignes !

Lorsque j'ai entendu parler dans la tranchée soviétique que je devinais vaguement dans la ouate devant moi, j'ai appelé doucement et, au bout d'un moment, une voix m'a posé des questions en russe. J'ai baragouiné que j'étais français et je crois qu'on m'a commandé d'avancer. C'était sûrement ça, car on ne m'a pas tiré dessus. Lorsque j'ai basculé dans la tranchée, je n'ai eu que le temps de redire « Français ! français ! » avant de recevoir un violent coup de crosse qui m'a étendu pour le compte.

Lorsque je suis revenu à moi, j'étais couché sur le sol gelé d'un poste de commandement régimentaire soviétique. On me releva sans douceur et je fus précipité devant des officiers dont l'un était interprète et parlait assez mal l'allemand. J'ai essayé de lui faire admettre que j'étais un Français embrigadé de force dans la Wehrmacht, malgré moi, contre ma volonté. Il ne voulait rien comprendre ou faisait exprès de ne rien comprendre et me giflait sans arrêt. On l'a écarté lorsque je suis tombé et que je me suis mis à saigner du visage. Un infirmier m'a soigné, puis j'ai été interrogé par un commissaire politique qui parlait, celui-là, un très bon allemand. Ensuite, il s'est déchaîné, lui aussi. Il répétait sans arrêt que j'étais un salaud de nazi déserteur, ou un faux déserteur expédié dans leurs lignes pour leur donner des informations mensongères, en tout cas un lâche tout juste bon à être fusillé. J'ai compris que d'autres voulaient même me relâcher dans le no man's land, entre nos lignes. Ça, c'était la rafale dans la peau à tous les coups ou, au mieux, le peloton d'exécution allemand ! Ma seule défense a consisté à répéter sans arrêt, inlassablement, que j'étais français, alsacien, français, alsacien... Mais les coups continuaient à pleuvoir et j'ai pensé qu'ils allaient me massacrer. Je me suis même mis à attendre avec espoir le prochain évanouissement.

C'est un rire qui m'a sauvé. J'essayais sans cesse de leur montrer mon petit drapeau français, mais, à force de m'essuyer le visage avec, je n'ai pas fait attention qu'il s'imbibait de sang. Et, tandis que je continuais à répéter « frantsouzki » en agitant mon bout de chiffon sanguinolent que je croyais toujours tricolore, un colonel a pris le tissu et l'a montré aux autres en éclatant de rire.

« Mais c'est un drapeau rouge qu'il nous montre, notre petit déserteur ! » s'est-il écrié.

Ils se sont tous esclaffés et le colonel a décidé que je serais ramené à Leningrad où des gens plus compétents statueraient sur mon sort. Un sacré coup de chance d'avoir croisé le chemin d'un colonel qui avait un certain sens de l'humour !

Il a fallu encore quinze jours avant que les Soviétiques ne me croient complètement et c'est grâce à Dimitri Moïssiriev que je m'en suis sorti. C'est un Russe qui a travaillé en Alsace dans les mines de potasse de Kali Sainte Thérèse juste avant la guerre, en revenant d'Espagne où il était parti en 36 se battre dans l'armée républicaine contre Franco. Le destin (Dieu ?) a mis en face de moi un homme en lequel ils avaient confiance et à qui j'ai pu prouver que j'étais réellement né à Strasbourg ! Il y avait vécu et, après avoir cherché à me piéger dans un interrogatoire serré sur ma famille et sur la ville, il s'est rendu à l'évidence : j'étais bien alsacien. Donc natif de Strasbourg, comme l'indiquait mon livret militaire. Rentré en URSS juste avant l'attaque allemande, il n'était évidemment pas au courant des décisions nazies de réannexer purement et simplement l'Alsace et la Lorraine et ne comprenait pas mon statut d'apatride. Mais, autre coup de veine, Dimitri se souvenait d'avoir acheté en 1938 chez un libraire éditeur de la place Kléber un livre de photographies de la cathédrale, un des premiers ouvrages de photographies en couleurs. Il se trouve que c'était une des œuvres éditées par mon père. Lorsque je lui en donnai le titre et lui récitai le texte que je connaissais presque par cœur, il fut définitivement convaincu que je disais la vérité.

On ne m'a pas obligé à retourner me battre contre la Wehrmacht. On ne veut pas que je coure le risque d'être capturé par les Allemands. C'est ainsi que j'ai été affecté à l'usine Kirov qui fabrique des tanks. Je travaille au poste d'assemblage final des tourelles de char.

Cela fait maintenant deux mois que je suis arrivé à Leningrad. J'ai souvent faim et froid, comme tout le monde. C'est très dur, mais je sais que je suis du bon côté et qu'on les aura. D'un peu partout, les nouvelles de la guerre sont bonnes.

Demain soir, une délégation de l'usine est invitée au théâtre Kirov de Leningrad, l'ancien théâtre Marinski du temps des tsars, pour assister à une représentation du Lac des cygnes *de Tchaïkovski donnée exprès pour nous.*

En raison de mes records individuels de production de la semaine dernière (j'ai battu le stakhanoviste moustachu de l'atelier 15 !), j'ai été désigné pour remettre un bouquet de fleurs à une danseuse.

Je est une autre

L'employé s'efforçait laborieusement d'installer une bobine de film sur une visionneuse sous le regard fébrile de Sonia que la lenteur maladroite de la manœuvre agaçait.

– Vous ne voulez pas me laisser faire ? demanda-t-elle, énervée, au technicien. J'ai l'habitude de charger des films...

Le regard que ce dernier lui décocha la dissuada de continuer à lui disputer une meilleure efficacité. Haussant les épaules, elle se détourna et revint vers Dora.

– C'est un coup de chance d'avoir retrouvé ces actualités ! Vous aviez raison de suggérer de chercher ici, dans les archives des anciennes usines Kirov ! dit-elle en désignant la salle de montage où elles se trouvaient. Normalement, j'aurais dû avoir une copie de ce film dans *mes* archives. Mais ils ont dû le faire disparaître avec le reste...

Un peu à l'écart, nerveuse elle aussi, Dora essayait de prendre son mal en patience.

– De quoi s'agit-il exactement ? demanda-t-elle en désignant le couvercle de la boîte de pellicule que Sonia saisit.

– « *Le Lac des cygnes* au théâtre Kirov, ci-devant théâtre Marinski, répondit Sonia. Représentation exceptionnelle donnée par le corps de ballet pour les camarades de l'usine Kirov. 30 novembre 1943. »

Elle se retourna vers l'employé, qui maintenant attendait.

– C'est prêt ?

L'homme acquiesça.

– Si le film casse, téléphone-moi. Et surtout, ne touche à rien.

Et il sortit dignement.

– Cela les rend de mauvaise humeur de ne plus fabriquer de tanks ! lança Sonia. Si le document vous intéresse, je m'arrangerai pour en avoir une copie. Je crains seulement qu'il ne faille graisser la patte de quelqu'un....

Les deux femmes s'assirent devant la visionneuse. Comme Sonia allait éteindre la lumière, Dora sortit une photo de son sac et la posa en évidence devant elle.

– C'est aussi cet homme que nous cherchons, dit-elle. C'est une photo de Peter fin 1942.

Malgré elle, la jeune archiviste ne put réprimer un léger mouvement de recul en découvrant l'uniforme allemand.

– Ne regardez que le visage, dit simplement Dora. Ou imaginez-le en civil.

Sonia hocha la tête, puis tendit la main et saisit la manette qui commandait le défilement du film.

– On y va ? demanda-t-elle sur le ton de quelqu'un qui s'apprête à se lancer dans l'inconnu.

– On y va, répondit Dora.

C'était un film en noir et blanc à la réalisation très soignée, qui montrait de larges extraits de la représentation du ballet de Tchaïkovski. Dans la salle, un parterre d'ouvriers suivait attentivement le spectacle. Privilégiant évidemment les danseurs, le réalisateur passait cependant souvent en plan de coupe sur les spectateurs.

– Arrêtez ! s'écria soudain Dora. Revenez un peu en arrière !

Sonia obéit et passa la commande à Dora, qui fit remonter un peu le film, hésita, puis arrêta la projection sur une image qui montrait un petit groupe d'ouvriers assis au premier rang, le visage levé vers la scène, manifestement ravis.

– Là ! s'écria Dora. Celui du milieu, c'est Peter ! (Elle se pencha vers l'image et se troubla.) Mon Dieu, qu'il est jeune... Regardez, on dirait un adolescent !

Bouleversée, elle scrutait le visage de Peter assis au premier rang, un bouquet de fleurs à la main, un sourire d'admiration sur les lèvres. Sonia se pencha et fit de même. Puis elle se redressa et se retourna vers Dora. Elle était sur le point de poser une question, mais, devant son visage ému, se ravisa.

– On ne peut pas agrandir l'image ? demanda Dora.

– On peut. Mais pas ici. Et puis, on ne ferait qu'agrandir les défauts.

Sans commenter, Dora remit la machine en route et le défilement reprit.

L'image repassa sur une scène du ballet. Venant des coulisses, une danseuse pénétrait sur la scène.

– Oh ! s'écria à son tour Sonia, au comble de l'excitation.

Dora saisit la manette et arrêta de nouveau l'image.

– Là, là ! cria Sonia, l'index tendu vers la ballerine.

C'était Anna Souvorine...

N'arrivant pas à retenir ses larmes, Dora ressortit de son sac le journal de Peter et le montra à Sonia.

– Tout est là, dit-elle...

1er décembre 1943,

La nuit dernière, j'ai rencontré la femme de ma vie.

Avec mes camarades de l'usine Kirov, je suis allé voir ce spectacle où nous étions invités et j'ai admiré Le Lac des cygnes *de Tchaïkovski. Je n'avais jamais vu de ballet. J'ai été ébloui.*

J'ai surtout éprouvé pour la première fois une impression inouïe : celle de réaliser que j'étais vivant et qu'il était mer-

veilleux que je le sois ! Cela doit venir du spectacle qui, après toutes les horreurs que j'ai vécues, m'a rappelé soudain l'existence de la beauté et de la grâce. C'était comme si cette vision me lavait d'une monstrueuse couche de crasse sanguinolente et puant la mort ! Comme si s'étaient évanouis le froid, la faim et la peur qui nous tenaille les tripes lorsqu'une bombe ou un obus éclate un peu trop près. J'ai revu les visages des cadavres couverts de sang et les copains déchiquetés avec des bouts de chair partout, les corps noirs et gonflés d'hommes rôtis au lance-flammes comme des porcs. Je me souviens aussi des « popovs » qui s'avançaient en tirant à tout-va devant eux et qu'on déquillait à la mitrailleuse comme des soldats de plomb. Je revois les partisans pendus par les SS, qui se balançaient au bout de leur corde tels des quartiers de viande gelée ! Et, comme nous n'avions pas le droit de les dépendre pour les enterrer, les loups affamés venaient en meute à l'aube les dévorer à grands coups de crocs. Alors nous nous embusquions derrière une isba pour les descendre au Mauser, ces loups, et les manger à notre tour... Un jour, en comprenant de quoi ils s'étaient nourris, j'ai vomi. La nuit dernière, je ne pensais plus à tout cela. Sans doute m'étais-je, comment pourrais-je dire, habitué à l'abominable ?

Oui, la nuit dernière, j'ai pris mon premier bain de bonheur, ma première ablution de beauté. Cette nuit-là, c'était la paix. Je veux absolument vivre pour pouvoir en profiter. C'est si beau, le corps d'une femme, si délicat, si pur, si frêle et en même temps si puissant et aérien pour bondir vers le ciel du théâtre et défier l'équilibre comme le faisaient ces danseuses. J'exige de vivre ! Je suis tellement jeune ! Je n'ai même pas vingt ans, nom de Dieu ! Que fais-je ici à des milliers de kilomètres de chez moi à crever de faim et de froid ? Pourquoi ma mère est-elle déjà morte ? Pourquoi n'ai-je plus de chez-moi ?

Tout à coup, pendant le spectacle, j'en ai eu assez de

tout et j'ai commencé à pleurer. Sans pouvoir m'arrêter. Malgré la musique merveilleuse qui résonnait dans ma tête, malgré la beauté du spectacle, malgré les corps des danseuses qui virevoltaient sur la scène, je ne voyais plus défiler devant mes yeux que les visages de mes copains morts et n'entendais plus que les rafales saccadées des mitrailleuses.

Je sais maintenant que peu à peu j'étais sorti du spectacle, j'étais parti ailleurs, à la guerre. Des explosions se succédaient, de plus en plus fortes, dans ma tête. J'étais plongé dans tout ce que j'avais vécu de cauchemardesque lorsque, tout à coup, j'ai entendu une voix féminine. Les explosions ont cessé et j'ai brusquement levé les yeux. J'ai alors pris conscience que j'étais assis dans un fauteuil d'orchestre d'un théâtre au rideau de scène tiré. Je me suis souvenu que j'étais en train d'assister à un ballet qui, visiblement, était fini. La voix féminine a encore insisté et j'ai levé les yeux. Une danseuse en tutu était devant moi et me parlait. Une jeune femme merveilleusement belle. J'ai mis un bon moment à comprendre ce qu'elle voulait.

– C'est à moi que vous deviez remettre les fleurs que vous serrez contre vous comme si vous aviez une peur horrible qu'on vous les arrache ! a-t-elle dit.

Elle m'a examiné plus attentivement.

– Vous pleurez parce que, à la fin du ballet, le cygne va mourir ?

J'ai répondu que non, que ce n'était pas à cause du cygne. Je n'ai pas osé dire que je pleurais sur moi. Alors, j'ai essayé de sourire. Et cela a dû être un sourire rudement bizarre, car elle a éclaté de rire. Elle était tellement belle ! Du coup, je me suis levé, un peu gauche certainement, je ne me suis même pas essuyé les yeux et je lui ai tendu les fleurs. Elle les a prises, elle s'est inclinée en une révérence infiniment gracieuse et s'est présentée :

– Je m'appelle Anna Souvorine...

Et je l'ai tout de suite aimée. Je lui ai dit :

–Je m'appelle Peter Muller, j'ai dix-huit ans et demi, je suis né en France, à Strasbourg. J'en ai assez de la guerre, je vous trouve très belle et je vous demande la permission de vous aimer.

Elle a encore ri. Un rire très clair, spontané, puis sa voix est devenue grave et elle a dit :

–Je veux bien.

Et je savais qu'elle ne se moquait pas de moi.

J'aime. Pour la première fois de ma vie, j'aime une jeune femme. Je crois qu'elle éprouve le même sentiment à mon égard. Je voudrais crier : « J'aime Anna ! » C'est à la fois bizarre et extraordinaire. J'ai envie de rire et de pleurer en même temps. Elle aussi.

Je l'ai raccompagnée jusqu'à l'immeuble où elle habite avec les autres danseuses, puis je suis rentré au dortoir de l'usine. En chemin, en descendant le grand escalier derrière la gare de Moscou, j'ai voulu danser de joie, moi aussi, comme Anna. Mais j'avais oublié que je n'avais plus assez de forces et j'ai dégringolé sur le dos au moins une bonne dizaine de marches gelées. En bas, j'ai eu beaucoup de mal à me relever, mais je n'ai rien de cassé.

A bientôt, journal.

Les yeux embués, Dora referma doucement le cahier. Puis Sonia sortit de son sac la photographie d'Anna et la mit à côté de celle de Peter.

Les deux femmes se taisaient, le regard posé sur le couple que formaient les deux jeunes gens.

– Que leur est-il arrivé ? demanda Sonia.

– Ils se sont aimés éperdument. Mais très peu de temps, car Peter a été arrêté début avril 1944 et Anna deux mois plus tard, le 7 juin. Ils ne se sont jamais revus. Jamais. C'est pour répondre à la dernière volonté de Peter que je veux retrouver la trace d'Anna.

Elle remit la photographie de Peter dans son sac.

– C'est pourquoi j'ai commencé à la rechercher ici, dans les archives du corps de ballet du Kirov. Maintenant, vous savez tout. Sauf que, comme moi, vous ignorez ce qu'est devenue Anna après son arrestation.

Elle se leva et alla décrocher son manteau d'une patère.

– Mais je la retrouverai, ajouta-t-elle d'un ton sans réplique.

Sonia repoussa son siège lentement, cherchant à assembler les pièces éparses du puzzle. Elle saisit sur la visionneuse le cliché représentant Peter et le contempla un instant.

– Puis-je me permettre une question ?

– Je vous en prie...

– Cet homme, ce Peter qui avait dix-huit ans et demi en 43 lorsqu'il est tombé amoureux d'Anna, qu'était-il pour vous ?

Dora la dévisagea. Pouvait-elle avoir confiance ? Elle décida que oui.

– Il était mon mari.

Au comble de l'étonnement, Sonia scruta longuement Dora, puis se décida à parler :

– Si je comprends bien, cet homme vous a aimée parce que...

– Parce que je ressemblais à Anna ? Au début, peut-être. Mais par la suite, ce fut vraiment de l'amour, j'en suis sûre...

Fin de non-recevoir

18 octobre 1995,
N° A-239567/ht/181095,
Moscou.
DNKV Dir 5.

Confidentiel-secret,
Demande d'enquête.

Motif : Demande de renseignements sur la carrière du lieutenant Kolomiakov (Sacha) en garnison à Leningrad de fin 1943 jusqu'en juin 1944. La demande concerne l'adresse actuelle du sujet.

Affectation de l'époque : 294e régiment d'artillerie de la Garde à Leningrad.

Demandeur : Sonia Feodorovna Tanakov.

Profession du demandeur : Directrice en chef du département des archives du théâtre Kirov, à Saint-Pétersbourg (voir état civil, c.v., adresses professionnelle, privée et téléphones en annexe 3).

Objet de la requête : Alexandre Alexandrovitch Kolomiakov, matricule 12-39870543 AH 4588905, komsomol engagé comme aspirant-cadet dans l'armée Rouge le 01/01/1940. Admission à l'Académie militaire Frounzé le 01/07/40.

Observation : Sujet classé secret-défense depuis le 01/01/1944.

Restriction IVA : Si la demande est agréée par l'état-major VIIB du sous-directoire X, ne fournir à l'intéressée que les éléments de la carrière militaire du sujet depuis son engagement jusqu'au terme de son activité dans l'armée de terre. Alexandre Alexandrovitch Kolomiakov a été officiellement démobilisé le 30 septembre 1945 à Kiev, avec le grade de major à la 42e division d'artillerie de la Garde. Adresse dans la vie civile inconnue depuis.

Signature :
illisible

L'envol du cygne

Sonia sortit de la cabine téléphonique et revint vers Dora qui, non loin d'une colonne rostrale de la pointe de l'île Vassilievski, se promenait, le regard levé vers le musée de la Marine de guerre, l'ancienne Bourse au fronton de temple grec.

– Les gens de Moscou n'ont pas encore eu le temps de faire la recherche sur ce qu'est devenu Kolomiakov, dit Sonia. Ils m'ont demandé de les rappeler après-demain.

Dora hocha la tête, mit les mains dans les poches de son manteau et recommença à marcher. Sonia lui emboîta le pas et les deux femmes se dirigèrent lentement vers le quai Makarov. Après quelques instants de silence, Sonia tourna vers Dora un visage dévoré de curiosité.

– Vous en étiez restée au moment où vous alliez rencontrer Peter Muller, quand vous deviez danser *Le Lac des cygnes* à Paris...

– Ah, oui, Paris... C'était en 1974, début juin, pour être précise. Je faisais mes débuts de danseuse étoile à l'Ouest. Avec Noureev et le corps de ballet de l'Opéra de Paris, en plus ! Vous rendez-vous compte ? J'avais un de ces tracs !

En réalité, ce n'était pas du trac qu'elle avait éprouvé ce soir-là. Comme d'habitude avant chaque première représentation publique d'un ballet, elle était arrivée très en avance à l'Opéra. Tellement que le régisseur s'était étonné. Jusqu'à ce qu'un spectacle soit vraiment rodé, Dora aimait déambuler longuement dans le théâtre encore désert avant le lever du rideau. Elle descendait sur la scène et s'y promenait lentement, esquissant un pas, se repassant mentalement la chorégraphie...

A dire vrai, c'était une intense panique qui s'était emparée d'elle ce soir-là sur l'immense scène vide. Si forte qu'elle s'était enfuie précipitamment, était remontée dans sa loge et s'était mise à sangloter. Cette angoisse qu'elle éprouvait, elle en était parfaitement consciente, ne venait pas d'une quelconque crainte d'ordre artistique. Sans forfanterie, Dora se savait d'un niveau technique et artistique supérieur à celui de la plupart des ballerines occidentales. Et puis, *Le Lac des cygnes*, elle l'avait déjà dansé plusieurs fois à Berlin-Est. Avec succès, même. De plus, elle était à présent la partenaire de Noureev, choisie par lui, exigée par lui. Cela aurait dû la rassurer, l'exalter. Non, cette panique subite ne venait pas de son art.

Assise devant le miroir de sa table de maquillage, le menton dans les mains, elle dévisageait son image brouillée par les larmes. Allez, se dit-elle, avoue que l'angoisse terrible qui te saisit vient du sentiment de solitude qui te gagne peu à peu, ici à l'Ouest.

Elle commençait à paniquer dans cet Occident tant convoité. Qui la délivrerait de cette détresse ?

Elle se regarda plus attentivement dans le miroir. Qu'y vois-je ?

Objectivement, elle pouvait apercevoir une jeune femme de vingt et un ans au visage ovale très régulier. Avec deux grands yeux verts et des cheveux blonds sagement enroulés dans un chignon. Es-tu belle ?

– Oui, répondit l'image. Je suis grande, bien faite, et j'ai un très joli corps.

– Très joli, vraiment ?

– Disons que je ne suis pas mal faite, corrigea l'image.

Dora explosa :

– Allez, arrête de jouer la modeste et sois franche avec toi-même ! Tu es balancée comme une reine, avec des jambes, une chute de reins et une poitrine à damner un régiment ! Tu es la plus douée des ballerines et tu danses ce soir *Le Lac des cygnes* en vedette avec le grand Noureev ! Et sur la meilleure scène d'Europe occidentale, encore ! Qui oserait rêver mieux ! Alors, pourquoi n'es-tu pas heureuse ?! Pourquoi pleures-tu, idiote ?

Dora s'essuya les yeux. Qu'est-ce qui clochait en elle ? Parce que, à cet instant précis, elle se sentait horriblement mal dans sa peau, elle, Dorothée Elena Maria Kempf, dite Dora Kempf, née le 11 avril 1953 à Berlin Pankow, réfugiée politique en RFA, ci-devant citoyenne de la République démocratique allemande.

Elle aurait dû jubiler, pourtant ! Elle avait tellement eu envie de quitter l'Est ! Et cela avait été difficile de passer de l'autre côté ! Surtout pour la fille particulièrement surveillée d'un dignitaire de la police secrète de la RDA.

Une petite craquelure dans le miroir de la table de maquillage attira son attention. Elle se calma et décida de faire un bilan « honnête » de sa situation à ce moment précis. A la manière que lui avait apprise Gretli, la vieille cuisinière de la maison paternelle de Pankow qui l'avait élevée après la mort de sa mère.

« Lorsque ça va mal et que tu te sens perdue, ma chérie, lui avait-elle dit un jour, fais le bilan. C'est très simple : dans ta tête, prends un papier et tire un trait vertical sur la feuille qui se trouve ainsi divisée en deux colonnes. Dans celle de gauche, mets tout ce qui va bien, et dans celle de droite, ce qui te cause problème. Et compare les deux... »

Elle alla s'étendre sur le divan de la loge et, le regard perdu au plafond, commença à faire le bilan de sa jeune vie, façon Gretli.

Elle débuta par le plus facile, ce qui remplissait presque entièrement la colonne négative : son père. En réalité, c'était lui qu'elle avait fui en même temps que le régime ! C'est sans la moindre hésitation, presque avec joie, elle devait se l'avouer, qu'elle avait laissé derrière elle la présence de cet homme froid qu'elle n'avait jamais compris ni aimé. De son côté, avait-il seulement éprouvé de l'amour pour elle ? Elle ne le pensait pas. Quelle affection lui avait-il témoignée depuis la mort de sa mère ? Oh, bien sûr, elle n'avait jamais manqué de rien, la petite Dora Kempf. Il lui avait donné tout ce dont elle avait besoin, y compris le superflu, et même le superflu du superflu. En réalité, il l'avait gavée de tout et privée de l'essentiel : l'amour et la tendresse. Qui donc l'avait jamais prise dans ses bras pour la consoler lorsque, enfant, elle avait un chagrin ? Qui lui avait raconté des histoires pour l'endormir après la mort subite de Mutti ? Qui venait l'embrasser le soir dans son lit lorsqu'elle avait peur du noir ? Qui l'aidait à faire ses devoirs après la classe ? La vieille Gretli ! Il n'y avait eu qu'elle pour l'aimer et la câliner, pour lui parler de sa mère, aussi...

Ce n'est que lorsque Dora avait été nommée première danseuse à l'Opéra du Peuple de Berlin et que l'on avait commencé à parler d'elle que son général de la Stasi de père s'était intéressé à sa fille. Il était même devenu fier d'elle ! Mais c'était trop tard.

Ce qui était étrange, c'est qu'il avait toujours semblé mal à l'aise avec elle. Pourquoi ? Elle ne le savait pas et sa mère était morte trop tôt pour qu'elle puisse en apprendre davantage. Bientôt, elle n'avait plus cherché à comprendre. Il y avait tellement de choses et de gens qu'elle détestait autour de lui ! D'abord, dès le lendemain de la mort de

Mutti, tous ces gros bonnets de la Stasi qu'il invita de plus en plus souvent à la maison de Pankow et dont Dora supportait de moins en moins bien l'arrogance.

Non, elle ne le regrettait pas, son père ! De plus, elle ne lui devait rien. Absolument rien, puisqu'elle s'était faite sans son aide !

Avant de clore le chapitre paternel, elle eut une pensée affectueuse pour Gretli. Brave et douce Gretli qui n'avait pourtant pas pesé bien lourd dans la balance, lorsqu'il s'était agi de fuir.

Dans la colonne positive : le fait de n'avoir plus peur de dire ce que l'on pensait. Elle avait moins détesté le Parti par conviction politique que par instinct de défense personnelle quand elle s'était aperçue, encore adolescente, qu'elle ne supportait aucune forme d'embrigadement ou d'autoritarisme. Elle avait décidé que personne ne lui dicterait jamais qui elle devait aimer ni qui elle avait envie de détester. Son père avait bien essayé de la casser. En vain. Elle haïssait aussi le climat d'obéissance aveugle et de délation permanente des jeunesses communistes et s'en était vu exclure comme élément indésirable en moins de temps qu'il ne faut pour le dire.

A la réflexion, ce soir-là dans cette loge de l'Opéra de Paris, elle prenait conscience qu'elle n'avait dû sa liberté qu'à sa seule faculté d'avoir su dire non. Et également au fait d'avoir eu ce don pour la danse. Elle ne reconnaissait qu'une seule vertu à son éducation à l'Est : celle de lui avoir permis d'atteindre très jeune une perfection technique difficilement imaginable à l'Ouest. En RDA, lorsque quelque vocation était découverte chez un enfant, tout, absolument tout était mis en œuvre pour en faire un champion. S'il n'en n'était pas capable, il était impitoyablement éliminé. Qui n'avait pas été stupéfait dans les années soixante-dix par les performances des athlètes est-allemands ? Eh bien, ce qui était vrai pour le sport l'était également pour la danse. Sauf que les chorégraphes n'amélioraient pas les performances de leurs ballerines avec des anabolisants et autres drogues ! Il fallait au contraire soigneusement se garder d'enlever de la grâce aux danseuses ! La sélection était néanmoins implacable, le déchet énorme, et, là aussi, il avait fallu se battre pour parvenir à être la meilleure. Et quel travail de forçat ! Des centaines d'heures sur les pointes, des milliers à la barre ! Mais quelle récompense de se savoir la meilleure entre les meilleures !

Cette jeunesse faite d'isolement affectif et de travail forcené serait-elle la cause de l'extrême solitude qu'elle ressentait ce soir-là ? Elle tenta de mieux formuler la question. Ce qui l'empêchait de se lier aux Occidentaux de son âge ne venait-il pas de ce qu'elle était beaucoup plus mûre qu'eux ? Serait-ce parce qu'il lui avait fallu tellement lutter pour exister ? A l'Ouest, à âge équivalent et leur art mis à part, les ballerines étaient mentalement des adolescentes, plus préoccupées de la lecture des magazines de mode et de leurs petits amis que de devoir combattre pour survivre ! Tout leur avait été donné, à ces filles-là ! Elle, Dora, avait dû guerroyer tout le temps et pour tout. A commencer pour se faire respecter.

Ce soir-là, elle se surprit et se plut un instant à penser que son trajet personnel ressemblait quelque peu au parcours initiatique des chevaliers qui peuplaient les livres de son enfance. Oui, c'était une véritable suite d'épreuves qu'elle avait traversées. A son âge, peu d'êtres pouvaient en dire autant. Devait-elle placer dans la colonne négative ces encombrantes expériences ?

Et dans quelle colonne ranger la manière dont elle était passée à l'Ouest ?

Un autre rôle, celui-là ! Elle en voyait l'affiche : Dora Kempf dans *La Transfuge* !

Elle se souvenait comme si c'était hier de la scène digne

d'un film d'aventures qu'elle avait vécue à l'aéroport d'Heathrow. Avant le décollage, l'avion qui les ramenait à Berlin-Est avait eu une panne en bout de piste. Elle avait aussitôt profité du transfert des passagers d'un avion à l'autre à même le tarmac pour quitter brusquement la troupe qui se dirigeait vers le nouvel appareil et se mettre à courir vers les policiers anglais. Les gardes en civil de la sécurité est-allemande avaient bien essayé de l'arracher des mains des Anglais, mais en vain !

C'est après cette bagarre que cela avait presque été plus difficile. Elle se rappelait parfaitement le culot de l'ambassadeur de RDA qui était accouru au Foreign Office tenter de la convaincre de renoncer à sa « désertion »... Elle se souvenait avec la même acuité du moment où il avait exigé de rester seul avec elle pour lui mettre en main un chantage affectif abominable : ou elle rentrait sans faire d'histoire, ou son père risquait de très graves ennuis, voire la mort, avait-il précisé. Dora avait éclaté en sanglots, attirant l'officier britannique qui attendait derrière la porte.

Qu'était-il advenu de son père ? La défection de Dora datait de moins d'un an et, pendant tous ces mois, elle n'avait eu aucune nouvelle de lui. Non qu'elle s'attendît à en recevoir. Elle espérait simplement que les menaces de l'ambassadeur n'avaient pas été mises à exécution. Depuis, Joseph Kempf n'avait pas reparu en public, mais les Britanniques avaient dit à la jeune femme de ne pas s'inquiéter.

Finalement, se dit-elle, j'ai été seule de l'autre côté et maintenant je suis seule de celui-ci.

A ce moment-là, une sonnette retentit et une voix annonça dans le haut-parleur de la loge :

– Attention pour tous ! Lever du rideau dans quatre-vingt-dix minutes ! Mademoiselle Kempf, au maquillage, s'il vous plaît !

Dora se leva d'un bond et se précipita vers le miroir. Elle saisit un mouchoir en papier, s'essuya prestement les yeux, puis durcit l'expression de son visage.

– Même seule à en crever, lança-t-elle enfin à son image, une princesse Cygne ne pleure jamais !

Journal de Peter

3 juin 1974,

Extravagant ! Hier soir à l'Opéra, je vois soudainement Anna sur la scène ! Sur le moment, j'exulte, j'ai envie de hurler mon bonheur ! Tout cela est fou ! Je l'ai retrouvée !

Non, c'est inexact. Ce n'était pas elle, mais c'est merveilleux !

Voici exactement ce qui est arrivé.

A l'Opéra de Paris, j'aime bien ne pas être assis trop près de la scène qui est très large. Durand-Weil m'avait bien placé, au huitième rang d'orchestre et au centre. J'étais d'autant plus heureux de pouvoir assister à ce spectacle que j'avais failli le rater à cause du retard de mon avion ! Heureusement, j'avais pu passer un smoking dans les toilettes de la Caravelle. J'étais tout particulièrement ravi parce que je trouve que, faute de talent, Rudolf Noureev a du génie, et que j'ai en projet l'édition d'un livre sur lui.

Le spectacle commença.

Après l'exposition du personnage de Siegfried, je guettais comme d'habitude l'apparition d'Odette, la princesse Cygne, au début du deuxième acte. Je n'avais pas eu le temps de regarder l'affiche, tant j'avais couru pour gagner mon fauteuil d'orchestre. J'avais seulement appris par l'ouvreuse que la grande Claire Delamotte avait été rem-

placée au dernier moment. Par conséquent, j'ignorais qui était la partenaire de Noureev.

Lorsqu'elle apparut, je crus défaillir ! De loin, on aurait dit Anna ! J'avoue avoir emprunté (peut-être les ai-je arrachées ?) ses jumelles à ma voisine et les avoir braquées sur la jeune femme qui dansait. Lorsque j'eus une image rapprochée d'elle, je faillis pousser un cri ! C'était Anna !!! La mienne, celle que j'avais cherchée aux quatre coins du globe ! Elle était là, sur cette scène ! Je faillis hurler de bonheur ! C'étaient, agrandis par les jumelles, ses yeux, l'ovale de son visage, ses cheveux, ses jambes ! Oui, j'ai manqué crier et j'étais tellement agité que les gens assis à côté de moi ont commencé à me regarder comme s'ils avaient un aliéné pour voisin. J'ai entendu des voix murmurer et même gronder et j'ai dû me calmer.

Puis, éperdu de bonheur, je me suis laissé aller à la regarder évoluer, comme tétanisé. Lorsqu'elle est sortie de scène au tableau suivant, j'ai réfléchi et j'ai dû me rendre à la raison. Ce ne pouvait hélas pas être Anna ! Car la jeune femme que j'avais connue à Leningrad en 1944 aurait exactement trente ans de plus aujourd'hui... 1944-1974... soit pas loin de cinquante ans, comme moi. Mais, au fait, la danseuse que je venais de voir évoluer pouvait très bien être sa fille... Je caressai cette possibilité, finis par l'admettre, puis par l'adopter tout à fait. Et mon cœur recommença à battre la chamade. Si tel était le cas, je saurais enfin ce qu'était devenue sa mère, la femme que j'avais cherchée en vain pendant près de trente ans !

Jamais entracte ne me parut plus long. J'en profitai pour me renseigner sur le nom de ma princesse Cygne. Elle s'appelait Dora Kempf, me dit Durand-Weil, l'administrateur. Que savait-il de plus ? Qu'elle était une transfuge d'Allemagne de l'Est. Mes espoirs sur la parenté qui pouvait exister entre Anna et Dora Kempf ne s'effondraient pas tout à fait. Anna avait très bien pu épouser un Allemand *qui aurait donné son nom à cette jeune femme ! C'était fort possible. Des contacts existent entre les diverses nationalités du bloc soviétique où circulent beaucoup de compagnies de ballet des pays de l'Est.*

J'en étais là de mes supputations sur l'origine du patronyme de Dora Kempf lorsque Durand-Weil me demanda ce que je pensais de la danseuse. L'esprit ailleurs, je me souviens lui avoir répondu sans réfléchir que je la trouvais sublime ! Il m'observa avec curiosité, puis me promit de m'emmener dans les loges où il allait me présenter à Noureev. Lorsque j'examinai le désir de faire également la connaissance de Dora Kempf, je dus y mettre une telle insistance qu'il me regarda avec un air amusé.

– Vous avez raison, elle est ravissante. Je ne savais pas, ajouta-t-il, se voulant pince sans rire, que les éditeurs aux tempes argentées, surtout les éditeurs spécialisés dans la danse, succombaient encore aux charmes des ballerines ! Tout cela fait très Degas, mon cher Peter !

Mais comment lui expliquer ?!

Toujours est-il que, dès le baisser du rideau, négligeant les rappels, je déchaînai encore le courroux de mes voisins tant je voulais vite quitter ma place et me précipiter vers les loges.

Je rejoignis Durand-Weil au foyer et je dus, rongeant mon frein, presque subir une rencontre que j'avais pourtant sollicitée personnellement et dont la perspective m'avait tellement enchanté quelques heures auparavant : faire la connaissance de Rudolf Noureev. Heureusement, Durand-Weil me fit pénétrer avant tout le monde dans la loge du danseur. Ce dernier fut fort courtois. Je le félicitai pour sa performance, puis nous décidâmes de nous revoir très vite et je pris sur-le-champ un rendez-vous dans la quinzaine à venir. A l'extérieur de la loge se pressait, bruyante et mondaine, l'habituelle cohue des admirateurs. Je profitai de l'impatience de cette foule qui piaffait pour quitter Nou-

reev et, le cœur battant, m'avancer vers la loge de Dora Kempf que m'indiqua une habilleuse.

Je frappai, mais personne ne répondit. Était-elle déjà partie ? Pris d'angoisse, je décidai de pousser la porte et je pénétrai dans la loge. Je ne pus voir, au-delà de la pénombre de la pièce, en contre-jour, que la forme d'une femme en peignoir qui se redressait d'un seul mouvement de la table de maquillage. Un flacon de lotion à la main, Dora Kempf me fit face. Elle paraissait surprise et avait les yeux embués. Avait-elle pleuré ?

– Je vous prie de m'excuser, balbutiai-je, confus. J'ai frappé et vous n'avez pas répondu. Je vous croyais déjà partie. Je vais attendre dehors...

– Non, non ! dit-elle vivement.

Elle se retourna vers sa table et, se penchant vers le miroir, s'essuya soigneusement les yeux. Puis elle s'avança dans la lumière et me fit de nouveau face.

– Un peu de lotion dans les yeux..., expliqua-t-elle, comme pour s'excuser.

Elle me dévisageait. La lumière éclairait parfaitement son visage et soulignait sa ressemblance inouïe avec celui d'Anna. Nous restâmes quelques secondes à nous regarder sans mot dire. Pour être juste, elle attendait avec une expression un peu étonnée que je me décide à parler. Et moi, je ne disais rien, stupéfait que j'étais en détaillant les traits de cette femme qui était le sosie presque parfait de mon amour d'il y a trente ans. Au bout d'un temps dont je ne saurais définir la longueur, je réalisai que mon attitude devait lui paraître extravagante.

– Je...

J'essayais de parler, mais je ne pouvais absolument rien dire, totalement paralysé. En réalité, si je tente de me remémorer dans le plus petit détail ce qui m'est arrivé hier soir, je crois me souvenir que j'étais tout simplement en train de la dévorer du regard en souriant de bonheur...

Anna et son double

– C'est son regard qui m'a immédiatement frappé, dit Dora, un regard comme je n'en avais jamais vu sur le visage d'aucun être ! Un regard émerveillé et plein de chaleur, un regard qui semblait vous deviner jusqu'au plus profond de vous-même, tout en vous protégeant totalement à la fois. Je ne sais pas si je me fais bien comprendre ? Hemingway a écrit quelque part d'une de ses héroïnes qu'« elle se réchauffait au regard de l'homme qui l'aimait ». C'est exactement ce que j'ai ressenti lorsque celui de Peter s'est posé sur moi... Une attention profondément dévouée, une sorte de vigilance qui vous était totalement acquise.

Dora s'arrêta de parler, tandis que Sonia commençait à négocier un demi-tour difficile dans la circulation des rues de Saint-Pétersbourg.

– Et vous n'avez rien deviné ? demanda-t-elle.

– Deviner quoi ? Il n'y avait rien à deviner ! Au plus profond de mon désarroi et de ma solitude, c'est-à-dire exactement au moment où j'en avais le plus besoin, je rencontrais un être merveilleux qui allait devenir à une vitesse stupéfiante mon amant, puis mon mari ! Que demander de plus ?

– Cela ne vous a pas paru bizarre qu'il s'occupe de ballets ? demanda Sonia.

– Bien sûr que non ! fit Dora en éclatant de rire. Puisque c'était même grâce à sa passion pour la danse que je l'avais rencontré !

Elle jeta un coup d'œil vers Sonia, puis repartit dans ses souvenirs :

– Quand on tombe amoureuse pour la première fois de sa vie...

Elle se reprit, voulant préciser sa pensée :

– Lorsqu'on s'aperçoit qu'on aime vraiment pour la première fois de sa vie, on éprouve un tel émerveillement qu'un autre être se donne totalement à vous, qu'on ne songe qu'à lui rendre ce don... J'avais de plus, moi, Dora Kempf, l'impression d'être une naufragée qui atteignait enfin un rivage qui n'avait jamais cessé de s'éloigner depuis ma toute petite enfance : celui de l'amour et de la tendresse. J'avais un tel retard... ! Pouvoir s'abandonner à quelqu'un, avoir confiance ! Je ne savais tout simplement pas ce que c'était.

Le feu passa au vert. Sonia démarra et vira à droite pour emprunter la Perspective Nevski vers l'hôtel Métropole. Elle se retourna vers Dora. Ses lèvres remuèrent comme si elle allait formuler une question, puis elle abandonna. Leurs regards se croisèrent et Dora esquissa un sourire.

– Je sais ce que vous alliez me demander, Sonia. Et je peux répondre à votre question.

Elle reporta son regard sur la circulation.

– Lorsque nous nous aimions, Peter et moi, murmura-t-elle, ce n'était pas avec Anna qu'il faisait l'amour, c'était avec moi. Depuis la minute où nous nous sommes rencontrés, c'est bien moi qu'il a aimée, Sonia. Pas une image de moi.

– Mais, après avoir fait votre connaissance à l'Opéra de Paris, il ne vous a jamais dit que vous ressembliez à s'y méprendre à une danseuse du Kirov rencontrée en 1943 à Leningrad ?

– Non.

– Pourquoi ne l'a-t-il pas fait ?

– Pourquoi l'aurait-il fait ?

Journal de Peter

7 juin 1974,

Dora avait effectivement pleuré le soir où je l'ai rencontrée dans sa loge, à l'Opéra. Elle ne me l'a avoué que ce matin, alors que nous prenions notre petit déjeuner dans ma suite du George-V.

Les jours qui viennent de s'écouler ont été un rêve et le présent est un enchantement. Nous nous sommes littéralement jetés l'un sur l'autre comme des affamés, tant nous avions chacun besoin l'un de l'autre !

J'ai pris une décision capitale : je n'ai pas dévoilé à Dora l'existence d'Anna. Je ne lui ai donc pas révélé leur prodigieuse ressemblance. Ai-je été lâche ? L'ai-je trompée depuis le premier instant où je l'ai prise dans mes bras ? Je ne le crois pas. J'en suis même certain. J'ai décidé que je ne lui divulguerai jamais l'existence d'Anna, sauf peut-être sur mon lit de mort. Pourquoi en suis-je venu là ? Parce que, après un examen de conscience, je peux dire ici avec honnêteté que je ne suis pas tombé amoureux de Dora à cause de son extraordinaire ressemblance avec Anna. Je ne trompe pas l'une avec l'autre. Je ne nierai certes jamais être allé vers elle à cause du trouble émerveillé que sa vue sur la scène a fait naître en moi, mais l'ambiguïté de rencontrer le double d'un être aimé s'est presque immédiate-

ment dissipée. Cela a été évident ce soir même lorsque je me suis aperçu avec stupéfaction que, depuis le début de la soirée, j'avais complètement oublié Anna ! En réalité, j'avais devant moi une autre femme, également exceptionnelle, mais tout à fait différente.

A ce stade précis de sa vie, Dora est totalement en crise. Elle est à l'aube d'une très grande carrière de danseuse. Elle en a la potentialité technique, artistique et le talent, m'a assuré Noureev, que je viens de voir cet après-midi. Mais, sur le plan personnel, j'ai découvert un être dans un état psychique voisin d'une totale désespérance. Je suis arrivé juste à temps ! Moi ou un autre homme de mon âge et de mon expérience de la vie. J'écris ces mots sans aucune forfanterie. Je pense en effet qu'un homme plus jeune, qui n'aurait été attiré que par sa beauté et la sensualité qu'elle dégage, n'aurait pu que la détruire en ne lui offrant « que » de l'amour. Dora a besoin de plus. Je suis devenu son amant, certes, mais mon âge me donne également la maturité du père qu'elle n'a jamais eu, si j'en crois ce qu'elle m'a raconté de son enfance et de son adolescence. Si j'ose parler ainsi, c'est que j'ai trouvé Dora dans un équilibre psychique limite. Elle s'est battue seule trop longtemps dans la plus totale indifférence affective et contre un régime qu'elle a détesté dès qu'elle a eu le discernement d'en mesurer l'aberration. A part la danse, Dora semblait, étrangement, ne pas savoir que faire d'une liberté conquise de haute lutte. En même temps qu'elle est amoureuse avec toute l'intransigeance de son caractère et la fougue de sa jeunesse, elle a besoin de pouvoir enfin se reposer sur un être sûr.

Quant à toi, Anna, dont je n'ai pas révélé l'existence à Dora, tu peux comprendre que je n'aille pas compliquer cet amour qui exige la plus totale clarté ! Je dois t'avouer, Anna, que Dora m'a délivré très paradoxalement de l'obsession que j'avais de ton image.

Je continuerai néanmoins à t'aimer jusqu'à mon dernier jour. Je te dis donc au revoir. Pas adieu ! S'il existe un ailleurs, nous nous y reverrons. Car je suis persuadé que nous nous rencontrerons de nouveau, j'en suis absolument certain. Quand ? Où ? Je ne peux le dire. Même Einstein n'a pas résolu le problème... Et, en même temps, si j'y réfléchis bien, je t'ai à chaque instant sous les yeux en regardant Dora. Tu es double, mon amour. Ou bien es-tu revenue pour devenir ELLE *! Cela pourrait sembler compliqué à tout autre que moi. A mes yeux, cela va de soi.*

Dora et moi faisons déjà des projets qui n'en sont pas. Sans me le dire vraiment ou l'exprimant à mots couverts, elle veut garder sa plus complète liberté d'action. Il est évident que je vais la lui laisser, tout en faisant tout ce qui est en mon pouvoir pour l'aider à se hisser au niveau des plus grandes danseuses de ce temps. Les compagnies de ballet les plus fameuses du monde vont s'ouvrir à elle. Je vais devoir concilier mon métier d'éditeur d'art habitant Strasbourg et sa carrière qui va devenir internationale, donc itinérante.

« Pour me serrer dans tes bras, m'a-t-elle dit en éclatant de rire, il va falloir que tu coures le monde ! » Si elle savait que j'ai couru la terre entière pendant près de trente ans à la recherche d'Anna...

Depuis mon retour en France, fin 1946, je me suis en effet transformé en enquêteur. Je dois avouer qu'après vingt-huit ans de recherches acharnées, je ne sais toujours pas ce qu'est devenue Anna. Je n'en ai pas la plus petite idée... Et ce n'est pas faute d'avoir soulevé et retourné chaque pierre du monde libre, puisqu'il m'était interdit de retourner celles de l'autre, glacifié depuis plus de vingt-cinq ans.

Presque immédiatement après être revenu en France, j'ai d'abord eu la mauvaise surprise de voir tomber le rideau de fer entre l'Est et l'Ouest. Ayant attendu presque un an et demi dans un camp en URSS après la fin de la guerre avant de rentrer chez moi, j'avais deviné sans mal la chape de plomb que Staline allait faire tomber sur l'URSS et l'Europe de l'Est.

Cela n'a pas traîné ! A l'Ouest, nous avons assisté, effarés mais sans réagir, à la mainmise des communistes sur tous les pays de l'Est qui passaient l'un après l'autre sous leur domination en de grandioses manifestations de liesse « spontanée »... Cela me donnait presque la même impression de honte, la même nausée que les proclamations nazies que j'avais vues affichées sur les murs de Strasbourg en 1941 et 1942...

Dans ces années d'après-guerre, j'ai eu mal à la France. Jamais je ne pardonnerai aux intellectuels français d'avoir souhaité que le totalitarisme marxiste y triomphe ! Dire que l'on a obligé un dissident russe, Kravchenko, à venir à Paris intenter un procès aux Lettres françaises, un hebdomadaire communiste qui lui niait son droit d'affirmer dans un livre édité à l'Ouest qu'il y avait des camps de déportés politiques et raciaux en URSS ! Honte, cent fois honte à l'intelligentsia française qui traita Kravchenko d'« agent de la CIA » et parla d'« outrage irréparable à nos valeureux alliés soviétiques ! », comme si Kravchenko avait jamais mis en doute la bravoure des soldats de l'armée Rouge ! A la demande de Camus et de David Rousset, ancien déporté victime des nazis, qui ont eu le courage de croire Kravchenko, alors que Sartre et une meute d'intellectuels marxisants l'avaient traîné dans la boue, je suis allé témoigner à Paris. Lorsque, à la barre du tribunal, j'ai certifié qu'en URSS, non loin de notre camp de prisonniers, il y avait des dizaines de camps de déportés politiques, un des avocats de la bande des Lettres françaises a jailli du prétoire comme un chien enragé, la bave et l'insulte aux lèvres, pour me traiter de menteur et d'imposteur ! Imposteur ? Moi ? Peter Muller, Alsacien incorporé de force par les nazis, déserteur de la Wehrmacht, combattant de Leningrad assiégé, ouvrier tankiste de l'usine Kirov, faussement accusé d'espionnage par le NKVD et condamné à la déportation en Sibérie ! Menteur, moi ? Déporté après un atroce voyage de quinze jours, à cent détenus par wagon à bestiaux, vers un camp de la taïga soviétique où j'ai failli crever de froid et de faim pendant deux ans ? Curieux intellectuels qui vous traitent de fasciste dès que vous n'êtes pas d'accord avec eux...

Pour tenter de rentrer en contact avec Anna, j'ai tout d'abord écrit au Kirov. Dix fois, cent fois ! Sans obtenir la moindre réponse ni même savoir si mes lettres étaient parvenues à leur destinataire. Puis j'ai écrit à ceux qui m'avaient aidé à Leningrad : Oleg, Dimitri Moïssiriev et les autres. En vain. J'ai alors tenté d'avoir des renseignements sur Anna par le consulat soviétique à Strasbourg et l'ambassade à Paris. Toujours rien. Un silence glacé. Jusqu'à ce qu'un attaché de l'ambassade soviétique me convoque rue de Grenelle pour me dire de me considérer heureux que mon gouvernement ait réussi à faire rapatrier en France « le traître que j'avais été à la cause de la Grande Guerre patriotique de l'Union soviétique » ! Pour cette raison, m'expliqua-t-il, il était hors de question que j'obtienne jamais le moindre visa pour le paradis des travailleurs ! Salopard ! Dire que, crevant de faim et de froid à monter des tourelles de char dans une usine d'armement de Leningrad, j'ai participé à la victoire de l'armée Rouge... !

Peu à peu, parallèlement à ces recherches, j'ai commencé à me bâtir une existence. Lorsque j'ai rouvert la maison d'édition de mon père, cela faisait quatre ans que j'étais parti de chez moi un beau matin, habillé en feldgrau avec un aigle à croix gammée sur la poitrine ! Je revenais d'un long voyage : Strasbourg, Munich, Smolensk, Leningrad, Vladivostok, Khabarovsk, Odessa, Marseille et retour... Drôle d'Ulysse, version Kamerad & Tovaritch ! Mes *parents étaient morts. En plus de l'affaire d'édition, j'avais également hérité d'un immeuble dans le quartier de la Petite-France à Strasbourg. Heureusement que je ne l'ai jamais vendu, car je vais pouvoir y installer un havre pour Dora, avec un studio de danse en plus d'un grand appartement pour elle.*

En France, je n'ai jamais parlé à personne d'Anna. Elle était et demeure mon secret. A l'époque, les gens ne comprenaient pas pourquoi je n'étais nullement pressé de me marier, comme me le suggéraient souvent mes amis. A force de me voir éluder la question, ils se sont lassés. Je savais, moi, que si j'épousais quelqu'un, ce serait Anna et personne d'autre. J'étais fermement décidé à la retrouver et rien ne m'aurait fait changer d'avis. J'ai d'ailleurs eu des maîtresses pleines de charme et d'intelligence. Mais aucune n'a su me retenir. Aucune ne l'aurait pu. Je ne voulais qu'Anna.

Vers le début des années cinquante, après l'échec de mes démarches officielles, j'ai eu l'idée de contacter les compagnies de ballets qui arrivaient des pays de l'Est. J'étais persuadé que quelqu'un devait forcément connaître, avoir connu ou entendu parler d'Anna Souvorine ! Je commençai à dresser des listes de toutes les troupes soviétiques et de celles des pays satellites et je découvris, démarche après démarche, qu'Anna ne figurait sur aucune. Cela me fut confirmé par des danseurs du Bolchoï de Moscou rencontrés à Londres, puis par ceux du Kirov de Leningrad venus se produire au Canada où je débarquai en 1959, le cœur battant. Dans le même temps, je contactai les membres des corps de ballet occidentaux qui allaient se produire en Union soviétique et leur demandai de se renseigner discrètement sur place. En vain.

Vers le début des années soixante, j'avais acquis la quasi-certitude qu'Anna n'avait pas poursuivi la carrière de danseuse qui était pourtant l'essence de sa vie. Pourquoi ? Et qu'était-elle devenue ? Avait-elle eu aussi des « ennuis », comme moi avec la police politique soviétique ? J'avoue avoir imaginé le pire. Mais, si elle avait péri, pourquoi aurait-on refusé de me répondre ? Cela n'avait aucun sens. Anna est toujours vivante, je le sais, je le sens, j'en suis sûr. Mais où ?

Évidemment, j'avais un mal fou à approcher les membres de ces troupes venues de l'Est. Elles étaient surveillées par des « machinistes, des assistants et des secrétaires », qui sentaient le NKVD à cent pas !

Au début, à force de me voir aux représentations les plus variées, on me considéra comme un amateur inconditionnel du pas de deux. Puis, comme on me rencontrait à toutes les générales, je fis partie du paysage mondain des ballets. Et finalement, me voyant courir l'Europe puis bientôt la totalité du monde libre à la poursuite d'Anna dont j'espérais trouver la trace auprès du dernier membre de la plus petite compagnie de ballet, je devins très logiquement aux yeux de tous un spécialiste éclairé de la danse. Et assez vite un des meilleurs experts mondiaux. J'avais d'ailleurs pris tellement goût à cet art que, vers le début des années soixante, je cédai la partie livres d'art de ma maison d'édition de Strasbourg et je créai Les Éditions de la danse, dont la réputation dépasse aujourd'hui largement les frontières de l'Europe. Surtout depuis que j'ai ouvert à New York une succursale de langue anglaise. En devenant un des éditeurs internationaux les plus réputés du monde de la danse, il me semblait que j'agissais à la fois par passion professionnelle et par fidélité envers Anna.

Sauf l'existence d'Anna, j'ai raconté toute ma vie à Dora. Dans ses moindres détails.

15 novembre 1979,

Mon rêve s'est réalisé. A force de suivre Dora de ville en ville, de ballet en ballet, de compagnie en troupe, de continent en continent, elle a accepté de devenir ma femme.

J'ai besoin d'elle comme je lui suis nécessaire, intellectuellement, artistiquement, physiquement. Nos retrouvailles sont toujours une fête de tous nos sens et il est des gens pour s'étonner que nous ayons toujours ces pratiques de jeunes amants qui s'enferment dans une chambre d'hôtel jusqu'à satisfaction totale de leurs désirs ; des jours durant si cela leur chante !

Nous nous sommes mariés comme deux amoureux aujourd'hui à Venise, ce 15 novembre 1979, jour de mon cinquante-cinquième anniversaire. Eh oui ! J'ai cinquante-cinq ans et elle seulement vingt-six. Comme le temps passe vite !

Dora est considérée aujourd'hui comme l'une des plus grandes danseuses étoiles du monde, qu'elle parcourt de long en large au gré de ses triomphes. J'en suis à la fois très fier et comblé.

Elle a basé sa vie à Strasbourg, où elle s'est construit avec mon aide son univers. Elle est maintenant une femme épanouie dans tous les sens du terme.

Au début de l'année prochaine, je vais profiter de sa création de Giselle au Covent Garden de Londres pour sortir le plus beau livre de ma carrière d'éditeur. Le titre de cet ouvrage illustré par les plus grands photographes du monde sera tout simplement : Dora Kempf.

Dora se confie

Sonia gara sa vieille Lada devant l'hôtel Métropole et laissa tourner le moteur pour ne pas couper le chauffage. Le soir tombait. Un vent froid venu de Finlande s'était levé et sur les trottoirs les gens se dépêchaient, courbés pour lutter contre la bise.

Dans une Mercedes arrêtée un peu plus loin, tous feux éteints, un homme toucha le coude de son voisin et désigna la Lada.

– Les voilà, dit-il. Celle qui conduit, c'est Sonia Tanakov, l'archiviste. La passagère, c'est la danseuse allemande.

Le deuxième homme saisit des jumelles, fit le point sur Sonia, puis braqua l'optique sur Dora. Il eut un petit sifflement admiratif.

– Très belle femme, la danseuse !

Un silence s'était installé dans la voiture de Sonia qui avait allumé une cigarette.

– C'est quand même une histoire extraordinaire que vous avez vécue, dit-elle. Quelles trajectoires inouïes ! Je parle de celles de votre mari et de la vôtre jusqu'au point de croisement de vos vies...

Elle réfléchit un instant, cherchant à préciser une idée :

– Le fait qu'il vous ait rencontrée trente ans après avoir

connu Anna, c'est un peu comme si le destin avait voulu prolonger la vie d'Anna Souvorine d'une génération...

Elle tira une dernière bouffée de sa cigarette, l'écrasa dans le cendrier et la jeta par la fenêtre dont elle remonta rapidement la vitre.

– Cela a dû être un choc terrible pour vous lorsqu'il vous a appris l'existence d'Anna...

Ce jour-là, Peter était rentré à la maison nettement plus tôt que d'habitude.

En entendant la grosse Mercedes pénétrer dans la cour, Dora s'était précipitée à la fenêtre et l'avait aperçu alors qu'il descendait de la voiture. Un peu plus voûté, mon mari..., avait-elle pensé avec tendresse. Leur différence d'âge était pour eux un fréquent sujet de querelle amoureuse, qui datait des débuts de leur liaison, en 1974. « On aura beau faire, on aura beau dire, j'aurai toujours vingt-neuf ans de plus que toi ! avait-il lancé alors en riant. C'est cela l'irréversibilité fatale des situations. C'est comme le nombre des survivants de la bataille de Verdun : il y en aura de moins en moins !

– Cela m'est égal, j'ai toujours préféré les hommes mûrs ! » avait-elle répliqué en riant aussi.

Ce matin-là, il s'en souvenait très bien, elle se promenait nue, totalement impudique, dans sa suite de l'hôtel George-V à Paris.

A présent, vingt ans après leur rencontre, la différence d'âge était beaucoup plus sensible, estimait-il. Peter aurait bientôt soixante-dix ans, alors qu'ils allaient fêter le quarante-deuxième anniversaire de Dora. C'est très jeune pour une femme, pensa-t-il. C'est très jeune tout court ! rectifia-t-il instantanément avec un sourire un peu las.

Il s'examina attentivement dans le miroir de l'entrée qui lui renvoya l'image d'un homme au corps encore élancé et à la jeunesse de traits contredite par la blancheur d'une chevelure drue bien fournie. « Je t'aime aussi parce que tu as une belle gueule », disait souvent Dora.

Après un petit salut un rien dérisoire à sa propre image, il quitta son reflet des yeux.

Il passa dans son bureau déposer sa serviette et eut la tentation d'écouter les messages du répondeur. Ils attendront, se dit-il. Machinalement, il posa le regard sur un cadre de verre qui contenait un magnifique portrait photographique de Dora souriant avec bonheur à une invisible ovation, et un petit cliché noir et blanc défraîchi de lui tout jeune devant la cathédrale de Strasbourg. Il alla jusqu'au mur, ouvrit le coffre et en sortit une grosse enveloppe de papier bulle. Il examina avec soin le Journal qu'elle contenait, puis recacheta l'enveloppe, la remit dans le coffre et quitta la pièce.

Dès le hall, il tendit l'oreille. C'était un rituel auquel il sacrifiait chaque fois qu'il la savait de retour. En gravissant les escaliers qui montaient vers son studio, il était toujours à l'affût d'un air qu'il ne connaîtrait pas. Ce jour-là, la musique de Tchaïkovski lui rappela la création de *Casse-Noisette* par Balanchine au New York City Ballet en 1954, alors que lui-même venait juste de commencer ce qu'il appelait sa « quête ». Il se revit, jeune homme timide en smoking, allant de loge en loge dans les coulisses des théâtres et commençant à se renseigner.

Mon Dieu, comme c'était loin, tout ça ! Une éternité. Un peu fatigué, il s'arrêta sur le palier intermédiaire pour souffler un instant. Comment allait-elle réagir ? Il leva un visage soudain tourmenté vers les appartements de Dora. Comment lui annoncer ? Il eut un instant la tentation de différer l'aveu au lendemain, puis en repoussa l'idée. Il avait tellement de choses à lui dire !

Il frappa à la porte. Elle vint lui ouvrir. Elle était en collant de danse. Elle le serra avec fougue contre elle, se blottit dans ses bras. Il la repoussa avec douceur et la dévisagea, émerveillé comme toujours de découvrir le regard bleu et brillant de Dora, le corps de Dora, la présence magique de cette femme qui, aujourd'hui comme hier, remplissait complètement de sa grâce l'espace où elle se mouvait.

– Je suis heureuse que tu aies pu abréger tes rendez-vous, dit-elle, joyeuse. Je t'en remercie. Je t'ai rapporté un cadeau de San Francisco. L'original de *Ballets in New York* ! L'édition numérotée ! Rarissime ! Le premier livre sur la danse classique jamais publié en Amérique. Admirez, monsieur l'éditeur de livres d'art !

Avec une souplesse qui le fascinait toujours, elle se pencha vers une valise ouverte posée à même le sol, saisit un livre et le lui tendit. Il prit l'ouvrage, passa avec douceur sa main sur la reliure de cuir. Puis, en le contemplant sans l'ouvrir, il alla s'asseoir sur un tabouret et examina, comme s'il les voyait pour la première fois, sa femme et le studio de danse dans lequel elle se déplaçait. Un mur et son retour d'angle étaient totalement recouverts de miroirs et équipés d'une barre. Les miroirs réfléchissaient, de l'autre côté, un piano à queue et un équipement audio et vidéo complet.

– J'ai autre chose pour toi...

Elle fouilla encore dans sa valise, se releva, un petit paquet à la main, et l'observa avec attention.

– Tu as l'air bien grave...

– Parce que j'ai des choses graves à te dire, répondit-il.

Au ton, elle sut immédiatement qu'un danger avait pénétré dans la pièce, diffus, mais la remplissant complètement. Posant le paquet, elle s'approcha de lui.

– Qu'y a-t-il ? Dis-moi, Peter, je t'en prie. Qu'est-ce que c'est ?

Il la prit doucement par l'épaule et l'entraîna vers la baie qui, de l'extrémité de l'île Saint-Louis, dominait la Seine et, au-delà, Paris et ses ponts. Les yeux fixés sur l'eau, il resta une seconde silencieux.

– C'est magnifique, non ? Toi et moi contemplant ce fleuve, cette ville... Tu te souviens du premier jour où nous avons posé les yeux sur ce paysage ?

C'était une vue qu'il avait tellement aimée lui offrir au moment où, décidant de quitter Strasbourg, il avait déniché cet immeuble du bout de l'île Saint-Louis, à Paris, pour y installer sa maison d'édition et leurs appartements.

Elle voulut se retourner vers lui mais, de son bras passé autour de son épaule, il l'en empêcha.

– Ne bouge pas, poursuivit-il d'une voix sourde. Dans ma tête, je vois un couple enlacé regardant un fleuve par une baie. Oui, je nous vois. Je vois un couple d'amants et je suis heureux qu'il en ait toujours été ainsi entre nous. Ce que je vais te dire maintenant, Dora, j'ai toujours su que je devrais un jour le faire. Évidemment, il est peut-être un peu trop tôt, mais...

Il laissa la phrase en suspens.

– En fait, il est toujours trop tôt quand cela arrive, rectifia-t-il.

– Qu'est-ce qui est toujours trop tôt ?

De nouveau, elle chercha à se dégager et à lui faire face. De nouveau, il la força à regarder le fleuve.

– Laisse, dit-il, laisse-moi encore nous regarder. De plus haut, d'un peu loin, comme un peintre... Imagine un couple dans cette situation. Le couple formé par un homme et une femme qui ont partagé beaucoup de joies, de tendresse et de plaisir. Si l'on s'approche, on voit à son attitude que l'homme respecte trop la femme pour avoir jamais cherché à lui mentir...

Il planta son regard dans celui de Dora.

– Mais que serait-il advenu de ce couple si la femme avait appris que l'homme lui avait caché un épisode capital de son passé. Le lui pardonnerait-elle ?

– Que cherches-tu à me dire exactement, Peter ? demanda Dora, maintenant tendue.

Sans lui répondre immédiatement, il la serra contre lui.

– Je veux te dire deux choses, reprit-il d'une voix douce. La première est que...

Il saisit le visage aimé entre ses deux mains et la regarda avec passion.

– Je te prie de m'excuser, mon amour, mais il y a que je vais bientôt devoir te quitter...

Sans le vouloir, il s'arrêta, puis poursuivit d'un ton uni :

– Biologiquement, cela s'appelle mourir. Dans un mois, je ne serai plus là.

Elle écarquilla les yeux, effarée, ouvrit la bouche en le dévisageant. Mais aucun son ne parvint à sortir de sa poitrine. Il s'écarta d'elle, recula de trois pas, puis lui fit face à nouveau.

– Je suis désolé, ajouta-t-il en écartant les bras, comme dans un geste d'excuse, mais je l'ai appris à l'hôpital pendant ton absence. Ils me donnent cinq semaines au maximum, peut-être un peu moins... C'est ce qu'ils ont dit...

D'un mouvement de tête, il rejeta une éventuelle objection.

– Il n'y a rien à faire et je ne ferai rien. J'espère seulement ne pas trop souffrir. Je n'ai pas jugé opportun de te gâcher ton voyage aux États-Unis.

– Oh, non ! non ! Non...

Elle se précipita vers lui et se serra contre son corps. Il lui caressa les cheveux, puis la repoussa avec douceur et, d'une main tendre mais ferme, lui scella la bouche pour éviter toute protestation.

– C'est très difficile pour moi également, crois-moi. Laisse-moi terminer.

Il alla jusque vers une grande table basse, saisit deux verres, y versa un peu d'alcool, puis reposa les yeux sur elle.

– Tu ne veux pas t'asseoir avec moi ?

Il se laissa glisser dans un grand canapé de cuir et elle vint se blottir contre lui. Ils restèrent un long moment enlacés en silence. De temps à autre, elle l'entourait de ses bras et le serrait fort contre elle, dans une sorte de mouvement spasmodique. Puis elle relâchait sa prise et il lui caressait les cheveux, et embrassait le visage aimé. Finalement, il se leva et alla s'asseoir en face d'elle.

– La deuxième chose dont je dois te parler est un épisode capital de ma vie. Un épisode que tu ignores, relatif à des événements qui se sont passés avant que je ne te rencontre, mais sans lesquels je ne t'aurais peut-être jamais connue...

Il avait complètement changé de ton. Toujours bouleversée, elle se ressaisit, se redressa et, le regard posé sur le visage de l'être qu'elle aimait le plus au monde, se prépara à l'écouter.

– Je t'ai raconté avoir déserté l'armée allemande en octobre 1943 devant Leningrad. Je t'ai dit y avoir séjourné d'octobre de cette année-là jusqu'à mon arrestation, début avril 1944. Mais ce que je ne t'ai jamais avoué, c'est que j'y ai fait la connaissance d'une jeune danseuse du corps de ballet du Kirov.

Se penchant, il alluma une lampe pour que son visage ne soit pas gagné par l'obscurité qui envahissait la pièce.

– Je n'ai donc jamais pu te dire non plus que, cette jeune femme, je l'avais aimée d'un amour fou. Elle s'appelait Anna Viktorovna Souvorine. Elle avait à peine dix-huit ans et était très belle.

Dora le fixait intensément sans prononcer une parole.

– Ce qui est extraordinaire, mon amour, poursuivit-il, c'est que, lorsque je t'ai rencontrée, j'ai cru un instant que c'était elle qui dansait sur la scène de l'Opéra de Paris...

Il ne laissa même pas à Dora, saisie de stupéfaction, le temps de demander une quelconque explication.

– Si je t'ai prise une seconde pour elle, c'est que tu ressemblais en effet d'une manière extraordinaire à cette femme que je recherchais depuis près de trente ans ! C'était incroyable ! A une génération près, tu étais sa sœur jumelle ! Son sosie ! Son double ! Et de plus, lorsque je l'ai vue la première fois au Kirov, en 1943, Anna dansait *Le Lac des cygnes.* Exactement comme toi cette nuit-là, à l'Opéra de Paris, en juin 1974.

Émou, il s'approcha d'elle et, s'asseyant à ses côtés, lui caressa le visage avec tendresse.

– Je t'aime de tout mon être et je t'ai follement aimée, Dora. Et, de la minute où je t'ai vue, j'ai totalement cessé d'être obsédé par elle. Anna ne t'a jamais rien volé. Mais je ne l'ai jamais oubliée.

Dans la vieille Lada, Dora, les yeux embués, alluma une cigarette à la flamme vacillante de l'allumette que lui tendait Sonia.

– J'ai demandé à Peter pourquoi il ne m'avait pas parlé d'Anna plus tôt. Dès que le régime soviétique s'est effondré, il aurait pu venir ici, en Russie, pour tenter de la retrouver. Il m'a répondu qu'il n'aurait voulu pour rien au monde que je puisse penser que l'existence d'Anna m'avait enlevé une once de l'amour qu'il m'avait porté...

Troublée, Sonia fouilla dans l'obscurité le paquet de cigarettes pour tâcher d'en trouver une. Il était vide. D'un geste presque instinctif, Dora lui tendit celle qui se consumait entre ses doigts.

– Avant de mourir, reprit-elle enfin, Peter m'a demandé, si je le voulais bien, d'aller en Russie tenter de retrouver Anna et de lui dire qu'il n'avait jamais cessé de la garder dans son cœur. C'est pour cette raison que je veux la retrouver. Et je la retrouverai.

Dans la Mercedes, les deux hommes qui guettaient virent Sonia et Dora sortir de la Lada et monter les quelques marches qui menaient à l'hôtel.

– On les suit ? demanda le premier guetteur, la main sur la portière.

– Non, fit le chauffeur, qui finissait un sandwich. Regarde. L'archiviste refout le camp.

Le guetteur vit en effet les deux femmes se donner une rapide accolade et Sonia redescendre les marches avant de s'élancer vers sa voiture, d'où elle eut un dernier geste amical en direction de l'hôtel. Dora disparut derrière les colonnades de l'entrée.

Le conducteur mit le moteur en marche. Il attendit pour démarrer que la Lada de Sonia s'écarte du trottoir.

Le secret de Vladimir

Le jour où Dora alla à son rendez-vous avec Vladimir fut une date dont elle devait se souvenir. Une de ces journées particulières où le normal devient étrange, où la réalité glisse entre vos doigts et le fait le plus insignifiant peut se charger de mille symboles.

Le vent avait soufflé violemment toute la nuit, mais s'était calmé au matin. Un soleil blanc argenté traversait en orgues de lumière d'épais nuages gris de plomb qui donnaient un éclat irréel aux bulbes dorés des cathédrales. En prenant la route de Finlande, Dora pesta contre la vétusté de la voiture de Sonia, dont la boîte de vitesses hoquetait de bruits aigus de pignons agonisants.

« Faites bien attention à ne pas passer la marche arrière au lieu de la troisième ! » avait recommandé Sonia en riant, lorsque Dora l'avait quittée devant le théâtre Kirov. « C'est une vieille guimbarde, avait-elle ajouté en donnant une tape affectueuse sur le toit de la voiture, mais c'est ma guimbarde et je n'ai que celle-là ! S'il se met à neiger, roulez en seconde et n'emballez jamais le moteur. Si vous vous perdez, demandez aux employés des bus. Ils sont généralement assez gentils. Mais, si vous vous égarez vraiment, appelez-moi avec votre téléphone portable, je ne bougerai pas des archives. »

Elle avait repris son sérieux et froncé les sourcils.

« Vous devriez prendre un taxi, ce serait quand même plus raisonnable. Vous allez vous perdre. Le temps va certainement se gâter et je n'aime pas vous voir partir seule à l'aventure ! On n'est pas à Paris ou à New York, ici. »

Mais Dora avait insisté et, s'emparant de la clé, s'était éloignée au volant de la Lada sous le regard circonspect de Sonia. Elle voulait se rendre sans aucun témoin à son rendez-vous avec Vladimir.

La journée avait vraiment démarré d'une manière curieuse. En sortant de l'hôtel pour monter dans le taxi qui devait l'emmener au Kirov, Dora avait aperçu de loin un clochard que le portier s'efforçait d'éloigner de l'entrée. Fataliste, l'homme ne protestait pas sous le flot d'insultes que lui lançait l'employé en le traînant par le col jusqu'au coin de la rue où il l'avait jeté sur le trottoir.

Le taxi était arrivé et, de l'arrière de la voiture qui maintenant longeait l'hôtel, Dora avait lancé un coup d'œil vers le clochard accroupi qui ramassait ses trésors échappés d'un sac en plastique. Il avait levé les yeux au même moment et son regard avait croisé celui de Dora. Il avait semblé à cette dernière que ce visage buriné et mal rasé ne lui était pas totalement inconnu. Puis elle s'était brusquement souvenue : c'était l'homme au chat mort entrevu à la porte d'un hangar d'aéroport le jour même de son arrivée. Evgueni, car tel était son nom, avait lui aussi reconnu le visage de la belle femme entr'aperçue derrière le hublot d'un avion...

Sonia avait expliqué à Dora comment se rendre chez Vladimir. Il habitait à Répino, un faubourg situé dans l'isthme de Carélie, au nord de Saint-Pétersbourg. On devait emprunter la route de Primorskoïé, longer pendant un moment le golfe de Finlande et dépasser les agglomérations de Razliv et de Sestroretsk.

Après Sestroretsk, il se mit à neiger. Très vite assez dru.

La circulation ralentit et se paralysa bientôt complètement, car un semi-remorque qui avait dérapé sur le bitume gelé s'était mis en travers de la chaussée. Le temps que les policiers eussent remis de l'ordre sur la route encombrée des énormes camions qui allaient vers la Finlande et en revenaient, les rares poteaux indicateurs s'étaient recouverts d'une couche blanche qui empêchait toute consultation.

Parvenue enfin à Répino, Dora fut obligée de s'arrêter fréquemment avant de réussir à localiser la maison de Vladimir. Au début, personne ne semblait même connaître la rue qu'il avait indiquée. Dora mit un moment à comprendre que certaines artères avaient été débaptisées de leurs noms de héros soviétiques sans qu'on eût encore remplacé les anciennes plaques par des nouvelles.

Elle arriva enfin dans la rue Pouchkine qui était en fait une ruelle bordée de maisons en bois délabrées, une semi-impasse qui venait buter à l'autre extrémité sur un parc forestier.

Dora enfila son manteau, noua un foulard autour de sa tête, ferma la portière à clé et s'enfonça dans la neige qui tombait de plus en plus. Elle pesta : elle aurait dû se méfier, écouter Sonia, emporter des bottes et mettre des vêtements plus chauds.

Le regard brouillé par la neige qui redoublait, elle cherchait à lire les numéros des maisons. Mais ils avaient presque tous disparu et ceux qui restaient étaient à moitié effacés. A tout hasard, Dora pénétra dans un jardin et frappa à la porte d'une maison où elle avait aperçu une lumière luire à travers une petite fenêtre sale.

Elle entra dans une pièce, sombre et surchauffée par un énorme poêle cubique en faïence. Éclairée par une lampe à pétrole, une jeune femme entièrement nue, blonde et élancée, un beau visage à la Klimt, debout dans un tub en zinc, se lavait lentement, une éponge à la main. Assis dans le bac, un tout petit garçon prit peur en apercevant l'inconnue et se réfugia entre les jambes de la femme. Dora voulut se retirer. Nullement gênée, la jeune baigneuse l'arrêta d'un geste. Son visage s'éclaira d'un sourire de madone triste.

– Si vous venez voir Andreï, il est parti.

Elle leva la main par-dessus son épaule et eut un geste désinvolte.

– Il est parti pour toujours ! Il ne reviendra jamais. En tout cas, nous ne l'attendrons plus, ajouta-t-elle encore en passant une main sur son visage mouillé de larmes d'eau.

Dora expliqua qu'elle cherchait un certain Vladimir Vinovski. D'un mouvement gracieux, la jeune femme nue lui indiqua une direction.

– C'est à l'autre extrémité de la rue, juste avant la forêt. Il doit cuver sa vodka. Ses copains et lui ont fait une drôle de java, ce matin !

Dora remercia et repartit dans la neige qui commençait à s'entasser en petites congères sous la violence du vent.

Elle arriva enfin devant la porte et, se penchant, put lire le nom de Vladimir écrit à la peinture sur un morceau de bois cloué à même un barreau de la clôture. Elle poussa le portail et marcha jusqu'à la maison. A y regarder de plus près et autant qu'elle pouvait voir, gênée par les flocons, c'était une maison basse qui tranchait sur ses voisines. Mieux entretenue, elle était peinte d'un bleu charrette. Les volets lie-de-vin aux découpes très ouvragées lui donnaient un air gai qui détonnait à côté de celui des masures voisines. Un peu de fumée s'échappait de la cheminée.

Dora frappa.

Personne ne répondant, elle poussa la porte et s'arrêta sur le seuil, saisie d'effroi.

La maison entière semblait avoir été mise à sac. Le contenu des placards aux portes béantes gisait en vrac sur le sol, entre des débris de chaises et de fauteuils cassés. Les étagères à livres étaient vides de leurs volumes, disséminés à travers la pièce. Au milieu d'écheveaux de mètres et de mètres de bande magnétique, des fragments de disques brisés parsemaient le sol.

– Vladimir ! cria Dora, affolée. Vladimir !!!

Elle n'eut pas à le chercher très loin... Il était couché sur le ventre à même le sol de ce qui avait été sa chambre, baignant dans un sang à l'éclat encore brillant qui semblait toujours sourdre de son corps. Visiblement, Vladimir avait dû ramper, car une longue traînée sanglante maculait les lames du parquet bien ciré.

Blême, Dora s'agenouilla près du corps et, en un geste instinctif de tendresse, caressa la chevelure blanche du vieillard assassiné. Elle eut la surprise de sentir que le corps de Vladimir dégageait encore une certaine tiédeur. Mais c'était dû, elle s'en rendit compte presque instantanément, à la chaleur de la cheminée qui réchauffait le côté du corps faisant face aux braises. Machinalement, elle eut un regard vers l'âtre où une énorme bûche achevait de se consumer et crut apercevoir un petit éclat blanc dans la main crispée de l'ancien machiniste. Elle s'approcha et, écartant les doigts encore serrés de Vladimir, en retira un morceau de papier sur lequel elle put distinguer quelques mots en cyrillique.

C'est à ce moment précis que retentirent les sirènes des voitures de police. Dora eut à peine le temps d'enfouir le bout de papier dans sa poche que déjà des policiers en uniforme envahissaient la maison.

Ils ne lui mirent pas de menottes pour la ramener au commissariat central de Saint-Pétersbourg. Elle avait décliné son identité et répondu de son mieux aux premières questions de l'officier qui commandait le détachement. Mais, comme ils lui avaient immédiatement confisqué son téléphone portable, elle avait haussé le ton et réclamé son consul.

Au commissariat, ils la firent attendre une bonne heure

dans une pièce plutôt sale, peinte de cet inimitable vert chou deux tons qui, se rappela-t-elle, avait été l'apanage des bureaux administratifs de tous les pays de l'Est.

Vers midi, on lui apporta une tasse de mauvais café et un sandwich d'apparence douteuse qu'elle avala cependant avec appétit.

On ne lui répondit même pas lorsqu'elle demanda à téléphoner.

Ce n'est que vers deux heures de l'après-midi qu'un homme bien habillé, la quarantaine environ, pénétra dans la pièce et, après s'être légèrement incliné, se présenta :

– Gregori Vlatchouk, commissaire divisionnaire. Je suis désolé que l'on vous ait fait attendre de la sorte, mademoiselle Kempf. C'est un manque de respect tout à fait regrettable envers une personne de votre qualité.

Il sourit aimablement et lui fit signe de la suivre jusqu'à son bureau.

C'est un procédé classique de policier que de faire attendre les gens, s'était dit Dora en rongeant son frein. Elle savait cela depuis sa jeunesse en RDA. C'était aussi une arme à double tranchant, estimait-elle, car cela vous laissait le temps nécessaire pour réfléchir. Il n'était pas question qu'elle révèle le but de ses recherches à Saint-Pétersbourg. Pas question non plus qu'elle raconte quoi que ce soit sur le séjour de Peter à Leningrad. Un point la contrariait : elle n'avait pas pu éviter de donner le nom de la propriétaire de la vieille Lada qu'elle conduisait et se reprochait de ne pas avoir écouté Sonia qui se trouvait ainsi, sans le vouloir, mêlée à une affaire criminelle. Dora espéra que cela n'aurait aucune conséquence fâcheuse sur la carrière de la jeune femme.

Assis derrière son bureau, le policier jetait un coup d'œil au dossier posé devant lui.

– Vous avez déclaré avoir rendez-vous avec Vladimir Vinovski, machiniste retraité du théâtre Kirov, chez lui, dans sa maison de Répino, afin de compléter une documentation que vous réunissez sur le corps de ballet du Kirov pendant le siège. Puis-je vous demander pourquoi, mademoiselle Kempf ?

– Pourquoi quoi ?

– Pourquoi n'est-il pas venu vous voir à votre hôtel ? Pourquoi vous être déplacée jusque chez lui ?

– Il y tenait absolument. Vladimir m'avait proposé de me montrer des documents originaux qu'il ne voulait pas sortir de ses tiroirs.

– Quels documents ?

– Mon mari préparait un livre sur le Kirov pendant le siège de Leningrad par l'armée allemande. J'ai décidé d'achever de réunir personnellement la documentation de cet ouvrage.

Un peu tassé en arrière dans son fauteuil, Vlatchouk posait sur elle un regard intelligent et perspicace.

– Vous venez de dire que votre mari préparait un livre ? dit-il. Pourquoi cet imparfait ?

– Parce qu'il est décédé il y a deux mois.

– Je vous prie de m'excuser, fit le policier après un silence de circonstance.

Dora le remercia d'un mouvement de la tête.

– Pourquoi, reprit-il avec curiosité, votre mari manifestait-il cet intérêt pour le Kirov pendant le siège ?

– Nous envisagions d'éditer une collection d'ouvrages sur l'histoire mondiale des grands lieux de création de ballets, inventa-t-elle sur-le-champ. Le Kirov en est un. Mais la documentation faisait défaut. Nous manquions de détails sur l'Union soviétique pendant un certain nombre d'années, voyez-vous, ajouta-t-elle d'une voix dont elle s'efforça de gommer le sarcasme.

Ils se mesurèrent du regard.

– Mais ne sommes-nous pas très loin de l'assassinat de ce vieil homme ? reprit-elle.

– En matière criminelle, aucun renseignement, même le plus éloigné, n'est jamais totalement hors du sujet, répondit-il.

Il sortit un paquet de cigarettes et le montra à Dora.

– La fumée vous dérange-t-elle ? Je peux très bien m'en passer, vous savez. Soyez tout à fait franche...

Elle lui affirma qu'elle ne la dérangeait nullement, au contraire, et sortit de son sac son propre paquet. Ils allumèrent leurs cigarettes au même briquet tendu par Vlatchouk et tirèrent leur première bouffée respective avec un tel soulagement qu'en se regardant exhaler la fumée, ils sourirent.

– La tension..., fit Gregori, tirant avec plaisir une autre bouffée.

Puis il se pencha en avant.

– Que voulait donc vous montrer ce vieil homme, madame Muller ?

– Des photos de ballets.

Elle nota qu'il venait de l'appeler par son nom de femme mariée. Il fallait se méfier.

– Uniquement des photos ? Vous en êtes sûre ?

– C'est ce dont il m'avait parlé. Pourquoi ?

– Je ne pense pas qu'on ait tué cet homme pour des photos qui n'ont qu'une valeur historique, madame Muller. On cherchait autre chose chez Vladimir Vinovski.

Il se leva, fit quelques pas dans la pièce sans cesser de la dévisager.

– Voyez-vous, madame Muller, lorsque vous êtes arrivée chez Vinovski, vous avez presque dérangé des gens qui mettaient à sac sa maison. Et je veux vous dire d'expérience que, lorsque l'on se met à torturer à mort un pauvre bougre de soixante-quinze ans, c'est que l'on attend de lui des révélations d'une tout autre valeur que la cachette de photos documentaires...

Il s'arrêta.

– Réfléchissez bien. Vous n'avez pas la moindre idée de ce que l'on pouvait vouloir faire avouer à Vladimir Vinovski ?

– Pas la moindre, répondit Dora en regardant Vlatchouk droit dans les yeux.

Au même instant, elle ne put s'empêcher de penser à la terreur qu'avait sans cesse semblé éprouver Vladimir lorsqu'il l'avait abordée dans la rue, près du Kirov, pour s'étonner de sa ressemblance avec Anna...

– Et la femme qui vous a prêté sa voiture, Sonia Tanakov, c'est une de vos amies ? Vous la connaissez depuis longtemps ?

– Non, depuis mon arrivée ici, il y a quelque jours...

La sonnerie du téléphone retentit. Gregori Vlatchouk répondit brièvement et raccrocha.

– Votre consul vient d'arriver, madame Muller, dit-il en s'efforçant de dissimuler son dépit.

Un général très mystérieux

Le consul s'appelait Manfred Dornberg, il était rouquin et Dora lui donna une petite quarantaine. Il aurait voulu interroger immédiatement sa compatriote, mais celle-ci, encore choquée par les événements de la journée, préféra s'enfermer dans un silence distant et regarder défiler les rues en tentant de trouver une logique à ce qu'elle avait vécu. Il lui manquait des éléments, mais, lorsqu'elle se tourna vers le consul pour poser une question, ce dernier l'arrêta d'un geste.

– Plus tard, dit-il seulement.

Quelques minutes après, il appuya sur un bouton d'interphone et demanda au chauffeur qui conduisait la grosse voiture consulaire de s'arrêter. L'homme gara la Mercedes devant la statue de Koutouzov et fit le tour du véhicule pour aller ouvrir la portière arrière. Dornberg sauta sur le trottoir et pria Dora de descendre.

Un peu étonnée par ces manières, elle hésitait. Le consul lui tendit la main.

– Je vous en prie...

Intriguée, elle sortit de la voiture et la suivit sur l'esplanade de la cathédrale Notre-Dame-de-Kazan. Il se retourna et inspecta la place, que traversait une foule bigarrée et pressée.

– Veuillez m'excuser, dit-il enfin, lorsqu'il fut certain de n'être pas suivi, mais je ne suis pas sûr du chauffeur. Ni de la voiture.

Elle sourit.

– Je croyais John Le Carré à la retraite, fit-elle, un rien narquoise.

– Oh ! il l'est, disons qu'il s'agit d'un réflexe. Ou d'une vieille habitude, si vous préférez.

Protégeant de ses mains la flamme de son briquet, il alluma un petit cigare et se tourna vers elle.

– Puis-je vous demander ce que vous êtes venue faire exactement à Saint-Pétersbourg, mademoiselle Kempf ?

– Non, vous ne le pouvez pas, répliqua Dora d'un ton sec. Je réserve mes réponses aux commissaires de police.

Elle se reprit et ajouta, plus amène :

– Disons que je suis ici en voyage d'agrément.

– Tout le monde n'a pas l'air de cet avis.

– Qui ça, tout le monde ?

– A quelle heure avez-vous pénétré dans la demeure de cet homme dont vous avez découvert le corps à Répino ?

– Vers dix heures et demie, je pense. Pourquoi ?

– Parce que, à dix heures trente-trois – l'heure des communications s'enregistre automatiquement au consulat –, j'ai reçu un coup de téléphone me demandant de vous transmettre le message suivant : « Dites à Mlle Kempf de se contenter de faire du tourisme au lieu de fouiller dans le passé douloureux de notre patrie soviétique. » Puis on a raccroché. Ces mots sont suffisamment éloquents pour que je me permette de vous demander quel est exactement le but de votre visite en Russie.

– Il y a toujours des gens pour vous menacer lorsque vous êtes très connu. Un jour, à San Francisco...

Il lui coupa la parole, irritée :

– Ne me prenez pas pour plus stupide que je ne le suis, mademoiselle Kempf. Si je vous ai demandé à quelle heure vous aviez découvert le cadavre de cet homme, c'est parce que le coup de fil que j'ai reçu venait vraisemblablement des meurtriers eux-mêmes. A cause de l'heure, précisément. A la minute où cet homme m'a téléphoné, la police n'était pas *encore* au courant du crime. Vous me suivez à présent ?

Il la dévisageait, tendu à l'extrême, les yeux plissés.

– Je suppose, dit enfin Dora, que c'est également un coup de fil anonyme qui a déclenché l'intervention de la police ?

– Exact. On voulait vous impliquer dans une sale affaire.

– De quelle manière ? Je n'ai rien à voir avec cet assassinat, vous le savez bien !

– Parce que votre nom figure désormais sur le fichier de la police russe où il est lié à un meurtre crapuleux. C'est exactement ce que signifie l'expression « impliquer », voyez-vous !

– Vous auriez quand même pu me faire sortir plus vite de ce commissariat, dit-elle, répondant à une pique par une autre.

– Encore eût-il fallu que je sache que la très célèbre Dora Kempf se trouvait dans ce commissariat en train de s'expliquer au sujet d'un cadavre découvert par elle dans la banlieue de Saint-Pétersbourg !

– Excusez-moi, je vous en prie. Ce n'était pas une remarque très intelligente de ma part.

Il se calma.

– J'ajouterai que vous avez eu de la chance dans votre malheur. Gregori Vlatchouk est l'un des meilleurs policiers de cette ville, un des plus intègres. Il y a des incorruptibles partout. Même en Russie, malgré ce que l'on dit.

Ils firent quelques pas en silence, puis Dornberg jeta son petit cigare, l'écrasa soigneusement et revint à la charge :

– En tant que consul général de la République fédérale d'Allemagne, je suis officiellement garant de votre sécurité.

Dans quel « passé douloureux de la patrie soviétique » fouillez-vous, mademoiselle Kempf ?

Dora hésita. Pourquoi révéler à ce diplomate inconnu une recherche concernant la partie la plus personnelle de sa vie ? Elle décida que le passé de Peter et ses amours disparues ne regardaient qu'elle.

– Je suis désolée, c'est une affaire privée qui ne relève en rien des secrets d'État, rassurez-vous.

Elle acheva la phrase en lui décochant son plus lumineux sourire.

– Mais je vous promets, cher monsieur Dornberg, de vous avertir immédiatement si je sens le moindre danger.

Il haussa imperceptiblement les épaules et écarta les bras en signe d'impuissance. Puis il sortit un trousseau de sa poche et le lui tendit.

– Ce sont les clés de la voiture de votre amie archiviste. La police a garé le véhicule devant votre hôtel.

Dora prit le trousseau. Au moment de revenir vers la voiture diplomatique, elle s'arrêta.

– Ce coup de téléphone, demanda-t-elle, c'était dans quelle langue ?

– En russe. Cela vous étonne ?

Se réchauffant les mains autour d'un verre de thé, Sonia, les yeux à demi fermés, écoutait attentivement Dora raconter les événements de la journée. Autour d'elles allait et venait la foule du buffet de la gare de Varsovie où elles s'étaient donné rendez-vous. L'atmosphère était bruyante. Immédiatement derrière elles, les membres d'une équipe de hockey sur glace se restauraient, s'interpellant d'une table à l'autre avec force gestes et commentaires.

A la fin de son récit, Dora sortit de sa poche le petit bout de papier trouvé dans la main de Vladimir et le tendit à Sonia.

– Qu'est-ce qui est écrit sur ce papier ? demanda Dora, anxieuse. Je n'arrive pas bien à déchiffrer.

– « Le Petit... Kirov », je crois.

– C'est le nom d'une annexe de l'Opéra ?

Sonia secoua la tête, perplexe.

– Non. Je ne comprends pas. Il n'y a pas de « *Petit Kirov* ». Je ne sais pas ce que cela signifie. Je connais pourtant bien la ville !

Sonia retourna machinalement le papier et poussa une exclamation.

– Qu'y a-t-il ?

– Là ! s'exclama Sonia en montrant une sorte de graffiti quasiment illisible.

Elle présenta le papier à la lumière et tenta de le déchiffrer :

– Je lis les noms d'Anna et de Sacha... Mon Dieu ! Avant de mourir, Vladimir a eu la force d'écrire très précisément ceci : « Anna égale Sacha »...

Intriguée, Dora se leva et vint s'asseoir à côté de Sonia.

– Pourquoi a-t-il lié ces deux noms ? demanda Dora. Lorsque je l'ai rencontré en quittant le Kirov et qu'il m'a parlé d'Anna, il m'a seulement appris qu'après la disparition de Peter elle avait demandé de l'aide à ce Sacha Kolomiakov, mais qu'il n'avait rien pu faire. C'est tout. Qu'est-ce que cela peut vouloir dire ?

Sonia se leva brusquement et sortit de sa poche quelques roubles qu'elle jeta sur la table.

– On s'en va ?

Surprise par la brusquerie de l'intonation, Dora lui lança un coup d'œil étonné.

– On s'en va, répéta Sonia sur le même ton.

Ce n'était plus une question. Dora comprit. Elle saisit son sac et son manteau, et les deux femmes s'éloignèrent dans la foule.

Les mains dans les poches, Sonia et Dora sortirent de la

gare de Varsovie et marchèrent en direction de la Lada que l'archiviste avait garée un peu plus loin. D'un rapide coup d'œil derrière elle, Sonia s'assura qu'elles étaient seules.

– Que craignez-vous ? demanda Dora.

– Je ne sais pas. C'est une vieille habitude, excusez-moi. Prise par le récit de ce que vous avez vécu aujourd'hui, j'allais oublier de vous dire que j'ai essuyé une fin de non-recevoir du Service historique de l'armée de terre en ce qui concerne Alexandre Alexandrovitch Kolomiakov. Tout ce que j'ai pu apprendre, c'est qu'il avait été démobilisé à Kiev en octobre 1945 avec le grade de major d'un régiment d'artillerie. L'armée ne sait pas ce qu'il est devenu et ne peut fournir aucune adresse civile.

– Cette piste s'arrête donc là..., murmura Dora, désappointée.

– J'ai estimé que c'était un peu vague, comme réponse. Un peu trop laconique. Surtout quant à l'ignorance supposée de l'adresse du sujet lors de sa démobilisation. Cela sentait l'impasse volontaire. Je suis donc allée à la pêche aux renseignements auprès de l'un de mes oncles qui a terminé sa carrière comme amiral commandant en second la flotte de la Baltique. Coup de chance, je suis tombée dans le mille ! Mon oncle Mikhaïl savait très bien, lui, qui était Kolomiakov !

– C'est-à-dire ?

– Alexandre Kolomiakov n'a en réalité fait valoir ses droits à la retraite que fin 1991. Et en tant que général du KGB, s'il vous plaît ! Rien que ça ! Aux dernières nouvelles, il serait toujours vivant...

– Pourquoi ce conditionnel ?

– Parce que personne ne sait vraiment s'il est encore en vie et que ce genre de renseignement s'obtient difficilement. Il faut bien que vous compreniez que la Russie ne peut pas répondre du jour au lendemain à vos critères démocratiques. N'oubliez jamais que pendant soixante-dix ans ce pays a été une dictature et que le secret y a régné en maître absolu.

– Donc, personne ne savait quelles étaient les fonctions précises de Kolomiakov dans les services secrets ?

– Exactement. Il se trouve qu'à cause de son grade élevé mon oncle était au courant de la véritable nature des activités de Kolomiakov. Mais ils étaient peu nombreux à le savoir et encore moins à avoir rencontré l'homme. Kolomiakov dissimulait à ce point ses occupations réelles qu'il ne se déplaçait qu'en civil et que l'on ne possède pratiquement aucune photographie de lui ! Vous vous rendez compte ? A part le cercle rapproché des membres du Comité central, du Politburo et de quelques officiers généraux, personne ne savait à quoi ressemblait cet homme !

Elle posa la main sur le bras de Dora.

– Je n'aime pas la tournure que cela prend. Il ne faut pas aller plus loin, Dora.

Celle-ci continua à marcher en silence. Mentalement, elle essayait de faire la synthèse de tout ce qu'elle venait d'apprendre. Des schémas s'esquissaient à toute vitesse dans sa tête et une question semblait s'imposer : Kolomiakov avait-il été impliqué dans ce qui était arrivé à Peter et à Anna à Leningrad en 1944 ? Était-ce ce que Vladimir avait voulu dire dans son message posthume ? Il suffisait en effet que Kolomiakov eût déjà fait partie de la police secrète lors du siège pour que les pièces du puzzle commencent à se mettre en place. Mais Sonia ne venait-elle pas de dire qu'il avait été démobilisé en tant qu'officier d'artillerie ?

– Il faut vous arrêter, insista Sonia. C'est trop imprudent.

– Vous parlez comme mon consul !

– Votre consul a raison. Même à la retraite, les gens du KGB restent redoutables.

– Si l'on tente de me dissuader d'en savoir plus, c'est que je suis dans le vrai.

– Mais vous ne comprenez donc rien !

Sonia s'énervait.

– Vous risquez un mauvais coup ! On a quand même tué un homme pour l'empêcher de vous parler !

Dora secoua la tête. Elle ne réussissait pas à adhérer à la psychose du secret et de la conspiration policière qui semblait les saisir tous.

– Je n'arrive tout de même pas à croire que Vladimir a été tué pour m'empêcher de découvrir pourquoi une jeune danseuse du Kirov et un déserteur de la Wehrmacht ont été arrêtés il y a cinquante ans. C'est tout simplement incroyable, Sonia ! Incroyable et absurde !

– Et la menace auprès de votre consul, qu'en faites-vous ?

– La Stasi aussi avait menacé de supprimer mon père si je passais à l'Ouest ! Or, il est toujours en vie ! Et même général, aux dernières nouvelles !

Elle s'arrêta de nouveau et dévisagea Sonia.

– Et puis, sur son lit de mort, dit-elle enfin, j'ai promis à un homme de retrouver la femme qu'il a aimée voici des années. Et cette promesse, Sonia, je la tiendrai. Et il ne m'arrivera rien !

– Je l'espère, se contenta de dire son amie en introduisant la clé dans la serrure de sa voiture.

En voyant démarrer la Lada, le chauffeur d'un véhicule garé un peu plus loin embraya tout en saisissant un minuscule micro.

– De Delta 1 à Delta 3 : l'archiviste et la danseuse viennent de repartir de la gare de Varsovie. Direction centre ville. Je commence à suivre la Lada bleue de la Tanakov. Il faudra me relayer si on franchit la Grande Néva. Terminé.

Deuxième meurtre

Dans sa suite du Métropole, Dora se prélassa longtemps dans un bain moussant, un verre de whisky à la main, qu'elle buvait à très petites gorgées. De temps à autre, elle ouvrait le robinet d'eau chaude pour maintenir constante la température. Les émotions de la journée avaient constitué un bon prétexte pour décliner l'invitation à dîner du consul Dornberg. Elle se sentait très lasse et n'avait aucune envie de se lancer dans des mondanités. Elle s'étira dans l'eau. Le bain brûlant lui faisait du bien. Elle se pencha hors de la baignoire pour saisir la bouteille d'alcool, s'en versa trois doigts et remplit le verre de glaçons qu'elle prit dans un bol posé à même le carrelage.

C'est à ce moment-là qu'elle entendit le téléphone. La sonnerie l'énerva. Qui pouvait vouloir la déranger à cette heure-ci ? A part son assistante parisienne qu'elle avait jointe un peu plus tôt dans la soirée, personne ne la savait ici. Elle décida de laisser sonner et rouvrit l'eau chaude. La sonnerie cessa. Dora commençait à savourer l'alcool, lorsque le téléphone retentit à nouveau. Agacée, elle se leva, sortit de l'eau, enfila un peignoir, passa dans la chambre et décrocha.

On la demandait de l'extérieur, expliqua la standardiste. Désirait-elle prendre la communication ? En apprenant le nom de la personne qui voulait lui parler, elle fronça les sourcils et attendit qu'on lui passe son interlocuteur.

– Je suis navré de vous déranger à une heure si tardive, mademoiselle Kempf, dit Gregori Vlatchouk, mais il s'agit de votre amie, Sonia Tanakov...

– Quoi, Sonia ?

Dora écouta plus attentivement, puis poussa un cri horrifié :

– Sonia ! Oh, non ! Non...

Elle lâcha le téléphone et éclata en sanglots.

La journée qui avait commencé si tragiquement s'achevait en cauchemar.

Dora avait absolument tenu à s'incliner une dernière fois devant la jeune femme qui lui avait si généreusement accordé son concours et offert son amitié. N'ayant jamais mis les pieds dans une morgue, il lui fut extrêmement pénible de découvrir le corps de Sonia allongé nu dans un tiroir métallique rouillé, qu'un employé revêtu d'une blouse sale tira dans un grand bruit de ferraille. Dora n'avait pas imaginé que ses adieux à Sonia se feraient dans un lieu aussi sordide. Elle fut prise d'une sorte de nausée et vacilla. Gregori Vlatchouk s'en aperçut et, la prenant par le bras, voulut l'entraîner hors de la pièce. Elle n'accepta qu'après un dernier regard vers Sonia. Avant que la porte ne se referme sur eux, Dora entendit le claquement du tiroir mortuaire que l'on repoussait sans ménagement, comme celui d'un vulgaire classeur de bureau.

Dans la voiture du policier qui la ramenait à l'hôtel, l'esprit ailleurs, Dora avait du mal à se concentrer sur les explications que donnait Gregori Vlatchouk :

– Nous n'en saurons guère plus après l'autopsie, mademoiselle Kempf. Vu le *modus operandi*, cela ressemble à s'y méprendre à une agression de voyous de banlieue.

– Comment a-t-elle été... Je veux dire, comment est-elle morte ? demanda Dora.

– Elle a été renversée par une voiture qui a foncé sur elle à toute vitesse. Elle a été tuée sur le coup.

– Elle a été dévalisée ?

Il hocha la tête affirmativement.

– Ses bijoux et son sac ont effectivement disparu, expliqua-t-il d'un ton qu'il voulut neutre, mais qui résonna bizarrement.

– Mais... ?

– Mais quoi ? demanda Gregori Vlatchouk, guettant la déduction qu'il attendait.

– Mais, au ton de votre voix, vous ne croyez pas vraiment qu'il s'agisse d'un crime crapuleux, n'est-ce pas ?

– Pour ne rien vous cacher, je trouve que le hasard fait que l'on meurt beaucoup autour de vous dans la même journée...

– Vous m'en tenez pour responsable ?

– J'ai parlé de hasard, mademoiselle Kempf, lui rappela-t-il.

Il jura contre les phares d'une voiture qui l'éblouirent un instant.

– On ne peut s'empêcher de penser qu'il y a quand même des coïncidences qui ne relèvent peut-être pas uniquement de la fatalité. Le fait que les deux victimes soient toutes deux liées au Kirov ne vous a pas frappé ?

– C'est ce que j'étais justement en train de réaliser, mentit-elle.

Il lui jeta un coup d'œil.

– A partir de demain, un policier assurera votre protection et vous suivra discrètement dans tous vos déplacements. Une de mes collaboratrices, une personne très efficace, se présentera à vous à dix heures. Elle s'appelle Tatiana Mosjoukov.

Dora tenta de protester, mais le policier ne voulut rien

entendre. Il l'avait promis à son ami consul, ajouta-t-il d'un ton qui n'admettait pas de réplique.

Ils arrivaient maintenant près du Métropole. Vlatchouk s'arrêta devant l'entrée du palace. Un chasseur se précipita pour ouvrir la portière. Le policier sortit de voiture.

– Je repars tout de suite, lança-t-il au jeune employé, je raccompagne mademoiselle.

A la porte à tambour de l'hôtel, Vlatchouk tendit la main à Dora.

– Je vous remercie de vous être dérangée. S'il vous revenait le moindre indice qui puisse nous aider à résoudre ces affaires, n'hésitez pas à m'appeler. Téléphonez-moi également si vous aviez l'intention de quitter l'hôtel avant l'arrivée de ma collaboratrice, demain matin.

Il s'inclina.

– Essayez de dormir quand même.

Elle le remercia.

Il tourna les talons et repartit vers sa voiture. Pensive, Dora attendit qu'il remonte dans le 4×4 de police et démarre. Vlatchouk ne pouvait se permettre d'aller plus loin dans ses suppositions, se dit-elle. Mais, que savait-il au juste ?

Encore sous le chagrin de la disparition de Sonia, Dora se déshabilla lentement, enlevant ses vêtements un par un, comme à regret, sans même prendre la peine de les ranger. Lorsqu'elle fut nue, elle enfila un peignoir de bain et, s'asseyant devant une coiffeuse, saisit machinalement un flacon. Absorbée, elle se passa d'une manière mécanique un coton sur le visage. Une avalanche de questions se bousculaient dans sa tête.

La mort de Sonia était-elle directement liée aux recherches qu'elle avait entreprises sur Sacha Kolomiakov ? L'assassinat de la jeune archiviste était-il à rapprocher de celui de Vladimir, comme l'avait fait Gregori Vlatchouk ? Et quid de Sacha Kolomiakov lui-même ? L'ancien général du KGB n'était plus en activité, Sonia avait été formelle sur ce point. Qu'il ait été responsable à l'époque de l'arrestation de Peter, puis de celle d'Anna, était certes possible. Mais il semblait à Dora qu'un officier de l'armée Rouge, même des services secrets, devait avoir eu d'autres chats à fouetter durant la Seconde Guerre mondiale...

Non, la vraie question était celle-ci : qui *aujourd'hui* pouvait avoir intérêt à empêcher cette vieille histoire de remonter à la surface ? Et pourquoi donc ? Peter était sorti vivant du conflit. Et Anna aussi, vraisemblablement. Même s'il restait à découvrir ce qui lui était arrivé après son arrestation et pourquoi elle n'avait pas continué sa carrière de danseuse. Était-elle encore en vie ? Fallait-il continuer à la chercher à Saint-Pétersbourg ? Et sinon, où ?

Il y avait quelque part des réponses qui manquaient au raisonnement. Mais Dora ne savait pas lesquelles.

Elle lança rageusement le coton dans la corbeille et regagna la chambre.

Avant de passer le pyjama préparé au pied du lit, Dora sortit de son sac la photographie de Peter en uniforme allemand qu'elle cala contre la lampe de chevet de sa table de nuit. Elle écarta l'oreiller et s'apprêtait à entrer dans le lit lorsqu'une enveloppe posée sur le traversin attira son attention. Elle l'ouvrit et, stupéfaite, lut ces mots tapés à la machine : « Sonia était le dernier avertissement. Rentrez chez vous. »

Dora éclata en sanglots. Elle venait de comprendre d'un seul coup qu'elle s'était trompée, qu'elle avait minimisé le danger et négligé les avertissements que les seuls êtres à lui vouloir du bien lui avaient prodigués ! Vladimir et Sonia étaient bien morts à cause d'elle !

– Mon Dieu, que faut-il faire, Peter ? pensa-t-elle en saisissant la photographie où le jeune homme en uniforme qui fixait gravement l'objectif semblait aussi perplexe qu'elle. Une autre image de Peter se superposa à celle du soldat de la Wehrmacht. Celle de l'être que Dora avait aimé plus que tout sur son lit de mort à Strasbourg, où il avait exigé d'être transporté quelques jours avant l'issue fatale.

« Promets-moi, avait-il eu la force de dire, promets-moi de retrouver Anna...

– Je te le jure », avait-elle répondu, avant de lui poser un baiser sur le front.

– Je la retrouverai, je te le jure, murmura Dora dans la chambre de l'hôtel de Saint-Pétersbourg.

Elle saisit un mouchoir et s'essuya les yeux. Elle eut un geste vers le téléphone, puis renonça.

– Non, fit-elle, pas la police.

Longtemps, elle resta assise sur le lit à songer à Sonia et à Vladimir.

Puis, peu à peu, à force de réfléchir, une évidence se fit jour : ce n'est pas elle que l'on avait attaquée ce jour-là et ce ne serait jamais elle que l'on viserait directement. Personne n'oserait s'en prendre à Dora Kempf. Elle était trop connue.

Un peu plus avant dans la nuit, elle acquit une seconde certitude. Les questions qui lui brûlaient les lèvres, elle devait aller elle-même les poser au seul homme qui fût sans doute capable d'y répondre : Sacha Kolomiakov en personne. A cause de ses fonctions passées au KGB, il avait sûrement les moyens de l'aider à venger ses amis et à retrouver Anna. Restait à approcher celui dont peu de gens connaissaient même le visage.

Dora alla vers la fenêtre, tira le lourd rideau et resta un long moment à contempler la haute flèche illuminée de la cathédrale Pierre-et-Paul qui resplendissait dans la nuit.

Dix étages plus bas, dans la rue, Evgueni s'éloignait de l'hôtel en poussant devant lui le caddie où il avait entassé ses trésors. Définitivement chassé des portes des cuisines de l'arrière du palace par les chiens des gardes de nuit, il émigrait. Avant de s'éloigner pour de bon, il se retourna et jeta un coup d'œil à l'immense façade obscure où seule brillait une fenêtre allumée. Avant de quitter les lieux, il aurait bien aimé revoir une dernière fois la femme blonde si belle et élégante...

Message posthume

Dora se fit déposer par un taxi près du marché aux puces et continua son chemin à pied en prenant tout son temps, comme l'aurait fait une touriste. Elle se retourna et vit Tatiana descendre d'une voiture banalisée et la suivre.

Tatiana Mosjoukov, la femme policier envoyée par Vlatchouk, s'était présentée à l'heure dite. Grande et bien faite, c'était une très jolie femme dans la trentaine dont le regard vif et rapide révélait une attention sans cesse aux aguets. Dora et elle s'étaient mises d'accord pour que Tatiana assurât une protection efficace et « ostensiblement peu discrète », afin de décourager d'éventuelles agressions.

Précaution supplémentaire, Dora avait demandé par téléphone au concierge de l'hôtel de lui retenir un billet d'avion pour Paris, via Moscou, où elle souhaitait s'arrêter deux jours. Elle avait estimé qu'au cas où elle serait surveillée, cela suffirait à faire croire qu'elle obtempérait aux menaces, décidant de rentrer chez elle après une dernière escale dans la capitale.

Elle se promena longuement parmi les stands du marché tout en repérant de loin le numéro où on lui avait fixé rendez-vous. « Marché aux puces ; 51, rue de Carélie, demain onze heures » : c'était tout ce qu'il y avait sur le morceau de papier qu'elle avait retrouvé avec étonnement dans sa poche en rentrant de l'enterrement. Reconnaîtrait-elle seulement une personne rencontrée au cimetière de Vorchovets où Sonia avait été enterrée ?

Sur le moment, un peu en retrait de la petite foule qui assistait aux obsèques, Dora n'avait pas remarqué que quelqu'un s'intéressait spécialement à elle. Elle ne connaissait d'ailleurs personne, à part Aktiamov, le directeur du Kirov. Quant à l'amiral en grand uniforme qui, les yeux rougis par les larmes, l'avait regardée avec hostilité, ce ne pouvait être que l'oncle de Sonia...

Et pourtant, c'était bien durant cette cérémonie que l'on avait glissé ce bout de papier dans sa poche... Absorbée par le chagrin et le souvenir tout frais qu'elle avait de Sonia, elle n'avait rien remarqué, alors qu'elle essayait tant bien que mal de suivre le déroulement de la liturgie funéraire orchestrée par un pope barbu. Ou peut-être cela s'était-il passé pendant la bousculade finale, lorsque les gens s'étaient pressés pour bénir la tombe ?

Soudain, Dora reconnut sous le numéro 51 la femme très âgée qui, la veille au cimetière, juste devant elle, lui avait passé le rameau de buis. C'était une très vieille femme emmitouflée dans un manteau déchiré et coiffée d'une chapka qui lui faisait un visage encore plus rond que nature. En l'apercevant, la babouchka eut un léger mouvement de tête et lui fit signe de la suivre. Dora se retourna et, d'un regard, fit comprendre à la femme policier qu'elle voulait être seule. Tatiana acquiesça discrètement et se contenta de la filer de loin.

Dora et la vieille femme se retrouvèrent devant une fanfare militaire qui, malgré le froid, s'époumonait du haut d'un kiosque à musique. Dora vint s'asseoir à côté de la babouchka qui s'était affalée sur une chaise d'une rangée à peu près vide et, d'une main toute ridée, piochait des marrons dans un cornet de papier journal. Elle tourna vers

Dora un sourire édenté et lui tendit le cornet. Dora lui rendit son sourire et se servit.

– La veille de sa mort, Vladimir est venu me voir, commença la vieille femme. Il m'a dit que vous vouliez retrouver Anna.

– Il vous a donné quelque chose pour moi ?

– Non. Il m'a simplement demandé de vous dire tout ce que je savais sur Anna, au cas où il lui arriverait quelque chose. Il avait tellement peur, le pauvre malheureux !

– Vous connaissiez Anna Souvorine ! s'exclama Dora d'une voix sourde.

– Je pense bien, j'étais habilleuse au Kirov. Pendant le siège, et bien longtemps après ! Jusqu'en 1978, fit-elle avec fierté. Ce que je peux vous dire concernant Anna, c'est que j'ai reçu une lettre d'elle en 1952, vers Noël.

– Anna était donc vivante en 1952 ! D'où écrivait-elle ? Vous avez cette lettre ?

– Je l'ai déchirée, c'était encore trop dangereux. Staline n'a crevé qu'en 53.

– Que disait-elle ?

– Oh ! ce n'était que quelques mots griffonnés sur un bout d'enveloppe qu'elle m'a fait passer par une codétenue revenue à Leningrad après avoir tiré sa peine. Anna m'apprenait qu'elle était incarcérée au camp 249, à Irkoutsk, près du lac Baïkal. Elle disait qu'elle allait bien et qu'elle embrassait sa vieille amie Macha...

– Et quoi d'autre ?

– Elle demandait si nous savions ce qu'était devenu son petit Français, Peter. Et si nous avions des nouvelles d'Igor, aussi.

– Quel Igor ?

Macha haussa les épaules en signe d'ignorance.

– Ça, c'était le mystère. Je n'ai pas connu d'Igor avec Anna. Vladimir non plus ne savait pas de qui il s'agissait. Peter n'a jamais reparu, ajouta-t-elle, mais Vladimir m'a appris qu'il était rentré dans son pays, là-bas à l'Ouest. C'est vrai ?

– Oui, après la guerre, mais sans avoir pu revoir Anna.

Elles restèrent un instant silencieuses.

– Pourquoi Vladimir ne m'a-t-il pas dit que vous aviez reçu cette lettre d'Anna en 1952 ? demanda Dora.

– Il ne vous connaissait pas encore assez bien. Vous savez, les gens de notre génération ont appris à se méfier de tout...

– Et depuis 1952, vous avez eu d'autres nouvelles d'elle ?

– Non, plus jamais. Comme elle avait été condamnée à dix ans de camp en 1945, j'ai commencé à l'attendre à partir de 1955. Mais elle n'est jamais revenue...

– Vous voulez dire que vous n'avez plus jamais entendu parler d'elle ? Qu'elle n'a plus jamais écrit ?

– Plus jamais, non, fit tristement Macha.

Elle se signa rapidement.

– J'espère que Dieu a eu pitié d'elle.

Dora voulut poser une autre question, mais la musique s'arrêta et les spectateurs applaudirent.

Macha attendit que la musique reprît pour ajouter :

– S'il y a quelqu'un à qui vous devriez rendre visite, c'est à la Vissetskaïa. Si Anna est allée à Moscou en sortant du camp, après sa libération, elle a pu vouloir demander de l'aide à Olga.

– Vous voulez dire qu'Olga Vissetskaïa connaissait Anna Souvorine ? fit Dora, surprise.

– Je pense bien ! Elles étaient très liées lorsqu'elles étaient toutes gamines. Elles sont entrées ensemble en 1933 chez Vaganova à l'École de danse du Kirov, expliqua Macha en décortiquant avec soin un nouveau marron. Olga n'est pas revenue à Leningrad comme Anna, après le siège. Elle est restée à Moscou et, après la guerre, elle est très vite devenue la grande danseuse du Bolchoï. Personnellement, je n'ai jamais aimé sa danse. C'était de la virtuosité musculaire uniquement, mais sans grâce, sans aucune âme.

Elle cracha par terre un morceau d'écorce de marron.

– Elle a dû coucher avec le directeur du Bolchoï, ajouta-t-elle, avec mépris, parce c'était une sacrée arriviste, cette fille-là !

Dora se souvenait avoir vu danser Olga dans un festival à Prague en 1967, où tout le monde de la danse s'était précipité pour voir le Bolchoï, à ce moment-là au sommet de sa gloire. Macha avait raison sur un point : un certain manque de grâce avait toujours caractérisé la Vissetskaïa, par ailleurs une des plus grandes stylistes que la danse ait jamais comptées.

Macha se levait déjà. Dora l'imita.

– Dites-moi une chose, Macha, savez-vous ce que signifie l'expression « *Petit Kirov* » ?

– Non, fit la vieille femme. Qu'est-ce que c'est ?

– Je ne sais pas, justement.

Macha hocha la tête, puis mit sa main sur l'épaule de Dora et la regarda avec bonté.

– Lorsque vous retrouverez Anna, embrassez-la très fort de ma part et dites-lui, s'il vous plaît, que je ne l'ai jamais oubliée. Que Dieu vous protège.

De son pouce replié, elle traça rapidement une croix sur le front de Dora et s'en fut comme elle était venue : à petits pas, laissant Dora quelque peu abasourdie, mais en un sens réconfortée.

Elle avait enfin appris quelque chose de nouveau sur Anna ! Jusqu'en 1952, Anna Souvorine était vivante et avait dû être libérée en 1954 du camp 249 d'Irkoutsk. Où était-elle allée ensuite ?

Une démarche diplomatique

L'aéroport de Moscou réserva à Dora l'accueil habituel en Russie : elle fut très vite reconnue, la nouvelle de sa présence se répandit comme une traînée de poudre et les chasseurs d'autographes s'en donnèrent à cœur joie. Dans ce pays, les danseuses étoiles sont aussi fêtées, sinon plus, que les stars de cinéma.

Dans le hall de la réception des bagages, un homme la rejoignit et se présenta comme étant l'attaché culturel de l'ambassade d'Allemagne. Il portait sa jeune quarantaine avec la décontraction frôlant la vanité des hommes qui se savent regardés avec intérêt par les femmes. Il avait un visage avenant et sympathique.

– Werner Schellendorf, annonça-t-il en tendant une main énergique qui plut à Dora. Elle détestait les poignées de main molles qui, à son avis, dénotaient un manque certain de caractère.

Il se pencha avec impatience sur le tapis à bagages et pesta contre les lenteurs de l'aéroport.

– C'est interminable ! soupira-t-il avec un geste d'énervement, qu'il tenta de tempérer d'un sourire.

Il est certainement au courant de mes aventures pétersbourgeoises, se dit Dora, qui estima que les imperceptibles signes de nervosité de Schellendordf en étaient la preuve.

Et, de fait, en l'observant plus attentivement, elle put se rendre compte que, à l'instar du chauffeur de l'ambassade qui avait accompagné le diplomate, il surveillait discrètement, mais très attentivement, les gens alentour.

Ce qui ne gênait en rien les deux femmes qui, assises un peu plus loin, papotaient sans quitter Dora des yeux. La première retourna le revers de son manteau et murmura à l'adresse d'un invisible micro :

– Alfa 5 de Delta 2. Le colis de Saint-Pétersbourg est bien arrivé. Il est aux bagages qu'il réceptionne comme prévu. A vous.

De fait, Dora ne cessa d'être suivie jusqu'à son hôtel, où Schellendorf l'accompagna et veilla à ce qu'elle fût bien installée et ne manquât de rien.

Un peu plus tard, à l'heure du dîner, l'ambassadeur Meisner s'inclina devant Dora et lui baisa la main. Il la pria de l'excuser de l'absence de son épouse brusquement partie à Göttingen au chevet de leur petite fille qui venait d'avoir un accouchement difficile.

Dora avait connu Roland Meisner une dizaine d'années auparavant, lorsqu'il avait été nommé ambassadeur de la République fédérale à Paris. Pour rien au monde, il n'aurait manqué une de ses premières et avait toujours eu la délicatesse de ne jamais faire état devant elle de sa double nationalité, que quelques journaux allemands mal intentionnés ne manquaient jamais de rappeler, en égratignant avec méchanceté la presse parisienne très cocardière pour qui, naturellement, Dora était française d'adoption.

Elle lui sut gré d'avoir accepté de la recevoir dès son arrivée à Moscou.

Avant de passer à table, il pria Dora de le suivre. Quelque peu intriguée, elle l'accompagna jusqu'à un ascenseur et escorta le diplomate le long d'un couloir situé en sous-sol, menant à un petit salon dont il referma la porte avec soin. Il lui désigna un fauteuil et alla appuyer sur le bouton d'un panneau électronique. Quelque peu ébahie par ce cérémonial, Dora entendit un léger bourdonnement magnétique et la lumière rouge d'une lampe témoin passa au vert.

Meisner vint s'asseoir en face d'elle.

– Nous pouvons maintenant parler en toute sécurité. Bien entendu, chère Dora, je compte sur vous pour oublier à tout jamais l'existence de cette pièce indispensable à la confidentialité de certaines de nos discussions professionnelles.

Son visage expressif se rembrunit.

– Laissez-moi tout d'abord vous exprimer toutes mes condoléances pour la mort de votre mari. Les aléas de la politique moscovite m'ont empêché de me rendre à Strasbourg pour ses obsèques. J'en ai été désolé, comme je vous l'ai écrit. Je connaissais assez mal Peter, mais la conversation que j'avais eue avec lui lors d'un dîner chez vous, en 89, m'avait séduit. Je me sens donc doublement garant de votre sécurité...

– Je vous en remercie.

Dora désigna d'un geste la pièce dans laquelle ils se trouvaient.

– Si je ne suis pas indiscrète, pourquoi toute cette mise en scène, mon cher Roland ? Je ne suis pas venue en Russie pour jouer les James Bond !

– C'est avec le feu que vous jouez, Dora. Dornberg m'a relaté ce qui vous est arrivé à Saint-Pétersbourg et cela ne me plaît pas du tout. Si j'ai bien compris, l'enquête que vous menez doit déranger certaines personnes. Que recherchez-vous donc de si explosif ? Qu'essayez-vous de remuer dans le passé du Kirov ?

Pour éviter de répondre et gagner du temps, Dora chercha des yeux un verre d'eau que Meisner lui apporta aussitôt.

– Je vous en prie, insista-t-il. Je suis votre ami et je peux être une tombe, au cas où vous l'ignoreriez.

Elle le dévisagea attentivement, comme pour lire sur son visage le degré de confiance qu'elle pouvait lui accorder.

– Soit, dit-elle enfin. Je recherche une danseuse qui a disparu brusquement du corps de ballet du Kirov en juin 1944. Lorsque je dis disparue, je veux dire arrêtée. Et pas n'importe comment. Après son arrestation, on s'est donné la peine d'effacer son nom de tous les registres du théâtre, comme si elle n'avait jamais existé !

– Et pourquoi voulez-vous retrouver cette femme ? Si elle est vivante, bien entendu.

– Parce qu'elle a sauvé Peter de la mort. Peter, cet Alsacien enrôlé malgré lui dans la Wehrmacht et qui avait déserté l'armée allemande pour rejoindre Leningrad fin 43. Peter, qui a lui aussi été arrêté à Leningrad en avril 44 et que les Soviétiques ont presque laissé mourir de faim dans un camp sibérien. Lorsqu'on l'a descendu du bateau à Marseille, fin 1946, il ne pesait plus que quarante-cinq kilos !

Toutes ces explications, Dora les avait martelées.

– Je ne savais pas, dit Meisner. Je vous prie de m'excuser.

– Vous ne pouviez pas savoir. Peter estimait inutile de s'étendre sur cette partie de sa vie. Il ne voulait pas gâcher ses rapports avec l'Allemagne nouvelle, disait-il.

Meisner se leva et, pour mieux réfléchir, fit quelques pas dans la pièce.

– Je ne vois effectivement pas qui cela peut gêner *aujourd'hui,* finit-il par dire en revenant vers Dora. La grande majorité des Russes admettent la réalité des arrestations arbitraires, des déportations et des crimes perpétrés sous le régime communiste. D'un autre côté, les responsables politiques qui ont fait arrêter votre mari et cette jeune femme ont vraisemblablement disparu aujourd'hui. Cinquante ans après, je veux dire.

– Sans doute. Asseyez-vous, Roland, demanda-t-elle.

Il obtempéra.

– Il y a une chose que vous pouvez faire pour m'aider, ajouta-t-elle gravement.

– Tout ce qui sera en mon pouvoir.

– Vraiment tout ?

– Certainement, déclara-t-il, cependant un peu moins sûr de lui.

Dora, qui ne le quittait pas du regard, en vint au but même de sa visite.

– Alors, arrangez-vous pour me faire rencontrer le général Kolomiakov. Vous savez de qui je parle, n'est-ce pas ?

– Vous êtes folle ! s'exclama Meisner, perdant un instant son calme et sa distinction coutumière.

– Pourquoi folle ? Disons pratique. Qu'y a-t-il d'extraordinaire à rencontrer un ex-général du KGB ? Et qui peut mieux m'aider dans mes recherches qu'un des anciens chefs des services secrets soviétiques ?

– Parce qu'ici, en Russie, on ne « rencontre » pas les anciens chefs du KGB comme on peut aller prendre le thé avec l'ex-patron de la CIA à Washington ! rétorqua-t-il. Voilà pourquoi ! Surtout celui-là.

– Qu'a-t-il de spécial, celui-là, comme vous dites ?

– Il a sans doute été l'homme le plus redouté de ce pays. Un personnage qui a disposé de pouvoirs occultes immenses, quelqu'un qu'aucun Occidental n'a jamais rencontré ni même approché, un homme secret et dont peu de personnes connaissent même la physionomie !

– Mais que vous sauriez reconnaître, vous ? fit-elle du tac au tac.

– Cela fait partie de mon métier.

– Et auquel vous ne voudriez même pas demander de recevoir la célèbre Dora Kempf ? insista-t-elle.

– Évidemment non ! Vous m'imaginez, moi, Roland Meisner, ambassadeur d'Allemagne, allant solliciter pour vous un entretien avec...

Il leva les yeux au ciel et secoua la tête sans même achever sa phrase, tant l'énormité de la chose allait de soi.

– Eh bien, je me débrouillerai par mes propres moyens !

– Quels moyens ?

– Oh ! vous savez, j'ai beaucoup de relations dans les milieux de la danse, fit-elle, faussement désinvolte, en se levant.

Il se leva à son tour, cachant mal une certaine irritation.

– Je n'en doute pas. Mais ces relations ne vous expliqueront certainement pas pourquoi vous êtes filée sans arrêt depuis votre arrivée à Moscou.

– Je suis suivie ?

– Parce que nous faisons attention à vous, je peux même vous dire que vous avez demandé au taxi que vous avez pris à l'hôtel pour venir à l'ambassade de faire un détour par la place Rouge...

Il la saisit par les épaules et la dévisagea avec gravité.

– Dora, j'ai une immense admiration et beaucoup d'estime pour vous. Je dirais même de l'affection. Je ferai tout ce qui est en mon pouvoir pour vous aider. Sauf tenter des démarches qu'il m'est impossible d'entreprendre en tant qu'ambassadeur. Nous sommes aujourd'hui un pays ami de la Russie, certes, mais dès que le besoin s'en fait sentir, on sait me rappeler sans aucune discrétion une certaine opération Barbarossa, une invasion commencée par un beau jour de juin 1941. Je n'ai pas le droit de me mêler de la politique intérieure russe.

– Rassurez-vous, fit Dora en souriant, ce ne sont pas des secrets d'État que je cherche. Juste une danseuse...

– Promettez-moi cependant d'être prudente, et souvenez-vous qu'en cas d'ennuis, nous sommes là pour vous aider. N'hésitez pas à me demander personnellement.

Il alla jusqu'au panneau et débrancha le système de brouillage.

– Me ferez-vous le plaisir de me tenir compagnie dans ma loge demain soir au Bolchoï ? demanda-t-il.

– Je vous remercie, mais j'ai déjà accepté l'invitation de Leonid Varanchine...

Plus tard, dans la voiture de l'ambassade qui la ramenait à son hôtel, Dora craignit d'en avoir trop dit à Roland Meisner. Elle avait bien pris garde de ne pas donner le nom d'Anna, ni de révéler qu'elle la savait encore vivante en 1952, en principe détenue dans un camp sibérien. Mais, au fait, pourquoi Anna avait-elle été condamnée à dix ans de goulag ? Encore une énigme. Quant à Kolomiakov, il semblait vraiment effrayer tout le monde ! En ce qui le concernait, elle espéra que sa soirée du lendemain serait plus efficace.

Souper dans une datcha

Dora aimait le Bolchoï, la qualité de sa compagnie de ballets et sa scène, sur laquelle elle s'était produite à deux occasions, en 1979 et en 1987. Elle appréciait aussi beaucoup que le public s'habillât pour assister aux premières. C'était peut-être un peu élitiste comme sentiment, mais le spectacle de la salle était tellement beau à contempler, du balcon comme depuis la scène, à la fin de la représentation, lorsqu'on relevait le rideau pour les saluts. Ce soir-là, elle ne comprenait pas pourquoi le directeur du théâtre et Leonid Varanchine s'attardaient au foyer avec des mines de comploteurs. Ce ne fut que lorsqu'elle pénétra dans la loge et qu'elle vit tous les spectateurs de l'orchestre, puis le public de la salle tout entière se lever, se tourner dans sa direction et l'applaudir longuement, qu'elle prit conscience de l'honneur qui lui était fait. Mieux que se souvenir d'elle, on lui rendait un hommage appuyé et cette reconnaissance l'émut. Jusqu'au directeur de l'hôtel Moskova qui lui avait présenté ses condoléances et lui avait fait remarquer qu'on lui avait donné la même suite que « la dernière fois »...

Peter était encore vivant lors de mon précédent séjour à Moscou, pensa-t-elle avec émotion, tandis que l'orchestre s'accordait. Quand elle dansait, il était assis dans cette loge, à la place même qu'occupait à présent Leonid Varanchine, le maître de ballet avec qui elle avait travaillé dix ans auparavant sur ce même *Petrouchka* qu'elle venait voir ce soir-là. Elle se retourna et lui jeta un coup d'œil amical. Le maître a vieilli, se dit-elle. Quel âge peut-il avoir aujourd'hui ? Soixante-douze, soixante-quinze ans ?

Elle se souvenait de la dernière fois où Peter et elle l'avaient rencontré. C'était à New York l'année précédente, lors des concours du Metropolitan, dont Leonid était sans doute pour l'ultime fois membre du jury. Après le déjeuner, ils s'étaient promenés à pied dans Central Park. C'était le printemps, il faisait déjà un peu trop chaud. Elle se rappela que Peter avait expliqué que, sur la côte Est des États-Unis, il n'y avait pas de demi-saison et que l'on passait brutalement de l'hiver à l'été, en sautant presque le printemps. A ce souvenir très aigu de la tiédeur particulière de cet après-midi-là, une bouffée de sensualité l'envahit curieusement, et elle revit de manière fugace le corps de Peter. De façon étrange, elle eut un très court instant brusquement envie de lui, avec la même violence que quand son corps avait besoin du sien, lorsqu'ils se retrouvaient après une séparation. On eût dit que leurs sens s'attendaient. Avec impatience. Elle n'eut pas le temps de caresser ce souvenir que l'orchestre attaquait l'ouverture de Stravinski.

Avant que la salle ne s'éteignît, elle fit encore des yeux le tour de la salle, de l'orchestre aux balcons. Où étaient ceux qui, d'après Roland Meisner, ne cessaient de la filer ? Ils n'avaient pas dû avoir de mal à la reconnaître, pensa-t-elle : tout à l'heure, les applaudissements l'avaient désignée mieux que n'aurait pu le faire n'importe quelle photographie !

Pendant la représentation, jusqu'à l'entracte, Dora se demanda comment aborder auprès de Leonid le problème qui la préoccupait. C'est pour cette raison, entre autres, qu'elle avait préféré son invitation à celle de Roland Meisner. Elle misait sur le fait que Leonid Varanchine n'avait dû la longévité professionnelle de sa carrière qu'à ses appuis politiques. Depuis les années soixante, en effet, il n'avait pas cessé de travailler en toute impunité malgré les scandales provoqués par une homosexualité un peu trop exigeante. Leonid prétendait que son talent le mettait à l'abri de tout, mais, un soir, il avait avoué à Dora que son amitié avec Nikita Khrouchtchev l'avait sorti de bien des ennuis. D'une manière générale, Leonid était bien avec le pouvoir en place. Dora savait ainsi qu'il avait été en cour auprès de la plupart des gérontes qui s'étaient succédé au Kremlin de Khrouchtchev à Brejnev.

Elle observa Leonid à la dérobée. Un mystère subsistait. « Quel intérêt peut représenter ce petit homme, certes talentueux, pour les maîtres de l'Union soviétique ? avait demandé un jour Peter à Dora. Pour rester en faveur, il a dû avaler quelques couleuvres, sinon des boas entiers ! » avait-il ajouté en riant.

Elle n'avait pas pu fournir d'explication à la question, elle s'était contentée d'affirmer que Leonid était brillant, bourré de talent et amusant. Il avait en plus un esprit très caustique, et beaucoup appréciaient la méchanceté drolatique avec laquelle il épinglait autrui. Et puis, c'est bien connu, les gens au pouvoir aiment fréquenter les artistes...

Lorsque la lumière de la salle se ralluma pour l'entracte, Leonid et Dora aperçurent Olga Vissetskaïa qui, venue en compagnie d'un homme jeune, se levait d'un fauteuil d'orchestre. Un murmure flatteur parcourut l'assistance, lorsque les gens découvrirent que l'ancienne vedette de la danse soviétique des années soixante était parmi eux. Dora braqua sur elle ses jumelles et l'examina avec curiosité. Elle ne l'avait pas vue depuis des années. Ainsi, cette femme physiquement encore superbe pour ses soixante-dix ans avait été, adolescente, puis jusqu'au retour de la troupe du

Kirov à Leningrad fin 1943, la meilleure amie d'Anna Souvorine... Il fallait que Dora l'interroge, mais seule à seule, pas ici au milieu de cette cohue mondaine. Elle se tourna vers Leonid et lui demanda de la lui présenter à nouveau.

– Avec joie, ma chérie ! s'exclama-t-il avec un petit rire cruel, je vais te présenter au fauve ! Enfin, rectifia-t-il, je veux dire à la plus grande dévoreuse d'hommes de tout Moscou !

– Je ne considère pas cela comme un défaut rédhibitoire ! dit Dora en riant.

– Moi si. Elle me vole les plus beaux !

Ils sortirent de la loge et se mêlèrent à la foule qui se dirigeait vers le bar.

– Méfie-toi quand même, fit Leonid à voix basse, elle déteste les femmes et surtout les ballerines qui ont eu infiniment plus de grâce qu'elle n'en a jamais démontré... Et ne laisse surtout pas cette peste s'inviter chez moi pour le souper. Si tu veux faire plus ample connaissance, sa datcha n'est qu'à cinq minutes de la mienne.

Olga Vissetskaïa avait une manie agaçante : celle de s'admirer sans cesse dans les miroirs, et Dora fut irritée qu'elle la quitte fréquemment du regard pour vérifier son maquillage dans la grande glace qui se trouvait dans son dos. A part cela, elle était exubérante et se souvenait fort bien de Dora. Elle se mit à la tutoyer comme si elles étaient amies depuis toujours, ce qui reflétait en fait un désir de domination psychologique qu'elle manifestait volontiers avec les danseurs pour affirmer sa suprématie.

– J'ai une admiration folle pour toi, ma chérie, dit la Vissetskaïa en lissant soigneusement un sourcil. Surtout depuis ta Giselle de 88 au Covent Garden. Je n'ai jamais vu interpréter le personnage si admirablement ! Dommage pour toi que Barychnikov n'ait pas été en forme, ce soir-là, ajouta-t-elle.

Ce qui était pure méchanceté, car Dora savait que son partenaire avait merveilleusement dansé le jour où Olga avait assisté à la représentation.

– Tu restes à Moscou quelque temps ? reprit-elle.

– Malheureusement trop peu. Mais vous serait-il possible de m'accorder un moment ? Un éditeur m'a demandé de collaborer à un ouvrage sur les danseurs qui ont le plus compté dans ce siècle et j'aimerais profiter de mon bref séjour ici pour vous demander de plus amples détails sur votre carrière.

– Très volontiers, dit Olga, flattée. Pourquoi ne viendrais-tu pas déjeuner après-demain chez moi à la campagne ? Ce serait charmant. Demande à Leonid de t'expliquer le chemin, j'habite tout près de chez lui. Faute de place à Moscou, c'est dans ma datcha que je suis obligée de garder mes archives. Et Dieu sait si j'en ai accumulé à mon âge canonique ! lança-t-elle en cherchant le compliment.

– Allons, fit Dora en souriant, vous ne parviendrez pas à me faire plaindre l'une des femmes les plus convoitées de Moscou !

Olga Vissetskaïa la dévisagea un instant en se demandant comment il fallait prendre la chose. Happée par un groupe d'admirateurs, elle n'eut pas le temps de réfléchir longtemps.

La datcha de Leonid où Dora soupa aux chandelles en tête à tête avec le maître était une merveille de goût et elle en apprécia jusqu'au moindre détail.

Elle attendit que le repas soit terminé et qu'ils soient enfin seuls dans l'intimité du salon pour aborder le sujet qui lui avait fait accepter, sinon solliciter, ce souper. Comme

Varanchine lui montrait des toiles et des objets d'art qui jalonnaient chacune des étapes de sa longue et brillante carrière, Dora tenta se savoir où il en était de ses relations avec les anciens du régime.

– Oh ! tout ce beau monde vieillit, soupira-t-il, comme moi... Les fastueuses soirées avec les membres du Comité central ne sont plus que de lointains souvenirs... Quant aux nouveaux riches, je ne les fréquente pas. Cela fait quand même bizarre, tu vois, ma chérie, de rencontrer dans les salles d'Opéra des parterres de parvenus à qui l'on ferait avaler sans sourciller que *Petrouchka* est une marque de détergent ! C'est comme si tu imaginais l'orchestre du Metropolitan de New York rempli d'un public de charcutiers grassouillets et de mafiosi en smoking !

Dora sourit à cette évocation pour le moins saugrenue.

– Vous avez gardé de bonnes relations avec les dirigeants de l'ancien régime ?

– Mais bien sûr. On peut penser ce que l'on veut des communistes, mais ils avaient fait de l'Union soviétique une grande puissance. Regarde ce à quoi les nouveaux maîtres ont réduit la Russie. Un pays qui tend son écuelle pour manger...

Dora coupa court à cette nostalgie :

– Dites-moi, Leonid, au cours de vos promenades dans les allées du pouvoir, auriez-vous rencontré par hasard un général du nom de Kolomiakov ? Alexandre Kolomiakov, pour être précise.

Sans répondre, Leonid se leva brusquement et alla jusqu'à la table à liqueurs se servir un verre de cognac. Est-ce pour faire diversion ? se demanda Dora.

Leonid remplit son verre et agita la bouteille en direction de Dora. Elle refusa en montrant son verre encore à demi plein.

– J'ai connu beaucoup de monde, fit-il sur un ton laconique en revenant s'asseoir à ses côtés. Pourquoi me parles-tu de cet homme ?

– Parce que j'ai un service à lui demander et que je voudrais le rencontrer, répondit tranquillement Dora.

– Un service ? A un ex-général du KGB ? Toi ?

Elle lui caressa rapidement la joue avec tendresse.

– Merci de me faire comprendre élégamment que vous le connaissez, fit-elle.

– Je ne t'ai jamais dit que je le pratiquais, rectifia-t-il avec circonspection. Il se trouve que, pour avoir fréquenté certaines sphères, je sais qui est le général Kolomiakov, c'est tout. Qu'attends-tu de ce personnage que l'on dit redoutable ?

– Qu'il m'aide à retrouver une jeune femme qui, voici très longtemps, a été condamnée à dix ans d'internement et a disparu.

– Une dissidente ? demanda Leonid, tous les sens en alerte.

– Oh, non ! Une ballerine du Kirov qui a disparu du corps de ballet à la fin du siège de Leningrad. Elle s'appelait...

– Je ne veux pas savoir de qui il s'agit, la coupa-t-il avec une brusquerie inhabituelle. Et pourquoi crois-tu que ce général peut t'aider ?

– Parce qu'il était en poste à Leningrad en 1944 lorsque cette femme a été arrêtée.

– Tu en sais déjà beaucoup trop !

Il détourna les yeux et fixa une très belle toile représentant Nijinski dansant à Paris.

– Si j'étais toi, Dora, j'emprunterais des voies plus conventionnelles..., reprit-il sans quitter le tableau des yeux.

– Par exemple ?

– J'ai entendu dire qu'à Moscou existe une administration centrale des services pénitentiaires à laquelle on peut s'adresser pour savoir ce que sont devenues des personnes qui ont été arrêtées et internées par la police politique du précédent régime.

– Je suis une étrangère et les fonctionnaires vont me faire attendre une éternité. Ce que je veux savoir, c'est pourquoi le NKVD a arrêté une jeune danseuse à la fin du siège de Leningrad en 1944. Et pourquoi elle a été condamnée à dix ans de camp. Je veux aussi savoir si elle a été libérée en 1954 et, si elle a survécu, ce qu'elle est devenue ! Et ça, Leonid, il n'y a qu'un homme autrefois très haut placé qui puisse me l'obtenir.

– Tu veux en savoir des choses ! s'exclama-t-il d'une voix chargée d'ironie.

– En général, ce que je veux, je l'obtiens.

– Sans doute...

Son ton dubitatif démentait son propos.

– Je crois qu'il est temps que tu rejoignes Moscou. Mon chauffeur va te raccompagner.

Son expression s'était fermée. Il se leva, signifiant par là que la visite était terminée et l'entretien clos.

– Vous vous renseignerez sur la possibilité de rencontrer la personne dont je vous ai parlé ? insista Dora.

– Je vais voir ce que je peux faire. Mais je ne peux rien te promettre. Absolument rien.

Il se radoucit et changea de sujet :

– Je compte sur ton aide pour la séance de sélection après-demain au Bolchoï. Comme je te l'ai dit, j'avoue qu'entre les trois premiers sujets dont je t'ai parlé, je ne sais plus très bien qui faire monter au rang de première danseuse.

Il l'embrassa.

– Rentre bien, ma chérie.

Assise à l'arrière de la voiture qui démarrait, elle jeta un dernier regard au vieil homme qui levait son bras en signe d'adieu. Dès qu'on leur parle de Kolomiakov, ils sont tous terrorisés, pensa-t-elle. Il ne bougera pas le petit doigt. Lui comme les autres.

Un peu plus loin, elle se rappela soudainement ce qu'avait répondu Leonid lorsqu'elle avait révélé que Kolomiakov était en poste à Leningrad en 1944 : « Tu en sais déjà beaucoup trop ! » Qu'avait-il voulu dire exactement ? Faisait-il allusion au fait qu'elle enquêtait sur une danseuse qui avait eu des démêlés avec la justice soviétique de l'époque, ou était-ce en référence à un détail particulier de la carrière de Kolomiakov ?

Le fichier des cauchemars

La célébrité de Dora avait encore joué. Cette fois auprès de la direction de l'administration pénitentiaire de Russie. Si le jeune sous-directeur auquel on l'avait adressée était vite tombé sous le charme de sa visiteuse, il avait néanmoins accueilli avec quelque étonnement sa demande de recherche d'une détenue soviétique. Elle avait argué de ses compétences artistiques pour prétendre qu'il fallait absolument qu'elle retrouve cette jeune danseuse, condamnée pour une peccadille sous le régime stalinien. Il se trouvait, laissa-t-elle entendre sans se démonter, que cette ballerine du Kirov avait introduit pendant le siège de Leningrad une innovation totalement inédite dans la chorégraphie du ballet classique figée depuis le temps de Petitpa.

On chercha dans le fichier central des camps à l'année 1944 et on retrouva le nom de Souvorine dans les convois d'arrivée au camp n° 249 d'Irkoutsk. Mais pas au mois de juin de cette année-là, comme le croyait Dora. Le 15 janvier 1945 seulement. Dora en fit la remarque, car elle savait que la jeune femme avait été arrêtée début juin 44.

– On aura dû attendre l'année d'après pour évacuer les détenus de Leningrad, lui répondit-on. La guerre n'était pas finie. On avait certainement d'autres priorités.

Le motif de l'arrestation de la jeune femme n'était pas non plus indiqué. Dora s'en étonna.

– Dans notre fichier ne figurent que les ordres de transport, assura le fonctionnaire. Les condamnations, ce sont les anciennes archives du KGB qui les ont. Il faudrait demander à la Loubianka.

Quant aux circonstances de la libération d'Anna Souvorine du camp n° 249 d'Irkoutsk, le sous-directeur préféra diriger Dora vers le fichier XXIC de l'administration des camps qui, lui assura-t-il, contenait des éléments beaucoup plus détaillés sur la vie des détenus et le sort des libérables.

C'est ainsi qu'un taxi avait déposé Dora à la porte d'un immense entrepôt situé en plein milieu d'une forêt des environs de Moscou.

Elle suivait à présent une forte femme d'une soixantaine d'années qui avait de la peine à se déplacer, mais semblait néanmoins s'y retrouver dans les interminables couloirs d'une annexe du fichier central de cette administration qui avait géré pendant près de soixante-quinze ans la population carcérale de l'ex-Union soviétique. Partout, sur des rayonnages, s'entassaient des milliers et des milliers de dossiers sales et de fiches poussiéreuses.

– Ce n'est qu'une partie de nos archives, expliqua l'employée à Dora, qui s'étonnait de la superficie des lieux. Ici, nous ne conservons que les décennies 40 et 50. Vers la fin de Khrouchtchev et surtout après Brejnev, on a eu de moins en moins de monde...

– Parce qu'il existe d'autres fichiers comme celui-ci ? demanda Dora, effarée.

– Oh, oui ! répondit la femme, toute contente de recevoir de la visite. Depuis Lénine, il y en avait un par République soviétique, divisé lui-même en régions administratives, puis en camps. C'était très bien organisé. Du temps où cela marchait, on pouvait vous retrouver quelqu'un comme ça ! ajouta-t-elle en faisant claquer ses doigts.

Apercevant une chaise, la femme s'arrêta.

– Permettez..., dit-elle.

Elle se laissa tomber sur le siège, quitta les chaussons informes qu'elle portait et, sans la moindre gêne de découvrir le haut de ses jambes, se mit à se masser la plante des pieds.

– Ce n'est plus de mon âge, soupira-t-elle. Dans ma jeunesse, je filais d'un bout du bâtiment à l'autre en courant, mais maintenant...

Dora détourna le regard des cuisses pleines de varices de l'employée et reporta son attention sur les rayonnages qui l'environnaient. Elle contempla avec stupeur l'amoncellement de fiches dont les étagères débordaient. Ces dossiers représentaient les souffrances et la mort de tant d'êtres humains ! Cela lui rappela tout à coup les images impressionnantes d'un film muet d'Abel Gance, *J'accuse*, où l'on voyait les soldats morts de la Grande Guerre de 14-18 se relever pour aller demander des comptes aux vivants.

– Dans le temps, vous étiez sans doute plus nombreuses pour gérer toutes ces fiches..., lança-t-elle par provocation.

– Pensez-vous ! Avec tous les détenus dont il a fallu s'occuper ! Quand le service tournait à plein, nous avions un personnel considérable pour se charger de tout ça. Les ordinateurs et tous ces machins informatiques, ça n'existait pas à l'époque ! Quel boulot ! Vous vous rendez compte, dit-elle en renfilant ses chaussons, on devait remplir toutes les fiches à la plume !

Elle soupira, évoquant le bon vieux temps :

– Des dizaines et des dizaines de milliers de zeks* traités

---

* Abréviation courante de *zaklioutchionnyï* : détenu.

manuellement... ! Même qu'on était payés au rendement, à cette époque !

Écœurée, Dora s'éloigna. C'était à la fois effrayant et pénible de voir cette femme oublier totalement le sort pitoyable des dizaines de millions d'êtres humains qui avaient croupi dans les camps, pour ne retenir de cette horreur que la peine d'avoir eu à remplir leurs fiches à la main !

– Hé ! C'est par là, le camp n° 249 ! cria l'employée en désignant une autre rangée.

Elles arrivèrent devant une étagère qui, comme ses voisines, croulait sous les dossiers. La grosse femme monta avec difficulté sur un escabeau et chercha longtemps un registre cartonné qu'elle finit par extraire de la masse poussiéreuse.

– Voilà le n° 249 pour 1955, annonça-t-elle fièrement.

Elle porta le volume sur une table de consultation.

– Rappelez-moi ce que vous cherchez.

– La date à laquelle a été libérée la détenue Anna Souvorine, n° 118/243.675.889-B, et l'adresse où elle a été dirigée à sa libération, répondit Dora en lisant le papier sur lequel elle avait noté le matricule d'Anna.

– Ça, fit l'employée en désignant le gros registre, c'est la liste des détenues. Vous avez dit Souvorine, hein ?

Elle ouvrit le livre à la lettre S et commença à parcourir les pages. Elle poussa soudain une exclamation :

– Ça alors !

– Qu'y a-t-il ?

– Regardez ! Là ! s'écria la femme outrée en montrant une bordure de papier déchiré. On a arraché la feuille ! La liste s'arrête au nom de Samarov jusqu'à celui... (elle tourna la page), jusqu'à celui de Spolianskine...

La femme observa attentivement le registre.

– C'est tout récent ! Regardez ! Il y a encore des petits débris de papier tout frais... Qui est-ce qui a bien pu faire ça ?

Brusquement affolée, elle leva un regard angoissé vers Dora.

– Vous allez faire un rapport au chef ?

– Un rapport ? Pourquoi... ? marmonna Dora, encore sous le choc.

– Mais parce qu'il ne doit pas me manquer un seul nom ! s'écria la femme. Pas une seule page ! Ils me mettraient à la porte, s'ils apprenaient ça !

Évidemment, personne ne se souvenait que quelqu'un ait pu pénétrer dans l'annexe du fichier.

Dans le taxi qui la ramenait à Moscou, Dora ruminait sa déception. Cela continuait ! Quelqu'un la précédait et faisait disparaître toute trace d'Anna avant qu'elle-même ne s'en approche. Elle regarda les sapins défiler à gauche et à droite de la voiture et pensa à l'employée du fichier avec ses jambes gonflées par les varices qu'elle avait récoltées en surveillant ces dizaines de milliers de fiches, autant de croix potentielles.

Vaguement nauséeuse, elle ne savait plus si elle devait céder à la rage froide qui avait failli l'emporter en entendant l'employée regretter le bon vieux temps du goulag, ou plaindre cette très vieille femme à présent apeurée de perdre les quelques roubles qui l'empêchaient de mourir de faim.

C'est comme les Allemands du temps de Hitler, se rappela Dora. « Nous nous sentons responsables, avaient dit les plus courageux, mais en aucun cas coupables, car nous avions des ordres... » Cet argument avait toujours révolté Dora. Comme le fait que l'on n'avait *jamais* dénazifié les habitants d'Allemagne de l'Est. Il était quand même extravagant qu'après la guerre on ait jugé utile de n'extirper le nazisme *que* des Allemands de l'Ouest. Ceux de la zone d'occupation soviétique, en devenant du jour au lendemain d'innocents citoyens de l'Allemagne démocratique communiste, n'avaient jamais été inquiétés ! Comme si la guerre n'avait pas eu lieu pour eux ! A cette époque-là, les bonnes consciences occidentales n'avaient pas jugé bon de protester !

Il en va de même pour la Russie, pensa Dora. C'est comme si on avait tourné une page de l'Histoire d'un seul coup, en oubliant dans la page elle-même les soixante-dix ans de dictature totalitaire. Personne ne rendrait donc jamais de comptes à personne pour les millions de victimes ?

Ce qui s'était passé par la suite dans ce taxi qui la ramenait à Moscou s'était déroulé très vite, se rappela plus tard Dora. Perdue dans ses réflexions, elle avait senti la voiture ralentir. Le chauffeur de taxi avait alors crié quelque chose derrière la vitre de séparation. Il avait un ennui de moteur, disait-il en montrant l'avant de la vieille voiture. Le véhicule arrêté en pleine forêt, le conducteur était descendu et avait commencé à farfouiller sous le capot, lorsque la portière de Dora s'était ouverte sur un inconnu qui la menaçait d'un pistolet et lui intimait, d'un geste éloquent de l'arme, l'ordre de la suivre jusqu'à un autre véhicule qui attendait un peu en arrière.

Dora s'apprêtait à obéir lorsqu'une grosse Mercedes avait surgi en freinant violemment à la hauteur du taxi. Deux hommes en étaient sortis, eux-mêmes armés.

L'agresseur de Dora n'avait pas demandé son reste et avait couru vers sa voiture, qui avait brusquement démarré dans un crissement de pneus.

Déjà un visage se penchait vers Dora. Elle reconnut celui de l'attaché culturel qui l'avait accueillie à son arrivée à Moscou, Werner Schellendorf.

– Ce n'est que moi, fit-il. Heureux d'être arrivé à temps ! Si vous voulez bien changer de voiture...

Sans un regard pour le conducteur du taxi, Dora quitta le véhicule et, saluée au passage par le chauffeur de l'ambassade, monta dans la Mercedes.

La grosse voiture diplomatique se mit en route.

– Le taxi était-il dans le coup ? demanda Dora.

– Sans doute, dit Werner, mais il est inutile d'aller porter plainte, cela ne servirait qu'à attirer l'attention de la police locale. De toute façon, nous vous suivions depuis Moscou...

Il se pencha vers le dossier du siège et ouvrit un petit bar dissimulé par le placage de bois précieux de la somptueuse voiture.

– Une larme de cognac, pour nous remettre de ce désagréable incident ?

– Plus qu'une larme ! Merci.

– Décidément, dit Schellendorf, pour une femme qui n'a pas mis les pieds en Russie depuis une dizaine d'années, on vous en veut vraiment beaucoup !

– Sauf que maintenant nous ne saurons jamais qui !

– Dois-je comprendre que vous auriez préféré que l'on vous enlève ? s'étonna Schellendorf un peu sèchement.

Elle ne pouvait pas répondre oui, mais elle pensait qu'effectivement elle aurait souhaité suivre l'homme au pistolet. Au moins, il se serait passé quelque chose ! Et peut-être ses ravisseurs l'auraient-ils enfin conduite vers ceux qui se donnaient tant de mal pour couper le fil d'Ariane qui pouvait la guider vers Anna. Très curieusement, elle n'avait pas eu peur de l'arme braquée sur elle et avait été beaucoup plus surprise qu'affolée.

– Je ne voulais pas vous froisser, dit-elle.

– Je ne l'ai pas pris de la sorte, répondit diplomatiquement Schellendorf. Quand même, ne put-il s'empêcher d'ajouter avec un sourire, deux morts et une tentative d'enlèvement en huit jours, ce n'est pas mal pour une simple touriste...

Il tendit la main vers une serviette rangée dans un vide-poches en cuir et en sortit une lettre qu'il lui donna.

– Ce matin, il est arrivé ceci pour vous à l'ambassade.

Dora saisit la lettre avec curiosité. Elle l'ouvrit et eut un choc : c'était, manuscrite et courtoise, une invitation personnelle du général Kolomiakov à lui rendre visite le surlendemain dans sa propriété en Oural ! Un avion privé attendrait Mlle Kempf à onze heures du matin devant l'aérogare privée de l'aéroport de Moscou.

Le même soir, de l'hôtel, Dora appela Leonid Varanchine. Elle voulait le remercier de son intervention auprès de Kolomiakov. A sa stupéfaction, son assistant lui apprit que le maître avait précipitamment quitté Moscou dans la nuit, juste après qu'elle eut pris congé de lui. Par la même occasion, Varanchine se décommandait pour le rendez-vous qu'il lui avait fixé au Bolchoï le lendemain après-midi.

La main encore posée sur le téléphone, Dora resta songeuse. Elle ne comprenait pas la raison de cette fuite. L'énigme restait entière : par qui Kolomiakov avait-il donc appris qu'elle souhaitait le voir, puisque Roland Meisner s'était refusé à faire la démarche ? Si ce n'était pas par Leonid, serait-ce le résultat de sa propre obstination dans la recherche d'Anna ?

Restait Olga Vissetskaïa. Dora estima qu'avant de rencontrer l'ancien général du KGB, elle aurait intérêt à réunir au plus vite le maximum de renseignements sur Anna. Peut-être Olga savait-elle quelque chose, comme l'avait suggéré la vieille Macha à Saint-Pétersbourg ?

Dora laissa errer son imagination... et soudain poussa une exclamation. Quelle idiote j'ai failli être !

Une artiste officielle

Olga Vissetskaïa se racontait ordinairement aux journalistes de manière plutôt flatteuse. Devant eux, autrefois, elle faisait volontiers état de la liberté de création qu'elle avait su conquérir en faisant admettre au répertoire du Bolchoï, du temps de Malenkov ou d'Andropov, ses propres chorégraphies ou celles de Béjart et de Roland Petit. On avait certes loué son audace et son indépendance artistiques, mais personne ne savait quel prix elle avait payé ces hardiesses créatives ni les calculs auxquels elle se livrait dans le choix de ses amants. Certaines mauvaises langues disaient qu'elle avait été une informatrice secrète, une *stoukatch*, du KGB. Vers la fin du régime soviétique, elle avait pris peur. Après la chute de Gorbatchev, elle était même partie habiter New York un moment en attendant de savoir, susurrait Leonid Varanchine, s'il y aurait des règlements de comptes et des révélations sensationnelles sur les bords de la Moskova. Et puis, rien ne se passant, le KGB étant rebaptisé tout en conservant son personnel et la nomenklatura restant ce qu'elle était, Olga, rassurée, était rentrée à Moscou.

Devant le magnétophone que lui tendait Dora, elle faisait attention à l'exactitude de ses propos, surtout en ce qui concernait sa carrière.

Ne souhaitant pas quitter la ville, Dora avait prétexté de journées très chargées pour convaincre Olga de la rencontrer à Moscou même. Et, comme le temps s'était mis au redoux, Olga lui avait donné rendez-vous sur la place Rouge.

Les deux femmes se promenaient lentement tout en discutant avec animation. Dora s'arrêtait parfois pour compulser un carnet où elle avait pris des notes sur la carrière de son interlocutrice qui avait été, quoi que l'on pût penser de la manière dont elle avait mené sa vie, une des plus célèbres danseuses de ce siècle. L'interview, qui avait eu du mal à démarrer, était devenue peu à peu – grâce à Dora qui alimentait la discussion d'arguments artistiques – une conversation passionnée et passionnante entre deux grandes professionnelles.

En les reconnaissant, les gens s'arrêtaient et osaient demander des autographes. Les uns maladroitement, les autres avec adresse, tous avec chaleur et admiration.

Elles atteignirent enfin l'extrémité de la place et Olga se dirigea vers une voiture rouge au volant de laquelle attendait, en lisant un journal, une jolie jeune femme blonde. Voyant arriver le terme de l'interview, Dora cherchait un moyen d'aborder adroitement la jeunesse d'Olga Vissetskaïa...

Une mère, tenant une petite fille par la main, lui en fournit involontairement l'occasion. Dora et Olga signèrent bien volontiers de nouveaux autographes et Olga s'amusa beaucoup de ce que la fillette leur fît une gracieuse révérence à l'ancienne.

– Comme lorsque j'étais petit rat ! C'est ainsi que nous devions saluer nos professeurs ! N'était-ce pas aussi comme cela chez vous, à Berlin ! demanda Olga.

– Si, bien sûr. A propos, enchaîna Dora, comment était l'École de danse du Kirov ?

– Excellente ! Peut-être même à l'époque d'un meilleur

niveau que celle du Bolchoï. Mais il ne fallait pas le dire, parce que Staline détestait Leningrad. Le corps de ballet y était pourtant magnifique, et puis il y avait Vaganova, comme professeur, on n'a guère fait mieux, vois-tu.

– Parmi vos camarades d'école de Leningrad, lesquelles sont devenues célèbres après la guerre ?

– Aucune... à part moi, répondit Olga, après un instant de réflexion, mais avec une simplicité non feinte. Tu sais, à cause des Allemands qui assiégeaient la ville, le corps de ballet a vite déménagé. Et si certains éléments sont retournés à Leningrad après la guerre, beaucoup sont restés au Bolchoï, car c'était dans la capitale que tout se décidait, juste après la guerre.

A l'évocation de ces souvenirs, Olga s'exaltait.

– J'ai travaillé comme une folle, car j'étais certaine d'avoir l'étoffe d'une danseuse étoile. Tu vois, je ne sais pas ce qu'a représenté la danse pour toi, mais, en ce qui me concerne, je lui ai tout donné, y compris ce que la plupart ne donnent jamais. J'ai beaucoup lutté pour arriver à être la première d'entre les premières, pour qu'Olga Vissetskaïa devienne *la* Vissetskaïa. Communisme ou pas, le talent seul ne suffit pas, il faut se battre ! Il faut qu'on t'aime et qu'on t'admire ! A tout prix ! C'est cela aussi, ce que l'on appelle la férocité des stars. Retiens bien le mot "férocité", Dora, car il n'en est pas de plus juste en ce qui nous concerne. Comment les gens s'imaginent-ils qu'elles ont fait pour devenir mythiques, Bette Davis, Joan Crawford, Garbo ou Marlène ?

Elle secoua la tête en signe de détermination.

– Non, reprit-elle, je n'ai jamais regretté d'avoir tout sacrifié pour parvenir au niveau de danse où j'avais rêvé de me hisser. Un jour, un journaliste a cru être méchant en écrivant que pour y arriver j'aurais marché sur le cadavre de ma mère. Eh bien ! vois-tu, ma chérie, il était en dessous de la vérité...

Elle se tourna vers Dora, une lueur amusée dans les yeux.

– Un autre reporter lui a répondu que, s'il avait fallu, j'aurais *aussi* marché sur le cadavre de mon père, de mon frère, de ma sœur et de toute ma famille ! fit-elle en éclatant de rire.

– Et sur celui d'Anna Souvorine également ?

L'expression d'Olga changea brusquement. Les traits soudain déformés par la colère, elle faillit exploser.

– Qu'est-ce que tu dis ? De qui parles-tu ? De quoi m'accuses-tu ?

Elle maîtrisait mal la violence qu'elle s'efforçait de contenir.

– Pourquoi prononces-tu ce nom ? Comment oses-tu parler de quelqu'un que tu n'as pas connu ?

A son tour, Dora haussa le ton :

– Parce que je trouve étrange que vous ne m'ayez jamais parlé de ma ressemblance avec elle. Figurez-vous que j'ai découvert que je lui ressemblais à un point tel qu'à Leningrad des gens qui l'ont connue m'ont arrêtée dans la rue pour me demander si je n'étais pas sa fille ! Je trouve pour le moins extravagant que vous n'ayez jamais évoqué cette ressemblance, et encore plus que vous ne profitiez pas de l'occasion présente pour me parler d'elle, alors qu'elle était votre meilleure amie au Kirov et que je suis son portrait vivant !

Le regard tendu, Olga avait subi cette avalanche verbale. Puis, dévisageant son interlocutrice avec plus d'acuité que jamais, elle sembla se calmer.

– C'est vrai que tu ressembles étrangement à mon Anna, dit-elle enfin. Cela m'a instantanément frappée lorsque je t'ai vue danser à New York avec Barychnikov. Mais je savais qui tu étais, d'où tu venais. Alors, pourquoi diable t'aurais-je parlé d'une femme que tu n'as jamais connue ? Oui, pourquoi t'entretenir d'une amie très intime, certes, mais qui a abandonné la danse au moment même de passer danseuse étoile ?

– Parce qu'Anna n'a pas abandonné la danse, comme vous dites, elle a été arrêtée à Leningrad par le NKVD en 1944 et condamnée à dix ans de goulag ! Et vous l'avez su ! Car cette arrestation a immédiatement dû faire le tour de votre petit cénacle et en tant qu'ancien membre de la troupe du Kirov, vous ne pouviez pas ne pas être au courant de l'arrestation et de la déportation de votre meilleure amie ! Voilà pourquoi je vous parle d'Anna Souvorine ! Voilà pourquoi je vous demande si vous l'avez revue depuis sa sortie du goulag.

– Jamais, non ! Mais pour qui te prends-tu pour me parler sur ce ton et m'accuser de la sorte ! lança-t-elle, furieuse. Qui es-tu donc pour aller fouiner dans le passé d'êtres qui te sont parfaitement étrangers !

Elle eut un geste de colère.

– Et puis, je ne vois pas pourquoi j'en écouterais davantage !

Elle ouvrit avec violence la portière arrière de la voiture et la claqua sur elle en criant à l'adresse de la conductrice :

– Allez, démarre, toi ! J'ai assez entendu de mensonges de la bouche d'une... d'une *dissidente* !

La voiture s'éloigna, laissant Dora encore haletante, le souffle court. Elle se maudit de s'être ainsi laissé entraîner à la colère et d'avoir accusé gratuitement cette femme de tous les maux. Cela avait été plus fort qu'elle. Elle avait pensé pouvoir évoquer l'existence d'Anna dans une conversation aimable et puis, patatras ! elle n'avait pas su résister au jaillissement de sa propre indignation. Peut-être était-ce l'expression « marcher sur des cadavres » qui l'avait mise brusquement hors d'elle ? On évoquait et on prononçait ce mot un peu trop souvent autour d'elle en ce moment !

Non. C'était plutôt le cynisme dont Olga avait fait montre qu'elle n'avait pas supporté.

Elle se mit à la recherche d'un taxi et, à propos d'arrivisme, eut brusquement une pensée reconnaissante pour Peter. C'était grâce à lui, prit-elle soudain conscience, là, sur ce bout de trottoir moscovite, qu'elle n'avait manqué de rien pour mener sa carrière à sa guise et qu'elle n'avait jamais eu à solliciter quoi que ce soit de quiconque.

Je ne t'ai pas assez remercié de ton vivant, mon amour...

Tout en guettant les taxis, Dora se demanda encore ce qu'elle aurait fait si, jeune danseuse talentueuse mais soviétique, elle avait voulu réussir du temps de Staline. Eh bien, justement, elle n'avait pas couché avec les pontes du Parti qui peuplaient les soirées de la maison de son père à Pankow, ni renié ou vendu ses amis. C'était précisément pour cela qu'elle avait fui l'Allemagne de l'Est et choisi la liberté ! Alors, tant pis si je t'ai vexée, vieille peau !

Heureusement que le lendemain Kolomiakov allait certainement lui apporter des réponses à des questions autrement plus importantes que les états d'âme d'Olga Vissetskaïa...

Traitement de choc

Au croisement de la route de Moscou et de celle de Toula, la vieille Ilona Poronovski descendit péniblement de l'autobus qui la ramenait chez elle. Elle avait encore un bon kilomètre à marcher dans un chemin mal déneigé pour atteindre le logement qu'elle partageait avec une famille nombreuse.

Elle estimait s'être bien tirée de son entrevue avec le directeur. Juste un blâme, sans réduction de salaire. Non, elle n'avait pas pu fournir d'explication en ce qui concernait la page arrachée du registre nominatif des libérables pour l'année 1955 du camp n° 249. Oui, elle avait oublié le nom qui intéressait la femme trop bien habillée qui était venue la veille ! C'était d'ailleurs à l'occasion de la visite de l'étrangère qu'elle s'était aperçue de l'incident. Quelqu'un avait dû s'introduire nuitamment dans les archives, elle ne voyait pas d'autre explication. Ce que la vieille femme ne comprenait pas, c'est pourquoi le directeur était au courant. Tout en pressant le pas, Ilona Poronovski pesta contre cette salope d'Allemande qui lui avait pourtant promis de ne pas en parler à ses supérieurs ! Qu'est-ce que cela pouvait bien lui faire, à cette bochesse, qu'il manque une page dans le registre 249 ? Ilona pesta pareillement contre le directeur. Il aurait dû s'en moquer, lui aussi, si une cinquantaine de noms avaient disparu de la liste des libérables de ce camp. Cela remontait à quarante ans ! On n'en mourrait pas ! Et si cela se trouvait, ces détenues-là, elles avaient toutes crevé au camp...

Bon Dieu ! que ses jambes lui faisaient mal... Ilona chercha une pierre sur laquelle s'asseoir et se reposer un instant pour retirer ses grosses bottes de feutre et enlever les chiffons qui entouraient ses pieds meurtris. Elle soupira. Depuis trois ans, le dispensaire manquait des ampoules que lui prescrivait autrefois le docteur pour soigner ses varices. Elle eut un sourire en repensant avec bonheur à sa silhouette gracile de jeune fille. Elle, Ilona Poronovski, était la meilleure danseuse du kolkhoze Dzerjinski ! Celle que tous les mâles dévoraient des yeux lorsque, en été, telle une héroïne hiératique de la peinture officielle, debout sur une charrette et tenant à bout de bras une fourche piquée dans le foin, elle revenait des champs, sa robe légère trempée de sueur moulant ses jeunes formes sculpturales ! Ilona qui sautait plus haut que les autres filles sur ses petits pieds mignons lorsque le beau Iossif et ses musiciens entamaient exprès pour elle leurs trilles stridents d'accordéon et de violon, le soir, pendant la fête du kolkhoze ! La pensée de Iossif l'émut et lui fit soudainement venir une bouffée de chaleur au visage. Elle pouvait encore sentir l'odeur du trèfle dans lequel il la bousculait tout en relevant sa jupe d'une main pressée...

Perdue dans ses souvenirs, Ilona n'entendit pas venir la grosse voiture tout terrain qui lui fonça délibérément dessus et la projeta contre la congère, au bord du talus. Elle ne souffrit même pas. En un éclair, elle eut le temps de penser que le docteur allait enfin lui donner des ampoules afin de lui ôter toutes ses vilaines varices. Elle aurait ainsi à nouveau des jambes lisses et splendides pour aller solliciter les caresses du beau Iossif. Puis Ilona ne sentit plus rien et une insoutenable envie de dormir s'empara d'elle.

Penché sur le corps, un homme s'assura que la vieille était bien morte. Avant de lâcher le cadavre, il fit, pouce levé, un geste d'acquiescement en direction du chauffeur de la voiture. Ce dernier décrocha un téléphone du tableau de bord.

– D'Oméga 5 à Oméga 1 : la vieille des archives, c'est fait, dit-il avant de raccrocher.

Un loup de la taïga

Le petit jet bimoteur vira sur l'aile et atterrit sur une piste bordée de neige. Regardant alternativement par les hublots à droite et à gauche de l'appareil, Dora vit une forêt dense défiler rapidement de chaque côté de l'avion.

Ce n'avait pas été un long voyage. Une heure à peine après le décollage, l'avion avait entamé sa descente. Entre-temps, un steward lui avait proposé quelques canapés de caviar accompagnés de vodka bien frappée.

L'appareil vint s'immobiliser en bout de piste, non loin d'une grosse Range Rover qui attendait, moteur en marche. En descendant de l'avion, Dora eut le temps d'apercevoir un hangar d'aviation qui bordait la piste. Un jet, un aérodrome privé... Décidément, il ne se refusait rien, l'ancien général du KGB !

Pendant le trajet, elle avait tenté d'esquisser le plan de sa future discussion avec Kolomiakov. Entretien qui, dans son idée, devait se terminer par l'engagement formel de l'ex-général du KGB de tout mettre en œuvre pour retrouver la trace d'Anna, puis Anna elle-même. A cause de la redoutable réputation de son futur interlocuteur, elle décida d'être sans cesse sur ses gardes et d'en dire le moins possible. N'ayant jamais côtoyé ce genre de personnages en Russie, elle n'avait aucune idée de l'aspect de celui qu'elle allait rencontrer. Avec une certaine aversion, Dora se l'imagina un instant tel les gérontes soviétiques qu'elle avait vus à la télévision, alignés au-dessus du tombeau de Lénine, regardant défiler les troupes sur la place Rouge. Des vieux généraux au regard fixe et aux traits bouffis, saluant la parade, la main soudée à la visière de leur immense casquette et couverts de tellement de décorations que Dora s'était toujours demandé où et quand ils avaient pu en gagner autant.

Le soleil brillait et faisait étinceler les cimes des arbres couverts de neige.

La voiture sortit de la forêt et se dirigea vers une vaste bâtisse de bois que Dora aperçut de loin. Plutôt basse et longue, la demeure était composée de plusieurs corps de bâtiments peints en gris clair. Les encadrements des portes et des fenêtres, détourés au blanc de céruse, achevaient de donner à l'ensemble un discret cachet d'élégance.

La voiture s'arrêta devant le porche. Le chauffeur descendit et ouvrit la portière.

Baissant la tête pour éviter que sa chapka ne s'accroche aux montants, Dora sortit du véhicule. Lorsqu'elle leva le regard, un homme vêtu d'un manteau venait au-devant d'elle, main tendue.

– Je suis Alexandre Alexandrovitch Kolomiakov, dit-il en s'inclinant et lui baisant la main. Bienvenue à Vistaïa Kolyana, mademoiselle Kempf. C'est un honneur pour cette demeure et son propriétaire de vous y accueillir.

Elle le dévisagea, déconcertée, car Sacha Kolomiakov ne répondait pas le moins du monde à l'idée qu'elle s'était faite de lui. C'était un homme grand et mince, au visage fin et aux traits bien dessinés. Un peu le genre Mountbatten, se dit-elle. Oui, c'est cela, une allure de lord anglais distingué. Si elle avait évoqué un acteur, elle aurait dit George Sanders ou Rex Harrison...

Sous une chevelure blanche soigneusement coiffée, des

yeux très bleus – un beau regard de loup, se rappela-t-elle beaucoup plus tard – la scrutaient avec une attention extrême.

– Préférez-vous prendre le thé d'abord et faire ensuite quelques pas dans le parc ou l'inverse ? demanda-t-il en montrant d'un geste la propriété qui resplendissait sous le soleil.

– Profitons du beau temps, décida-t-elle, encore sous le coup de la surprise.

Il s'inclina et lui indiqua un chemin qui longeait un immense bassin et conduisait vers un promontoire dominant une forêt que l'on devinait en dessous.

– On m'a rapporté, commença Sacha, que vous aviez émis à plusieurs reprises le souhait de me rencontrer.

Qui le lui a appris ? pensa immédiatement Dora. Leonid ? Meisner ? Qui d'autre ? Vais-je lui demander ?

– En effet, dit-elle en renonçant à poser la question qui lui brûlait les lèvres.

– Je ne réponds en principe jamais à ce genre de sollicitations. C'est uniquement en raison de l'immense talent de l'artiste que vous êtes que j'ai accepté de vous rencontrer. Si je peux satisfaire de quelque manière votre curiosité, je m'efforcerai de le faire. Mais vous comprendrez aisément que, même à la retraite, je suis tenu à un certain devoir de réserve quant à mes activités passées.

– Je ne vais pas vous demander de dévoiler des secrets d'État.

– Alors, je vous écoute.

– Eh bien, voici. Vous devez détenir la solution d'une énigme qui me préoccupe...

Comme il la regardait attentivement, elle continua :

– Et ce, à cause de votre affectation à Leningrad pendant le siège, fin 1943 et début 1944.

– J'ai effectivement combattu devant la ville à cette époque.

– Vous y connaissiez une jeune danseuse du Kirov du nom d'Anna Souvorine...

– Vous êtes bien renseignée.

– Si vous avez fréquenté Anna pendant le siège, poursuivit-elle, vous devez donc savoir qu'elle était tombée amoureuse d'un jeune Français réfugié dans la ville.

– J'étais au courant de cette liaison.

– En avril 1944, ce jeune Français fut arrêté sous une inculpation fallacieuse d'espionnage. Deux mois plus tard, des policiers sont venus chercher Anna. Et personne ne l'a jamais revue. J'ai réussi à découvrir qu'elle avait été condamnée à dix ans de goulag, mais aussi qu'elle était encore vivante aux alentours de Noël 1952. Je veux savoir ce qu'elle est devenue après cette date, où elle vit, et pouvoir la rencontrer.

Il s'était arrêté et l'avait écoutée avec attention, ne la quittant pas du regard.

– Je vois que vous vous êtes livrée à une véritable enquête. Puis-je savoir pourquoi vous vous intéressez tellement au sort d'Anna Souvorine, mademoiselle Kempf ?

– Ce Français qu'avait sauvé Anna s'appelait Peter Muller. Je l'ai épousé il y a presque vingt ans. Voici quelques mois, sur le point de mourir, il m'a révélé l'existence d'Anna et m'a demandé de retrouver la femme qu'il avait aimée à Leningrad pendant le siège.

– Veuillez accepter toutes mes condoléances, fit-il en s'inclinant légèrement.

Il reprit sa marche.

– L'histoire de ces deux jeunes gens est très poignante et leurs souffrances furent certainement épouvantables...

Il s'interrompit, se détourna brusquement et fit quelques pas vers la balustrade à colonnes qui surplombait la forêt. Puis il se retourna vers elle, le visage douloureux.

– J'admire votre courage et votre obstination, mademoiselle Kempf, mais croyez-vous vraiment qu'il faille ressusciter les horreurs et les ignominies de cette guerre atroce ? Des êtres qui nous sont chers ont disparu en emportant pour toujours leur part de secret et leurs souffrances. Ne devons-nous pas les laisser là où ils ont trouvé refuge, derrière la nuit ?

– Voulez-vous me dire par là qu'Anna Souvorine est morte ? articula Dora, la gorge serrée.

Il ne répondit pas, la quitta du regard et se retourna vers la forêt. Elle le rejoignit et lui prit le bras.

– Anna est-elle morte ? répéta-t-elle, angoissée. Je vous en prie...

– Vous tenez vraiment à savoir ce qui s'est passé ?

Comme elle acquiesçait, il commença son récit :

– J'avais des relations plus qu'amicales avec les parents d'Anna qui me considéraient un peu comme leur fils. Le père d'Anna, Viktor Souvorine, et le mien avaient en effet combattu ensemble les armées blanches contre-révolutionnaires de Wrangel et de Koltchak dans les années vingt. Lorsque je faisais mes classes de cadet à Leningrad, juste avant la guerre, j'étais souvent invité chez eux. C'est ainsi que j'ai fait la connaissance d'Anna. Elle devait avoir quatorze ans. Elle était ravissante et fréquentait l'École de danse du Kirov.

– Ses parents ont été tués en 42 dans un bombardement, précisa Dora.

– C'est effectivement ce que j'ai appris de sa bouche lorsque j'ai été à nouveau affecté à Leningrad vers la fin du siège. Vous avez raison de dire qu'elle était très amoureuse de ce jeune Français, mademoiselle Kempf. Mais le mot est faible. Anna était en réalité follement éprise de lui. Après l'arrestation de son amant, désespérée, elle m'a appelé à l'aide et j'ai tenté tout ce que j'ai pu pour retrouver Peter Muller. J'ai finalement découvert qu'il avait été arrêté sous l'inculpation de trahison...

– C'était un coup monté, une dénonciation ! le coupa

Dora, soudain énervée. Peter n'avait pas déserté la Wehrmacht pour passer chez les Soviétiques et les trahir ensuite ! Cela ne tenait pas debout, c'était une accusation absurde !

– C'est ce que j'ai expliqué à la police militaire, mais, lorsque j'ai pu localiser Peter Muller, il était déjà parti dans un camp. Je ne cherche pas à excuser mes compatriotes, mais n'oubliez pas que c'était une guerre atroce ! Peut-être avait-on commis une erreur judiciaire envers ce jeune homme, mais il s'en est sorti, puisqu'il a eu la chance de vous rencontrer et de vivre auprès de vous. N'est-ce pas là l'essentiel ? La séparation de ces deux amants était-elle injuste ? Certainement. Mais tant d'êtres ont si *injustement* perdu la vie à cette époque, mademoiselle Kempf, plus de vingt millions en quatre ans ! Vous n'imaginez pas ce que cette terre a bu de sang...

Ils avaient longé le belvédère et il laissait errer son regard sur la forêt de bouleaux qui semblait onduler à l'infini.

– Et Anna ? demanda Dora d'une voix sourde.

Il fit encore quelques pas, puis sortit de la poche de son loden une feuille de papier pliée en quatre.

– Anna Viktorovna Souvorine est décédée le 15 février 1953 des suites d'une épidémie de typhus qui a ravagé le camp n° 249, murmura-t-il. Ceci est son acte officiel de décès.

Il aspira profondément, comme s'il avait du mal à respirer, et lui tendit l'acte.

– Elle n'a même pas de tombe là-bas. L'épidémie a fait huit mille cinq cents morts et, pour juguler toute contagion, l'administration a dû faire incinérer les corps des victimes.

Des larmes jaillirent des yeux de Dora. Tournée vers la forêt, elle ne fit rien pour les retenir. De longues minutes se passèrent avant qu'elle ne puisse formuler une demande d'explication :

– Et de quel crime avait-elle été accusée pour être condamnée, elle aussi ?

Il ne répondit pas instantanément, la laissant au chagrin qu'elle ressentait, par-delà les années, envers cette sœur en amour et en danse qui avait si généreusement aimé le même homme qu'elle.

Sacha se tenait à côté d'elle, les mains tenant fermement la rambarde de fer, le regard perdu sur la forêt. On aurait dit deux passagers appuyés côte à côte à la passerelle d'un paquebot et tentant d'apercevoir à l'horizon les limites de l'océan.

Après quelques minutes, il rompit le silence :

– Lorsque je suis revenu du front, je l'ai cherchée comme un fou dans tout Leningrad, de bureau en bureau, de pénitencier en pénitencier ! Je ne l'ai jamais retrouvée.

– Elle n'a pourtant été déportée qu'au début de 1945, dit doucement Dora. Elle était détenue dans la ville, vous êtes peut-être passé dans la rue où elle était prisonnière...

– Sans doute. Mais je n'ai appris son arrestation qu'en revenant de la guerre. A la fin du siège, j'avais dû repartir avec l'armée Rouge qui venait de desserrer un blocus qui durait depuis neuf cents jours ! Je n'ai été en mesure d'entreprendre des recherches efficaces que lorsque je suis revenu de Berlin, en juillet 1945. On l'avait arrêtée pour propos déviationnistes et antipatriotiques.

– Vous avez essayé de la voir dans ce camp ?

Il eut un geste de dépit.

– Nous étions en plein stalinisme et je n'étais qu'un tout petit lieutenant d'artillerie. Lorsque j'ai eu suffisamment de poids dans la hiérarchie, il était trop tard...

Ils restèrent un moment silencieux, l'un à côté de l'autre. Dora n'essaya même pas d'essuyer ses larmes.

Soudain, sans même qu'elle comprît comment la chose était arrivée, elle sentit qu'il la tenait dans ses bras, la dévisageant avec passion. Elle prit conscience que la main du général caressait doucement son visage, comme à la recherche de traits connus, et que sa bouche s'approchait de la sienne. Elle se dégagea et le dévisagea. L'aurait-il prise un instant pour Anna ?

– Vous l'aimiez, vous aussi ? murmura-t-elle.

Il se détourna, essayant de cacher un trouble.

– Je vous prie de m'excuser... Vous lui ressemblez tellement...

Un silence s'installa. Il le rompit d'une voix qu'il s'efforça de rendre normale :

– De toute façon, quoi que j'aie pu éprouver à l'époque, elle en aimait un autre. Alors...

Chacun prisonnier de ses propres souvenirs, ils restèrent un long moment immobiles. Puis il la prit avec douceur par le bras et l'entraîna jusqu'à la partie centrale du belvédère. Très loin, jusqu'à perte de vue, le vent faisait frissonner la forêt.

– Regardez cette immensité, dit-il. Il y a des milliers de kilomètres qu'aucun homme n'a jamais foulés de son pas. Eh bien ! j'y ai enfoui le souvenir d'Anna comme j'y ai enterré les horreurs que mon peuple a vécues. Oui, je les ai ensevelies dans cette terre qui semble capable d'absorber pour toujours les êtres et leurs secrets. Car vous n'imaginez pas, mademoiselle Kempf, comme on peut s'y évanouir à jamais, dans la terre russe...

Elle lui jeta un rapide coup d'œil. Y avait-il une menace voilée dans cette dernière phrase ? Mais elle avait autre chose à obtenir de lui.

– J'aurais aimé rencontrer des êtres qui aient connu Anna, dit-elle avec une touche d'espoir dans la voix. D'anciennes compagnes de détention...

Il secoua la tête.

– Tout le monde a disparu. Il ne reste que des fantômes.

Il la regarda.

– Il faut oublier Anna et repartir chez vous, Dora.

Il se reprit vivement :

– Excusez-moi, je vous prie, de vous avoir appelée par votre prénom. Cela m'a échappé... Oui, il vaut mieux que vous rentriez chez vous, Dora Kempf. Votre ressemblance avec Anna pourrait éveiller chez certains une peine immense...

Dans l'avion qui la ramenait à Moscou, elle se rappela avec quelle passion il l'avait serrée dans ses bras. Mais avait-il cherché à enlacer un souvenir ou tenté de la séduire elle, Dora Kempf ? Elle n'arrivait pas à décider, sans doute parce qu'elle avait été profondément troublée par le désir qu'elle avait senti en lui. Et peut-être aussi, finit-elle par s'avouer, par celui qu'elle avait un instant elle-même éprouvé.

Cette pensée lui déplut. Pendant un moment, elle joua avec les idées de la séduction et du plaisir. Finalement, n'était-il pas normal d'être troublée lorsqu'un homme séduisant comme lui vous prenait dans ses bras ?

Plus tard, ce soir-là, dans sa suite de l'hôtel Moskova, Dora rapprocha la photographie de Peter de celle d'Anna qu'elle avait découverte sur le passeport intérieur de la détenue, ce document propre au régime soviétique sans lequel personne ne pouvait se déplacer à l'intérieur de l'Empire. Sur une page interne du fascicule que lui avait remis Kolomiakov avant de la quitter au pied de l'avion, Dora avait aperçu un portrait d'Anna pris lors de son admission au camp. Il s'agissait bien sûr d'un document de police, d'une mauvaise photographie d'identité faite dans de piètres conditions, mais Dora trouva qu'Anna avait brusquement beaucoup vieilli. Où était la jeune danseuse du Kirov bondissant dans les airs du film des archives ?

En examinant de plus près la photographie, Dora fit une découverte : malgré la mauvaise qualité du cliché, le regard de la détenue brillait de cette flamme qui caractérise les indomptables. Quelle tristesse, se dit Dora, que tu aies disparu, toi qui brûlais d'une telle envie de te battre ! Ce n'est pas la détention qui t'a tuée, Anna. Tu aurais certainement survécu au camp, mais que pouvais-tu contre une maladie qui propageait la mort à la vitesse d'un ouragan ?

Dora erra longtemps dans sa suite d'hôtel, en pyjama, un verre à la main, au milieu de ses valises ouvertes qu'elle ne se décidait pas à boucler. Elle se sentait vide, comme étrangement désœuvrée, sans but désormais. Le voyage était fini. Le fait d'avoir découvert qu'Anna était morte semblait l'avoir vidée de toute énergie.

Elle s'assit sur le rebord du lit et resta un moment à réfléchir. Ce qui la désespérait, conclut-elle, c'était, au terme de ce périple, d'éprouver avec une telle intensité un sentiment d'échec. En un sens, elle se dit qu'elle avait failli. Elle n'avait pas su retrouver Anna, mais seulement le *souvenir* d'Anna.

Elle erra encore dans la suite, sans parvenir à se mettre au lit.

Vers une heure du matin, un cauchemar la réveilla en sursaut. Dans son rêve, elle se trouvait dans un cimetière entièrement blanc en train de tenter de recueillir des cendres d'une urne funéraire. Avec un grondement qui devenait de plus en plus aigu, un vent violent s'était levé. Des cendres s'étaient échappées et la poursuivaient en un nuage tournoyant, vrombissant comme un essaim de guêpes. Et plus Dora fuyait, plus la tornade la rattrapait. Elle l'enveloppa bientôt totalement, l'étouffant. Haletante, dressée au milieu de son lit, Dora s'était surprise à hurler de terreur.

Journal de Peter

Le 10 septembre 1995,

J'ai vu Anna marcher dans la neige. Elle était la dernière d'une immense file indienne de prisonniers enchaînés les uns aux autres qui, comme une interminable chenille processionnaire, escaladait une montagne. A la fin du convoi des détenus, Anna me faisait signe d'accélérer l'allure, de me dépêcher de la rejoindre, si je ne voulais pas m'égarer et la perdre définitivement. J'étais loin d'elle, mais je pouvais voir ses pieds nus couverts d'engelures et de brûlures noirâtres d'hématies coagulées par le froid. J'allais éclater en sanglots à l'idée qu'elle ne pourrait plus jamais danser, lorsque je me suis réveillé en larmes.

Anna, mon Anna, je sais que tu es vivante. Je regrette la pensée de ta mort avec d'autant plus de certitude que l'on m'a notifié hier la mienne ! N'est-ce pas étrange, cette sorte de mouvement de balancier entre ma mort annoncée et ta vie dont je suis plus certain que jamais ?

Dora rentre de Chicago dans une semaine. Peut-être acceptera-t-elle l'idée d'aller à ta recherche et de te dire, lorsqu'elle t'aura retrouvée, où que tu sois, que je ne t'ai jamais oubliée. Oui, je sais que Dora, cet autre amour inouï, cet elfe que tu as certainement frôlé dans Le Lac des cygnes *de vos rêves, ce double de toi qui n'est pas toi mais dont j'ai eu l'immense bonheur de croiser la route, Dora te dira que je n'ai jamais cessé de t'aimer.*

Te souviens-tu encore de l'endroit exact où nous nous sommes vus l'ultime fois et des derniers mots que tu m'as dits ? Je me les rappelle, moi, avec la plus grande précision. Tu m'as lancé une plaisanterie ! C'était en avril, il faisait très doux et l'on avait enfin aperçu un coin de bleu dans le ciel. Nous étions enlacés sur le quai du Palais devant le « Cavalier de bronze », comme vous l'appelez, l'immense statue équestre de Pierre le Grand qui domine la Neva à côté de l'Amirauté. Nous n'arrivions pas à nous quitter. Tu m'as fait remarquer que la jambe gauche du cavalier avait été endommagée par un éclat d'obus, juste au-dessus du genou.

– Il a été blessé à la guerre, lui aussi ! Il faudra nommer le tsar « Héros de l'Union soviétique » après la victoire ! m'as-tu crié, moqueuse, en me montrant la statue.

Puis tu as couru vers la plate-forme du tramway qui t'emmenait au Kirov.

– A demain, mon amour... ! as-tu encore crié.

J'étais là, éperdu. Je respirais encore ton odeur, le parfum de ton haleine, de tes seins, j'avais dans la paume de ma main la mémoire de ta peau...

« A demain, mon amour... ! » J'entends encore ta voix, mais je ne t'ai plus jamais revue... Où es-tu ? Où es-tu... ?!

Vera était là

La sonnerie du téléphone insistait, agaçante, dans la suite de l'hôtel moscovite. Étrangement mal à l'aise, Dora referma doucement la dernière page du journal de Peter, le déposa dans la valise.

C'était sûrement Schellendorf qui s'impatientait, en bas dans le hall de l'hôtel. Bizarrement, elle n'avait pas envie de prendre la communication. Si je répugne à répondre, se dit-elle, c'est que je n'aime pas trop prendre les avions.

– En réalité, murmura Dora, sois honnête avec toi-même. Tu n'arrives pas à te décider à partir.

Elle fut bien obligée de décrocher. A sa surprise, ce n'était pas Schellendorf, mais une voix jeune et féminine.

– Mademoiselle Kempf ? Je suis Vera Semionova, la petite-fille d'Olga. Nous ne nous connaissons pas vraiment, bien que nous nous soyons aperçues l'autre jour sur la place Rouge. C'est moi qui attendais Olga au volant de la voiture rouge...

A cette évocation, Dora fronça les sourcils. Sa violente altercation avec Olga Vissetskaïa à propos d'Anna lui semblait remonter à des années-lumière. C'était quand déjà ? Hier ? Avant-hier ? L'année dernière ?

– Je me souviens de vous, dit Dora, mais je suis déjà en retard. Je suis sur le point de quitter Moscou et...

– J'ai écouté les dernières phrases que vous avez échangées avec Olga. Elle vous a menti au sujet d'Anna Souvorine lorsqu'elle vous a affirmé ne l'avoir jamais revue.

– Que voulez-vous dire exactement ? demanda Dora, soudain sur ses gardes.

– Elle l'a rencontrée dans sa loge du Bolchoï en 1972.

– Comment le savez-vous ?

– Parce que j'y étais.

– C'est impossible ! Anna était décédée plusieurs années auparavant !

– Je vous répète que je me suis personnellement entretenue avec Anna Souvorine en novembre 1972, mademoiselle Kempf.

– Ce n'est pas possible !

– C'est pourtant vrai. J'ai bien parlé avec elle en 1972. Le 15 novembre, très exactement. Si je peux avancer cette date avec précision, c'est que ce jour-là ne m'est pas indifférent. C'est le jour de mon anniversaire.

Evgueni avait décidé de trouver un refuge provisoire derrière les colonnades, en haut des grands escaliers du musée des Télécommunications donnant sur la place des Décembristes. Il y avait entreposé ses richesses et y dormait sous des cartons. De là, lorsqu'il se réveillait le matin, il pouvait apercevoir au bord de la Neva, désignant d'un geste impératif la forteresse Pierre-et-Paul, le Cavalier de bronze, le seul personnage de Saint-Pétersbourg qui, à sa connaissance, ne lui fût pas hostile par ces temps rigoureux. Et puis, n'avaient-ils pas en commun, Pierre le Grand et lui-même, le privilège d'avoir eu leurs chairs meurtries au même endroit pendant la guerre ? Sauf qu'Evgueni n'était pas resté sur les bords de la Neva à attendre les éclats d'obus ! C'est jusqu'en Afghanistan qu'ils avaient dû le traîner pour qu'il se chope une balle de kalachnikov dans la cuisse gauche.

Avec ce temps pourri qui tournait au froid plus vite qu'on ne l'aurait cru, Evgueni savait que cet abri ne serait que temporaire et qu'il lui faudrait trouver un refuge plus sérieux pour l'hiver. Il était important de réfléchir à tout ça.

Pour le moment, assis sur une marche du musée, il ouvrit avec son couteau une boîte de petits artichauts à l'huile italiens qu'il avait chapardée sur un rebord de fenêtre à la cantine de l'École des cadets de Marine.

Tout en extrayant de ses doigts gercés ces légumes délicieux, il agrémenta son repas d'une bouffée de chaleur en s'accordant une pensée émue pour la belle étrangère blonde de l'aéroport, revue devant l'hôtel Métropole. Où était-elle à cet instant ?

Une loge au Bolchoï

Dora et Vera descendaient l'escalier qui menait aux quais de la Moskova.

C'était Dora qui avait suggéré le lieu. C'était elle aussi qui avait proposé qu'elles se rencontrent tout d'abord dans le hall de l'hôtel, le temps que Dora la jauge. Vera était une jeune femme d'aspect énergique, d'une trentaine d'années, mince, bien faite, au regard vif et intelligent.

Elles avaient décidé de se rendre dans un endroit public pour pouvoir bavarder tranquillement, loin des oreilles indiscrètes. Malgré son impatience, Dora avait quand même dû attendre que Werner Schellendorf arrive avec voiture et chauffeur pour lui expliquer qu'elle était obligée de retarder sine die son retour à Paris, car elle avait oublié un rendez-vous d'une extrême importance. Il l'avait dévisagée sans broncher, avec un léger sourire. Il était évident qu'il n'en croyait pas un traître mot.

A présent, au moment d'engager la conversation, Dora se demandait si elle avait bien fait d'accepter cette rencontre.

Des sentiments mélangés se bousculaient dans son esprit. Même si elle avait eu du mal à l'admettre, il semblait que la recherche d'Anna Souvorine fût terminée. Avant que la petite-fille d'Olga ne l'appelle dans sa chambre d'hôtel, elle avait fini par se persuader de la mort tragique d'Anna. Fallait-il prendre le risque de rouvrir la plaie ?

Et puis, elle devait être prudente. Deux personnes avaient déjà peut-être payé de leur vie des révélations concernant Anna et, après réflexion, Dora ne savait toujours pas qui étaient le ou les instigateurs de ces meurtres.

Depuis leur rencontre de la veille, elle avait écarté Kolomiakov de ses soupçons. Quel intérêt aurait eu l'ancien général du KGB à faire disparaître des preuves de l'arrestation d'Anna ? Que Sacha eût aimé Anna ne faisait aucun doute. Mais il ne l'avait pas revue. Ou plutôt, corrigea Dora, il n'avait pas eu le courage d'intervenir en sa faveur après avoir appris l'arrestation de la jeune danseuse.

Cela lui rappela un événement dont elle avait eu connaissance avant de quitter l'Allemagne de l'Est. Elle avait eu l'occasion de voir un membre important du Parti refuser d'aider une femme qui l'avait autrefois repoussé. Elle connaissait bien ce dignitaire, puisqu'il s'agissait de son propre père ! Lorsque Julia Chöltitz, l'une de ses anciennes secrétaires dont il avait voulu devenir l'amant, était venue lui demander d'intervenir en faveur de son mari, alors en délicatesse avec la Stasi, Joseph Kempf n'avait pas levé le petit doigt ! Lâcheté, avait jugé Dora, mise au courant de la démarche. Précaution élémentaire, lui avait rétorqué son père.

– Il y a dix ans, je ne sais pas si j'aurais pu vous raconter ce que je vais vous dire, commença Vera, la sortant de ses réflexions. Je suis journaliste de télévision, mademoiselle Kempf, et mon véritable métier, je veux dire tel que je peux le concevoir depuis que je suis libre d'émettre une opinion dans ce pays, consiste à essayer de savoir ce qui se cache derrière un mensonge. Pourquoi vous ai-je téléphoné, croyez-vous ? Parce qu'après vous avoir quittée avant-hier sur la place Rouge, ma grand-mère Olga a voulu à tout prix me faire jurer de ne jamais vous révéler que j'avais rencontré autrefois Anna Souvorine. Et comme j'ai trouvé cette démarche révoltante, j'ai fini par vous appeler.

– Parce que vous avez refusé de jurer ?

La jeune femme commençait à plaire à Dora.

– Disons que j'ai imaginé un prétexte. J'ai répondu que j'étais tellement jeune à l'époque que je ne me souvenais plus de qui elle parlait. J'ai noyé le poisson. Quelle Anna Souvorine ? Une grande femme brune ? Une actrice ? Une sportive ? Olga n'a pas insisté. De toute façon, j'ai un bon truc pour dire non. Un truc que m'a justement appris Anna.

Dora la dévisageait avec un intérêt accru.

– Ce qui m'a décidée à venir vous raconter ce que je sais, c'est la violence de la réaction que vous avez déclenchée chez Olga, poursuivit Vera. Je la connais bien. Jamais elle ne se serait mise dans cet état si vous n'aviez pas, quelque part, touché du doigt un point sensible.

Tout cela était des plus convaincant. Mais Dora pouvait-elle se fier à la jeune femme ? Vera dut sentir le doute.

– Si vous ne me faites pas confiance, mademoiselle Kempf, il vaut mieux que nous en restions là...

Elle cachait si mal sa déception que Dora crut bon de se justifier :

– Il s'est passé beaucoup de choses pénibles depuis que je recherche Anna, il ne faut pas m'en vouloir.

– Quel gage de sincérité puis-je vous donner ?

C'était plus fort qu'elle, Dora avait envie de l'écouter, tant était irrésistible son désir qu'Anna puisse se remettre à exister.

– Veuillez m'excuser d'avoir eu du mal à vous faire confiance, dit-elle. Encore hier, j'ai peut-être accepté d'autres preuves trop facilement...

– C'est si compliqué ?

– Encore beaucoup plus que vous ne pouvez l'imaginer...

L'impatience d'en apprendre davantage pouvait se lire

dans le regard de Vera. Mais elle sut se dominer. Les deux femmes reprirent leur marche.

– Vous aviez quel âge lorsque vous avez rencontré Anna ? demanda Dora.

– Sept ans exactement. Comme j'étais grande et mince, Olga avait décidé que j'avais le physique idéal pour faire de la danse. Je me suis révoltée, car pour rien au monde je ne voulais devenir danseuse. Ma mère m'avait promis d'intervenir auprès d'Olga pour qu'elle renonce à son idée. Bref, il avait été décidé que maman passerait à l'action lors d'une visite que je devais rendre à ma grand-mère au Bolchoï pour fêter mon anniversaire.

– Quel jour était-ce ?

– Le 15 novembre 1972. J'avais sept ans. Ce jour-là, ma mère avait des courses à faire dans le quartier du Bolchoï. En attendant la fin de la représentation, elle m'avait laissée, comme elle le faisait souvent, dans la loge d'Olga qui était alors en scène. D'habitude, j'adorais la loge de ma grand-mère Vissetskaïa. C'était à mes yeux le comble du luxe. J'étais capable d'y rester des heures seule, à lire, à regarder des livres d'images, à caresser le chat ou à écouter la musique du ballet retransmise par les haut-parleurs.

Dora ne la quittait pas du regard.

– Pour comprendre la suite, il faut que je vous explique que cette loge du Bolchoï était un véritable appartement, petit mais somptueux. Avec une minuscule entrée où l'on déposait en hiver les parapluies, les manteaux et les caoutchoucs des chaussures. Juste après, il y avait la vraie loge, où Olga se maquillait et s'habillait. Ensuite, communiquant avec cette première pièce, on en trouvait une seconde qui contenait un divan destiné au repos et à la tranquillité de la vedette. J'ai appris plus tard que l'on appelait cet endroit la « chambre des soupirs », et les mauvaises langues affirmaient qu'il n'était point besoin de remonter au temps des tsars pour y voir des danseuses accorder leurs faveurs à leurs amants. A preuve, une entrée dérobée permettait d'accéder directement à cette seconde pièce sans passer par la loge.

Dora ne perdait pas un mot du récit, guettant l'entrée en scène du personnage qui l'intéressait.

– Ce jour-là, j'étais donc toute seule, assise dans un grand fauteuil, en proie à une terreur folle...

– Je ne comprends pas, la coupa Dora, votre mère ne devait-elle pas parler à Olga ce même jour, justement ?

– Oui, mais ma grand-mère avait éventé le coup et m'avait annoncé à l'entracte que tout était arrangé avec l'École de danse où elle m'avait déjà inscrite ! C'était fichu ! J'étais donc en train de pleurer de désespoir lorsqu'on a frappé à la porte. Entre mes larmes, je me souviens d'avoir dit d'entrer. Une femme a pénétré dans la pièce.

– Comment était-elle habillée ?

– Dans mon souvenir, assez misérablement. Mais très proprement. Comment vous dire ? Comme sont vêtus les gens très humbles, démunis. Cette inconnue m'a demandé si elle était bien dans la loge d'Olga Vissetskaïa. J'ai dit que oui, qu'elle était en train de danser, qu'elle allait revenir. La femme a alors sollicité la permission de s'asseoir pour l'attendre. Vous imaginez ? Une dame demander la permission à la petite fille que j'étais... Elle avait l'air tellement fatiguée que je l'ai invitée à prendre place dans le fauteuil que je venais de quitter...

Prise dans l'évocation de cette scène lointaine, Vera s'arrêta de parler.

– Oui ? fit Dora, impatiente.

– Elle m'a remerciée, s'est assise, puis elle m'a demandé la raison de mon chagrin. Je lui ai expliqué qu'on voulait me forcer à faire de la danse. Elle m'a répondu qu'on ne pouvait jamais, jamais, jamais obliger quelqu'un à faire ce qu'il ne voulait pas ! Elle m'a dit exactement : « Il faut simplement avoir la force de dire non. Retiens bien ce mot, ma chérie : NON. C'est facile, a-t-elle ajouté en riant, tu n'as qu'à le chanter dans ta tête ! Tu connais *Les Bateliers de la Volga* ? Oui ? Eh bien ! scande la mélodie avec ce petit mot ! Non-non-non... nonnnn ! Non-non-non... nonnnn ! Non... non... ! Non-non-non-non ! Et cela repart ! C'est très simple, tu n'as qu'à compter : trois... un ! trois... un ! Deux-quatre-trois... un ! »

J'ai essayé tout haut. Ça marchait ! Nous avons éclaté de rire. Puis elle m'a demandé comment je m'appelais. J'ai répondu Vera. Elle m'a dit que c'était un très joli nom, Vera, et que j'étais une belle petite fille. Elle a ensuite souri – elle avait un beau sourire – et elle a ajouté que c'était son deuxième prénom : Anna Vera Viktorovna Souvorine.

Passionnée, Dora ne perdait pas un mot.

– Peu à peu, elle s'est détendue et a écouté la musique qu'elle avait l'air de très bien connaître, car elle suivait la mesure avec sa tête. Je me souviens lui avoir dit que j'aimais *énormément* les mélodies de Tchaïkovski. Anna m'a dit qu'elle aussi adorait *Casse-Noisette*, et qu'elle avait même dansé ce ballet autrefois dans sa jeunesse. Bref, elle m'a consolée, elle me serrait contre elle et nous sommes devenues amies. Nous buvions de la limonade que je lui avais offerte, lorsque la porte de la loge s'est ouverte à la volée. Ma grand-mère est entrée. Quand elle nous a vues ensemble, elle est devenue folle de colère.

– Je suis sûre qu'elle a chassé Anna sur-le-champ, fit Dora.

– Non. C'est à moi qu'Olga a ordonné d'attendre dans le couloir.

– Vous n'avez donc jamais su ce qu'Anna venait chercher...

– Si, car je me suis faufilée dans la « chambre des soupirs » par l'entrée dérobée et je suis vite allée écouter à la porte entrouverte de la loge. Je ne voulais pas que ma grand-mère fasse du mal à ma nouvelle amie. Anna était en train d'expliquer qu'elle sortait d'un camp, qu'elle avait faim et froid, qu'elle n'avait pas où se loger et qu'elle avait besoin d'un peu d'argent...

– A-t-elle dit où elle habitait ? Ou parlé de l'endroit où elle se rendait ?

– Non.

– Et ensuite ?

– Presque immédiatement, Olga s'est mise à crier et j'ai pris peur. Je suis vite ressortie dans le couloir sans faire de bruit. Environ un quart d'heure après, Anna Souvorine est partie en larmes. Je dirais plutôt qu'elle s'est enfuie dans le couloir. Ensuite, Olga m'a donné l'ordre de rentrer dans la loge. Puis elle m'a questionnée. Que m'avait demandé cette femme ? De quoi m'avait-elle parlé ? J'étais encore très effrayée, mais je ne voulais pas trahir Anna. Alors, j'ai menti et j'ai dit que cette dame venait juste d'arriver, que je ne savais rien de plus...

Vera donna avec force un coup de pied qui envoya valser au loin une boîte de carton.

– Comment aurais-je pu savoir que cela serait important plus tard ? fit-elle, rageuse. J'aurais dû lui poser des questions ! Mais j'étais si bien, pour une fois, en train d'écouter de la belle musique avec une grande personne qui ne bêtifiait pas avec moi et qui me confiait une recette pour dire non...

Elle dévisagea Dora.

– Tout cela m'est remonté brusquement à la mémoire lorsque je vous ai entendue parler d'elle l'autre jour sur la place Rouge et que ma grand-mère s'est mise à hurler et à vous traiter de dissidente ! Voilà pourquoi je vous ai appelée. A cause du sourire de cette femme qui avait été tendre et amicale envers moi.

Elle se retourna vers Dora qui avait éclaté en sanglots. Peter avait raison ! Anna était vivante et elle, Dora, avait préféré la parole d'un ex-général soviétique à l'intime conviction de l'homme qui avait le plus compté dans sa vie ! Quelle idiote elle avait été !

Elle finit par tendre à Vera l'acte officiel que lui avait remis Kolomiakov. La jeune femme s'en empara, le lut et le relut attentivement.

Abasourdie, elle se tourna vers Dora.

– Mais c'est un faux ! s'écria-t-elle en agitant la feuille. C'est impossible ! Anna Souvorine ne peut pas être morte du typhus en février 1953 dans ce camp, puisque je l'ai vue de mes propres yeux en novembre 72, c'est-à-dire vingt ans plus tard ! Qui vous a remis ce papier ?

– Un ancien général du KGB. Un homme qui l'a bien connue à Leningrad, quelqu'un qui l'a aimée. Et jusque-là, tout est parfaitement vrai.

– Un général du KGB !

– J'aurais dû croire Peter, j'aurais dû le croire, fit Dora, comme dans une litanie.

– Qui est Peter ? Et, si je ne suis pas indiscrète, pourquoi avez-vous été amenée à enquêter sur Anna Souvorine ? Qui est-elle pour vous ?

– C'est une très longue histoire...

– Je vous écoute.

Dora et Vera reprirent leur marche.

Werner Schellendorf avait mis près de trois quarts d'heure à retrouver Dora et la femme avec laquelle elle avait quitté l'hôtel. Du haut du quai où il se trouvait en compagnie de Hans, son chauffeur, il respira, rassuré, car il pouvait observer, en contrebas, les deux femmes qui marchaient en bavardant au bord de l'eau. Il les laissa prendre un peu d'avance.

Ce n'est qu'au bout d'un quart d'heure qu'il repéra la première filature de Dora. Au moment où un promeneur qui marchait derrière elles passa le relais à un de ses confrères sous l'ombre d'un pont. Un simple geste de la tête avait suffi à l'homme pour prévenir son homologue. Puis il avait discrètement ramené vers sa bouche le col de son pardessus et commencé à faire un bref rapport à l'invisible chef qui devait écouter les micros miniaturisés de tout ce joli monde.

Werner s'alarma brusquement en apercevant une femme en jogging, puis un deuxième homme avec une serviette sous le bras, s'avancer au-devant de Dora et de sa compagne, en sens contraire de ceux qui suivaient les deux femmes. Ils vont les prendre en tenaille, se dit-il.

Il raconta plus tard à Roland Meisner qu'il avait cru voir la femme au jogging mettre la main à sa poche et l'homme ouvrir sa serviette et plonger assez brusquement la main dedans.

Il avait fallu agir très vite.

– Allons-y ! avait-il crié à Hans.

– Dora ! hurla Werner Schellendorf en dévalant avec le chauffeur les escaliers qui menaient au quai. Dora Kempf !!!

Les deux femmes se retournèrent d'un bloc et Dora reconnut Schellendorf qui arrivait vers elle en courant.

Il s'arrêta devant Dora, essoufflé, et d'un rapide coup d'œil balaya le quai alentour.

C'était une fausse alerte. Autour d'eux, passé la surprise occasionnée par les cris de Werner, la vie reprit très vite son cours normal. La femme au jogging essuya la sueur de son visage, noua son mouchoir autour de son cou, puis s'éloigna à petites foulées. Quant à l'homme que Werner avait cru voir esquisser un geste suspect, il s'assit sur un banc et, visiblement agacé par tout ce vacarme, s'absorba dans la lecture de la revue qu'il avait tirée de sa serviette.

– Vous avez vraiment des manières fracassantes d'entrer en scène ! dit Dora.

– J'avais cru y découvrir des « comédiens » indésirables, fit Werner Schellendorf du tac au tac.

Il s'inclina galamment devant la jeune Russe qui accompagnait Dora. Il était évident que, devant une inconnue, il ne fournirait aucune explication sur sa propre conduite.

– Je vous prie d'excuser mes vociférations, dit-il à Vera.

Il lui tendait la main en souriant.

– Werner Schellendorf, attaché culturel à l'ambassade d'Allemagne.

D'un geste, Dora lui présenta la jeune femme.

– Vera Semionova, une amie journaliste.

Werner et Vera échangèrent une poignée de main.

– Vous tombez à pic, si j'ose dire, reprit Dora, car j'ai un service à vous demander. Demain, accepteriez-vous de me conduire quelque part en voiture ?

– Avec plaisir. Où ça ?

– Je vous l'expliquerai plus tard, dit Dora avec un sourire.

Passe-passe

Jurant comme un charretier, Anton essayait vainement de régler la radio de la voiture dont ne sortait qu'un bruit de friture épouvantable. Excédé, il finit par donner un grand coup de poing sur l'appareil qui, comme par miracle, cessa d'un seul coup de s'égosiller en crachotements suraigus pour laisser place à un son parfaitement clair et net. Les accords syncopés d'un air de rock'n'roll envahirent l'habitacle.

Youri, son compagnon, éclata de rire.

– Les radios, c'est comme les femmes, il faut leur taper dessus pour que ça marche !

Anton se contenta de hausser les épaules. Il n'appréciait pas l'humour grossier de Youri mais, au grade où il était, on ne choisissait pas plus ses compagnons de travail que les missions, ou les véhicules destinés aux filatures.

Ils avaient l'ordre de ne pas perdre de vue une grosse Mercedes de l'ambassade d'Allemagne qui filait devant eux sur la chaussée bien déneigée. Dans la voiture diplomatique se trouvait une femme blonde dans la quarantaine dont ils possédaient une photo récente, très nette, prise au téléobjectif. Ils ne devaient en aucun cas perdre le contact. Si la femme quittait la voiture et pénétrait quelque part, il leur fallait donner immédiatement l'alerte par radio, fournir les coordonnées précises des lieux, puis, garés un peu plus loin, hors de visibilité, attendre. A cette fin, Anton et Youri étaient reliés à un central qui commandait d'autres véhicules prêts à intervenir. Anton et Youri étaient armés, bien sûr, mais n'avaient reçu aucune consigne d'action directe sur la personne de cette femme.

Pour le moment, tout marchait bien. La Mercedes de l'attaché d'ambassade était venue prendre la danseuse et ses bagages à l'hôtel mais, contrairement à ce que le chargement des valises laissait supposer, la voiture n'avait pas pris la direction de l'aéroport. Lorsque le véhicule diplomatique avait brusquement bifurqué et pris la route de Saint-Pétersbourg, ceux qui avaient commencé la filature en ville avaient passé le relais à une autre équipe disposant d'une voiture puissante : celle que formaient Youri et Anton.

Youri ôta de sa bouche l'allumette qu'il mâchouillait depuis Moscou, la jeta dans le cendrier et se cala plus confortablement dans le siège de la grosse Zil.

– En tout cas, fit-il en s'étirant, j'espère qu'elle va pas jusqu'à Pétersbourg, cette bonne femme, parce que je n'ai pas emporté ma trousse de toilette ! Et moi, quand je me lave pas, je pue.

– Ah bon ? Je ne vois vraiment pas la différence...

Assise aux côtés de Schellendorf à l'intérieur de la Mercedes, le regard perdu sur le paysage monotone qui défilait, Dora faisait le point.

C'est curieux, pensait-elle, comme notre univers mental peut changer du tout au tout en moins de vingt-quatre heures ! Elle se revoyait la veille au matin, profondément découragée, achevant de boucler ses valises pour fuir au plus vite la Russie et retrouver Paris, le confort de son appartement de l'île Saint-Louis lui apparaissant comme le seul refuge capable d'abriter sa morosité.

Et voici qu'à présent, dans cette Mercedes lancée à toute allure sur la route de Saint-Pétersbourg, elle reprenait la quête d'Anna avec une énergie centuplée ! Tout s'était enclenché très rapidement. D'abord les révélations de Vera, qui avaient fait reculer de vingt ans la date où un témoin digne de foi avait vu Anna Souvorine vivante ! Dora jubilait. Si Anna était toujours en vie à ce moment-là, pourquoi ne le serait-elle pas aujourd'hui ? Pourquoi pas ?

– Pardon ? fit Werner Schellendorf, surpris, en la dévisageant.

– Rien, rien, s'excusa Dora, confuse, j'ai dû penser tout haut...

S'isolant un peu plus au fond de la voiture, elle poursuivit le cours de ses réflexions.

Elle se mit à penser à la conduite de Sacha Kolomiakov. Le fait qu'il lui ait remis l'acte de décès d'Anna pouvait s'interpréter de deux façons. Ou bien il tenait effectivement pour vrai qu'Anna ait disparu en 1953 et n'avait fait que transmettre la confirmation officielle de sa mort. Dans ce cas, il s'était beaucoup moins préoccupé du sort de l'ancienne ballerine du Kirov qu'il n'avait bien voulu le prétendre à Dora. Ou bien l'ancien général du KGB avait menti et il savait que la pièce d'état civil qu'il avait fournie à Dora était un faux. Quelle que soit l'hypothèse, son intervention devait convaincre Dora d'abandonner ses recherches. Toutefois, la filature dont elle avait été l'objet la veille sur les quais de la Moskova l'avait décidée à les reprendre.

Pourquoi persistait-on à s'intéresser à ses moindres gestes ? s'étaient demandé Dora, Vera et Schellendorf, réunis plus tard à l'ambassade autour de Roland Meisner.

Perplexes, ils envisageaient toutes les possibilités. Soudain, Vera s'était écriée :

« C'est peut-être beaucoup moins tordu qu'on ne le

croit ! Réfléchissez bien... Depuis que vous avez commencé à faire ces recherches, on ne s'en est jamais pris à vous personnellement, n'est-ce pas, Dora ? Jamais vous n'avez senti la moindre menace directe peser sur votre personne ?

– Jamais, non...

– C'est peut-être tout simplement parce que quelqu'un a perdu la trace d'Anna, que ce quelqu'un pense que vous allez le conduire jusqu'à elle, et qu'il veut absolument être là lorsque vous allez la retrouver !

– Dans ce cas, pourquoi avoir neutralisé Sonia et Vladimir ? avait demandé Meisner.

– Parce qu'ils étaient peut-être en mesure de révéler qui était derrière tout cela, suggéra Vera.

– Si je poursuis votre idée, avait dit Schellendorf, séduit par l'hypothèse de la journaliste, cela signifie que tant que Dora ne retrouvera pas Anna, elle ne risque rien ! Mais, corollairement, cela veut dire aussi que, pour jouer ce jeu-là, il faut qu'ils ne la perdent jamais de vue. C'est ça le principe de la partie !

– Alors pourquoi ne pas la jouer, nous aussi, cette partie ? avait demandé Dora. Mais évidemment, pas du tout de la manière dont ceux qui me filent nuit et jour voudraient me la voir jouer ! »

Anton donna un coup de coude à Youri qui s'était assoupi sur son siège.

– Réveille-toi ! fit-il brutalement. Et regarde devant !

Youri se secoua et vit que la Mercedes qu'ils suivaient avait quitté la grand-route pour aller s'arrêter devant une des pompes à essence d'une station-service.

Anton ralentit et vint placer leur véhicule derrière un camion garé en deçà de la station. Il avait parqué la grosse Zil de manière à ne pas perdre la voiture diplomatique de vue.

– Madame va pisser, commenta Youri en voyant Dora sortir de la Mercedes et se diriger vers la station.

Elle était habillée d'un manteau de fourrure et coiffée d'une chapka de vison. Werner referma la portière et la suivit, laissant le chauffeur de l'ambassade s'occuper de l'essence.

– On y va ? demanda Youri. Je mangerais volontiers un hareng bien gras arrosé d'un coup de vodka. De toute façon, ils ne nous connaissent pas, ces clients-là, et...

– Pas question, le coupa Anton. Préviens le centre.

Youri soupira, décrocha le combiné du radiotéléphone, établit le contact et commença à faire son rapport.

Ce fut assez long. A l'autre bout, on voulait tout savoir : de quelle station-service il s'agissait, qui était descendu de la voiture, si l'homme avait aussi suivi la femme, comment elle était habillée... Cela n'en finissait pas.

– Je me demande pourquoi ils ne ressortent pas, dit Anton au bout d'un moment. Je vais quand même jeter un œil. Prends le volant et laisse tourner le moteur.

Il descendit de la Zil et, luttant contre le vent glacé, s'avança vers la station en faisant attention de ne pas glisser dans la gadoue que formait la neige fondue. Soudain, il s'arrêta, car il venait de voir la porte de la station-service se rouvrir sur les passagers de la Mercedes qui retournaient rapidement vers leur véhicule. Pour l'empêcher de s'envoler, la femme porta la main à sa chapka de fourrure.

Anton eut à peine le temps de regagner sa propre voiture que déjà la Mercedes démarrait et regagnait la route de Saint-Pétersbourg. Youri embraya et la Zil s'élança à sa poursuite.

Anton décrocha le radiotéléphone.

– Nous sommes repartis, annonça-t-il. Le chauffeur, l'homme et la femme blonde sont remontés dans la même voiture qui se dirige vers Pétersbourg.

Il consulta sa montre.

– Ils ont quitté la station-service à neuf heures seize. Nous roulons à environ quinze cents mètres derrière la Mercedes.

Un peu plus tard, une femme brune, vêtue d'un vieux manteau de mauvaise laine, sortit de l'arrière de la station-service. Coiffée d'une vieille casquette fourrée de l'armée, elle portait des pantalons élimés et était chaussée de bottes usagées. Tenant un grand panier de légumes à la main, elle se dirigea vers un van bleu à la peinture défraîchie qui attendait dans le parking.

Elle ouvrit la portière du côté passager, jeta son panier à l'arrière de la camionnette et s'assit à côté de la conductrice.

– Je commençais à trouver le temps long ! fit Vera.

Dora, car c'était elle, méconnaissable, éclata de rire.

– Ne suis-je pas superbe, comme ça en brune ?

– Magnifique ! dit Vera en riant, elle aussi. Ils sont tombés en plein dans le panneau ! Une grosse Zil avec deux types à bord.

Elle donna quelques coups d'accélérateur et embraya doucement pour ne pas faire patiner les roues.

– Et maintenant, dit-elle, à nous la liberté !

Dans un nuage de carburation mal réglée, le van bleu fatigué reprit la direction de Moscou.

Les guetteurs embusqués de l'autre côté de la route ne firent pas attention à cette vieille fourgonnette à la peinture écaillée, conduite par deux paysannes mal fagotées.

Le Transsibérien

Jamais Dora n'avait vu de train aussi long. Lorsque celui-ci s'engageait dans les courbes, elle pouvait apercevoir par la fenêtre les derniers wagons qui semblaient suivre le mouvement à plus d'un kilomètre en arrière. Ils paraissaient si éloignés que l'on aurait pu croire qu'ils appartenaient à un autre convoi. C'était la première fois qu'elle voyageait dans un train pareil. Mais c'était aussi la première fois qu'elle prenait le Transsibérien !

Vera avait estimé que c'était le plus sûr moyen d'échapper à toute surveillance. Le plan était de repartir du dernier lieu où l'on savait avec certitude qu'Anna Souvorine avait été détenue en 1952 : le camp n° 249 situé à l'est d'Irkoutsk, sur la rive sud de la rivière Selenga, presque au point où elle se jetait dans le lac Baïkal. Bien que Meisner ne fût pas très optimiste sur les chances de succès d'une telle démarche, Dora espérait trouver en Sibérie un début de piste qui leur permettrait de remonter la trace d'Anna.

Vera avait insisté pour agir ainsi, car elles ne pouvaient tenter aucune démarche auprès d'un quelconque service officiel sans risquer d'éveiller l'attention. Il suffisait, affirmait la journaliste, de trouver l'entrée du labyrinthe, le fil sur lequel tirer, puisque, avant les années quatre-vingt-dix, chaque citoyen était tellement surveillé qu'il était tout simplement *impossible* de perdre la trace de quelqu'un dans la mesure où l'on connaissait chacun de ses déplacements et les coordonnées de sa dernière résidence.

Au départ de Moscou, le train avait été pris d'assaut par une cohue affairée et bruyante. Vu le nombre et la diversité des voyageurs, Dora était certaine de rester anonyme. Il y avait de tout : des civils, des touristes, des fonctionnaires et des militaires qui regagnaient leurs postes dans les villes situées le long de l'immense trajet, jusqu'aux petits marchands de nationalités variées qui faisaient à longueur d'année l'aller et retour entre Moscou et l'Asie pour faire commerce de denrées les plus diverses. Cela allait du sac de dix kilos de nouilles chinoises jusqu'au petit appareillage électroménager, en passant par les cigarettes américaines, les fausses pièces détachées de voiture en provenance de Taïwan ou de Hong-Kong et des kilomètres de textile sous toutes ses formes.

En traversant les voitures pour revenir du wagon-restaurant jusqu'à leur compartiment de première classe, Dora avait été stupéfiée par le grouillement humain et l'extraordinaire variété de populations que l'on pouvait rencontrer. Des Samoyèdes aux Tatars, des Yakoutes aux Mongols, des Russes aux Cosaques, il y avait là des Slaves et des Européens, des Sibériens et des Asiatiques...

De toute cette humanité se dégageait une odeur forte, rance et musquée, faite de relents de transpiration, d'effluves de corps mal lavés, du fumet des plats très relevés que l'on réchauffait à l'extrémité des couloirs des wagons, de senteurs du thé épicé dont les voyageurs faisaient une énorme consommation, des volutes de fumée des cigarettes et des pipes, des arômes délicats des fleurs que l'on déchargeait à certaines stations, de parfums féminins plus capiteux...

Les deux femmes se retrouvèrent enfin seules lorsque les quatre officiers qui occupaient les autres places du compartiment les saluèrent et mirent à leur tour le cap sur le wagon-restaurant.

Vera alluma une cigarette, s'étira et jeta un coup d'œil distrait sur le paysage enneigé qui défilait par la fenêtre. Puis son attention se reporta sur Dora.

– Habillée comme ça, vous avez l'air d'une vraie Russe ! fit-elle avec un sourire.

Dora se leva et s'observa dans le miroir qui se trouvait au-dessus des places situées en face d'elle. Elle était habillée d'un gros chandail et d'un pantalon, et chaussée de bonnes bottes fourrées. Un bonnet de fourrure dissimulait ses cheveux blonds remontés en un chignon torsadé.

– Je ne sais pas si j'ai réussi à devenir couleur muraille, mais je me sens très confortable.

– Vous l'ignorez peut-être, fit Vera, mais avant, nous n'aurions jamais pu monter comme ça dans n'importe quel train et quitter Moscou sans nous faire arrêter. Il fallait solliciter une autorisation pour se déplacer, dire où on allait et pourquoi. Et à la gare, on devait montrer son passeport intérieur aux miliciens de votre ami Kolomiakov !

– Mon ami Kolomiakov ! Comme vous y allez !

– Je plaisantais ! Il a toujours été un grand séducteur, paraît-il. En fait, d'après ce que vous m'avez raconté, je pense que vous lui plaisez infiniment.

Elle écrasa sa cigarette dans le cendrier.

– N'empêche que plus j'y pense, plus je suis certaine que c'est lui qui est derrière tout ça.

Dora la dévisagea, étonnée par tant d'assurance.

– Réfléchissez, reprit Vera. A partir de quand vos recherches ont-elles débouché sur des ennuis vraiment graves ? Je veux parler du meurtre de Vladimir Vinoski et du soi-disant accident de Sonia Tanakov ?

– Très vite. Presque aussitôt, en fait.

– Ce qui a tout déclenché, c'est la demande de renseignements que Sonia a faite auprès du Service historique de l'armée au sujet de la carrière de Kolomiakov !

– Ce n'était jamais que la recherche très banale de ce qu'était devenu un petit lieutenant d'artillerie qui avait combattu à Leningrad pendant le siège. Pas plus, fit Dora.

– Sauf qu'entre-temps le petit lieutenant était devenu presque aussi important que Beria, mais personne ne le savait ! Vous connaissez l'histoire du Géorgien qui a émigré aux USA en 1917 et qui revient au pays en 45 après la guerre ? Il va demander à la mairie ce qu'est devenu un de ses anciens copains, un pauvre type qui, trente ans avant, était séminariste à Tbilissi en même temps que lui, un certain Joseph Djougachvili...

Dora sourit, puis reprit son sérieux.

– Je ne pouvais pas savoir qu'Anna avait été convoitée par Sacha Kolomiakov. Peter ne le savait pas non plus. Il me l'aurait dit.

Elles restèrent un moment silencieuses, chacune absorbée dans ses propres pensées.

– Le mystère, je le sens quand même autour de ce type-là, s'obstina Vera. Mon hypothèse va peut-être vous paraître énorme, mais...

– Dites toujours.

– D'après ce que j'ai appris, Kolomiakov a brûlé les étapes et il est devenu très rapidement un personnage de première importance dans la police politique de l'Union soviétique. Et il avait commencé de bonne heure ! Mes propres recherches à Moscou m'ont révélé que lorsqu'il était en poste à Leningrad, le petit lieutenant d'artillerie, comme vous dites, faisait déjà partie du NKVD. Ce sont des gens comme lui qui ont envoyé sans hésiter des centaines de milliers de personnes au goulag !

– Qu'essayez-vous de me dire exactement ?

– Qu'il se pourrait très bien que ce soit lui qui ait fait d'abord arrêter et disparaître votre mari, et Anna ensuite.

– Ce serait monstrueux !

– Sans doute, mais explicable. Imaginez : il revient à Leningrad et découvre que sa jolie Anna, qu'il aime et qu'il convoite – mais qui ne lui a peut-être rien promis en retour –, est tombée follement amoureuse d'un jeune Français qui a fui l'armée allemande pour se réfugier dans Leningrad assiégé. Fou de rage, Sacha décide d'éliminer son rival. Peter est accusé d'espionnage au profit des Allemands, ce qui est une accusation très facile à fabriquer puisqu'elle concerne un déserteur de la Wehrmacht nazie. Évidemment, Kolomiakov ne se mouille pas lui-même. On ne sait jamais, Anna pourrait l'apprendre ! Il fait donc faire le sale travail par d'autres. Le jeune Français est arrêté, puis condamné et déporté. Exit le rival.

– Vous lui prêtez une âme bien noire.

– Pas plus que celle de Raskolnikov !

– Mais, après l'arrestation de Peter, Anna est allée demander de l'aide à Kolomiakov et ce dernier a recherché Peter partout dans Leningrad sans parvenir à le localiser !

– Ça, c'est lui qui l'a dit ! rectifia Vera.

– Pas seulement lui. Vladimir également m'a rapporté le fait.

– Cela ne prouve rien. Si Kolomiakov a réussi à persuader Anna qu'il recherchait Peter, elle sera parvenue sans peine à faire partager sa conviction à Vladimir. Qui vous l'a rapporté cinquante ans après ! D'ailleurs...

Elle leva l'index.

– D'ailleurs, poursuivit-elle, ne m'avez-vous pas raconté que la nuit qui a suivi l'arrestation de Peter, Vladimir avait trouvé Anna en pleurs toute seule dans sa loge du Kirov, qu'il avait tenté de la consoler et qu'elle répétait sans cesse : « Le salaud, le salaud ! »

– Je crois me souvenir qu'elle parlait au pluriel et qu'elle disait : « Les salauds, les salauds ! »

– Vous avez pu mal comprendre. Ou alors elle parlait des types du NKVD.

Vera alluma une nouvelle cigarette.

– C'est en pensant à Vladimir et à l'accusation précise qu'il a portée envers Kolomiakov en mourant que j'échafaude cette théorie, continua-t-elle. Se sachant en train de mourir, ce vieil homme n'a pas fait pour rien l'effort suprême d'écrire sur un papier : « Anna égale Sacha » ! S'il a dépensé ses ultimes forces pour vous communiquer cette information, c'est bien pour attirer votre attention sur Kolomiakov, ne croyez-vous pas ?

– Où cela vous mène-t-il ? demanda Dora.

– A lui, justement. Une fois qu'il est certain que le problème de Peter est réglé, pour se venger d'Anna, Kolomiakov fait fabriquer par le NKVD une fausse accusation contre elle. Elle est arrêtée puis condamnée à dix ans de goulag. Elle en reprendra quelques années de plus d'ailleurs, puisque, lorsqu'elle est venue voir ma grand-mère en 1972, je l'ai entendue dire qu'elle sortait d'un camp !

Dora s'insurgea :

– Même si je peux admettre que Sacha ait voulu se débarrasser d'un rival, il n'aurait jamais touché à la femme qu'il convoitait ! Pourquoi aurait-il agi d'une manière aussi absurde ?

– Et Othello, il n'a pas tué la femme qu'il aimait ? rétorqua Vera. Mais oublions-le. On n'a pas eu besoin de Shakespeare pour écrire la tragédie contemporaine. Depuis un siècle, l'Europe n'a généré que des haines épouvantables. Deux guerres mondiales et leur cortège de victimes, des pays envahis, occupés et dévastés, des dizaines de millions de déportés et de morts dans les camps de concentration et les goulags, qu'est-ce qu'il vous faut de plus pour fabriquer des situations tragiques ? Et à chaque guerre, l'histoire repasse les plats ! L'amour impossible d'Anna et de Peter noué dans le piège de Leningrad assiégé et affamé, c'est un beau mélodrame, non ? Ce pays lui-même, dit-elle en montrant les montagnes enneigées au pied desquelles se faufilait l'immense train, ce pays que j'aime a été le théâtre de tragédies humaines si épouvantables qu'on aurait traité de fous furieux des écrivains qui auraient seulement *osé* imaginer de telles situations...

Dora écoutait, fascinée d'entendre cette très jeune femme évoquer les souffrances passées de son pays.

– Vous savez, reprit Vera, à cette époque, les gens ont été amenés à faire des choses tellement insensées qu'on ne sait jamais ce qui a bien pu leur passer dans la cervelle... Mon grand-père m'a raconté une histoire qui était arrivée à un de ses amis violoncellistes pendant le siège de Leningrad. Comme ce musicien rentrait un après-midi chez lui d'une répétition avec Chostakovitch, il avait découvert devant sa maison, allongé sur le trottoir, le cadavre d'une femme nue. Vous n'ignorez pas que, le premier hiver, on n'avait pas la force de ramasser les gens tellement il y en avait qui mouraient de faim et de froid. On laissait les cadavres geler sur place jusqu'au lendemain et les gens en profitaient pour les dépouiller de leurs vêtements. Or, ce musicien remarqua que cette femme, qui était par ailleurs décharnée, avait des fesses encore assez rebondies. Rentré chez lui, le violoncelliste, qui n'avait pas mangé depuis des jours, avait tellement faim que malgré lui il s'est mis peu à peu à penser avec envie aux fesses de cette femme. Au début, il a tenté de repousser, puis de chasser avec horreur ces pensées anthropophages. Mais elles ont pris insidieusement possession de lui et sont devenues à ce point obsessionnelles qu'il a commencé à saliver. Tant et si bien qu'il s'est retrouvé en train d'aiguiser un couteau avec soin en attendant qu'il fasse nuit pour aller découper les fesses du cadavre. Il a raconté à mon grand-père que, quand il était sorti, il avait éclaté en sanglots en découvrant que quelqu'un d'autre avait eu la même idée que lui mais n'avait pas eu la pudeur d'attendre l'obscurité pour passer à l'action. Il paraît que le musicien était resté très longtemps à pleurer sur le trottoir, le couteau à la main. Voilà l'histoire édifiante du violoncelliste affamé et de la femme sans fesses... Alors, à côté de ça, un être humain qui en dénonce un autre, c'est de la petite bière...

Elle se tut, comme soudainement accablée par les horreurs qu'elle venait d'évoquer.

– Peter raconte lui aussi des choses de cette nature dans son journal, des choses épouvantables, murmura Dora.

Vera se retourna vers la fenêtre et sembla s'abîmer dans la contemplation du paysage neigeux qui défilait le long du train.

Dora fit de même, puis le fil de ses pensées la ramena vers Kolomiakov. Elle revit brusquement, avec beaucoup de précision, la scène qu'elle avait vécue chez lui et éprouva à nouveau la chaleur de l'instant où elle s'était retrouvée dans ses bras, cette sorte d'étreinte passionnelle qui n'avait pas duré. Elle songea au regard de Sacha posé sur elle et se souvint aussi de la manière dont il parlait du sang qu'avait bu la terre russe...

– Vera, appela-t-elle doucement.

La jeune femme se retourna.

– Quand même, je pense qu'il faut qu'un sentiment d'une violence autrement plus dévastatrice que la jalousie s'empare de l'âme d'un homme pour l'amener à dénoncer et à envoyer à la mort la femme qu'il aime. Si l'arrestation d'Anna est vraiment l'œuvre de Kolomiakov, c'est qu'il s'est passé entre eux un événement d'une gravité dont nous n'avons aucune idée...

Le premier cercle

Le gros 4×4 de Feodor Vlatkine atteignit le col et s'arrêta. Dora et Vera descendirent de voiture et ne purent s'empêcher de pousser une exclamation en découvrant la beauté du lac Baïkal, majestueux et immense. Le soleil brillant dans un ciel bleu éclairait de tous ses feux cette sorte de mer intérieure.

– A cause de la couverture nuageuse fréquente, c'est une vue rarissime, dit Feodor. Je pensais qu'il fallait absolument vous montrer cela au passage. J'ai d'ailleurs peur que le temps se gâte, fit-il en montrant une barre de nuages qui s'élevait au nord-est. Cela va très vite. Dans une heure, nous pouvons très bien nous retrouver dans une tempête de neige.

Le véhicule tout terrain repartit et redescendit vers les rives du lac. Complètement défoncée, la route était mal déneigée et présentait dans les zones d'ombre de grandes plaques de verglas luisant. Mais, dans la voiture, les deux femmes se sentaient parfaitement en sécurité. Visiblement, Feodor avait l'habitude de conduire par tous les temps et quel que fût l'état des chemins.

Dora jeta un coup d'œil au conducteur. Il avait, songeat-elle, un physique typique du Russe tel qu'on se le représente en Occident. Un peu à la Noureev, pensa-t-elle.

Blond, grand et mince, les pommettes hautes et les yeux juste ce qu'il faut de bridé pour donner au visage cet aspect particulier qui fait tout de suite épingler une nationalité sur quelqu'un. Vera lui avait raconté qu'il avait été son premier amant. Ils s'étaient connus à l'école de journalisme dont elle était sortie deux ans avant. Lorsqu'elle avait vu ce bel homme d'une trentaine d'années entrer pour la première fois dans l'amphithéâtre où il allait donner des cours de prises de vue, elle l'avait aussitôt *senti* physiquement en elle, avait-elle commenté avec un petit rire de gorge. Dora revit le corps nu de Vera, aperçu la veille au moment du coucher dans le train, lorsque, sans la moindre gêne, la jeune femme s'était passé un gant de toilette imbibé d'eau sur un corps parfait, juste assez lourd pour que Dora ait songé à un nu de Rodin.

Il n'était pas habituel pour Dora de se représenter les autres faisant l'amour, mais il lui arrivait d'essayer. Surtout lorsqu'elle s'ennuyait dans un dîner ou une réception. Pour passer le temps, elle s'efforçait de dévêtir mentalement un couple d'hôtes ou de convives et de les imaginer nus, en pleine cérémonie d'amour. Parfois, la projection mentale était si saugrenue qu'elle avait du mal à ne pas éclater de rire et Peter, qui connaissait les raisons de cette hilarité retenue, se raclait la gorge et évitait le regard de Dora pour ne pas succomber à la contagion jubilatoire qui le gagnait !

En observant à la dérobée le couple que formaient Feodor et Vera, Dora pensa qu'ils avaient dû être beaux, nus, soudés l'un à l'autre et emportés par les vagues du plaisir. Elle imagina l'éclairage de la scène, les vit s'aimer, et cette vision lui plut. Elle appréciait par ailleurs les rapports simples et directs qui existaient entre les deux anciens amants.

Tout en conduisant, Feodor, qui était un documentariste ethnographique de renom, expliqua à Dora que, venu faire un reportage de commande dans cette partie de la Sibérie, il avait tellement été séduit par la beauté sauvage de la région et la nature de ses habitants, qu'il avait prolongé son séjour et entrepris un film qui devait le retenir encore quelques mois, voire une année, sur place. Le double parrainage de la National Geographic Society et du Musée ethnographique de Moscou lui assurant moyens matériels et débouché professionnel, on le sentait heureux et bien dans sa peau.

Sur les bords de la Selenga, la couche de neige était beaucoup plus épaisse et Feodor dut arrêter sa voiture dans une sorte de cul-de-sac où était abandonnée la carcasse rouillée d'une très vieille camionnette tout terrain de l'armée. Le moteur, les roues et tout ce qui avait une quelconque utilité avait été arraché. Partant d'un angle de la surface déblayée de neige se trouvait l'entrée d'un chemin piétonnier marqué par une pancarte fichée sur un pieu. Feodor agita le poteau pour faire tomber le plus gros de la neige qui cachait le vieil écriteau. Avec sa moufle, il balaya la couche blanche et poudreuse qui recouvrait le panneau, et Dora put lire le nombre 249 au-dessus d'un texte en caractères cyrilliques à peine lisibles tant la peinture était écaillée.

– Il est écrit, lut Vera, que nous entrons dans le périmètre du camp de travail volontaire n° 249, que toute visite est interdite et que les gardes ont faculté d'ouvrir le feu sur les éventuels intrus qui passeraient outre cet avertissement...

– Admirez la subtilité du choix de l'expression « travail volontaire » ! fit Feodor.

– Cela me rappelle l'« Arbeit macht frei » placé au-dessus des portes des camps de concentration nazis, répondit Dora.

– Qu'est-ce que je vous disais hier dans le train sur les joyeuses horreurs du siècle ? dit Vera.

Sur ces commentaires optimistes, ils s'engagèrent dans le chemin piétonnier.

Au bout d'une marche difficile, ils arrivèrent au sommet d'une petite butte d'où Dora put apercevoir les vestiges d'un camp. C'était un complexe d'environ deux kilomètres de côté, érigé sur un terrain descendant en pente douce vers la rivière. Au dessin des murets de neige, on pouvait encore deviner les contours bétonnés de la base des baraquements.

Ils restèrent longtemps silencieux à contempler le site désolé du camp, chacun perdu dans ses pensées.

– C'est donc là qu'Anna Souvorine a vécu dix ans... Mon Dieu ! murmura Dora.

– Les détenus travaillaient dans une usine de munitions qui se trouvait dans des tunnels, derrière cette colline, dit Feodor en montrant un repli de terrain boisé. Ce qui fait que les condamnés avaient plus chaud au travail que la nuit dans les baraquements très mal chauffés. A cause de cela, la mortalité était élevée. Pour satisfaire aux rendements exigés, la population carcérale était maintenue au niveau constant de six mille zeks.

Il s'approcha d'une vieille balustrade contre laquelle il s'appuya.

– Dès que le chiffre descendait en dessous de l'étiage, on rétablissait le niveau, si j'ose dire, par des arrivages de nouveaux condamnés. D'après les statistiques, il fallait renouveler la population du camp à peu près une fois et demie par an. Ce qui donne, en comptant les pertes, un effectif annuel réel de dix mille prisonniers, hommes et femmes confondus.

– Depuis quand ce camp existe-t-il ? demanda Dora, atterrée.

– Il a été construit juste après les grandes purges de 1937. Et il a été démantelé à la fin des années soixante-dix.

– Cela veut dire que plus de deux cent mille femmes sont

passées par ici depuis l'ouverture de ce camp et qu'environ quarante-cinq mille n'en sont jamais revenues, calcula Vera d'une voix sourde.

– Voulez-vous que nous pénétrions dans les tunnels où se trouvaient les anciens ateliers ? demanda Feodor à Dora.

– Oui, acquiesça Dora.

Elle espérait trouver une trace d'Anna et se disait qu'elle découvrirait peut-être sur un mur des graffiti, un mot, une date, une signature...

Les deux femmes ressortirent de leur visite encore plus accablées. Avec Feodor, elles avaient tenté de retrouver des traces, même infimes, des détenus. En vain. Les ruines étaient trop anciennes.

Vera semblait très déprimée. En sortant du dernier tunnel, elle regarda les vestiges du camp enfouis sous des masses neigeuses.

– C'est fichu, dit-elle en secouant la tête. Autant rechercher une aiguille dans une botte de foin ! Penser que nous allons retrouver des traces de quelqu'un qui a vécu ici entre 1945 et 1955 est illusoire...

Feodor lui entoura affectueusement l'épaule de son bras et l'entraîna sur le chemin du retour.

– Je trouve que tu te décourages bien vite ! C'était pourtant ton idée de faire redémarrer votre recherche à partir de ce camp. Eh bien, là où tu n'avais peut-être pas tort, c'est qu'un certain nombre d'anciens détenus se sont fixés dans la région. C'est sur eux que je compte.

– Comment est-ce possible ? s'exclama Dora, stupéfaite. Comment peut-on envisager de rester vivre près du lieu où l'on vous a privé de liberté pendant des années !

– Pour plusieurs raisons, répondit Feodor. D'abord, parce que certains condamnés de longue durée n'avaient plus personne chez qui retourner à leur libération. Ensuite, parce que le gouvernement avait élaboré des plans quinquennaux de peuplement de la Sibérie sans cesse renouvelés et que l'on offrait des conditions avantageuses à ceux qui voulaient rester. Du travail bien payé et la promesse d'avoir peut-être un jour un toit à soi. D'autres ont également compris que c'était pour eux le seul moyen de vivre relativement libres. Vous savez, dans les forêts autour du lac Baïkal, on rencontrait davantage de loups que de commissaires politiques !

– Alors, peut-être retrouverons-nous quelqu'un qui a connu Anna, fit Dora, pleine d'espoir. Par où commence-t-on ?

Un bourreau sentimental

Anxieux, les deux officiers en civil, un brun et un blond, la quarantaine, attendaient presque au garde-à-vous au milieu de la pièce. Après la formidable colère qui s'était emparée du général Kolomiakov, ce dernier voudrait peut-être bien condescendre à s'apercevoir qu'ils étaient toujours là, debout dans son salon somptueux ? Pour le moment, il leur tournait le dos et, le front appuyé contre le double vitrage de la fenêtre, le regard perdu sur le paysage, il s'efforçait de dominer la rage qui l'avait saisi lorsque ces deux imbéciles étaient venus lui apprendre que leurs sbires avaient perdu la piste de Dora ! Pour se calmer, il tenta de retrouver du regard le détail de l'itinéraire qu'il avait suivi avec elle dans les allées du parc enneigé, quelques jours auparavant. Il essayait de revoir le beau visage qu'il avait caressé et tenu entre ses mains.

Mais la rage chassa cette vision de son esprit. D'un seul mouvement, il se retourna vers ses subordonnés. C'était un tout autre homme que celui qui venait de se rappeler sa promenade avec Dora : un bloc de fureur implacable qui toisait les deux hommes plus que craintifs.

– Comment les policiers expérimentés que vous employez ont-ils pu se faire semer comme des débutants par une ballerine dans une station-service ! Expliquez-moi ça !!!

Il aboyait presque, et les deux officiers, fouaillés par la dureté du regard de leur supérieur, ne purent que baisser la tête pour cacher leur confusion. Kolomiakov avait envie de tenir un fouet.

– Le coup élémentaire de la substitution de personnages, en plus ! Une danseuse et un petit attaché culturel roulant dans la farine les meilleurs agents de ce pays !... Ah ! on ne peut pas dire qu'en vous démarxisant, comme on dit, vous ayez gagné en efficacité ! Vous savez où vous auriez fini au bon vieux temps ?

Il les cinglait de son mépris en s'approchant d'eux.

– Vous avez des propositions ?

– Nous allons les retrouver, mon général, ce n'est qu'une question de temps..., osa dire l'un des deux hommes en relevant la tête.

– Bravo ! s'écria Kolomiakov d'un ton railleur. Et pourquoi ce pluriel ?

– Parce qu'une journaliste que cette femme a rencontrée à Moscou a également disparu de la ville, répondit le deuxième officier qui tentait de reprendre pied. On peut penser qu'elles sont parties ensemble...

– Brillante déduction, camarade colonel ! railla Kolomiakov en appuyant volontairement sur le mot camarade. Et où ça ? Car, même amputée, elle est toujours vaste, notre Russie ! Où se promène-t-elle donc, mademoiselle Kempf ? Se bronze-t-elle tranquillement sur une plage de la mer Noire, ou des maquereaux sibériens l'ont-ils séquestrée dans un bordel de Vladivostok ?

– C'est impossible ! assura le premier officier. Nous allons repérer rapidement cette femme Kempf qui, de toute façon...

– Mademoiselle Kempf ! explosa Kolomiakov. Si vous la nommez, ayez la correction d'appeler cette artiste *mademoi-*

selle Kempf ! Il s'agit d'une des plus grandes ballerines de son temps et non pas de *la* Kempf, comme si vous parliez de la dernière des indics dont on se débarrasse la nuit d'une balle dans la nuque !

Il leur jeta un dernier coup d'œil furieux, puis jugea qu'après la douche froide de sa colère il se devait de réchauffer l'ardeur de ses agents. Il alla jusqu'à la table sur laquelle étaient disposés des alcools et emplit trois verres de vodka. Il en saisit un et, d'un geste brusque, désigna silencieusement les deux autres à ses officiers.

D'un commun accord, comme tacitement, ils avalèrent l'alcool ensemble et cul sec.

– Vous avez affaire à une femme très intelligente, tenace et imaginative, reprit Kolomiakov, soudain calme. Soyez plus rusés qu'elle. Retrouvez-la, puis devancez ses initiatives, coupez-lui l'herbe sous le pied. Ne laissez plus traîner aucun caillou sous les yeux du Petit Poucet ! L'objectif n'a pas changé d'un iota. L'affaire Souvorine est définitivement classée. Pour convaincre Mlle Kempf qu'elle perdait son temps, l'acte de décès officiel de la détenue lui a été remis en main propre. Les détails sordides du dossier Souvorine qu'elle pourrait être amenée à découvrir ne serviraient qu'à l'affecter gravement. Et cela, je ne le tolérerai en aucun cas. Il faut que cette artiste quitte la Russie en paix et oublie cette malencontreuse affaire. Qu'elle s'en aille définitivement.

– Définitivement, mon général... ? demanda l'homme blond d'une voix douce.

– J'ai interdit toute solution radicale concernant cette personne, gronda Kolomiakov, de nouveau irrité. On peut laisser croire, faire peur, effrayer, mais on ne doit jamais passer à l'acte ! Défendu !! Interdit !!!

Il criait presque.

– N'ai-je pas été assez clair depuis le début ? Quant à vous...

Il s'approcha du colonel et, d'un index agressif, ponctua ses paroles en tapant sur la poitrine de l'officier :

– Vous répondez sur votre vie de celle de cette femme, mon cher colonel ! J'espère pour votre santé que vous vous le rappellerez à chaque instant. Dites-vous bien que vous ne serez réellement rassuré sur votre sort que lorsque cette femme embarquera dans un avion pour Paris ! Puisque vous vous plaisez tellement à cultiver la nostalgie de l'ancien régime, camarade, commencez donc par vous souvenir de sa discipline et de sa rigueur, que diable !

Ses agents partis, Sacha Kolomiakov resta un long moment assis devant la cheminée à contempler les flammes qui dansaient dans l'âtre.

L'image de Dora revenait à son esprit, chassée par le visage d'Anna dans une troublante surimpression. Il revoyait comme si c'était hier le jour, l'heure et le moment où Anna avait eu l'audace de venir le supplier de l'aider à retrouver son amant disparu ! C'était par un beau jour d'avril à Leningrad, sur le quai de Petrograd, devant le croiseur *Aurore*. Il était exactement midi et l'air frais du printemps et l'émotion coloraient les joues de la jeune femme. Elle avait les larmes aux yeux, puis avait éclaté en sanglots après lui avoir exposé le motif de ce rendez-vous sollicité d'urgence.

« Je t'en supplie, Sacha, retrouve Peter ! Il est innocent ! Fais cela pour moi !

– Je te le promets, ma petite Anna, je vais essayer de savoir où il est. »

Sacha savait parfaitement où il était, le jeune amant français d'Anna Souvorine. Pour la bonne raison que c'était lui qui l'avait fait arrêter.

La dernière fois qu'il avait vu Peter Muller, Sacha était installé derrière la vitre sans tain de la salle d'interrogatoire des bureaux n° 35 du NKVD de la ville. Il l'avait trouvé beaucoup moins sûr de lui, le petit ami d'Anna, hurlant de douleur de l'autre côté du miroir, lorsque les interrogateurs, lassés d'entendre les mêmes protestations d'innocence, l'envoyaient, d'une série de coups de poing, s'écraser contre le mur opposé !

« Avoue que tu es un salaud d'espion nazi !

– Je suis innocent ! Innocent ! hurlait le malheureux au visage couvert de sang. »

Et l'interrogatoire recommençait.

Même innocent, il avouerait. Avec le temps, ils finissaient presque tous par avouer ce que l'on voulait. Pourvu que cela s'arrête. Tous, sauf celui-là, qui résistait peut-être plus que les autres. Au bout d'un moment, pressé, Sacha Kolomiakov avait fait cesser l'interrogatoire et modifier l'acte d'accusation de telle sorte que Peter Muller passe en cour martiale sur-le-champ, soit condamné et quitte Leningrad par le prochain convoi.

Ce soir-là, des années et des années plus tard, en repensant à ces moments, Sacha se souvenait qu'il avait contemplé ce spectacle sans plaisir particulier, mais sans dégoût non plus. Dans ce cas précis, aux yeux de Sacha, le Français était coupable d'un crime infiniment grave : celui d'avoir tenté de gâcher la vie et la carrière d'un jeune espoir de la danse soviétique nommé Anna Souvorine. Celui d'avoir attiré le regard d'Anna. Celui d'avoir osé lui voler Anna ! Sacha ne se devait-il pas d'éliminer ce parasite pour assurer l'avenir de la femme aimée ? Et puis, depuis longtemps, avant la guerre déjà, les parents de la jeune femme ne lui avaient-ils pas promis leur fille ? Sacha était tombé amoureux d'Anna depuis le premier jour où l'adolescente était venue lui ouvrir la porte de l'appartement des Souvorine. Il était certain que, s'ils avaient survécu, ces derniers l'auraient approuvé.

Le général Kolomiakov ne se considérait en aucun cas comme un être insensible. Il lui arrivait de pleurer en écoutant Beethoven ou en regardant mourir *Odette*, la *princesse Cygne*.

Le service de son pays l'avait amené à décider du sort de dizaines de milliers d'êtres humains, soit, mais c'était très différent. Sacha aurait d'ailleurs été étonné que l'on pût douter de sa compassion, qu'il estimait grande, envers les plus démunis, mais qu'il savait mettre de côté pour servir son idéal politique. Dès le début de sa carrière, il avait pensé qu'il jouissait d'une conscience plus aiguë et d'une foi plus pure que les autres, ce qui lui permettait de mieux juger ce qui convenait au bonheur présent et futur de ses semblables.

Il se leva et alla ranger la documentation professionnelle réunie sur Dora Kempf et la série d'instantanés pris d'elle au téléobjectif à son insu depuis son arrivée en Russie. Quelle ressemblance troublante avec Anna ! D'une certaine manière, il avait eu de la chance dans son malheur, Peter Muller ! Sacha aurait souhaité pouvoir expliquer à Dora qu'il n'avait pas vraiment haï le jeune homme qui, des années plus tard, était devenu son mari. C'était sa présence auprès d'Anna qui lui avait été intolérable. Il fallait simplement qu'il disparaisse, d'une manière ou d'une autre. Sacha estimait d'ailleurs avoir été plus que généreux en veillant à ce que l'ex-soldat alsacien de la Wehrmacht ne soit condamné qu'à un séjour dans un camp de prisonniers. A sa place, avec les pouvoirs dont il disposait, d'autres auraient sans doute été plus radicaux.

Satisfait de lui, il referma le dossier et le rangea avec soin dans son coffre. Puis il alluma un cigare.

Assis tout seul dans un salon de la vaste demeure, Leonid Varanchine prenait le thé, cassant des petits morceaux de sucre pour son lévrier favori. Autour de lui, accrochée aux murs, une collection de tableaux dont le thème unique était la danse et dont le moins cher devait valoir dans les deux cent mille dollars. Plus qu'intrigué de découvrir un Degas qu'il pensait ne pas connaître, Leonid se leva. Il mettait ses lunettes et s'approchait du tableau pour l'admirer de plus près, lorsque la porte s'ouvrit sur Sacha.

Ils s'étreignirent longuement, puis Sacha se versa une tasse de thé.

– Tu voulais me voir personnellement ? s'enquit Leonid.

– Et tu n'étais pas pressé de me rencontrer, observa Sacha. Tu avais même foutu le camp de Moscou ! Dire qu'il a fallu que je te rattrape à Montreux, chez Béjart...

Leonid lui lança un regard qui sentait l'affolement. Sacha but un peu de thé, reposa la tasse et le dévisagea.

– Je voulais profiter de l'affection et de la complicité artistique qui te lient à Dora Kempf pour que tu lui fasses comprendre, amicalement mais fermement, les dangers qu'elle court en allant fouiller dans les détails de la mort d'Anna Souvorine. En deux mots, je souhaite que ton amie danseuse reparte au plus vite pour l'Ouest.

– Pourquoi ne pas lui avoir dit toi-même ? s'étonna Leonid en rassemblant tout son courage. Je t'avais transmis sa requête. Je pensais que tu l'avais vue.

– Je l'ai priée de venir ici, effectivement. Ce qu'elle a fait. Je lui ai remis personnellement l'acte de décès d'Anna. Je croyais avoir réglé le problème. Mais j'apprends aujourd'hui que Dora Kempf veut en savoir davantage sur les derniers instants d'Anna Souvorine. Et ça, je ne le permettrai pas.

– Je ne comprends pas ce que tu crains, dit Leonid, qui commençait à sentir venir l'orage. N'est-il pas normal que Dora cherche à savoir dans quelles conditions est décédée une femme que son mari a aimée ?

– Cela ne la regarde pas, justement ! Cette jeune femme a disparu en 1953, tu le sais. Je peux t'avouer maintenant que cela s'est produit dans des circonstances beaucoup trop effrayantes pour que je souhaite que Dora Kempf l'apprenne jamais.

Leonid se leva lentement, fronçant les sourcils, comme s'il découvrait une réalité qu'il s'était toujours efforcé de ne pas voir.

– Effrayantes ?... Que veux-tu dire par là ? Ne m'avais-tu pas affirmé qu'Anna Souvorine s'était éteinte des suites d'une épidémie dans l'hôpital d'un camp de travail ?

Sacha se leva à son tour.

– En vérité, Anna n'est pas morte dans un camp. Elle a réellement disparu dans des conditions que je ne laisserai à aucun prix découvrir à Dora Kempf, continua-t-il en durcissant la voix et en martelant les derniers mots sans cesser de fixer Leonid. Je répète : à aucun prix ! Tu comprends ce que cela veut dire, Leonid ?

Ce dernier se rebiffa :

– Pourquoi m'as-tu caché tout cela ? Moi aussi, j'aimais Anna, autrement que toi, certes, mais je l'admirais et je la chérissais. Dois-je comprendre qu'elle n'est pas morte de mort naturelle ? A-t-elle été victime d'un... *accident*, comme tu appelles certaines disparitions subites ? Quant à Dora, songerais-tu à quelque solution...

Il n'osa pas en dire plus, bégayant presque sous le coup d'un élan de révolte qu'il ne contrôlait plus. Soudainement, il crut deviner et se mit à crier :

– Tu as tué Anna ? C'est ça ?! Oui, oui, je devine ! Tu as tué Anna parce qu'elle aimait ce Français et tu tuerais Dora de peur qu'elle ne découvre la vérité ! Tu la tuerais, c'est ça, n'est-ce pas ? Tu la tuerais ? Tu la tuerais ? Jamais je ne te laisserai faire ça ! Jamais !

D'indignation, il balaya d'un revers de main le service à thé qui tomba sur le sol, où il éclata en mille morceaux.

Incapable de se dominer, Sacha laissa éclater sa fureur et agrippa Leonid par le revers de sa veste. Puis il se mit à le bousculer violemment d'un bout de la pièce à l'autre, repoussant à chaque accusation le petit homme frêle à grands coups de gifle.

– Mais qui es-tu, toi, pour oser me parler ainsi ? Hein ! Qui es-tu pour me donner des leçons ? Tu as oublié le petit Grichka qui a voulu te faire chanter ? Mais si, sous Brejnev ! Souviens-toi qu'il voulait t'envoyer au goulag ! Au trou, le grand chorégraphe ! Tu as été très content de trouver ton Sacha, n'est-ce pas, pour que ton gracieux petit copain s'en aille prendre à ta place de très longues vacances en Sibérie, non ? Et l'autre mignon, le Roumain qui a brusquement été rappelé comme par miracle chez lui à Bucarest, tu ne t'en souviens pas ? Mais si, voyons, le bel Ilya Marescu ! Le petit blond qui venait te voir au Bolchoï du temps de Malenkov ! Tu l'as oublié aussi, celui-là ? Et ta charge de chorégraphe au Kirov, si menacée sous bon papa Staline en 51, tu n'y penses plus non plus, n'est-ce pas ? Et les visas et les dollars pour tes voyages en Amérique ! Tu as oublié tout ça, hein ? Alors, excuse-toi, mon mignonnet ! Allez, demande pardon ! Mieux que cela ! A genoux, ingrat !

Tout en criant, Sacha aperçut le lévrier qui avalait gloutonnement les morceaux de sucre tombés sur le parquet entre les débris du sucrier. Il donna un violent coup de pied au chien qui s'enfuit avec un jappement de souffrance, puis tordit le bras de Leonid qui s'écroula en sanglotant.

– Demande pardon, salopard ! Et avale aussi le sucre de ton chien, voyou ! Et nettoie tes saletés, espèce de porc ! Mais tu baves, cochon ? Lèche aussi le parquet !

Affolé, le lévrier s'était caché sous un divan. Saisi d'un incoercible tremblement nerveux, il regardait son maître, à genoux devant la porcelaine brisée, en train d'ingurgiter à pleines mains des morceaux de sucre qu'il mouillait de ses pleurs convulsifs.

On entendit la voix de Sacha :

– Mon pauvre Leonid, tu vois ce à quoi elle m'oblige, ton amie Dora Kempf ?

Igor

Dépêchez-vous, dépêchez-vous ! Je suis navrée que l'on vous ait enfermé dans ce camp, mais il ne s'agit pas de vos souvenirs ! Ce sont ceux d'Anna qui m'intéressent ! murmurait Dora en elle-même en une prière lancinante, comme si cette incantation intérieure pouvait accélérer la narration de Vania.

Le vieil homme semblait au contraire profiter de chaque objet qu'il extrayait d'une main maladroite d'une boîte de carton posée sur ses genoux, pour se lancer dans le récit de l'anecdote que l'objet évoquait. Cette boîte, restée fermée depuis des années, ravivait une à une les souffrances qu'il avait endurées pendant les quinze ans passés au camp n° 249. Par vagues entières, des flots de souvenirs enfouis remontaient au jour.

S'efforçant de calmer son impatience, Dora écoutait Vania égrener la litanie de ses malheurs. Mais il aurait été cruel de bousculer l'ancien prisonnier.

Feodor avait eu raison de se lancer sur la piste des anciens zeks restés sur place car, après une longue enquête, de maison en maison, de renseignement en bribes d'indication recoupant d'autres informations, ils avaient finalement réussi à localiser ce Vania, un très vieil homme qui avait été incarcéré au camp en même temps qu'Anna.

En entendant prononcer le nom de Souvorine, le visage buriné du vieil homme s'était éclairé.

« Anna Souvorine ? Oh ! Anna... »

Il avait eu un sourire merveilleux.

« Je pense bien que je m'en souviens ! C'est elle qui vous envoie ? Que devient-elle ?

– Entrons, grand-père, entrons ! nous allons tout vous raconter, avait dit Feodor avec bonhomie en essayant d'entraîner le vieux à l'intérieur.

– Et comment, que vous allez tout me raconter ! avait acquiescé Vania qui, sans bouger d'un centimètre, avait chaussé ses lunettes et dévisageait Dora attentivement.

– Je suis content que tu sois venue », avait-il dit, satisfait de son examen.

Lui aussi me prend pour la fille d'Anna, avait pensé Dora.

« On entre, grand-père ? avait répété Feodor, qui commençait à avoir froid.

– Tout de suite ! tout de suite ! avait répondu Vania, en se retournant vivement vers l'ethnologue. Mais ne t'avise plus de m'appeler grand-père, galopin ! Si tu veux, on fait la course à skis ensemble et je te parie une cartouche d'américaines que je te rends trois bons kilomètres d'ici Irkoutsk ! Grand-père !? Non mais, tu m'as bien regardé ? »

Faussement vexé, mais ravi d'avoir de la visite, le trappeur les avait fait entrer dans sa cabane.

Au fur et à mesure que Vania racontait sa captivité et ses malheurs, Dora tentait de se faire une idée plus précise de la personnalité de la femme qu'avait été Anna Souvorine à cette époque-là.

Au fond, songea-t-elle, si je réfléchis bien, je ne connais pas grand-chose de toi. A part ce qu'a écrit Peter dans son journal. Et encore, la dernière fois qu'il t'a vue, tu étais une toute jeune femme ! Je sais que tu étais très belle, que tu avais beaucoup de talent, que tu étais aimante. Mais tu sortais à peine de l'adolescence, tu étais vraiment trop jeune – si toutefois il existe un âge pour cela ! – pour être enfermée dans cet endroit sinistre ! Comment étais-tu, lorsque tu es ressortie de ce camp à vingt-huit ans ?

Elle écouta un instant Vania qui parlait du travail des détenus dans la fabrique souterraine de munitions.

Où étais-je, moi, à ton âge ? se reprit à songer Dora. A vingt-deux ans, j'avais rencontré Peter à Paris, et, à l'âge où tu allais être libérée de cet endroit épouvantable, Anna, je créais *La Belle au bois dormant* à New York dans une mise en scène d'un luxe inouï... En voyant les restes des baraquements misérables où tu as vécu, je prends conscience que pour moi tout n'était alors que beauté, richesse et raffinement. Le monde entier reconnaissait mon talent. J'avais une suite au Waldorf Astoria, j'étais couverte de fleurs et de cadeaux, habillée par les plus grands couturiers, tandis qu'au même âge ton lot à toi avait été la captivité, le dénuement, la faim, le froid et la crasse. Je ne pardonnerai jamais à ceux qui ont voulu te briser, qui t'ont empêchée de jouir de tout ce qui était ton dû !

Son regard se posa de nouveau sur le vieillard qui farfouillait tranquillement dans sa boîte en carton et cette vision lui fit perdre patience.

– Et Anna Souvorine ? demanda-t-elle brusquement. Parlez-nous d'elle, s'il vous plaît.

Confus, le vieil homme arrêta brusquement ses recherches.

– Je ne pensais qu'à moi, fit-il, embarrassé. Je te demande pardon... Tu es sa fille, évidemment. Tu lui ressembles tellement. Comment se porte-t-elle après toutes ces années ?

– Nous ne sommes pas parentes, s'excusa presque Dora. Enfin, pas comme on l'entend d'habitude. Et je ne peux malheureusement pas vous dire comment elle se porte, car je ne sais pas où elle se trouve actuellement. Je la cherche et je voudrais la rencontrer plus que n'importe quel être au monde. Si je suis ici chez vous, en Sibérie, c'est parce que vous êtes à ma connaissance la seule personne à pouvoir nous dire comment elle a vécu cette captivité et à savoir où elle est allée à sa libération.

– Je comprends, dit-il. Attendez un peu...

Il recommença à fureter dans sa boîte, écartant des souvenirs qui visiblement ne concernaient que lui. Avec un petit cri de satisfaction, il trouva enfin ce qu'il voulait.

– Ah ! voilà ce que je cherchais ! Voici sa photo ! s'exclama-t-il en la tendant à Dora.

Tous se penchèrent et purent voir un cliché montrant trois jeunes détenues, en pied, dévisageant l'objectif. La photographie noir et blanc était un peu passée, floue, mais Dora reconnut immédiatement Anna. Elle semblait avoir un peu vieilli, son visage s'était creusé, mais elle était, malgré sa robe en guenilles, toujours mince et belle. Ce qui était surtout frappant, c'était son regard éclairé par un feu intérieur, une flamme rayonnante, qui illuminait cette image tragique et bouleversante.

– Quand a été prise cette photo ?

Vania retourna le cliché et déchiffra une date à moitié effacée :

– En 1954, le 16 décembre.

– Elle avait vingt-sept ans, calcula Dora.

– Elle est la seule à sourire..., remarqua Vera.

– C'est parce qu'elle était aussi la seule qui allait être libérée peu de temps après ! s'exclama Vania.

– Quand ça, exactement ?

– Début 55, fin janvier, si mes souvenirs sont bons.

– Vous a-t-elle dit où elle allait en quittant ce camp ? demanda Dora. C'est très important, essayez de vous souvenir.

– Mais elle est retournée à Leningrad, évidemment !

– Pourquoi évidemment ? répliqua du tac au tac Dora, étonnée par ce que Vania considérait comme allant de soi.

– Parce qu'elle voulait retrouver Igor, tiens !
– Quel Igor ?
– Mais son fils, bien sûr !
Il les regarda, étonné.
– Vous ne saviez donc pas qu'elle avait eu un fils ?

Victime de trous d'air, le Tupolev de l'Aeroflot secouait si violemment ses passagers que le commandant de bord avait demandé aux occupants de l'appareil d'attacher leurs ceintures. Même le personnel commercial avait regagné ses emplacements de sécurité. Dora jeta un coup d'œil à Vera, très pâle, qui étreignait les accoudoirs de son siège avec tant de force que les articulations de ses doigts avaient blanchi. Se sentant observée, elle eut un pauvre sourire.
– Nous aurions dû prendre le train ! gémit-elle. Je déteste les avions...
Comme si l'oiseau métallique avait soudain pitié d'elle, son vol se stabilisa d'un seul coup. Au bout de quelques instants, un signal retentit, libérant le personnel qui recommença à s'activer. Les passagers, eux, se regardèrent soulagés et comme étonnés d'être encore vivants.
Dora déboucla sa ceinture, déchira l'enveloppe d'une serviette rafraîchissante et humecta légèrement le front de sa voisine.
– Merci, dit Vera en se laissant faire, penaude.
Dora prit un petit flacon de cognac dans le filet du siège devant elle et le lui montra. Elle répondit par un signe de tête.
– Cela veut dire non ?
– Cela veut dire oui ! s'écria la jeune femme, qui s'empara de la flasque, dévissa le bouchon et la porta à la bouche.
Elle but quelques petites gorgées, puis déboucla sa ceinture. Elle avait l'air d'avoir récupéré.
–J'ai beaucoup réfléchi depuis le décollage, dit-elle

enfin. Malgré les montagnes russes de ce machin (elle tapa sur le bras de son siège), je suis arrivée à une conclusion : je ne pense pas qu'Igor, l'enfant d'Anna, soit le fils de Sacha Kolomiakov.

– Je ne vois pas comment il pourrait l'être !

– On ne sait jamais. Tout est possible, puisque nous ne savons pas ce qui est arrivé à Anna entre le moment où elle a été arrêtée et celui où elle a été déportée.

– Il ne l'a quand même pas violée !

– Pourquoi pas ? Il est trop gentleman pour ça ? rétorqua Vera, railleuse.

Agacée, Dora haussa les épaules.

– Je pense qu'il est impossible que cet enfant soit de lui, parce que Sacha n'aurait jamais laissé déporter la mère de son fils. Voilà pourquoi.

Stupéfaite, Vera dévisagea Dora, puis explosa :

– Vous êtes quand même extraordinaire ! On nous dit de tous côtés que ce Kolomiakov est l'un des hommes les plus cruels qu'ait comptés le KGB et vous continuez à raisonner comme s'il s'agissait d'un homme *normal* ayant agi *normalement* dans une période *normale* ! C'est quand même ce salaud qui l'a expédiée dans ce camp, oui ou non ?

Dora détourna la tête, se tut un moment et observa la terre que l'on devinait sous les ailes de l'avion. Puis elle revint à Vera.

– A l'instant même où Vania nous a révélé qu'Anna avait un enfant, reprit-elle enfin, j'ai immédiatement été persuadée qu'il s'agissait du fils de Peter et d'Anna.

– Pourquoi Anna n'aurait-elle pas dit à Peter qu'elle était enceinte ?

– Elle ne le savait sans doute pas encore, lorsqu'il a été arrêté. N'oubliez pas qu'elle ne l'a jamais revu.

– Vous avez sans doute raison. Et maintenant ?

Dora semblait avoir pris une résolution.

– Il faut je reprenne tout à zéro, Vera. Je vais retourner

à Saint-Pétersbourg. Parce que c'est là que tout a commencé. Puisque c'est dans cette ville qu'Anna a mis au monde son enfant, c'est forcément là qu'elle est retournée, là qu'elle a élevé son fils.

– Igor avait dix ans lorsqu'elle a été libérée.

– Je vais m'installer là-bas, fouiller la ville de fond en comble et retrouver Anna !

– Avant, la coupa Vera, vous pourriez peut-être en apprendre davantage à Moscou, mais je ne sais pas comment la faire parler.

Dora la dévisagea, interloquée.

– Faire parler qui ?

– Vous oubliez qu'en novembre 1972 j'ai entendu Anna Souvorine dire à ma grand-mère qu'elle sortait d'un camp. D'un autre, bien sûr. Ce qui pose une série de questions : Que lui est-il arrivé entre 1955 et ce nouveau lieu de détention ? Pourquoi y a-t-elle été envoyée ? Quand et pour combien de temps ? Et son fils, qu'est-il devenu ?

– Il faudrait qu'Olga nous raconte tout ce que qu'elle sait, tout ce vous n'avez pas pu entendre de leur conversation !

– La difficulté, c'est de trouver un moyen de l'obliger à parler, cette vieille garce ! Vous vous rappelez avec quelle violence elle a réagi, l'autre jour, sur la place Rouge ?

– C'est la preuve, s'il en fallait une, qu'elle s'est mal comportée vis-à-vis d'Anna ! Ou que quelqu'un d'autre s'est conduit envers elle d'une manière tellement innommable qu'elle ne veut pas le raconter. Ou les deux.

Leonid mène la danse

En plus du Tout-Moscou, Roland Meisner, l'ambassadeur d'Allemagne, avait invité ce que la capitale russe comptait de célébrités du monde de la danse. Il y avait foule, car les réceptions qu'il donnait étaient d'autant plus courues dans la ville qu'elles étaient fastueuses.

Debout à côté de l'ambassadeur et de sa femme, Dora avait serré des centaines de mains et trouvé quelques mots aimables pour chacun. Werner Schellendorf, quant à lui, remplissait parfaitement son rôle d'attaché culturel en lui présentant avec discernement artistes, hommes politiques et personnalités diverses.

En rentrant à Moscou, Dora et Vera avaient cherché à joindre Olga Vissetskaïa. En vain. Dora avait donc eu l'idée de cette réception en estimant qu'Olga ne pouvait pas se permettre de refuser une invitation de Meisner si elle était à Moscou. Elle aimait trop se montrer pour ne pas venir…

La manière dont elle fit son entrée ne surprit pas Dora. Elle arriva au bras d'un très bel homme, beaucoup plus jeune qu'elle, somptueusement habillée et donnant suffisamment de volume sonore et d'éclat à son apparition pour être reconnue et admirée par tous. Elle se précipita sur Dora, l'embrassa avec effusion, mais prit vite soin de se perdre dans la foule. Par la suite, lorsque, enfin libérée de ses devoirs d'hôtesse, Dora avait cherché à la rejoindre, elle s'était aperçue qu'Olga l'évitait soigneusement, allant d'un groupe d'invités à l'autre et ne restant jamais seule. La ballerine moscovite se crut enfin tranquille quand elle vit Aktiamov, le directeur du Kirov, se diriger vers Dora, déjà accaparée par Schellendorf et d'autres diplomates.

Soudain, Olga fronça les sourcils en apercevant Vera rejoindre Dora, qu'elle paraissait très bien connaître.

La Vissetskaïa quitta un instant ceux avec qui elle bavardait et s'approcha du groupe. Après avoir salué le directeur du Kirov, elle se tourna vers sa petite-fille.

– Tu connais Dora ? lui demanda-t-elle.

– J'ai l'honneur d'avoir décroché une interview exclusive de Mlle Kempf, répondit Vera avec un grand sourire. Nous ne nous quittons pour ainsi dire plus, n'est-ce pas, Dora ?

Dora acquiesça. Mouchée, Olga tourna les talons et rejoignit son compagnon, en grande discussion avec Meisner. Dora en profita pour laisser Vera, Werner et leurs interlocuteurs, et s'approcha d'un buffet afin de réfléchir un instant à la meilleure manière d'obliger Olga à lui révéler ce qu'elle n'avait pas voulu dire.

Soudain, une main se posa, légère, sur son épaule. Elle se retourna brusquement pour se trouver en face de Leonid, qui s'inclina et lui baisa la main. Lorsqu'il se releva, elle remarqua instantanément la lueur d'inquiétude qui assombrissait le regard du maître de ballet.

– J'ai besoin de te parler, murmura-t-il. Immédiatement.

Dora referma la porte du bureau que Werner Schellendorf venait de mettre à sa disposition.

– Que se passe-t-il, Leonid ? Vous avez l'air épouvanté. Pourquoi aviez-vous disparu brusquement de Moscou l'autre jour ? Non seulement nous avions rendez-vous, mais je voulais vous remercier au sujet du général Kolomiakov.

Car je suppose que c'est à la suite d'une intervention de votre part qu'il m'a reçue.

Le vieux chorégraphe la dévisageait, l'air grave.

– Il faut que tu quittes la Russie tout de suite, ma chérie. Et, je t'en supplie, quoi qu'il se passe, cesse immédiatement tes recherches sur Anna Souvorine. Il y va de ta vie.

Dora lui tourna le dos, agacée. Mais, son indignation l'emportant, elle revint vers lui.

– Qui vous a demandé de me faire ce genre de commission ?

– Ce sont des renseignements que l'on m'a fournis, répondit-il prudemment. Je ne parle de personne en particulier, mais de rumeurs qui circulent sur ton compte. On dit que tu chercherais à en savoir trop et que cela pourrait devenir dangereux.

– En savoir trop, vraiment ! Je ne sais pas qui est ce « on » qui vous renseigne, mais vous vous faites mener par le bout du nez, Leonid ! On voudrait que j'arrête de rechercher Anna Souvorine, c'est cela ? Eh bien, dites à vos amis que je ne fais que commencer ! Et que je vais continuer ! Plus que jamais même, car je ne supporte pas les menaces !

Elle s'exaltait.

– Comment pouvez-vous oser me transmettre une telle requête ? Vous ! Lorsque Anna Souvorine est venue à Moscou, vous l'estimiez tellement que vous vouliez faire d'elle une danseuse étoile, paraît-il ! C'était le phénomène du siècle, disiez-vous ! Mais vous vous êtes désintéressé du calvaire que cette jeune femme a subi par la suite ! Elle s'est fait arrêter, maltraiter, insulter, humilier, déporter ! Et le petit milieu de la danse soviétique de l'époque était au courant ! Vous en premier ! Mais vous, justement, son maître vénéré, vous n'avez même pas cherché à l'aider ! Vous n'avez même pas tenté de savoir ce qui lui était arrivé ! Vous avez fermé les yeux sur l'acharnement qu'a mis votre police politique à trimbaler cette malheureuse de camp en camp jusqu'en 72 !

Leonid, qui avait essuyé la colère de Dora en blêmissant, sursauta à ces mots.

– Anna vivante en 1972 ? Mais qu'est-ce que tu racontes ! C'est impossible ! On m'a juré qu'elle était morte en 1953 !

Rageuse, Dora haussa les épaules.

– C'est ce que votre Kolomiakov m'a affirmé, lui aussi ! Mais depuis, j'ai eu la preuve, je dis bien la preuve, Leonid, qu'Anna Souvorine était toujours vivante en 1972 !

– Ce n'est pas possible…

– C'est non seulement possible, mais vrai ! s'exclama Dora. Quelqu'un a vu Anna Souvorine venir demander de l'aide à Olga Vissetskaïa dans sa loge au Bolchoï en novembre 1972. Anna sortait même du goulag, si vous voulez tout savoir ! On m'a aussi raconté qu'Olga l'a éconduite.

– Éconduite ? Olga, éconduire Anna ? Mais…

De stupéfaction, Leonid en bégayait presque.

– Ne me dites pas que vous n'étiez pas au courant ? lança Dora, excédée.

– Je te jure que non, fit-il en la regardant droit dans les yeux. Sur la mémoire de ma mère, je te jure que non ! Je croyais Anna morte ! On me l'avait assuré !

– « On » ! On, on, toujours on ! C'est trop facile, à la fin !

Ils se dévisageaient, tremblants d'énervement et de colère.

– Qu'était-elle devenue ? demanda-t-il.

– C'est ce que je cherche à savoir, figurez-vous, et la seule personne qui pourrait nous en dire plus se trouve être précisément votre amie Vissetskaïa, mais elle préfère se taire !

Dora donna un coup de pied coléreux dans une corbeille à papier.

– Lorsque je lui ai demandé de me raconter ce qu'elle savait sur Anna, elle m'a envoyée me faire foutre ! enrageat-elle en perdant son sang-froid. Et je n'ai aucun moyen de la forcer à parler, cette salope !

Il y eut un long silence. Rompu par la voix tranquille de Leonid :

– Moi, si.

– Pourquoi feriez-vous ça, Leonid ?

– Parce que, répondit-il d'une voix sourde et presque inaudible. Parce que…

C'était un véritable guet-apens dans lequel Leonid avait attiré Olga. Elle ne s'était pas méfiée, car il arrivait souvent que Leonid et elle-même s'invitent lorsqu'ils recevaient une célébrité de passage à Moscou ou qu'ils avaient acquis quelque pièce artistique remarquable qu'ils voulaient montrer à l'autre. Elle n'avait donc pas imaginé une seconde que Leonid lui tendait un piège quand il lui avait dit au téléphone qu'il avait quelque chose d'extrêmement intéressant à lui faire voir.

Ce qu'il lui avait mis sous les yeux, c'était un paquet de lettres dont elle avait immédiatement reconnu l'écriture : la sienne.

Maintenant, debout contre une fenêtre du salon de l'appartement moscovite de Leonid, elle sanglotait en pressant dans son poing serré un mouchoir dont elle s'essuyait les yeux de temps à autre. Si elle tournait le dos, c'était pour dissimuler la nature de ses larmes. Des larmes de colère de se retrouver ainsi piégée.

– Je te promets de détruire cette correspondance sous tes yeux, Olga, lança Leonid. Mais c'est donnant-donnant. Ou tu racontes à Dora Kempf l'intégralité de ce que t'a dit Anna lorsqu'elle est venue te voir dans ta loge au Bolchoï, ou bien je transmets ces documents à quelqu'un qui sera très intéressé…

– Mais qu'est-ce que vous avez tous à vous attendrir sur Anna ? s'écria Olga, soudain folle de rage.

– J'ai été injuste avec elle. Je ne l'ai pas protégée quand elle en a eu besoin. Elle aurait sûrement fait une carrière exceptionnelle, sans doute aussi belle que la tienne… Mais plus propre…

Elle ne réagit pas sous l'insulte. S'essuya les yeux. Dans le reflet du carreau, elle pouvait apercevoir la silhouette de Leonid assis au milieu de la pièce, devant une table basse sur laquelle se trouvaient posées les lettres, entre une bouteille de champagne et deux coupes.

– Tu sais bien que je suis tombée follement amoureuse de Mikhaïl ! Tu étais là lorsque c'est arrivé.

– Je ne te fais aucun reproche. Mais Sacha, lui, comment crois-tu qu'il va réagir lorsqu'il apprendra que pendant les cinq ans où tu as été sa maîtresse officielle, tu le trompais avec ce danseur ? Tu connais son caractère. Il lui arrive d'être très rancunier…

– Espèce de salaud !

– Désolé, Olga, dit-il simplement.

– Et tu ne crains pas que si je raconte ce qu'Anna m'a dit ce jour-là, les représailles ne soient pires que la vengeance dont tu parles ?

– Il aurait des raisons ?

– Peut-être…

Il réfléchit.

– Cela m'est égal, je prends le risque.

– Comme tu voudras.

Ils se jaugèrent en silence.

– Comment es-tu entré en possession de ces lettres ? demanda-t-elle.

– A ton avis ?

Il eut une sorte de petit rire de dérision, se leva et alla remplir deux coupes de champagne. Il prit la sienne et contempla le cristal un instant.

– Il n'aimait pas que les femmes, ton beau danseur, fit-il avec un sourire nostalgique.

Il porta la coupe à ses lèvres.

– Il avait été mon amant, avant que je ne le laisse devenir le tien…

Des aveux spontanés…

– Cela se passait à Moscou, au Bolchoï, commença Olga. C'était en matinée, je crois me souvenir…

– Le dimanche 15 novembre 1972 très précisément, le jour de mes sept ans, la coupa Vera.

– On s'en moque, de tes sept ans ! jeta Olga, hargneuse. Elle appuya cette manifestation de mauvaise humeur d'un regard hostile vers sa petite-fille. Elle trouvait déjà assez humiliant d'être obligée d'évoquer cet épisode de son passé devant Leonid et Dora sans laisser cette morveuse en rajouter !

– Je revenais donc de scène où j'avais dansé *Casse-Noisette*. Lorsque je suis rentrée dans ma loge où m'attendait celle-ci, fit-elle avec un geste du menton vers Vera, je l'ai trouvée en compagnie d'Anna que j'avais bien connue avant-guerre à l'École de danse du Kirov. Je ne l'avais pas revue depuis le mois d'août 1943, date à laquelle elle avait quitté le Bolchoï pour retourner à Leningrad. Je savais, comme nous l'avions tous appris à Moscou à la fin de la guerre, qu'Anna avait été arrêtée et condamnée à dix ans de détention par un tribunal militaire au début 1945.

– Elle avait été arrêtée le 7 juin 1944, exactement, dit Dora.

– Visiblement, poursuivit Olga, Anna, qui était maigre et

mal habillée, avait de gros ennuis. M'attendant à quelque récit pénible, j'ai prié ma petite-fille, qui n'était qu'une enfant à l'époque, d'aller attendre dans le couloir et de nous laisser seules, Anna et moi. J'ai tout de suite demandé à Anna comment elle allait et ce qu'elle attendait de moi. Elle m'a raconté qu'elle sortait d'un camp...

– C'était le n° 117, s'écria Vera, je me le rappelle maintenant !

– Tu ne pouvais rien entendre, je t'avais envoyée dans le couloir ! dit Olga sèchement.

– J'étais rentrée par la « chambre des soupirs » et j'écoutais derrière la porte de la loge. Jusqu'au moment où tu t'es mise à crier...

– Ah ! C'était toi, petite fouine ? Je me souviens avoir entendu un bruit de porte.

– Continue, intervint Leonid. Tu n'as pas demandé à Anna pourquoi elle avait été arrêtée ?

– Je n'en ai pas eu besoin. Elle m'a appris que, fin 1944, elle avait accouché d'un enfant qu'elle avait eu d'un Français rencontré pendant le siège. Elle m'a aussi raconté qu'on lui avait enlevé cet enfant à sa naissance.

– Enlevé ? s'exclama Dora. Comment ça, enlevé ?

Olga, qui avait passé une robe de chambre en soie, préparait du thé sur le réchaud électrique de la loge. Elle leva la tête, se retourna et dévisagea Anna restée assise dans le fauteuil.

– Enlevé ? Qu'est-ce que tu veux dire ?

– Pour que tu comprennes, dit Anna, il faut que je t'explique que l'on venait d'arrêter sans aucune raison l'homme que j'aimais. J'avais tout tenté pour le retrouver, j'avais même imploré un officier ami de mes parents, qui se battait aux portes de la ville. J'étais d'autant plus affolée que je venais de découvrir que j'étais enceinte...

– De ce Français ?

Un bref sourire illumina le visage fatigué mais toujours beau d'Anna.

– Oui, dit-elle avec fierté. Lorsque j'ai su que j'allais avoir un enfant de lui, j'étais à la fois folle de joie et désespérée. Quoi qu'il arrive, il était essentiel qu'il le sache. Il fallait absolument que je retrouve Peter ! Mais, deux mois après son arrestation, c'est moi que les tchékistes sont venus chercher. On m'a arrêtée un matin au Kirov sans le moindre motif. J'ai eu beau crier et hurler, personne n'a voulu me fournir le moindre chef d'inculpation. J'ai cru comprendre qu'on m'accusait d'avoir été la maîtresse d'un espion et, par extension, espionne moi-même ! Je ne comprenais rien. Bref, au bout d'un mois de cellule, j'ai dit que j'étais enceinte…

Olga s'approcha et versa du thé dans la tasse d'Anna. Elle lui offrit du sucre, puis posa la théière, alla s'installer devant son miroir et ouvrit une boîte de crème de beauté.

– Il faut que je me démaquille, excuse-moi. Viens donc t'installer plus près.

Elle désignait une chaise cannée non loin de la table de maquillage. Sans lâcher sa tasse, Anna se leva et obéit. Olga observa un instant la silhouette de son ancienne compagne. Elle était encore mince et élancée, mais, lorsqu'Anna entra dans la lumière crue de la table de maquillage, l'éclairage violent révéla les rides qui avaient buriné son visage tanné par les intempéries et la vie des camps. Quant à ses mains, elles étaient déformées et noueuses ! Mon Dieu ! Comme elle a vieilli ! pensa Olga en se dépêchant de retrouver sa propre image dans le miroir. Le reflet rassurant d'un visage encore très jeune, à la peau bien lisse, car soigneusement entretenue dans les meilleurs instituts de beauté de Moscou, de Paris et de New York.

– Et après ? demanda Olga.

– Après, on m'a changée de prison. Et puis, à sept mois

de ma grossesse, on m'a transférée à la maternité de l'hôpital d'une prison du NKVD. Là, j'ai eu peu à peu l'impression qu'on me droguait...

– Qu'est-ce que tu veux dire par « l'impression qu'on te droguait » ?

– Eh bien, je devenais de plus en plus faible. J'ai cru que c'était à cause de la nourriture parcimonieuse. Puis j'ai pensé un moment qu'on voulait me faire mourir de faim, mais maintenant je suis certaine qu'on m'a droguée jusqu'à l'accouchement.

Olga quitta le miroir et jeta un coup d'œil vers Anna.

– Pourquoi t'aurait-on droguée ? fit-elle, intriguée.

– A cause de l'enfant. J'ai accouché la nuit de Noël, la nuit du 24 décembre. Je me souviens parfaitement avoir commencé à perdre les eaux, je me rappelle avoir appelé au secours. Et puis je me revois couchée sur un lit de fer entourée de gens en blouse blanche. Il y avait un type qui me disait de pousser, de pousser... et j'ai entendu les cris de l'enfant. J'ai demandé à le voir et on m'a montré un bébé tout chiffonné qui pleurait comme un forcené... Un petit garçon... Le lendemain, lorsque je me suis réveillée dans une étrange torpeur, j'ai découvert que j'étais seule dans une chambre. J'ai appelé, car je voulais voir mon enfant à qui j'avais donné le nom d'Igor. Je voulais le prendre dans mes bras, lui dire les mots d'amour que pendant les derniers mois j'avais accumulés pour lui. Comme personne ne venait, j'ai crié longtemps et j'ai tapé dans une bassine avec une bouteille jusqu'à ce qu'une vieille infirmière militaire entre dans la chambre. Elle m'a dit de me tenir tranquille, que c'était la guerre et qu'elle n'y pouvait rien si mon enfant était mort-né !

– Mort-né ? Mais tu l'avais vu vivant, cet enfant ?

– Bien sûr ! Je n'ai pas compris ce qu'elle voulait dire. J'ai cru qu'il y avait une erreur. Ça peut arriver, tu sais, qu'on se trompe de nourrisson dans les hôpitaux. Je lui ai dit qu'elle fasse tout de suite des recherches, qu'elle rectifie immédiatement cette erreur, que je l'avais vu, mon enfant !

Olga la regardait, saisie. Puis elle eut un coup d'œil discret sur sa montre bracelet posée sur la table. Elle ne pouvait pas se permettre d'être en retard à un rendez-vous qu'elle avait ce soir-là avec le Tout-Moscou dans la datcha d'un membre du Comité central dont elle attendait une faveur. Il lui était difficile de mettre Anna à la porte, mais il ne fallait pas non plus qu'elle s'éternise. Elle jeta les lambeaux de coton imprégnés de lait démaquillant dans une corbeille et se leva.

– Excuse-moi, mais j'ai un rendez-vous professionnel dans moins d'une heure. Tu sais ce que c'est. Il faut que je m'habille, que je me maquille. Mais continue, dit-elle en enlevant son peignoir, je t'écoute !

Anna faillit se lever et partir. Depuis un moment, elle sentait la nausée la gagner. Après ce qu'elle avait vécu depuis des années, tout était trop luxueux ici : le mobilier, les tentures, les cartons aux étiquettes de Dior ou de Chanel, les sous-vêtements de prix qui jonchaient les canapés… Jusqu'à l'odeur très forte d'un parfum capiteux qui la saoulait presque. Elle s'en fiche complètement, se dit-elle, soudain très lasse. A quoi bon ?

– Eh bien, fit Olga, tu me disais que tu réclamais ton fils. On s'est aperçu de l'erreur, évidemment, et on te l'a rendu ?

Il faut que je reste, se persuada Anna. Il faut que je raconte ce qui s'est passé, il faut que je l'émeuve d'une manière ou d'une autre, il faut qu'elle m'aide.

– Non, justement, reprit-elle. J'ai hurlé, crié, je les ai traités de tous les noms, car j'avais vu mon fils bien vivant ! Je voulais qu'on fasse venir ceux qui m'avaient accouchée ! En vain. J'ai tellement tempêté qu'une autre infirmière militaire est arrivée et m'a administré une injection de somnifère. Après, je ne me suis plus souvenue de rien. Je crois vaguement me rappeler que pendant plusieurs jours on m'a fait avaler de drôles de boissons et qu'on m'a nourrie d'une sorte de compote liquide. J'ai vécu dans un cauchemar éveillé, entre la réalité et une somnolence contre laquelle je ne pouvais pas lutter. Quand il m'arrivait d'être assez forte, assez lucide, je demandais à voir un officier, un responsable. Mais personne ne venait jamais...

Tout en achevant d'attacher à des jarretières un bas noir qui moulait sa jambe superbe, Olga lui fit signe de continuer.

Elle n'en a rien à faire ! enrageait en secret Anna. Cela devient trop humiliant, à la fin ! Pourquoi est-ce que je raconte mes malheurs à cette putain qui s'en fout ? En regardant Olga mettre et lisser l'autre bas, elle fut prise de dégoût en repensant aux chiffons crasseux dont ses camarades entouraient leurs pieds nus dans les camps. La tête lui tourna. Elle eut envie de vomir et de fuir, mais une voix en elle, impérieuse, lui ordonnait de poursuivre.

– Début janvier 45, continua donc Anna, on m'a transférée dans une cellule isolée où l'on m'a laissée croupir sans la moindre explication pendant des jours et des jours. Sans doute pour briser ma révolte... Fin janvier, un officier est venu me lire un jugement du tribunal militaire de Leningrad qui me condamnait à dix ans de camp de travail, sous l'accusation de concubinage aggravé avec un déserteur allemand et d'espionnage envers l'armée Rouge. C'est comme cela que je suis partie au camp 249 à Irkoutsk.

– Voilà tout ce que m'a raconté Anna cet après-midi-là, dit Olga, avant de se servir une coupe de champagne.

Dora, Vera et Leonid se taisaient.

– Mais quand même, fit enfin Leonid, tu ne lui as pas demandé qui était derrière tout cela ?

– Pourquoi y aurait-il eu quelqu'un derrière ? Je ne savais même pas si ce qu'elle me racontait était vrai !

– Et après ? coupa Dora, sans relever l'outrecuidance. Qu'est devenue Anna après ses dix ans de détention dans ce camp ? Vera et moi avons appris qu'elle voulait absolument retourner à Leningrad pour tenter de retrouver son fils. Est-ce qu'elle l'a fait ?

En sortant du premier camp, racontait Anna à Olga, qui maintenant se remaquillait, je suis retournée à l'hôpital de Leningrad où j'avais accouché. Je suis parvenue à m'introduire dans les services administratifs et j'ai demandé à un fonctionnaire qui avait l'air honnête de chercher sur les listes l'enfant de sexe masculin à qui j'avais donné naissance ici le 24 décembre 1944. Il ne devait pas y avoir eu beaucoup d'enfants nés cette nuit-là et enregistrés sous le nom de Souvorine ! J'ai cru devenir folle quand il m'a dit qu'il ne trouvait rien ! Nous avons alors pensé à une erreur de date… C'était la guerre, ils avaient pu se tromper. Nous avons eu beau chercher, il n'y avait pas de Souvorine sur les listes du mois d'avant ou d'après. Ce bonhomme a fini par me regarder avec un si drôle d'air que je lui ai raconté ce qui m'était *réellement* arrivé. Il m'a ensuite expliqué avec beaucoup de précautions qu'après le mois de mai 1945, tout enfant né dans cette prison-hôpital pendant la guerre et non réclamé à la fin des hostilités avait été automatiquement pris en compte par les services sociaux de l'armée Rouge. Il y en avait eu des centaines dans ce cas-là… C'était épouvantable de penser qu'on avait pu envoyer mon fils dans un orphelinat de l'armée. Parce que cela voulait dire, m'avait expliqué l'employé de l'hôpital, qu'il me serait définitivement impossible de le retrouver.

– Pourquoi ?

– Parce qu'on donnait de nouveaux noms aux enfants

anonymes qui, à leur arrivée, ne portaient que des numéros ! Comment allais-je faire pour retrouver mon fils ?

– Tu risquais gros. Pourquoi n'as-tu pas abandonné et essayé de refaire ta vie ?

– Parce que je voulais le retrouver, mon fils ! Et que je le veux toujours ! Et plus que jamais, figure-toi ! Mais je doute que tu comprennes…

Anna se leva et se mit à marcher dans la loge.

– Évidemment, lorsque je suis allée au service social de l'armée, ils m'ont jetée dehors. Je n'avais pas de domicile à Leningrad et j'avais couché dans la gare de Finlande pendant deux jours. Mais je ne pouvais plus y rester et j'ai pensé aller attendre Vladimir Vinovski, mon vieil ami machiniste, à la sortie du théâtre. Je savais qu'il pouvait m'héberger au « *Petit Kirov* »…

Dora sursauta.

– Qu'est-ce que le « *Petit Kirov* » ? demanda-t-elle.

– Je ne sais pas, répondit Olga. Cela m'a étonnée, je m'en souviens encore. Je lui ai demandé, mais elle n'a pas répondu.

– Et ensuite ? fit Dora.

– Elle m'a raconté qu'elle avait attendu toute la journée dans la brasserie de la gare de Baltiiskaïa que le soir arrive pour aller au Kirov. Mais elle s'est fait ramasser avant par la police et elle a atterri dans un bureau du NKVD. Ils la cherchaient depuis la veille, depuis qu'ils avaient découvert qu'elle avait tenté de retrouver son fils dans les registres de l'hôpital. Elle est repassée en jugement et elle a été condamnée à dix ans de goulag psychiatrique…

Olga se reversa du champagne.

– C'est tout ? demanda Leonid.

Olga hocha la tête affirmativement.

– Non, ce n'est pas tout, s'écria Vera en se levant d'un

bond et en venant se planter devant sa grand-mère. Car même si à cette époque on condamnait pour un oui ou pour un non, ce n'était jamais sans motiver la condamnation infligée ; il fallait un chef d'accusation dans le paradis des travailleurs ! Même le plus tordu, mais il en fallait absolument un, pour que cette parodie de justice paraisse *légale* ! Alors, dis-nous pourquoi elle a été condamnée à dix ans de goulag psychiatrique, pour quel motif, exactement ?

– C'est tout ce qu'elle m'a dit ! Mais laissez-moi tranquille, à la fin, avec cette histoire qui ne me concerne pas !

Elle éclata en sanglots convulsifs.

Le visage fermé, Leonid se leva et sortit de sa poche le paquet de lettres qu'il vint placer sous le regard d'Olga.

– Tu veux vraiment qu'on divulgue cette littérature ?

– Tu sais bien que je ne peux rien dire de plus !

– Oh, que si ! Tu peux très bien prononcer le nom que je devine ! cria-t-il. Courage, Olga ! Courage, pour une fois !

– Eh bien, reprit-elle d'une voix brisée, Anna était passée en jugement et avait affirmé devant le tribunal qu'elle avait connu dans sa jeunesse à Leningrad un jeune cadet du nom de Sacha Kolomiakov devenu pour lors le capitaine Kolomiakov, du NKVD. Elle accusait ce capitaine d'avoir, par jalousie, fait volontairement enlever dès sa naissance l'enfant qu'elle avait eu d'un amant français à la fin du siège. Elle a été condamnée en janvier 1955 à dix ans de détention psychiatrique pour propos diffamatoires aggravés envers un officier de l'armée Rouge, membre du Parti et Héros de l'Union soviétique, de surcroît. En 1965, bien qu'on l'ait assignée à résidence en Géorgie, Anna avait réussi à retourner clandestinement à Leningrad et avait recommencé à vouloir faire un scandale public en réclamant son enfant et en menaçant de révéler toute l'histoire… Elle a été de nouveau condamnée à sept ans de la même peine pour le même motif, exactement.

– Cette fois, je crois que tu nous as raconté la vérité, fit Vera, accablée.

– Cette fameuse matinée au Bolchoï, vous a-t-elle dit où elle résidait ? demanda Dora.

– Elle n'a pas voulu me le révéler ! Elle n'avait pas le droit de séjourner à Moscou. Elle y était venue en fraude, parce qu'elle cherchait un appui politique pour repartir à l'attaque et qu'on lui avait dit je ne sais où que j'avais des relations haut placées…

– Elle ignorait évidemment ta liaison avec Sacha ? demanda Leonid.

– Il faut croire. Elle n'était plus du tout dans le coup…

– Qu'as-tu fait alors ?

– J'ai… Tu ne comprends donc pas ? cria-t-elle. Tu sais bien que c'était la seule chose que je ne pouvais pas demander à Sacha ! Elle était venue frapper à la seule porte condamnée, cette idiote ! J'ai dit à Anna que je n'étais pas en mesure de l'aider à rencontrer ce général. Qu'il était trop puissant, trop craint. Je… je lui ai proposé de l'argent. J'avais même des dollars d'une tournée américaine dans la loge…

– Ceux que tu avais dans la main lorsque tu es venue me chercher dans le couloir ? demanda Vera.

– Elle me les avait jetés à la tête, l'imbécile !

C'en était trop. Instinctivement, Dora se leva et gifla Olga à toute volée.

Le chaînon manquant

– Cela me fait deux personnes à retrouver maintenant…, dit Dora. La mère et le fils.

Vera la dévisagea, étonnée.

– Le fils ? Cela me semble presque impossible. Songez qu'Anna a écopé de trente ans de camp pour avoir essayé de percer à jour ce secret. Et sans y parvenir ! Comment pourriez-vous arriver jusqu'à lui, puisque personne ne connaît même son nom…

– Il y a forcément quelqu'un qui sait. Pourquoi pas Sacha ?

Après un bref regard de défi, Dora quitta la margelle du bassin et fit quelques mouvements de natation lents, presque paresseux, dans l'eau très chaude du grand bassin des Bains de Kazan, un de ces établissements à la fois sauna, hammam et piscine d'eau chaude si chers aux Moscovites qui viennent souvent s'y détendre. Dora profita de la température de l'eau pour étirer voluptueusement ses muscles. Elle se dit qu'elle devrait faire un peu de barre, le seul exercice qui la décontractât véritablement.

C'était une idée de Vera de venir aux bains. Malgré la présence d'autres femmes, nues comme elles dans l'eau ou assises à bavarder, enveloppées dans des linges blancs, elles avaient l'impression de prendre un peu de recul et de se débarrasser de la nausée qu'avait soulevée en elles la confession d'Olga Vissetskaïa.

Dora et Vera avaient compris que Leonid avait prise sur Olga et que ce chantage concernait Sacha Kolomiakov. Leonid connaissait un secret que Sacha ne devait pas découvrir. Mais ce qui avait poussé Leonid à aider Dora restait mystérieux. De quoi cherchait-il à se venger ? Quels liens existaient entre le vieux chorégraphe et l'ancien général du KGB ? Quel « cadavre » gisait entre eux ? Qui tenait qui ?

Ce qui avait le plus touché Dora dans le récit d'Olga, c'était d'imaginer la déception atroce qu'avait dû ressentir Anna alors qu'elle avait espéré trouver une aide auprès de son ancienne camarade de l'École de danse du Kirov !

Peu à peu, le caractère d'Anna se dessinait dans son esprit. Une femme assez trempée pour repartir à l'assaut d'une vérité cachée, après chaque libération. Un être que l'adversité – et quelle adversité ! – ne décourageait jamais.

– A votre avis, qu'est-elle devenue après ce rendez-vous avec Olga au Bolchoï ? demanda-t-elle à Vera, qui l'avait rejointe à l'autre extrémité du bassin.

– Si elle a persisté dans la même voie, elle a de nouveau été expédiée dans un camp, cela semble évident. Mais elle en est forcément sortie un jour. Définitivement. Le goulag a cessé pour de bon à la fin de l'époque Gorbatchev. Aujourd'hui, que je sache, à part les condamnés de droit commun, il n'y a plus personne dans les camps. Ou alors, on a essayé de la…

Vera se tut brusquement et détourna la tête. Dora sortit de l'eau et s'enveloppa de son peignoir.

– J'y ai pensé comme vous, dit-elle. Mais j'ai rejeté cette hypothèse. Si on avait voulu se débarrasser d'elle, on l'aurait fait bien avant.

Vera acquiesça.

– A Leningrad en 44 ou 45, surtout. La guerre n'était pas

finie. C'était tellement facile de trouver un motif pour fusiller quelqu'un...

– Alors, après tous ces camps, si elle a survécu, elle est retournée à Saint-Pétersbourg. Pour toutes les raisons que l'on connaît.

Un peu plus tard, dans leur cabine, avant de se rhabiller, Vera proposa à Dora de l'accompagner à Saint-Pétersbourg :

– On ne sera peut-être pas trop de deux. C'est dangereux. D'autant plus que vous êtes à nouveau filée.

– Il n'y a plus aucune raison pour que l'on me suive.

– Raison ou pas, je peux vous certifier que vous êtes surveillée ! J'ai repéré deux types qui nous attendaient en bas de chez Leonid. Ils ne nous ont pas lâchées jusqu'ici, où deux femmes n'ont pas cessé de nous épier depuis notre arrivée.

– Ils finiront par se lasser ! fit Dora, agacée.

– Je n'aime pas ça, dit Vera. D'autant que je ne comprends pas qui a intérêt à agir ainsi.

– Sacha Kolomiakov ?

– Plaise à Dieu que vous vous trompiez ! Car si c'est lui qui est effectivement derrière tout ça, vous ne retrouverez jamais personne ! Ni la mère, ni le fils ! Vous savez, lorsque le KGB voulait absolument effacer les traces de quelqu'un, il ne restait rien de lui. C'était le vide absolu, sidéral. Rappelez-vous Isaac Babel, pour ne citer que lui. Ils ont même eu le cynisme de laisser croire à sa femme pendant des années qu'il était interné dans un camp, alors qu'il y avait longtemps qu'ils l'avaient fusillé... Même de nos jours, Dora, je préférerais que vous n'ayez pas à faire à la police secrète de ce pays. Laissez-moi vous accompagner.

– Non, répondit Dora. Il est des choses que je dois faire seule. Car moi, ils n'oseront jamais me toucher.

Il faisait vraiment trop froid dans cette saleté de capitale que Pierre le Grand avait eu la malencontreuse idée de faire édifier là ! Evgueni partageait l'avis de tous ceux qui, de Pouchkine à Dostoïevski, mais pour d'autres raisons, avaient maudit Saint-Pétersbourg ! Chassé de tous ses abris urbains, Evgueni avait réintégré l'aéroport et réussi à s'inscrire comme surnuméraire dans le personnel intermittent du déneigement. A la demande, avec une pelle, il accompagnait parfois les équipes des chasse-neige qui se mettaient au travail dès que les premiers flocons commençaient à tomber. Du coup, il avait hérité d'un badge qui justifiait sa présence sur les aires d'atterrissage et, en douce, il posait des collets dans les zones herbeuses du terrain d'aviation. Les jours de chance, le braconnage rapportait quelques lapins qu'il troquait contre de la nourriture chaude à la cantine du personnel navigant.

Pour dormir, il s'était installé un sac de couchage dans l'habitacle d'un Iliouchine moyen courrier abandonné dans le hangar n° 10, parce qu'on n'arrivait plus à le réparer, faute de pièces détachées. Evgueni, qui avait fauché sur les établis des électriciens des dizaines de bouts de fil et rabouté ces morceaux les uns aux autres, s'arrangeait pour alimenter un vieux radiateur électrique qu'il avait troqué contre un lapin et deux cartouches d'américaines. Ce n'était pas le luxe, mais cela valait largement le dessous des ponts de Pétersbourg où l'on commençait au matin à ramasser les clochards qui avaient gelé sur place dans la nuit.

Au moins, il était libre et ramenait parfois dans son abri aéronautique une des femmes de ménage affectées au nettoyage de nuit de l'aéroport. A condition de ne pas espérer attirer des candidates au titre de Miss Russie, il y en avait des pas mal du tout. Avec une femme bien serrée contre lui pour partager sa chaleur après l'amour, Evgueni pouvait, en caressant le mamelon d'un sein, rêver à toutes les créatures superbes qui lui avaient jadis accordé leurs faveurs.

Sous la neige, l'avion roulait lentement sur le tarmac de l'aéroport. Dora, le visage collé contre le hublot, pensa à l'homme au chat mort aperçu lors de sa première arrivée à Saint-Pétersbourg. Cela lui semblait si loin déjà...

Occupé à déneiger l'autre côté de la bretelle d'accès, Evgueni ne vit pas Dora, bien qu'il eût contemplé cet avion comme tous les autres ce jour-là. Peut-être y en aurait-il un qui ramènerait sa belle voyageuse blonde, se plaisait-il à rêver parfois, avant de se faire durement rappeler à l'ordre par le contremaître. Tout à l'heure, il irait rôder à la sortie pour essayer de récolter quelques kopecks en portant des valises.

Ce n'est que dans le hall de récupération des bagages que Dora fut accostée. Un homme en civil se présenta et, montrant brièvement une carte de police qu'il avait sortie de sa poche, la pria de le suivre. Prise de crainte, Dora refusa. L'homme insista.

– Et mes bagages ? demanda Dora en désignant le tapis roulant encore vide.

– Nous les récupérerons, dit l'homme d'un ton ferme, veuillez me suivre sans faire de difficultés, je vous prie.

– Il n'en est pas question ! s'écria Dora. Je suis une citoyenne allemande parfaitement en règle ! Si vous voulez voir mon passeport...

Elle élevait la voix en espérant qu'un de ses compagnons de voyage allait réagir, s'intéresser à elle ou prendre son parti. En vain, trop lâches ou voulant préserver leur tranquillité, les gens autour d'elle s'écartèrent.

Un autre homme en civil surgit, accompagné d'un policier en uniforme.

– Pas d'esclandre, mademoiselle Kempf, dit ce dernier après avoir consulté le passeport. Veuillez avoir l'amabilité d'accompagner ces messieurs. Sécurité d'État.

– J'exige de téléphoner à mon consul, rétorqua Dora avec la plus grande fermeté. Ou, si vous préférez le faire, appelez le consulat d'Allemagne et demandez Dornberg, Manfred Dornberg, de ma part.

– Certainement, mademoiselle, nous allons le faire. Par ici…

De la main, il indiquait une direction dans le hall.

Le bureau de police de l'aéroport dans lequel on conduisit Dora et où on la pria de s'asseoir était dépourvu du moindre téléphone. Sourd à ses protestations, le policier en uniforme sortit, la laissant en compagnie des deux civils qui refermèrent la porte à clé et s'assirent sans un mot.

– De quoi suis-je accusée ? demanda Dora à l'un des civils.

Il alluma une cigarette sans même lui demander si la fumée la gênait.

– On ne peut pas me retenir contre mon gré ! s'exclama-t-elle, énervée.

Le second policier en civil eut un geste éloquent des deux mains pour lui faire comprendre que son camarade et lui exécutaient des ordres et n'y étaient pour rien. Mais, lorsqu'elle sortit son téléphone mobile de son sac et commença à composer un numéro, l'autre homme se leva et, venant se planter en face d'elle, tendit la main vers l'appareil de manière tout à fait éloquente. Elle le lui donna rageusement et s'enferma dans un silence distant.

Peut-être avait-elle été présomptueuse lorsqu'elle avait exprimé à Vera sa certitude de ne plus courir de danger…

Lorsqu'un employé de l'aéroport vint lui ramener ses deux valises et les posa près de la porte, Dora pensa subitement que l'on se préparait peut-être à l'expulser. Elle passa en revue les étapes successives de ses recherches, sans découvrir où elle aurait pu contrevenir aux lois russes et être justiciable d'une telle mesure. Mais, elle s'en était aperçue, rien n'était normal dans cet immense pays qui tenait debout par on ne savait quel miracle, malgré la mafia et les luttes de pouvoir.

Pour lutter contre l'angoisse de l'expulsion qu'elle voyait se profiler et occuper son esprit, Dora essaya de récapituler mentalement les différentes étapes de son enquête. Elle avait progressé entre le moment où Peter lui avait révélé l'existence d'Anna et la preuve de son passage à Moscou en 1972. Depuis, elle avait réussi à mettre des traits sur un visage, rencontré un ancien compagnon de détention de la ballerine et mis au jour le drame qu'avait vécu Anna séparée de son enfant. On s'était donné beaucoup de mal pour qu'elle disparaisse à tout jamais et que personne ne puisse retrouver sa trace ! Cependant, Dora avait presque réussi à retrouver la piste. Mais où était le chaînon manquant ?

Elle n'eut pas le temps de poursuivre son raisonnement, car la porte s'ouvrit et deux nouveaux policiers en civil entrèrent dans la pièce. L'un fit signe à Dora de le suivre, tandis que l'autre s'emparait des bagages.

La peur au ventre de se faire repérer par les bagagistes officiels qui l'auraient dérouillé s'ils l'avaient pincé en train de leur voler leur boulot, Evgueni porta le plus vite qu'il put les deux énormes valises d'une vieille Américaine jusqu'à un taxi. Il tendait la main pour recevoir un pourboire lorsque son attention fut attirée par une voiture banalisée de police qui vint s'arrêter un peu trop brusquement devant la porte de service du bâtiment qui jouxtait le parking.

Sans même prêter attention au billet qu'il sentit crisser dans sa main ni dire merci, Evgueni aperçut deux flics en civil sortir du bâtiment et jeter de rapides coups d'œil alentour, puis faire signe à quelqu'un d'avancer. Stupéfait, il les vit escorter jusqu'à la voiture la belle femme blonde aperçue une fois dans l'avion et qui l'avait fait tant rêver. Un troisième policier jeta des bagages dans le coffre. Affolé, Evgueni fourra le billet dans sa poche et fila comme un chat vers l'entrée brillamment éclairée de l'aéroport, où il reprit haleine en regardant la voiture de police s'éloigner. Il hocha la tête. Elle avait de graves ennuis, sa belle inconnue…

Un peu plus tard, la voiture dans laquelle avait pris place Dora s'arrêta sur un parking d'autoroute. Les policiers la prièrent de descendre du véhicule et la convièrent à monter dans une grosse Zil banalisée.

Cette fois-ci, ce n'est pas le siège arrière que l'on désigna à Dora, mais la place à côté du chauffeur, qu'elle reconnut, stupéfaite.

Le Petit Kirov

– Pouvez-vous m'expliquer ce que tout cela signifie ? demanda Dora, coléreuse, à Gregori Vlatchouk, qui avait démarré sans mot dire et conduisait avec dextérité sa voiture banalisée en direction de Saint-Pétersbourg.

Trop occupé à s'assurer dans ses rétroviseurs qu'il n'était pas suivi, le commissaire de police ne daigna pas répondre immédiatement.

– Un peu plus tard, finit-il par dire, soucieux.

Elle n'insista pas et, en signe d'hostilité, lui tourna presque le dos et regarda défiler le paysage.

En arrivant dans les faubourgs de Saint-Pétersbourg, Gregori sortit de l'autoroute et prit un dédale d'avenues et de rues avant de s'engouffrer dans une vaste cour bordée sur trois côtés d'immeubles en ruines. Dora observait le manège en se demandant à quel jeu il jouait.

Le commissaire arrêta sa voiture au milieu de la cour encombrée d'épaves de véhicules divers. Dora le vit se retourner et aperçut en même temps que lui une jeune femme qui refermait le portail en levant le pouce pour indiquer que tout allait bien. Dora reconnut Tatiana, la jeune adjointe du commissaire.

– Je vous en prie..., dit Gregori en ouvrant la portière de Dora et en lui faisant signe de sortir.

Intriguée, elle descendit du véhicule et le suivit dans la cour vers un brasero près duquel il s'arrêta. Tatiana les rejoignit et salua Dora d'un signe aimable de la tête. Au loin, un homme assis sur une caisse jouait sur son accordéon des airs lents mélancoliques qui donnaient à la scène une atmosphère irréelle.

Gregori sortit de sa poche un paquet de cigarettes et en alluma une. Il commença à fumer en tendant les mains au-dessus du brasero.

– Vous pouvez parler devant Tatiana en qui j'ai toute confiance, dit-il.

– Parler ? Il me semble que ce serait plutôt à moi d'attendre une explication, vous ne trouvez pas ? éclata Dora. D'abord, pourquoi m'avoir fait arrêter comme une suspecte par ces policiers, à l'aéroport ?

– Il fallait que ça ait l'air vrai, dit Tatiana. Nous voulions que ceux qui vous filaient aient l'impression que la police de Saint-Pétersbourg avait vraiment quelque chose à vous demander.

– Et c'est le cas ?

– C'est le cas, fit Gregori. Racontez-nous tout ce que vous savez, mademoiselle Kempf. Et, cette fois-ci, ne nous cachez rien.

– Je ne vois pas ce qu'il y a de nouveau depuis que nous nous sommes rencontrés.

Il eut un mouvement d'impatience.

– Vraiment ! Cela ne vous étonne pas d'être filée ? Je suppose que vous allez prétendre que chez vous, en Occident, il vous paraît tout à fait naturel d'être suivie par des inconnus durant tous vos déplacements, vingt-quatre heures sur vingt-quatre ?

– Non, mais…

– Alors, je vous écoute. Ayez l'obligeance de nous rapporter tout ce qui s'est passé. Chronologiquement, depuis votre arrivée dans cette ville.

Comme elle ne se décidait pas à parler, il reprit :

– Je veux bien vous aider, mademoiselle Kempf, mais à la seule condition que vous jouiez franc jeu avec moi. Vous me dites ce que vous savez et je vous dirai ce que j'ai appris.

Il leva la main.

– Et plus de mensonges, je vous prie !

– Je ne vous ai jamais raconté de mensonges.

Il eut un bref sourire ironique.

– Même par omission ? Comme lorsque vous avez prétendu dans mon bureau être allée chez Vladimir Vinovski uniquement pour vous documenter sur le Kirov pendant la guerre et voir des photos d'époque, par exemple…

– C'était vrai !

Les traits de Gregori se durcirent. Il était presque en colère lorsqu'il répliqua.

– Permettez-moi de vous dire, mademoiselle Kempf, que j'ai horreur que les imbéciles me prennent pour un idiot !

Dora resta interloquée par la violence de ces propos. Mais pouvait-elle lui faire confiance ?

– Vous avez une cigarette ? demanda-t-elle pour gagner du temps.

Il lui tendit son paquet et, après lui avoir offert du feu, alluma une autre cigarette pour lui.

– Comment avez-vous su que j'arrivais à Saint-Pétersbourg ? demanda-t-elle enfin.

– A question sotte, réponse stupide ! Par votre consul. Lui-même prévenu par votre ambassadeur.

– Et c'est lui qui vous a prévenu que j'étais filée ?

– Remarquable déduction pour une femme peu habituée à la dialectique policière ! jeta-t-il, railleur.

– Afin de mettre à l'épreuve votre sagacité policière, rétorqua-t-elle du tac au tac, avez-vous pu identifier ceux qui me suivent ?

Toujours coléreux, il jeta sa cigarette dans la neige.

– Puis-je me permettre de vous rappeler que, de nous deux, celui qui est censé poser des questions, c'est moi !

Elle avait déjà sur les lèvres le mot pour le vexer, mais préféra se taire. Se disputer n'avait aucun sens. Gregori était un allié objectif et représentait quand même une chance d'y voir plus clair. Mieux valait tenter de négocier un armistice.

– Nous n'avançons pas beaucoup, n'est-ce pas ?

Il hocha la tête.

– On ne peut pas dire, en effet !

Dora jeta un coup d'œil à l'accordéoniste, puis revint à Gregori.

– Vous me demandez de vous faire confiance…

Gregori se frotta les mains, les porta à sa bouche et souffla dessus à petites bouffées pour les réchauffer.

– Je peux vous faire une proposition honnête, mademoiselle Kempf. Je vais vous révéler un détail que vous ne connaissez pas. Si vous êtes convaincue de ma loyauté, vous me raconterez en échange par le menu tout ce qui vous est arrivé depuis que vous avez débarqué à Saint-Pétersbourg.

– D'accord.

Il prit le temps de ménager son effet.

– Je suis à peu près certain que vous seriez très curieuse de savoir ce que signifie exactement l'expression « *Petit Kirov* ». Est-ce que je me trompe ?

– Non, dit Dora, tous les sens en éveil. De quoi s'agit-il exactement ?

Il sourit.

– Je vais vous y conduire, dit-il. C'est assez loin. En chemin, vous aurez le temps de m'apprendre ce que vous savez. Lorsqu'une de mes informations recoupera la vôtre, j'interviendrai.

Il se tourna vers Tatiana.

– Récupère les bagages de Mlle Kempf et porte-les à

l'hôtel Métropole. Puis retourne au commissariat central et attends-moi là-bas.

La jeune femme acquiesça.

– Nous restons en contact radio, bien sûr, ajouta-t-il à l'attention de Tatiana.

Bien au chaud dans la grosse voiture du policier, qui roulait maintenant vers le nord le long des rivages du golfe de Finlande, Dora, mise en confiance, raconta à son interlocuteur tout ce qu'elle savait.

Lorsque plus tard Dora se rappela cet épisode, il lui sembla se souvenir qu'à ce moment-là de sa quête, elle avait eu l'impression, sinon de toucher au but, du moins d'avoir enfin trouvé une aide efficace, professionnelle. Gregori paraissait avoir un esprit bien organisé. Il accueillait chaque information avec soin, examinant les diverses déductions qu'elle permettait de faire, puis il la rangeait dans son cerveau de manière à pouvoir y avoir accès à chaque instant. On aurait dit un homme qui s'apprête à ajuster les pièces d'un appareil complexe et qui les a toutes étalées devant lui avant de commencer le montage.

Il s'était mis à neiger. Conduisant prudemment, Gregori avait allumé les phares. De temps en temps, il levait une main pour faire taire Dora et ralentissait. Il se penchait alors vers l'avant pour vérifier le chemin à suivre lorsque les flocons, trop denses, lui bouchaient la vue. Puis il se renfonçait dans son siège, accélérait de nouveau et demandait à Dora de reprendre son récit.

Elle en arrivait maintenant aux conclusions de son enquête, au fait que la dernière date à laquelle on avait vu Anna vivante était le 15 novembre 1972 à Moscou. Rencontre où elle avait déclaré qu'on lui avait enlevé, en le disant mort-né, le fils qu'elle avait eu de Peter Muller.

– Voilà ce que j'ai fait, ce qui est arrivé et ce que j'ai appris, conclut Dora, tandis que Gregori s'engageait dans un chemin mal déneigé qui s'écartait de la route principale.

– Un instant…

Il s'arrêta pour vérifier sur un panonceau le nom du chemin.

Il remonta dans la voiture et redémarra.

Après avoir parcouru encore environ huit cents mètres dans une forêt, il s'arrêta de nouveau à un rond-point circulaire, sortit pour aller balayer la neige qui recouvrait une pancarte et revint vers Dora.

– C'est bien ici. Il est impossible d'aller plus loin avec la voiture. Il va falloir que nous y allions à pied, au « *Petit Kirov* ».

– C'est un théâtre ? demanda Dora, dévorée de curiosité.

– Un théâtre ? Oh non !

Il laissa tourner le moteur, mit le chauffage au maximum et entrouvrit la vitre de sa portière.

– J'ai très longtemps cherché un mobile logique au meurtre de Vladimir Vinovski. Le vol était exclu, car le pauvre diable ne possédait rien, sauf effectivement quelques documents photographiques du théâtre Kirov pendant la guerre. Mais il était évident que ce n'était pas pour cela qu'on l'avait torturé. Les meurtriers voulaient qu'il leur révèle quelque chose, avant que vous n'arriviez. Mais quoi ? J'ai tout de suite pensé que vous ne me disiez pas toute la vérité sur les raisons de votre rendez-vous avec lui.

– Il m'avait parlé de ces lettres qu'il avait retrouvées cachées derrière le miroir de la table de maquillage d'Anna au Kirov, je viens de vous le raconter.

– Vous auriez dû vous montrer plus franche lorsque je vous ai interrogée le jour du crime. De toute façon, je ne pense pas que ce soit pour ces lettres qu'on l'a tué. Il voulait vous révéler autre chose, un secret. C'est pour cela qu'il vous avait donné rendez-vous chez lui, loin de Saint-Pétersbourg. Replacez-vous dans le contexte de l'époque de l'arrestation d'Anna Souvorine et réfléchissez au contenu de cette correspondance. C'était juste après l'arrestation de Peter Muller et peu avant celle d'Anna. Ces lettres sont certainement passionnantes sur le plan des relations qu'elle a eues avec votre mari, mais elles ne feront sans doute pas avancer l'histoire d'Anna elle-même. Le secret n'est pas là.

Dora avait du mal à contenir son impatience.

– Il est où, alors ?

– Après l'assassinat de Vladimir, j'ai enquêté sur toutes ses relations, ses amis retraités du théâtre Kirov, les gens qu'il fréquentait, ses camarades d'un club d'échecs qu'il fréquentait assidûment. Sans rien découvrir qui pourrait expliquer sa mort, mais en faisant savoir à son entourage que je ne laisserais pas ce crime impuni et que l'on pouvait venir s'entretenir avec moi en toute discrétion. Environ huit jours plus tard, un vieil homme s'est présenté au commissariat et, avec mille précautions, a demandé à me rencontrer seul à seul, dans la rue, loin des locaux de la police et des micros. Je l'y ai retrouvé. C'était un ami de Vladimir. Il m'a appris que ce dernier était venu le trouver chez lui, la veille de sa mort. Il paraissait très effrayé et avait exigé de son ami qu'il s'engage à respecter une promesse incompréhensible pour lui : « S'il m'arrive quelque chose, jure-moi de faire savoir à la danseuse Dora Kempf que le secret d'Anna se trouve au "*Petit Kirov*". »

– Je comprends maintenant pourquoi Vladimir a rassemblé ses dernières forces pour tenter de me transmettre ce nom avant de mourir ! murmura Dora. Mais j'ai été incapable de l'exploiter. Même Sonia n'a pas compris ce que cela voulait dire. Nous en sommes tout près, n'est-ce pas ?

Il acquiesça. Elle avait soudain une envie folle de savoir.

– Qu'est-ce que c'est, exactement ?

– C'est le nom que, par dérision, Vladimir avait donné à une baraque de pêcheur en bord de mer dont il avait la jouissance. Le vieux m'a expliqué que la cabane se trouve à environ quinze cents mètres d'ici.

Il se pencha et saisit une lampe torche dans la boîte à gants de la voiture.

– Couvrez-vous, il fait froid dehors.

Il coupa le contact du moteur et sortit.

– C'est une baraque dont la porte est peinte en bleu, dit-il en enfilant une surveste fourrée et des gants. Il y a sûrement un nom écrit quelque part, celui de Vladimir ou celui de la cabane.

Ils découvrirent autour d'eux, dans le silence d'une nuit assez claire, l'univers ouaté d'une forêt enneigée enveloppée d'une brume qui rendait l'atmosphère fantomatique. Au bruit régulier du ressac, on devinait non loin la présence de la Baltique.

– Il faut gagner le bord de la plage, dit Gregori, puis remonter vers le nord.

Ils s'éloignèrent de la voiture, se frayant un chemin dans la forêt, faisant craquer sous leurs pas le bois mort recouvert par la neige. Insensiblement, ils se rapprochaient du rivage et on entendait le bruit de l'eau qui battait mollement la plage.

C'est Dora qui crut discerner la première un son autre que les cris lointains, aigus et lancinants des oiseaux nocturnes, sortes de gémissements auxquels la forêt enneigée donnait un écho sinistre.

Elle posa doucement la main sur le bras du policier, le forçant à s'arrêter, puis, l'index posé sur la bouche, lui fit signe d'écouter. Il éteignit la lampe torche et, immobiles tous les deux, ils tendirent l'oreille. C'était, venant de la mer, le bruit sourd d'un moteur diesel appartenant vraisemblablement à un bateau pour le moment invisible dans la brume, qui remontait très lentement vers le nord, parallèlement à eux.

Tout en cherchant à localiser avec plus de précision la

route suivie par l'embarcation, Gregori sortit un pistolet de sa veste fourrée et l'arma silencieusement tout en continuant à écouter : le moteur avait ralenti, bientôt il cessa. Venant de la mer, ils n'entendirent plus que le bruit de l'eau contre une coque, puis un son mat qui ressemblait au crissement d'une masse métallique mordant contre un tas de sable et de neige, le son de l'étrave d'une embarcation abordant le rivage. Au crissement succédèrent un choc sourd et des bruits de pas dans la neige.

Gregori fit signe à Dora de repartir dans la direction d'où ils venaient.

– A la voiture, vite !

Ils s'élancèrent.

Ils n'avaient pas fait cent mètres que des silhouettes encagoulées et armées apparurent. Courant difficilement dans la neige épaisse, Dora, affolée, essaya de les distancer, mais des mains se saisirent tout à coup d'elle. Elle sentit que l'on portait devant son visage une étoffe imprégnée d'une odeur très forte qui lui donna une nausée violente. Les dernières choses qu'elle vit et entendit avant de sombrer dans le néant furent les détonations des coups de feu échangés entre Gregori et leurs poursuivants.

Un trouble amoureux

Lorsque Dora revint à elle, ce fut dans une confusion de sensations agréables et elle prit peu à peu conscience qu'elle était étendue sur un vaste canapé de cuir précieux. On lui avait enlevé son manteau de fourrure, sa veste de tailleur et ses bottes, et ses jambes étaient recouvertes d'un plaid de mohair. Elle découvrit qu'on lui massait les pieds avec douceur. Insistant, léger, caressant, elle ressentit un geste presque sensuel. Un peu plus loin, au son des crépitements, elle devina plus qu'elle ne vit un feu de bois irradiant une chaleur qui l'enveloppait tout entière.

Puis, brusquement, elle se réveilla tout à fait. Elle rencontra alors, rivé sur elle, le regard à la fois attentif et soucieux de Sacha Kolomiakov et voulut immédiatement soustraire ses pieds aux caresses. Elle fit un effort pour se redresser sans y parvenir.

Il se leva et, saisissant une chaise, vint s'asseoir à côté d'elle.

– Reposez-vous encore et surtout, n'ayez pas peur, dit-il d'une voix qui se voulait apaisante.

– Où suis-je ? demanda Dora sèchement.

– Chez moi, à Saint-Pétersbourg. Rassurez-vous, vous ne craignez rien.

– Comme Vladimir ?

Il la dévisagea avec un étonnement qui ne paraissait pas feint.

– Vous ne pensez pas sérieusement que j'ai pu vouloir la mort de cet homme ?

– Et Gregori Vlatchouk, il ne risque rien non plus ?

– Qui, le policier ? Il s'en remettra. Un bon coup sur la tête, d'après ce que l'on m'a dit. J'ai peur qu'il ne se soit quelque peu, comment dirais-je, fourvoyé dans son enquête.

– Et Sonia, l'archiviste du Kirov ? demanda Dora, acerbe, elle s'était sans doute *fourvoyée,* elle aussi, dans ses recherches ?!

Maintenant, Dora avait totalement récupéré et l'urgence faisant loi, elle se voulait combative tout en cherchant à dominer et à dissimuler son angoisse.

– Je vous en prie, n'ayez pas peur, insista-t-il, comme s'il lisait dans ses pensées. Je comprends que, vu les circonstances assez rocambolesques au cours desquelles mes hommes vous ont tirée de ce mauvais pas, vous soyez angoissée. Mais, croyez-le ou non, cela m'est égal, je ne suis pour rien dans ce qui est arrivé à votre amie archiviste, pas plus qu'à l'ancien machiniste du Kirov.

Il se leva sans cesser de la dévisager, semblant choqué qu'elle puisse avoir peur.

– Je comprendrais parfaitement que vous souhaitiez partir. Si tel est le cas, vos bottes sont au pied de ce canapé et vos vêtements sur ce fauteuil. Vous n'avez qu'un mot à dire et mon chauffeur vous raccompagnera à votre hôtel.

Comme peiné plus que vexé, il se détourna brusquement et alla devant la cheminée pour la laisser se rhabiller.

Dora l'observa. Elle revenait peu à peu de sa frayeur et jeta un coup d'œil autour d'elle. Le salon dans lequel elle se trouvait était luxueux, chaud de couleur et, d'une certaine manière, rassurant. Aux murs, des toiles impressionnistes, une étonnante collection de dessins de Bonnard, beaucoup d'esquisses et deux magnifiques toiles de Degas consacrées aux coulisses de la danse. Son regard revint à Sacha qui fumait en silence devant la cheminée. Toujours cette allure sécurisante de lord anglais, pensa-t-elle, avec son chandail en cachemire et son pantalon de flanelle.

De manière étrange, malgré toutes les raisons qu'elle avait de se méfier de lui, elle n'arrivait pas à avoir vraiment peur de lui. Et pourtant, elle aurait dû haïr cet homme qui avait fait tant de mal à Anna. Mais elle voulait savoir ce qu'il avait à dire. C'était plus fort qu'elle et elle avait appris à se laisser guider par ses intuitions.

– Pourrais-je avoir quelque chose à boire ? demanda-t-elle.

Il se dirigea vers une table roulante chargée d'alcools divers et revint avec un verre de cognac qu'il lui tendit, puis retourna devant l'âtre.

Elle s'assit alors vraiment dans le canapé, le dos bien droit, comme toutes les danseuses, les pieds enfouis dans le tapis de haute laine qui couvrait le sol. Elle prit le temps de réchauffer le verre entre ses mains et attendit. La balle était dans le camp de Sacha.

Effectivement, il se mit à parler d'une voix sourde, sans bouger de la cheminée, le regard perdu dans les flammes.

– Croyez-le ou non, répéta-t-il, c'est à cause de ces deux disparitions que je vous ai fait suivre. Dès le début, et surtout depuis le meurtre de Vladimir Vinovski, j'ai craint qu'il ne vous arrive quelque chose.

– Comme vous avez craint pour Anna ! lança-t-elle, acerbe.

– Comme j'ai craint pour elle.

Le ton était étrange, las, teinté d'une sorte de désespoir profond.

Elle le vit aller vers un secrétaire de bois précieux, l'ouvrir et en extraire avec beaucoup de précautions un document qu'il examina avec émotion avant de venir le lui présenter. C'était un admirable portrait en noir et blanc d'Anna Souvorine en ballerine.

– Cette photographie a été prise en 1943, dit-il d'une voix émue, juste après qu'Anna eut recommencé à danser au Kirov. Elle est belle, n'est-ce pas ?

Dora acquiesça, touchée par la grâce et le charme qui se dégageait de l'image.

– C'est moi qui ai pris cette photographie…

Il regarda le cliché, puis dévisagea longuement Dora.

– Comme vous lui ressemblez…, murmura-t-il.

Il vint poser le portrait d'Anna dans la lumière sur une console de bois sculpté et alla prendre dans le même secrétaire une paire de chaussons de danse : ils étaient un peu usés et avaient vraisemblablement été portés par Anna. Il les contempla, puis les mit près du portrait. Dora l'observait en silence. L'aveu qu'il venait de faire éclairait les rapports d'Anna et de Sacha d'un jour nouveau. Elle avait donc posé pour Sacha avant de connaître Peter. Était-ce en toute innocence ? S'était-il passé quelque chose entre eux ? Sacha disait-il la vérité ? Il y avait cependant un point où il ne pouvait tromper Dora.

– Vous l'avez beaucoup aimée, dit-elle.

Il ne répondit pas et commença à marcher lentement dans le salon. Il passait ainsi des zones non éclairées à la lumière, et son ombre se projetait sur les murs, immense par moments. Puis il disparaissait à nouveau, comme absorbé par l'obscurité. Il se mit alors à parler, se laissant aller à ses souvenirs.

– Fin décembre 1944, commença-t-il d'une voix presque inaudible, je combattais sur le front nord qui repoussait les Allemands vers Memel et Kœnigsberg. Nous jetions tout ce que nous avions dans la bataille pour chasser les nazis qui s'accrochaient avec la rage du désespoir à la Prusse-Orientale. Je n'avais aucune nouvelle d'Anna. Ce n'est qu'en rentrant pour une courte permission début mars 45 à Leningrad que j'ai appris de la bouche même des médecins de la maternité d'un hôpital de Leningrad qu'Anna avait perdu la raison lors de son accouchement…

Il s'arrêta et présenta les chaussons à la lumière d'une lampe. Il les observa un instant, puis les reposa avec délicatesse devant le portrait et reprit sa marche et son monologue :

– Quatre détenues, m'a-t-on affirmé, avaient accouché cette semaine-là et peut-être Anna a-t-elle cru entendre les cris de son fils alors qu'il s'agissait de ceux de l'enfant d'une autre femme, comment savoir ? Toujours est-il qu'elle est littéralement devenue folle de douleur en se persuadant qu'on lui avait volé son enfant ; pour elle, le fait qu'il était mort-né n'était qu'une invention. J'ai demandé à la voir, mais elle avait déjà été évacuée dans un centre psychiatrique de Moscou. Lorsque je suis revenu de la guerre, fin juillet 1945, je l'ai cherchée partout et n'ai pu la retrouver qu'en 1948 dans un centre de détention psychiatrique de Crimée. J'ai obtenu la permission de m'y rendre. Je venais d'être promu officier supérieur à cette époque, colonel pour être précis, et cette nomination m'autorisait certaines démarches.

« J'ai retrouvé une Anna presque guérie mais lorsque je lui ai proposé de l'aider, elle a de nouveau cédé à son obsession paranoïaque en m'accusant, moi, Alexandre Kolomiakov, d'avoir fait arrêter celui qui allait devenir votre mari, puis elle par la suite. Et d'avoir, de plus, fait disparaître son enfant ! Le reste, vous l'avez découvert vous-même en vous rendant à Irkoutsk dans ce qui reste de ce camp 249 où elle avait été affectée en 1950…

Dora écoutait, figée. Malgré le plaid, malgré l'alcool, malgré la chaleur de la pièce, malgré le feu qui brûlait dans la cheminée, elle se sentait devenir glacée au-dedans d'elle-même. Elle se leva et alla se placer devant la cheminée. Moins pour chercher la chaleur que parce qu'il lui était absolument impossible de rester assise à écouter ce récit qui bouleversait tout ce qu'elle avait entendu jusqu'à présent.

– J'ai décidé alors de l'aider sans qu'elle le sache, poursuivit-il. J'ai tenté d'adoucir son sort lors de sa deuxième incarcération psychiatrique. Puis plus tard, puisque sa maladie s'aggravait de telle manière qu'à chaque libération elle se précipitait à Moscou pour reprendre auprès du KGB et de l'armée Rouge la recherche de son enfant mort en m'accusant de nouveau devant les tribunaux de le lui avoir volé. A chaque fois, c'est évident, elle était condamnée de nouveau... Il est naturel qu'elle ait communiqué sa conviction aux êtres simples qui l'entouraient. Il était tellement plus facile d'accuser de tous les malheurs d'Anna un homme tel que moi, un officier du KGB…

Il s'arrêta devant un Degas et fixa sans la voir la ballerine qui saluait l'artiste.

– Voilà ce qui est réellement arrivé à Anna Viktorovna Souvorine et que je ne voulais pas que vous appreniez. Je n'ai jamais cessé de savoir où vous étiez, à chaque instant, presque, sauf lorsque vous m'avez joué un mauvais tour dans une station-service sur la route de Saint-Pétersbourg. Mais le soir même de votre rencontre à Irkoutsk avec Vania, l'ancien prisonnier du camp 249, j'étais au courant de votre présence dans cette zone. A ce propos, avez-vous remarqué qu'il n'était pas tout à fait normal, ce Vania ?

Il alla jusqu'à la fenêtre et écarta un instant le rideau pour jeter un coup d'œil sur une avenue éclairée.

– Quant à Olga, qui fut autrefois une très belle femme et une grande danseuse, elle m'a avoué vous avoir mise au courant voici peu de sa rencontre avec Anna en 1972.

Il laissa tomber le rideau et revint vers le portrait d'Anna.

– J'ai tout essayé, murmura-t-il encore. Dieu sait si j'ai aimé cette femme… Oui, Dieu seul sait si je l'ai jalousé, votre Peter !…

Désemparée, mue par une envie singulière de retrouver l'émotion qu'avait suscitée chez elle la première découverte du visage d'Anna, Dora alla à son tour chercher la photographie, la ramena vers la cheminée et la regarda longuement à la lumière dansante des flammes. Il lui sembla que ce jeune visage voulait lui dire quelque chose, lui transmettre un message… Mais lequel ?

– Imaginez mon trouble lorsque je vous ai vue…, murmura Sacha. Vous lui ressemblez tellement… Vous êtes tellement *elle* !

Au son de cette voix presque tremblante, Dora se retourna. Près d'elle, se tenait un homme à l'extrême limite d'un intense trouble amoureux et qui cherchait à la prendre dans ses bras.

– Laisse-moi caresser ton visage, je t'en prie…

Elle se dégagea avec douceur. Dans ses yeux à elle aussi, il y avait des larmes. Des larmes qu'elle ne chercha pas à retenir.

Mais elle se ressaisit et demanda :

– Et Anna, où est-elle aujourd'hui ?

Leurs pas crissaient sur la neige. Dora suivait Sacha Kolomiakov dans les allées d'un cimetière dont les tombes se dressaient comme des menhirs blancs d'où émergeaient parfois les structures métalliques des croix. Sacha s'arrêta devant une tombe qu'on devinait sous l'amas immaculé.

Il s'approcha de la forme neigeuse couchée sur la pierre, ôta son gant et, d'une main précautionneuse, commença à enlever la neige qui recouvrait le relief.

Apparurent alors peu à peu sous les yeux écarquillés de Dora le visage, puis le corps de marbre blanc d'Anna Souvorine que le sculpteur avait représentée grandeur nature, couchée sur la pierre tombale d'un caveau bas de marbre rose.

Ce n'est que lorsque la sculpture fut totalement dégagée de la neige que Sacha enleva l'amas de flocons cachant l'inscription funéraire. Dora put enfin lire :

ANNA VIKTOROVNA SOUVORINE
1926-1978

Sacha se retourna et claqua légèrement des doigts. Un gardien du cimetière apparut, comme sorti de nulle part. Sacha prit de ses mains un bouquet de roses qu'il alla déposer entre les bras de la statue.

– Elle s'est éteinte d'une crise cardiaque au mois de mars de cette année 78, à l'aube, le jour du printemps très précisément, dit-il. Elle n'a pas souffert.

Du temps passa. Sacha respecta l'immobilité et le silence de Dora. Au début, elle n'arrivait pas à croire que c'en était fini de la promesse qu'elle avait faite à Peter. Puis, peu à peu, la réalité de la mort d'Anna se fraya un chemin dans son esprit. Ainsi là, devant elle, au milieu de cet immense cimetière enneigé de Saint-Pétersbourg, sous cette forme de marbre, s'achevait la quête qu'elle avait entreprise des jours et des jours auparavant…

Dora jeta un regard circulaire sur les tombes qui, telles de fantomatiques statues, semblaient la contempler. Puis son regard revint vers la sépulture d'Anna. Elle contempla un instant la sculpture et un frisson la parcourut.

Au loin, sous le ciel gris de plomb transpercé par endroits des rais obliques d'un soleil blanc, on devinait la ville et les bulbes dorés de ses cathédrales. Une cloche se mit à tinter, espaçant ses coups, éloignée, grêle. Dora eut soudain très froid et pensa qu'elle n'avait plus rien à faire dans ce pays.

– Maintenant, je veux rentrer chez moi, dit-elle, plus pour elle-même que pour Kolomiakov.

Résurrection

Sacha Kolomiakov sortit de l'ascenseur et, poussant une porte de verre gardée par un policier à qui il montra un badge, passa sur la terrasse fermée au public de l'aéroport de Saint-Pétersbourg.

Marchant dans la neige sale, il s'approcha de la rambarde et regarda un gros Airbus d'Air France quitter son parking dans un rugissement de moteurs et commencer à rouler vers la piste d'envol. A l'intérieur, derrière un hublot de la partie avant de l'appareil, se trouvait, invisible, Dora.

Cela vaut mieux ainsi, pensa-t-il. Elle repartait apaisée. Il revit le sourire quelque peu forcé qu'elle lui avait adressé avant de disparaître dans la salle d'embarquement. Le même sourire qu'*elle*. Il était à la fois heureux qu'elle s'en aille et désespéré de sentir cette autre Anna lui échapper.

Plus loin sur l'aéroport, sirène en marche, une voiture de police fonçait vers la bretelle d'accès à la piste 027. Elle vint s'arrêter devant un petit attroupement. Deux policiers sautèrent du véhicule et s'approchèrent des membres du personnel de piste qui, à côté d'un chasse-neige, tentaient de maîtriser un homme en guenilles qui se débattait violemment, mais qui se calma en apercevant les uniformes des policiers.

Dans le sifflement de ses deux réacteurs, survint l'Airbus

d'Air France qui dut s'arrêter à moins de cinquante mètres de cet attroupement qui lui barrait le chemin. Les pilotes, mécontents de cet incident venant troubler leur procédure de décollage, aperçurent, médusés, des policiers arrêtés sous le nez de l'avion en train de fouiller un homme en loques. Ils les virent sortir des vêtements informes du clochard trois lapins qu'ils brandirent par les oreilles tout en criant après le coupable. Ils jetèrent le tout, homme et lapins, à l'arrière du véhicule de police, firent dégager la piste et démarrèrent. Evgueni, car c'était lui qui venait de se faire cueillir par la police de l'aéroport, se retourna et, tandis que la voiture s'éloignait, jeta un regard vers l'avion qui recommença à rouler. Il se secoua et pensa à la belle femme blonde qui n'était heureusement pas là pour voir cette arrestation honteuse. Il savait qu'il n'encourait pas grand-chose : les prisons étaient déjà saturées et on évitait de les remplir davantage, faute de crédits pour nourrir les prisonniers ! Après vingt-quatre heures de cellule à jeun, ils le relâcheraient en ville avec défense de remettre les pieds dans l'aéroport. Cela lui était déjà arrivé plusieurs fois. Il n'en mourrait pas.

L'avion français vint s'aligner au bout de la piste 027, puis, sans même faire de point fixe, s'élança sur le béton entre deux talus de neige.

Le visage collé au hublot, Dora sentit le sol se dérober après le tremblement effrayant de l'appareil au roulage sur la piste inégale. Elle retrouva avec plaisir la sensation rassurante d'escalader le ciel dans le doux ronronnement des moteurs.

Au signal de débouclage des ceintures, elle saisit sous son siège un attaché-case. Elle ouvrit une chemise cartonnée et en sortit deux photos. Se faisant face, une toute jeune ballerine du Kirov appelée Anna Souvorine semblait regarder en souriant un soldat allemand de dix-huit ans du nom de Peter Muller. Deux enfants aux destins tragiques qui, aujourd'hui, étaient morts tous les deux…

Elle quitta les photographies des yeux et son regard empreint d'une grande tristesse se posa sur la mer du golfe de Finlande que l'avion survolait maintenant.

Après une collation qui apparut à Dora comme un commencement de retour à l'Occident, à son confort à la fois plus raffiné et plus *normal* – parce que j'en ai l'habitude, au fond, pensa-t-elle –, elle remit les clichés dans l'attaché-case qu'elle rangea à côté de son siège.

Puis elle se surprit à tenter d'échafauder des projets d'avenir immédiat. Aller d'abord en Alsace sur la tombe de Peter. Ensuite, penser aux différents rendez-vous professionnels qu'elle avait dû différer ou annuler. Et, très prosaïquement, reprendre quotidiennement son entraînement à la barre qu'elle avait délaissé et qui lui manquait. Elle se sentit très seule tout à coup, comme désœuvrée. Sans doute parce que l'aventure de la quête était terminée.

Elle ferma les yeux et, dans un demi-sommeil, se plut à évoquer certains moments particulièrement heureux qu'elle avait vécus avec l'homme qui avait été le centre de son existence.

La chef hôtesse la sortit avec douceur de sa rêverie.

– Une passagère de la classe économique demande à vous voir. Elle dit vous connaître, ajouta-t-elle, dubitative, en présentant à Dora un billet d'avion au dos duquel elle put lire le prénom de Tatiana écrit au crayon.

– Mais bien sûr ! répondit Dora, intriguée, en montrant le fauteuil vide à côté du sien. Dites-lui de venir me rejoindre.

Quelques minutes plus tard, Tatiana fit son apparition en jetant à la dérobée des regards curieux sur le luxe de la cabine de première classe. En minijupe et en veste de tailleur, elle n'avait plus rien de la femme policier rencontrée à Saint-Pétersbourg.

– Bonjour, fit-elle en s'asseyant. Voyager dans cet appareil était le seul moyen de vous rencontrer sans éveiller l'attention, car nous avons eu peur que votre hôtel soit surveillé.

Dora la dévisagea, étonnée, comme si Tatiana parlait d'une autre époque, irréelle et déjà lointaine. D'un temps où de mystérieux inconnus la suivaient nuit et jour. Une époque où elle avait encore la certitude qu'Anna était vivante...

– Gregori m'a laissé un message à l'hôtel pour me prévenir qu'il était rentré chez lui sain et sauf, dit Dora. Quant à la découverte de la tombe d'Anna, je lui ai tout raconté au téléphone. J'avoue n'avoir pas eu le cœur de le revoir pour remuer tous ces souvenirs. Peut-être a-t-il pensé que je manquais de courage ?

– Le commissaire Vlatchouk a très bien compris votre chagrin. Mais, en apprenant que vous partiez aujourd'hui, il a absolument voulu que vous preniez connaissance de ceci.

Elle ouvrit une serviette qu'elle portait à la main, en retira une photocopie de ce qui semblait être un document officiel couvert de tampons et de signatures, et la montra à Dora.

– De quoi s'agit-il ?

– D'un rectificatif d'état civil que nous avons fini par trouver dans une autre cachette de Vladimir au Petit Kirov, où nous sommes retournés hier.

– L'état civil de qui ? demanda Dora.

Tatiana eut un geste de la main pour faire patienter Dora, dont la curiosité s'était éveillée d'un seul coup.

– En découvrant ce document parmi d'autres, nous avons compris qu'au fil des années Vladimir s'était livré à une véritable enquête au sujet d'Anna Souvorine. A force de fouiner à droite et à gauche, il avait fini par apprendre par des gardiens de prison qu'elle était toujours détenue à Leningrad fin 1944, et surtout qu'elle était enceinte. Informé après coup qu'elle avait été expédiée au goulag, il a voulu savoir ce qu'était devenu l'enfant auquel elle avait dû normalement donner le jour avant sa déportation. Nous ne saurons jamais pourquoi, puisqu'il a été assassiné, mais Vladimir n'a pas voulu accepter la version de l'enfant mort-né consignée dans les registres trafiqués qu'on a montrés à Anna par la suite.

Dora était abasourdie.

– Mais comment a-t-il fait ?

– Il a certainement dû chercher pendant des années, puis retrouver, harceler de ses questions et acculer à l'aveu le médecin qui avait accouché Anna et menti à son sujet ! Car, en 1990, juste après la chute du régime, un ancien médecin militaire, sans doute délivré de la peur du KGB, a fini par faire une déclaration rectificative officielle auprès du Bureau d'état civil de l'arrondissement de l'hôpital du NKVD où Anna avait accouché.

– Vous voulez dire, s'écria Dora, stupéfaite, que cet homme a reconnu avoir fait à cette époque une fausse déclaration ?

– Parfaitement ! Et devant témoins !

Tatiana brandit la photocopie.

– « Par ce document établi en date du 25 juin 1990, Konstantin Chedrine, médecin-aspirant du NKVD à la maternité de la prison-hôpital n° 14 Gorki au moment des faits, reconnaît officiellement que, le 24 décembre 1944 à cinq heures du matin, il a accouché la détenue Anna Souvorine d'un enfant de sexe masculin. Santé de la mère : satisfaisante, mais faible. Constitution de l'enfant : normale. Témoins : deux anciens infirmiers de service ce jour-là. » Plus loin, l'acte indique le nom des parents.

Le cœur de Dora s'était brusquement mis à battre la chamade. Elle avait le regard rivé sur la main de Tatiana qui, de l'index, suivait les mots au fur et à mesure qu'elle lisait :

– « Moi, Konstantin Chedrine, certifie que la mère de cet enfant était bien la détenue Anna Viktorovna Souvorine, née le 2 novembre 1926 à Leningrad, ancienne danseuse au théâtre Kirov. » Et voici le nom du père : « Muller, Peter, de nationalité française, né le 3 décembre 1924 à Strasbourg dans le département du Bas-Rhin… »

– L'enfant était vivant ! s'écria Dora. C'était donc ça le secret que Vladimir voulait me dévoiler. C'est pour cela qu'on l'a éliminé ! « Il ne faut pas que je meure avant qu'Anna ne sache ! » m'avait-il répété, sans me dire de quoi il s'agissait…

Tatiana reprit le papier.

– Notez bien le numéro matricule donné à l'enfant : SK/24.12.44/5A. Car voici un autre document concernant le sort de cet enfant, tiré celui-là d'un registre officiel et également dissimulé chez Vladimir.

– Qu'est-ce que c'est ?

– Un acte d'adoption par les services sociaux de l'armée Rouge en date du 10 janvier 1945 d'un enfant déclaré né le 24 décembre 1944.

Elle se remit à lire :

– « Services sociaux de l'armée Rouge, circonscription de Leningrad, XXIIe Région militaire… » Je passe les détails, ajouta-t-elle rapidement. Ah ! Voici les termes mêmes de l'acte d'adoption : « Nom d'adoption : Ivan Sergueïev, né le 24 décembre 1944. Confidentiel.secret. Origines de l'enfant : hôpital 14 Gorki NKVD, Leningrad, n^{o} matricule : SK/24.12.44/5A. Mère inconnue décédée à l'accouchement. » Même provenance, même matricule, il s'agit donc bien du fils d'Anna ! conclut Tatiana.

Dora saisit le papier.

– Mais comment diable Vladimir a-t-il pu avoir accès à ce registre ?

– Nous l'ignorons. Je pense qu'il a dû soudoyer quelqu'un et faire photocopier la page dans le service concerné. Mais ce dont nous sommes certains, c'est de l'authenticité du document. Nous avons vérifié.

Après un silence, elle eut une moue amère pour exprimer un jugement de spécialiste :

– Ceux qui ont trafiqué ces documents étaient des professionnels d'une efficacité redoutable. Le classement « confidentiel-secret » rendait impossible toute consultation. En agissant ainsi, personne ne pouvait remonter à la mère...

– C'est vraiment le comble de la duplicité ! s'écria Dora. Dans ce document-ci, c'est Anna qu'on a fait périr en mettant son enfant au monde. Et à elle, on lui disait que c'était son fils qui était mort-né...

Une idée lui traversa subitement l'esprit : c'était dans l'autre sens qu'elle devait aller ! Vers la Russie, puisque le fils d'Anna s'y trouvait et que l'on connaissait son nom ! C'est en Russie qu'elle devait le chercher pour lui apprendre qui étaient ses parents.

– Quelle est la prochaine escale ? demanda-t-elle à Tatiana.

– Berlin, mais cela ne vous avancera à rien, répondit Tatiana, qui avait deviné où Dora voulait en venir. Ivan Sergueïev ne se trouve plus en Russie...

Intriguée, Dora fronça les sourcils.

– Nous avons vite reconstitué la carrière de cet Ivan Sergueïev. Passé par les jeunesses communistes soviétiques, les komsomols, il a fait de brillantes études et il est devenu un des jeunes astrophysiciens les plus cotés d'URSS, membre du Parti, très tôt membre de l'Académie des Sciences de l'Union soviétique. Vers la fin des années soixante-dix, on manque de nouvelles de lui.

– Il a disparu, lui aussi ?

– Non, absolument pas. Comme il fallait aller vite, Gregori Vlatchouk s'est souvenu de votre amitié pour cette journaliste, Vera Semoniova, et il s'est permis de lui téléphoner de votre part.

– Il a bien fait, et alors ?

– Alors, il est inutile de revenir à Moscou...

Dora la dévisageait, tendue.

– En 1974, en effet, Ivan Sergueïev a fait défection et il est passé à l'Ouest à l'occasion du XVe Congrès d'astrophysique de Toronto.

Elle fouilla dans sa serviette, puis tendit une feuille de papier à Dora.

– C'est un fax de Vera pour vous datant de ce matin.

Dora s'empara du message et se mit à le lire :

Chère Dora,

Je suis triste en pensant au chagrin que vous avez dû éprouver en découvrant qu'Anna était décédée en 1978. Dites-vous que vous avez au moins réussi à retracer sa vie jusqu'au terme de son terrible calvaire. Je suis néanmoins heureuse de ce que m'a appris Gregori Vlatchouk au sujet du fils d'Anna. Grâce à ce commissaire, qui m'a l'air d'un homme intelligent, vous allez maintenant pouvoir avancer sur le chemin des retrouvailles avec Ivan Sergueïev.

D'après ce que j'ai pu savoir en consultant les archives russes et après quelques heures d'Internet, cet Ivan Sergueïev est un brillant astrophysicien qui, après sa défection, a d'abord enseigné à l'université de Toronto, puis dans diverses universités américaines (voir la liste ci-dessous), dont le très célèbre Massachusetts Institute of Technology (MIT) de Boston. Il a ensuite travaillé pour la Nasa et a failli décrocher le prix Nobel de physique en 1987 pour des travaux sur une explication globale du phénomène des trous noirs (si j'ai bien compris !). Il doit, si mes informations sont bonnes, enseigner actuellement à l'université de Californie de San Francisco ou peut-être à Berkeley. Je me renseigne le plus vite possible et je vous faxe le fruit de mon enquête au numéro que vous m'avez donné à Paris. Tatiana Mosjoukov, l'adjointe de Gregori Vlatchouk, vous remettra la photo de cet Ivan Sergueïev qu'elle sait où trouver dans un vieux *Newsweek* qu'elle doit pouvoir se procurer à Pétersbourg. Elle vous en apportera une photocopie.

Dans l'espoir d'avoir très vite de vos nouvelles, sachez que je reste entièrement à votre disposition.

Dans cette attente et celle de vous revoir, je vous embrasse comme je vous aime,

Vera.

Dora replia le fax.

– Vous avez pu retrouver cette photographie ? demanda-t-elle, dévorée de curiosité.

Tatiana eut un petit sourire et fouilla à nouveau dans son porte-documents.

– Je n'ai pas intérêt à retourner à la bibliothèque municipale de Pétersbourg, fit-elle, car je suis tombée sur une fonctionnaire bornée, très ancien régime, qui n'avait pas encore reçu la permission écrite de laisser photocopier un magazine américain ! Vous vous rendez compte ! J'ai dû attendre qu'elle ait le dos tourné pour arracher carrément la page de la revue !

Elle tendit à Dora une grande enveloppe, que cette dernière décacheta rapidement, le cœur battant.

En découvrant les traits d'Ivan Sergueïev, Dora ne peut retenir un léger cri de surprise.

– Qu'y a-t-il ? demanda Tatiana.

Saisie, Dora ne répondit pas tout de suite, puis se décida enfin :

– Je n'avais pas du tout pensé…

– Vous n'aviez pas pensé à quoi ? demanda Tatiana.

– Je n'avais pas pensé que… qu'il pouvait ressembler à son père…

– N'est-il pas normal qu'un fils ait parfois les traits de son père ? s'étonna ingénument Tatiana.

– Si, si, bien sûr…, balbutia Dora en remettant la photographie dans son enveloppe.

D'un coup d'œil, Tatiana avait perçu l'émotion qui avait envahi Dora. Elle devina que son interlocutrice désirait être seule. Elle se leva et, avec un petit geste de la main, prit congé.

– Je reviendrai vous voir avant Berlin où je descends pour repartir vers Pétersbourg, fit-elle.

Restée seule, Dora sortit de son sac une très belle photographie de Peter qu'elle aimait et qui ne la quittait jamais. Elle la rapprocha de la photographie d'Ivan Sergueïev qui, sur le cliché de *Newsweek*, devait avoir à peu près le même âge.

Ce n'est qu'en voyant les larmes qui tombaient sur les deux images placées côte à côte, si incroyablement ressemblantes, qu'elle s'aperçut qu'elle pleurait…

L'avion amorçait sa descente vers Berlin. Dora avait dit au revoir à Tatiana, qui quittait le vol à cette escale.

Toujours prostrée, Dora jetait par le hublot de l'avion un regard indifférent à la ville où elle était née. Berlin n'éveillait plus en elle aucune émotion. Ses pensées revenaient sans cesse vers le désespoir qu'avait dû éprouver Anna avant de s'éteindre. Malgré les combats acharnés qu'elle avait menés pour retrouver son fils, elle était morte sans jamais l'avoir revu…

Pèlerinage à Mittelsheim

En descendant de voiture, Dora remarqua que la forêt de sapins qui entourait le cimetière sur ses trois côtés était déjà blanche. La neige semble me poursuivre, avait-elle pensé en arrêtant sa grosse Mercedes devant la grille du cimetière de Mittelsheim où était enterré Peter. Même pour l'Alsace, l'hiver était précoce.

Elle gravit une allée et s'approcha du caveau de la famille Muller. Elle commença par aller jeter les vestiges des bouquets de fleurs qui dataient des obsèques. En revenant devant la dalle de marbre, elle dégagea de sa main gantée la neige couvrant les lettres dorées gravées en creux composant le nom de Peter. Elle fit aussi tomber la fine couche de poudreuse qui recouvrait sa photographie émaillée.

Puis elle se concentra. Elle avait tant à lui raconter depuis qu'elle l'avait laissé là, sous la pierre froide. Mais quelque chose la gênait. Elle mit tout d'abord cet embarras sur le compte de l'impression étrange qu'un laps de temps infini s'était écoulé depuis la mort de Peter. Cependant, ce n'était pas si ancien. Trois mois à peine ! L'enterrement avait eu lieu les premiers jours de septembre et elle était partie en Russie début octobre… Dora avait la sensation de revenir d'une autre planète, de la planète Russie, avec le souvenir de ses camps, sa pesanteur, son immensité, et une partie de sa population toujours tétanisée par soixante-quinze ans de régime totalitaire. Pourtant, elle y avait rencontré des jeunes comme Vera, Feodor, Gregori ou Tatiana, qui construisaient déjà une autre Russie sur les décombres de l'ancienne. Des hommes et des femmes pleins de vitalité et de courage qui, sans nier le passé, évitaient de trop y penser pour mieux rebâtir. Et si elle avait lu dans les regards des plus âgés une résignation un peu fataliste, les yeux des plus jeunes brillaient d'une soif de savoir et d'entreprendre, et d'un éclat qu'elle n'avait vu nulle part ailleurs.

L'inquiétude indéfinissable qu'elle avait ressentie en débarquant en France avait perduré après qu'elle eut poussé la porte de son domicile parisien. En parcourant les pièces de l'hôtel particulier de l'île Saint-Louis, elle avait éprouvé la sensation bizarre et parfaitement contradictoire de pénétrer dans ces lieux pour la première fois. Alors que chaque objet, chaque meuble, chaque bibelot avaient été choisis par elle ou par Peter, ou ensemble... D'où venait donc ce malaise ? Elle continuait d'éprouver une sensation d'irréalité. Comme si le temps s'était dilaté. Elle se demanda brusquement si cette perception de la durée avait modifié sa relation avec la mémoire de Peter... Étrangement, il lui parut impossible de répondre à cette question.

Pour combattre cette gêne diffuse, Dora avait décidé de faire le chemin depuis Paris jusqu'en Alsace en voiture. De cette manière, avait-elle pensé, elle aurait le temps de retrouver progressivement ses habitudes, ses réflexes, ne serait-ce que linguistiques, vis-à-vis de ce pays dans lequel elle habitait depuis vingt ans maintenant.

Ici, devant cette tombe, en poussant son introspection, Dora avait tout d'abord constaté que sa vie se divisait en trois parties distinctes. Il y avait eu une première époque qui courait jusqu'à la disparition de l'homme aimé ; puis une seconde qui avait démarré avec la mort de Peter et le début de la quête d'Anna, période qui s'était achevée devant une autre tombe, à Saint-Pétersbourg. Maintenant démarrait une troisième partie de son existence, dont elle ne savait pas de quoi elle serait faite, sauf à chercher d'abord cet Ivan Sergueïev, le dernier maillon de la chaîne. Dora ne doutait pas un instant qu'elle allait le retrouver aux USA. Elle le ramènerait alors devant les sépultures de ses parents, et la bouche serait bouclée.

Ce n'est qu'après un long moment qu'elle crut comprendre ce qui n'allait pas. Si elle était dans cet état, se dit-elle, c'est parce qu'elle se sentait coupable de n'avoir pu, malgré elle, tenir la promesse qu'elle avait faite à Peter sur son lit de mort : celle de retrouver Anna et de lui transmettre son ultime message d'amour. Pauvre Peter, sa conviction ultime qu'Anna était toujours vivante avait été cruellement démentie par les faits…

Soudain, seule dans le minuscule cimetière désert de Mittelsheim, elle revit l'image de Sacha Kolomiakov qui lui apparut comme un personnage lointain, sorti d'un roman du temps de la guerre froide. Un être malfaisant, capable de tout.

Puis son esprit abandonna l'ancien général du KGB et son regard se détacha du caveau de Peter pour errer jusqu'à une sépulture voisine visiblement préparée pour un enterrement et dont la pierre tombale était posée sur le côté. Le regard de Dora s'attarda machinalement sur la terre fraîche tout autour de l'excavation…

Soudain, une idée traversa avec fulgurance son esprit. Et une subite et violente rage intérieure l'envahit, s'emparant d'elle tout entière. Quelle folle, quelle dupe stupide, quelle imbécile naïve elle avait été !

Elle fouilla dans sa poche, en sortit son téléphone mobile et, après avoir fébrilement consulté un calepin, composa un numéro.

– Allô, le commissariat central de Saint-Pétersbourg ? fit-elle. Passez-moi le lieutenant Gregori Vlatchouk ! Vite ! C'est urgent ! Très urgent !

Un étrange tombeau

Les deux silhouettes poussèrent sans bruit la grille de l'entrée et pénétrèrent dans l'enceinte enneigée. Une lampe torche s'alluma et son puissant rayon balaya les allées d'un cimetière.

– Dans quelle section ce serait ? demanda l'homme.

– Je ne sais pas, répondit la femme, il faut chercher...

Les deux silhouettes hésitèrent, puis se décidèrent à emprunter l'allée de droite. Devant chaque tombeau, le couple s'arrêtait et le faisceau de la lampe s'efforçait de déceler le nom de ceux qui y étaient inhumés. Quelquefois, la neige en couche trop épaisse dissimulait les inscriptions funèbres et l'homme s'avançait pour la déblayer de sa main gantée afin de lire les noms des défunts. Ensuite, ils repartaient et examinaient la tombe suivante.

Ils arrivèrent enfin devant un caveau bas. Sur la pierre tombale recouverte de neige, une forme allongée semblait dormir.

– C'est sûrement là, murmura la femme. Dora m'a parlé d'une gisante...

Tatiana, car c'était elle, éclaira Gregori, qui s'avança vers la tombe. De sa main gantée, il déblaya la neige. Le visage d'Anna leur apparut ! Bientôt, la danseuse de pierre fut découverte en entier, et Gregori et Tatiana purent lire le nom de Souvorine au-dessus de la statue.

Malgré elle, Tatiana était impressionnée. Gregori s'était glissé sur le côté du caveau.

– Approche ! appela-t-il à voix basse.

Tatiana le rejoignit. Il lui prit la lampe des mains et attira son attention sur les veines du marbre du plateau sur lequel reposait la statue.

– Donne, fit-il en tendant la main.

Elle sortit de la poche de sa parka un marteau et le lui passa. Il saisit l'outil et lui redonna la lampe.

– Éclaire-moi bien !

Comme pour sonder la pierre, il se mit à donner de petits coups discrets sur le flanc de la tombe, en partant de la base et en remontant lentement le long de la paroi. Bientôt, il poussa un petit cri de triomphe.

– Quoi ? fit Tatiana, excitée.

Sans même répondre, il donna un violent coup de marteau et le flanc du tombeau se fendit, laissant apercevoir les échardes d'une planche de bois qui finit par se casser sous ses coups redoublés. Gregori acheva de creuser un trou dans la paroi. Puis il arracha un petit morceau de contreplaqué qu'ils examinèrent, abasourdis. C'était du bois peint façon marbre. Gregori dirigea alors le faisceau lumineux sur le socle de la tombe et, à travers le trou, examina attentivement l'intérieur.

– Dora avait raison ! s'écria-t-il. C'est creux !

Il se releva.

– Elle est vide, cette tombe ! s'exclama-t-il en montrant le caveau. C'est du toc ! Un décor de cinéma ! Une sépulture bidon ! Tu te rends compte jusqu'où il est allé, ce salaud, pour convaincre définitivement Dora qu'Anna était morte ?

Il vit Tatiana bouger dans l'obscurité.

– Qu'est-ce que tu fais ?

– J'appelle Dora, bien sûr ! dit Tatiana en attrapant son téléphone portable. Si tu avais vu dans quel état elle était quand je l'ai retrouvée dans cet avion et qu'elle croyait Anna morte ! Elle doit être rentrée à Paris, à l'heure qu'il est…

– Aide-moi d'abord à camoufler tout ça. Personne, tu entends bien, personne ne doit savoir que nous savons…

Une plage à Malibu

Que l'on soit célèbre ou de condition modeste, les formalités de douane et du contrôle d'immigration américains sont interminables et Dora dut attendre une bonne heure dans les couloirs de l'aéroport Kennedy de New York avant d'apercevoir le bon visage de Milton qui, au loin, la hélait d'une main tenant un journal. Elle était impatiente de retrouver ce vieil ami qui l'avait accueillie ici même voici déjà presque vingt ans, lorsqu'elle était venue danser pour la première fois aux États-Unis.

Ce n'est que lorsqu'elle voulut l'embrasser qu'il sortit de derrière son dos son autre main, qui tenait un bouquet de roses magnifiques.

– C'est un honneur pour le New York City Ballet de vous accueillir, mademoiselle Kempf, dit-il, cérémonieux, en tendant les fleurs. Et, pour être moins protocolaire, une immense joie pour moi de vous revoir, Dora.

Il l'embrassa affectueusement et recula un peu pour mieux l'observer.

– Je suis heureux de constater que vous avez l'air d'aller bien. Vous êtes très belle. Mais ce n'est pas une nouveauté…

Il rit et l'entraîna vers le hall de réception des bagages. A un moment, il s'arrêta et, maladroit comme les timides, très ému, il lui serra brièvement mais fortement le bras.

– J'ai eu vraiment beaucoup de peine pour vous, Dora. Peter était un type tellement extraordinaire… A moi aussi, il me manquera énormément.

A quelque distance du couple, l'observant à la dérobée, un citoyen américain des plus anonymes parlait dans un téléphone mobile. Ce qui n'avait rien d'extravagant dans cet aéroport où cinq ou six mille personnes devaient faire pareil au même instant. Ce qui était plus étonnant, c'était la teneur de son propos :

– Non, je ne sais pas encore dans quel hôtel elle est descendue. Son arrivée était annoncée par le *New York Times,* qui précisait seulement qu'elle serait accueillie par un certain Milton Stewart, le directeur du New York City Ballet, où elle vient participer à un jury. Ce doit être le type qui est avec elle en train d'attendre ses bagages. Il a dû venir la chercher avec une voiture. Nous avons des gens au parking. Maintenant que je suis sûr qu'elle est arrivée, je vais passer le relais à Roy, comme convenu. Qu'elle aille d'abord du théâtre ou à l'hôtel, nous ne la lâchons pas. Je vous rappelle dès que Roy l'a prise en charge.

Il coupa la communication et fit semblant d'aller attendre une valise près de Dora, se penchant avec impatience au-dessus du tapis roulant qui véhiculait les bagages. Il en profita pour écouter la conversation.

– Qu'est-ce que je pourrais faire pour vous convaincre de danser encore ? était en train de dire Milton Stewart, tout en guettant les valises du coin de l'œil.

– Je suis trop vieille et vous le savez bien !

Milton leva les yeux au ciel avec une mimique d'indignation drolatique.

– Oulanova a dansé jusqu'à plus de cinquante ans et la Vissetskaïa était encore sublime bien plus tard !

– Je m'en souviens, fit Dora, que le nom ramena à une tout autre réalité.

– Elle était sensationnelle dans *Giselle,* non ?

– Certainement, dit Dora, laconique.

Étonné que Dora n'ait pas apprécié davantage la performance d'Olga, Milton lui jeta un coup d'œil rapide, puis repartit à l'assaut :

– C'est *Le Lac des cygnes* que vous devriez reprendre. Vous seriez formidable ! Pourquoi pas ici, à New York, la saison prochaine ?

– Non, Milton. Quand une danseuse sent que sa carrière est sur le point de se terminer, il lui faut savoir arrêter à temps. Juste avant que l'on ne dise de vous que vous êtes *encore* très bien…

Son sourire céda la place à une considération plus technique :

– Nous autres danseurs ne sommes pas comme les peintres, les écrivains ou les musiciens qui créent jusqu'à leur mort. Les spectateurs oublient toujours la partie purement physique, je dirai athlétique, de notre art. C'est comme un nageur ou un coureur de cent mètres. Il y a un sommet après lequel il ne peut que décliner.

– Vous ne craignez pas de vous sentir seule sans la danse ?

– Mais la danse ne me quitte pas ! rétorqua-t-elle. La preuve, ce jury auquel vous avez eu la bonté de m'inviter. Et puis, l'Opéra de Paris me fait des propositions. Celui de Berlin également, maintenant que cette ville va redevenir la capitale de l'Allemagne. Et j'ai un autre projet plus personnel : je voudrais créer un ballet. J'ai presque l'argument et une idée de chorégraphie. Il ne me manque que le musicien, rien que ça ! Mais, voici mes bagages…

Un peu plus tard, en voiture, tandis que le massif des gratte-ciel de New York se profilait à l'horizon, après que Milton l'eut mise au courant des différentes candidates qu'elle aurait à juger, elle le prévint qu'elle ne resterait en ville que le temps du concours. Elle devait se rendre en Californie.

– A Hollywood ? Pour la danse ? demanda Milton, curieux.

– Non. C'est tout autre chose qui m'emmène vers la côte Ouest. Une affaire personnelle.

Il eut un petit geste de courtoisie, pour bien montrer que cela ne le regardait en rien, et changea de sujet :

– Vous m'avez parlé tout à l'heure d'une idée d'argument pour un ballet. Quel en est le thème ?

– L'amour et la ressemblance. Un homme tombe éperdument amoureux d'une femme et la perd.

– Un peu comme dans *Le Lac des cygnes*...

– Pas du tout. Dans *Le Lac*, Odile est envoyée sous les traits d'Odette pour abuser Siegfried. Dans mon histoire, il n'y a aucune tromperie. Des années plus tard, l'homme rencontre une autre femme, qui est le sosie de celle qu'il a perdue. Ce n'est pas du tout la même femme, mais elle ressemble tant à la première qu'il ne peut s'empêcher de tomber amoureux de nouveau.

– Et ensuite ?

– Ensuite, je ne sais pas encore.

Par la fenêtre, elle regardait distraitement défiler les avenues.

– Je ne connais pas encore la fin de l'histoire...

Il est très tôt sur la plage de Malibu où un homme dans la cinquantaine, en bermuda, fait son jogging. Un chien s'élance et s'amuse à le poursuivre, courant joyeusement derrière lui en aboyant.

L'homme s'arrête et chasse avec douceur le chien qui, penaud de ne s'être pas fait un nouvel ami, regagne sa belle maison sur pilotis du balcon de laquelle son maître l'appelle.

L'homme au bermuda a un geste amical vers le propriétaire du chien et repart en direction de sa propre demeure. Il jette un coup d'œil à la mer qui, basse, roule paresseusement de petits rouleaux sur le sable. Deux mouettes passent en rase-mottes avec un cri plaintif. Ce sera une belle journée, pense l'homme.

Soudain, une silhouette féminine apparaît au loin au balcon de sa maison et crie en agitant un bras. L'homme au bermuda devine qu'elle veut parler d'un téléphone qu'elle brandit en faisant mine de le porter à son oreille.

L'homme remercie, s'arrête, sort un portable de sa poche, l'agite en direction de la jeune femme pour faire signe qu'il a compris, connecte son appareil, le porte à son oreille et répond :

– Un appel d'où ?... De New York ?... Bien sûr. Qui êtes-vous, je vous prie ?... Dora Kempf ?... Comment ?... Mais si, je sais très bien qui vous êtes !... C'est bien moi, oui ! Si, si, Ivan Sergueïev, le physicien. Que puis-je pour vous ?

Ivan Sergueïev

En montant dans le taxi qu'elle avait commandé à la réception de l'hôtel Beverly Wilshire pour l'emmener chez Sergueïev, Dora apprécia le climat de la côte Ouest qui la changeait des paysages neigeux dans lesquels elle venait de vivre. Elle goûta le ciel bleu, la vue des palmiers et des pelouses vertes qui bordaient les rues de Beverly Hills. Quand tout cela sera fini, j'irai passer trois semaines sur une plage tropicale, décida-t-elle. Pourtant, elle n'aimait pas Los Angeles où elle était déjà venue deux fois. La ville lui semblait appartenir à un autre monde, totalement dédié au cinéma et à la télévision, trop loin de son univers chorégraphique. Et puis, l'époque qui l'aurait fascinée, celle des comédies musicales de Gene Kelly et Vicente Minelli, était finie. Il est vrai qu'elle n'y avait jamais vraiment été appelée pour travailler et on lui avait toujours dit que la ville elle-même n'était supportable que si l'on y avait une prestation professionnelle précise à y accomplir.

La première fois qu'elle était venue, cela avait été pour décliner l'offre d'une *major company* de cinéma qui lui proposait une fortune pour interpréter son propre rôle dans une histoire romancée de sa vie.

La seconde, pour rencontrer Barychnikov, afin de mettre au point avec lui un ballet qu'ils devaient créer ensemble plus tard dans la saison. Si elle avait dû entreprendre ce voyage en Californie, c'était parce qu'il était en train d'achever en studio le tournage d'un film qui avait dû rendre fous les dirigeants du Kremlin de l'époque, puisqu'il relatait l'évasion d'URSS d'un danseur soviétique.

A cette occasion, il lui avait raconté, à elle, la jeune dissidente de RDA, que depuis son propre passage à l'Ouest les Soviétiques avaient tout fait pour le couper (exactement comme ils avaient agi avec Noureev) de tout contact avec ses anciens camarades du Kirov ou du Bolchoï lorsqu'ils venaient danser aux États-Unis. Par exemple, un jour, il avait dû faire livrer anonymement des fleurs à Olga Vissetskaïa dans sa loge au Metropolitan de New York, en prenant soin de faire enlever toute trace possible de provenance du bouquet, afin qu'elle n'ait pas d'ennuis avec les sbires du KGB qui contrôlaient les déplacements des danseurs soviétiques à l'étranger. A Moscou, Olga avait d'ailleurs déjà raconté à Dora l'enfer des premières tournées à l'étranger des ballerines soviétiques, où non seulement elles étaient surveillées par des « accompagnateurs » musclés qui empêchaient toute défection, mais où les dollars de leurs cachets leur étaient confisqués par l'État pour leur laisser à peine de quoi acheter un hot dog...

Pour avoir localisé Malibu sur un plan de Los Angeles et de sa région, Dora savait que la demeure de Sergueïev était située le long de la mer, un peu au nord de la mégalopole en remontant la côte du Pacifique. Aussi ne s'inquiéta-t-elle pas trop lorsque le chauffeur engagea son taxi sur une autoroute urbaine. Elle pensa qu'il était plus rapide de faire ce détour en empruntant cette voie express, dont elle n'avait pas eu le temps de relever le numéro.

Ce n'est que lorsqu'elle put lire le nom de Lincoln Boulevard, et s'apercevoir que l'on avait quitté la direction du nord-ouest pour se diriger plein sud dans les rues d'un quartier inquiétant, qu'elle commença à trouver la situation bizarre. Pensant tout d'abord qu'il n'avait pas compris la bonne adresse, elle se pencha vers le conducteur et lui demanda pourquoi il empruntait cet itinéraire.

Comme il semblait ne pas avoir entendu, elle éleva la voix et tapa sur l'épaule de l'homme, qui non seulement ne répondit pas mais appuya sur un bouton du tableau de bord. Sortant de la banquette, une vitre de séparation s'éleva silencieusement, isolant Dora dans l'espace arrière de la voiture. Déconcertée, puis inquiète, elle regarda à l'extérieur et décida de descendre du véhicule à son prochain arrêt à un feu rouge. Lorsqu'elle jugea le moment propice, elle s'aperçut avec angoisse que les portières n'avaient pas de poignées et qu'il n'y avait aucune commande pour descendre les vitres arrière !

Elle se mit alors à taper de toutes ses forces contre les vitres dans l'espoir d'attirer les conducteurs et les passagers des autres voitures. Mais les gens se contentèrent de se détourner, et certains de rire et de s'esclaffer devant cette folle qui, sans que l'on puisse rien entendre, criait à l'arrière d'un taxi tout en tapant contre la vitre de la portière avec sa chaussure… Il y avait tellement de gens bizarres à Los Angeles ! Dora pouvait apercevoir, se reflétant dans le rétroviseur, le visage brutal et buté du conducteur.

Le taxi accéléra son allure dans les rues étroites d'un quartier qui sembla à Dora de plus en plus inquiétant. Puis, après un dernier virage sur les chapeaux de roue, le taxi s'engouffra dans une cour et s'arrêta dans un crissement de freins devant un hangar de tôle ondulée. Le chauffeur klaxonna trois fois. Le rideau de la porte commença à se lever lentement.

C'est à cet instant que plusieurs voitures surgirent dans un hurlement de sirènes et vinrent entourer le taxi, dont le chauffeur s'enfuit et disparut au coin du hangar. Dora entendit des coups de feu, tandis qu'un homme en uniforme lui criait avec des gestes brusques de se baisser. Puis d'autres coups de feu retentirent et enfin, soudainement, le silence se fit.

Dora ne redressa la tête que lorsqu'un jeune policier en civil ouvrit la porte de la voiture et l'aida à se relever et à sortir du véhicule.

– Los Angeles Police Department, détective Rob Taylor, se présenta-t-il en tendant une plaque de cuivre. Veuillez nous excuser, madame !

Il fut bientôt rejoint par son chef, un capitaine qui, après avoir réitéré ses regrets pour ce dénouement mouvementé, lui expliqua qu'ils essayaient depuis quelque temps de mettre la main sur ce chauffeur qui, avec une bande organisée, avait pris la fâcheuse habitude de kidnapper puis de dépouiller les étrangers en visite à Los Angeles.

Une voiture de police, ajouta-t-il, était à sa disposition pour la conduire en toute sécurité là où elle souhaitait se rendre.

Malibu se présentait sous l'aspect d'une route coincée entre une plage exiguë et des collines escarpées. Dominant la mer, dissimulées de la route par des hautes palissades, des maisons en bois sur pilotis laissaient deviner des volumes confortables et une architecture ultramoderne. Perpendiculaires au *freeway*, des plates-formes servaient d'aires de parking à des automobiles luxueuses. C'était le quartier résidentiel d'été de tout ce que la Cité des Anges comptait de célébrités. A chaque « élite » ses datchas de bois, pensa ironiquement Dora.

La voiture de police s'arrêta devant le n° 3214, l'adresse qu'avait donnée Sergueïev à Dora. Un taxi stationnait déjà devant la porte. Le policier en civil jeta un coup d'œil circonspect vers le véhicule, puis attendit pour repartir que Dora ait sonné et qu'on soit venu lui ouvrir.

Une jolie femme au visage avenant se tenait devant Dora.

Pieds nus, elle était en short, une chemise d'homme nouée par les deux pans de devant lui servant de corsage.

– Elaine Curtiss, se présenta-t-elle avec un sourire.

– Je suis…

– Dora Kempf ! Je vous reconnais, fit Elaine gaiement. Je vous ai vue danser au Met' à New York il y a dix ans. Ivan vous attend au salon. Je vous prie de m'excuser de ne pas vous accompagner, mais avec tous ces coups de téléphone, si cela continue comme ça, je vais rater mon avion !

Elle montra un escalier.

– Par là, indiqua-t-elle. Vous descendez un étage !

Éblouie par la vue de la mer et du soleil déclinant qui éclairait le vaste salon vitré dans lequel elle déboucha, Dora n'aperçut pas tout de suite Sergueïev.

Ce n'est que lorsqu'elle se fut habituée à la violence du contre-jour qu'elle distingua un homme qui lui tournait le dos, debout sur le balcon dominant la mer. Il n'avait pas dû entendre la sonnette d'entrée et fumait tranquillement, accoudé à la rambarde de bois, le regard perdu en direction de l'océan.

Dora traversa le salon et s'avança jusqu'à la porte du balcon. Surpris par le bruit, Sergueïev se retourna et sourit en reconnaissant Dora.

– Je vous prie de m'excuser, je ne vous avais pas entendue venir… Heureux de vous accueillir chez moi.

Puis il fronça les sourcils, interloqué devant l'expression de cette femme dont il avait vu des dizaines de photographies, mais qu'il rencontrait pour la première fois en chair et en os. Elle lui semblait avoir subi un choc en le voyant !

– Quelque chose ne va pas ? s'inquiéta-t-il.

– Non, non, dit Dora, qui avait repris le contrôle d'elle-même. Tout va bien…

Déboulant dans le salon toujours pieds nus, Elaine fit une entrée fracassante. Vêtue maintenant d'un élégant tailleur sombre, elle tenait un escarpin d'une main. Elle semblait à la fois surexcitée et perdue.

– Je ne sais pas où j'ai mis l'autre ! s'écria-t-elle en montrant la chaussure. Je vous prie de m'excuser, Dora, mais je manque à tous mes devoirs !

Elle saisit une grosse pomme argentée et alla la déposer sur une table chargée de bouteilles.

– Il y a des glaçons plein ce machin, lança-t-elle à Dora, et elle ajouta pour Ivan : Avec tout ce que j'ai mis dans le frigo, tu as de quoi tenir un siège de deux semaines. Après, tu te débrouilleras !

Elle s'approcha de lui et l'embrassa sur les deux joues.

– Souhaite-moi bonne chance !

– Tu n'en as pas besoin, tu seras parfaite ! Mais je te souhaite la plus belle réussite dans tes nouvelles fonctions.

– Alors, je me sauve ! Le taxi attend dehors avec les bagages.

Elle vint serrer la main de Dora, embrassa une dernière fois Ivan sur une joue et s'élança dans l'escalier après un dernier geste dans leur direction.

– Au revoir ! cria-t-elle encore.

Ivan regardait en souriant l'escalier où elle avait disparu.

– Une véritable tornade, non ? commenta-t-il.

Il hocha la tête, puis regarda Dora.

– Elaine et moi avons été mariés pendant dix ans, dit-il. Nous venons de divorcer, mais nous restons très liés. Elle part rejoindre son premier poste d'attachée culturelle américaine dans une de nos ambassades à l'étranger.

Il invita Dora à le suivre jusqu'à un angle de la vaste pièce, où des canapés et des fauteuils recouverts de toile claire formaient un coin salon.

Il la fit asseoir, lui proposa un verre et, debout devant un guéridon chargé de bouteilles, s'absorba quelques instants dans la confection de deux cocktails.

Dora l'examinait avec la plus extrême attention. Elle

avait beaucoup de mal à cacher son trouble. Devant elle, manipulant des bouteilles, coupant avec soin deux fines rondelles de citron et piquant des olives avec un petit bâtonnet, elle aurait juré que c'était Peter qui s'activait !

Tout se brouillait dans son esprit. Les plans qu'elle avait échafaudés pour lui annoncer le plus délicatement possible les informations stupéfiantes le concernant s'effondraient. Par où fallait-il commencer ? Attention ! Ne pas être trop brusque ! Lui parler de qui d'abord ? De sa mère ? De son père ?

Il n'avait évidemment pas remarqué la tempête qui l'agitait. Il se retourna vers elle, lui tendit son martini dry, s'assit à son tour et, avec bonne humeur, leva son verre vers elle pour porter un toast.

– A nous, tout simplement, puisque je ne sais pas encore pourquoi une étoile a tellement insisté pour rencontrer un astrophysicien !

Sans se quitter des yeux, ils burent une petite gorgée. Puis Dora posa son verre et sortit de son sac le portrait de Peter, qui ne la quittait jamais. Elle hésita un instant, et le lui tendit.

– J'aimerais que vous jetiez un coup d'œil sur cette photographie...

Intrigué, il acquiesça, saisit le portrait et examina soigneusement le document.

Il releva la tête et la regarda, surpris au plus haut point.

– Puis-je vous demander, mademoiselle Kempf, comment il se fait que vous possédiez une photographie de moi que je ne connais pas ?

– Il ne s'agit pas de vous... mais de votre père.

– De mon père ?

– Oui, de votre père. Il s'appelait Peter Muller. Il était originaire de Strasbourg, dans cette partie de l'est de la France que l'on appelle l'Alsace.

– C'est impossible, voyons ! Personne n'a jamais connu

mon père ni ma mère. Je suis orphelin de guerre. Et qui plus est russe de naissance !

– Votre mère était effectivement russe, et vous êtes né à Leningrad, précisa-t-elle.

Il se leva brusquement, profondément troublé.

– Mon père ! Ma mère ! Que me racontez-vous là ? Et puis, comment sauriez-vous qui je suis vraiment ?

– Parce qu'il y a presque vingt ans j'ai épousé celui qui était votre père.

– Mon père ?

– Absolument. Peter Muller, votre père.

– Et pourquoi ne m'a-t-il pas cherché ?

– Parce qu'il ne savait même pas que vous existiez…

FBI et CIA

Une averse de grêle semblait mitrailler les baies vitrées d'un bâtiment officiel de Virginie. Hochant la tête avec dégoût devant cette fin d'automne qui sentait trop vite l'hiver, un homme dans la soixantaine présenta son badge à l'entrée de l'aile Opérations du building de la CIA à Langley.

Après un détour dans son bureau pour ramasser les documents photographiques dont il avait besoin et consulter le dernier e-mail de son ordinateur, il enfila le couloir de la sous-direction du département Analyse et retrouva Jim et Linda dans le bureau de cette dernière.

Tous deux se levèrent pour lui serrer la main et lui présentèrent un homme d'une quarantaine d'années au visage avenant.

– Joseph Malkowciz, FBI.

– Bernie Hackford, CIA, fit le dernier arrivant.

Ils s'assirent autour de la table et Linda prit la parole :

– Je vous prie de m'excuser de l'heure tardive de cette réunion, mais Jo m'a appelée pour me faire part d'une affaire qui pourrait être liée à un cas dont vous vous êtes occupé autrefois, Bernie.

– Linda vient de m'apprendre que c'est vous, enchaîna Malkowicz, qui avez traité un dissident soviétique du nom d'Ivan Sergueïev lors de son passage à l'Ouest, dans les années soixante-dix.

– Affirmatif. Il s'agit d'un physicien qui a fait défection en janvier 74 à Toronto. Je l'ai ensuite nursé jusqu'à ce que les Tovaritchs le laissent tranquille.

Il fit circuler une photographie d'Ivan Sergueïev datant de cette époque.

– L'ambassade soviétique a fait un scandale terrible pour que nous le leur rendions. Nous avons évidemment refusé. Ils ont alors essayé de l'éliminer plusieurs fois, ce qui était curieux, car contraire aux règles tacites qui existaient entre nous quant aux demandes d'asile politique. Nous lui avons fait obtenir en couverture des chaires dans diverses universités de Nouvelle-Angleterre alors qu'en réalité il travaillait pour la Défense. Je me suis occupé de lui de très près pendant plus de deux ans. C'est un type extrêmement sympathique. Et puis, avec le temps, les choses se sont tassées. Mais il n'a jamais cessé d'être surveillé par nous. De très loin, évidemment, puisqu'il n'a plus accès à des informations sensibles et qu'aujourd'hui nos astronautes et ceux d'en face s'envoient en l'air ensemble… Il aurait des ennuis ?

– Lui, non. Mais il vient de se produire quelque chose qui pourrait le concerner et qui nous a laissés perplexes. Connaissez-vous une danseuse du nom de Dora Kempf ?

Il sortit de sa serviette une photographie récente de Dora, que Linda regarda avant de la passer à ses deux confrères.

– Elle a été une des vedettes de la danse classique des années soixante-dix et quatre-vingt, fit-elle. C'est une ex-dissidente d'Allemagne de l'Est, si mes souvenirs sont bons. Pourquoi ?

– Parce qu'il vient de lui arriver une chose curieuse, alors qu'elle se rendait en taxi d'un hôtel de Los Angeles jusque chez Sergueïev, précisément, à Malibu où il possède une résidence d'été.

– Elle est peut-être une de ses amies ? suggéra-t-elle.

– A mon avis, non. Mlle Kempf nous a dit venir de New York pour lui rendre visite, dit Jo. Mais ils ont pu se connaître avant. Sergueïev est un type très célèbre. Il a failli avoir le Nobel, il y a une dizaine d'années, lorsqu'il enseignait au MIT. Et elle est venue danser plusieurs fois à New York et en Nouvelle-Angleterre. Ils ont pu se rencontrer à cette époque-là dans un cocktail.

– Que s'est-il passé exactement ? demanda Bernie.

– Une bande de types ont voulu l'enlever. Sans doute pour la supprimer. Nous lui avons raconté, bien entendu, qu'il s'agissait d'un gang local qui dépouillait les touristes fortunés. Mais la réalité est tout autre.

– Une « famille » de la côte Ouest ?

– On ne sait pas encore, justement, répondit Malkowicz. Nous sommes en train de cuisiner un faux chauffeur de taxi et surtout un de ses complices, un certain Warren Talbot, un tueur travaillant au contrat. Ce qui nous a intrigués, c'est que son nom est déjà lié à une série de meurtres commis dans plusieurs États, d'où l'aspect fédéral de l'enquête.

– Il me semble en avoir entendu parler, dit Bernie Hackford.

– Une quinzaine de personnes ont été abattues aux quatre coins du pays, reprit Jo. Il n'existait apparemment aucun rapport entre les meurtres. Sauf le *modus operandi* qui était toujours le même : enlèvement de la victime, puis meurtre sans demande de rançon. Nous étions dans le cirage jusqu'au jour où l'un de nos agents a eu l'idée de vous consulter. D'après vous, dans au moins onze de ces quinze cas, il pourrait s'agir d'anciens agents dormants de l'ex-KGB.

Jim, le troisième homme, intervint :

– Vous voulez dire que les Russkofs seraient en train de liquider un réseau d'agents dormants ? Je ne vois vraiment pas pourquoi ils se donneraient la peine d'engager des tueurs. Pour supprimer des agents dormants, il suffit de ne pas les réveiller !

– Quitte à me répéter, dit Bernie, Sergueïev ne présente pas la moindre utilité pour eux, puisque cela fait des lustres qu'il ne travaille plus pour la NASA ou la Défense. Il s'occupe maintenant de trous noirs et de quasars...

– Il y a quand même des faits troublants, insista Jo. Nos services d'immigration ont remarqué sur le passeport de Dora Kempf qu'elle revient d'un voyage en Russie. Elle en est sortie par Saint-Pétersbourg, il y a tout juste cinq jours.

– Vous pensez qu'elle aurait un message pour lui ? demanda Jim. De nos jours, c'est tellement plus simple de téléphoner ou d'envoyer un fax !

Linda, qui parcourait un document, leva la tête.

– Pas si on a quelque chose à remettre en main propre. Je relève dans ce dossier une chose qui pourrait être intéressante, Bernie. Saviez-vous que l'ex-femme de Sergueïev, une certaine Elaine Curtiss, vient d'être nommée attachée culturelle à notre ambassade de Moscou ?

Bernie hocha la tête. Il était apparemment au courant. Linda regarda de nouveau son rapport.

– C'est peut-être une coïncidence, mais elle part rejoindre son poste en Russie aujourd'hui. Sur un Washington-Moscou direct.

Un silence s'installa que rompit l'agent du FBI :

– Cela fait quand même beaucoup de coïncidences russes autour de cet ex-dissident, vous ne trouvez pas ?

– Voudriez-vous suggérer, Jo, demanda Bernie, que les Russes auraient essayé de supprimer cette danseuse pour l'empêcher de rencontrer Ivan Sergueïev et de lui transmettre un message ? Tout cela me paraît tiré par les cheveux. J'avoue ne pas voir de rapport entre un éminent professeur d'astrophysique de l'UCLA, même ex-dissident soviétique, et une danseuse étoile…

– Il aime peut-être tout simplement les jolies dames, votre ex-dissident, intervint Jim en montrant la photographie de Dora. Celle-ci est superbe.

– C'est un homme qui a effectivement beaucoup de succès auprès des femmes, dit Bernie. Pour en revenir à votre souci, Jo, ce n'est pas du tout le genre d'Ivan Sergueïev d'être en relation avec l'ancien KGB. D'autant que je l'ai rencontré il y a moins d'un mois à LA. S'il avait été approché par eux récemment, il m'aurait prévenu. C'est un type réglo.

– Je crois que Bernie a raison, fit Jim. Pourquoi faudrait-il y voir la main des Russes ? Je parle des services officiels, pas de la mafia moscovite.

– Mais celle de qui, alors ? demanda l'homme du FBI.

– Je ne sais pas. Par contre, la présence de votre tueur autour de lui me déplaît infiniment, déclara Bernie.

Il se tourna vers sa supérieure.

– Je voudrais mettre immédiatement en route une surveillance discrète, Linda.

– Allez-y et soyez vigilant, Bernie, lança-t-elle en se levant, puis elle dit à Malkowicz : Je compte sur vous pour que le FBI et la CIA jouent le même match, pour une fois. Nous restons en contact, n'est-ce pas ?

Jo Malkowicz acquiesça. Ils quittèrent tous le bureau de Linda et Jim s'en alla avec elle.

Bernie Hackford indiqua l'extrémité d'un couloir à Jo Malkowicz.

– Puis-je vous offrir au passage une tasse du café le plus dégueulasse de tout le pays, Jo ? C'est à la fois offert gratuitement par la Maison et sur le chemin de mon bureau…

Go West

La nuit était tombée sans que Dora et Ivan s'en soient aperçus. Le salon n'était plus éclairé que par la lune qui s'était levée, pleine et lumineuse.

– Vous avez été étonné que j'insiste pour vous rencontrer, dit enfin Dora, mais il me paraissait difficile de vous écrire ou de vous exposer tout cela au téléphone.

Sans un mot, Ivan se leva et alla donner de la lumière. Il semblait encore empreint de l'étrangeté de tout ce qu'elle venait de révéler. Il avait l'air à la fois impressionné et presque incrédule.

– Et je ressemblerais à ce point à mon père ?

– Assez pour qu'en vous rencontrant tout à l'heure j'aie eu l'impression de l'avoir en face de moi...

Dora était beaucoup plus troublée qu'elle ne voulait bien le montrer. Elle avait d'ailleurs apprécié que la pénombre ait graduellement envahi la pièce, lui dissimulant peu à peu les traits de son interlocuteur. Mais, lorsqu'il avait allumé, le choc n'en avait été que plus brutal. De même que d'autres avaient dû se faire à sa ressemblance avec Anna, elle allait devoir s'habituer à avoir en face d'elle le sosie de Peter...

Elle se leva, alla se verser un grand verre d'eau et, pour dissiper le trouble qui grandissait en elle, sortit se réfugier dans l'obscurité du balcon, où elle s'accouda contre la rambarde, laissant son regard errer sur la mer.

Avant de se briser sur la plage, les crêtes des vagues étincelaient un instant sous la lune. Ivan vint la rejoindre et alluma une cigarette.

C'est insensé, remarqua-t-elle, il a le même geste que Peter pour protéger l'allumette du vent !

Lui-même ne ressentait pas le besoin de parler. Il était presque intimidé. Cette très jolie femme accoudée à ses côtés avait été l'épouse de son père. Elle avait partagé peines, émotions et plaisir avec l'homme qui lui avait donné la vie et qui, à présent, avait disparu. Quel lien de parenté pouvait-il exister entre elle et lui ? Il découvrit que, socialement, elle était sa belle-mère. Il faillit éclater de rire. Il préférait la considérer beaucoup plus simplement comme une femme qui avait vécu avec son père.

Dora hésita avant de lui poser la question :

– Avant de quitter l'URSS, avez-vous cherché à savoir de qui vous étiez le fils ?

– Bien sûr que oui. D'après ce que j'ai pu apprendre, j'étais le fils de combattants de Leningrad. Quels combattants ? ai-je demandé. Je ne voyais aucune raison de ne pas savoir de quelles victimes de guerre j'étais l'enfant, comme beaucoup de mes petits camarades de l'orphelinat qui connaissaient les noms de leurs parents, tués au combat ou tombés sous les balles et les bombes allemandes. Adolescent, on m'a répondu que j'étais un enfant retrouvé miraculeusement vivant, après le bombardement d'une des gares de Leningrad.

– C'était habile. Vous étiez ainsi le fils de gens de passage, donc d'inconnus. C'était une réponse tout à fait crédible, dont vous pouviez vous contenter.

Il acquiesça.

– A ma majorité, j'ai cherché à en savoir plus, mais on

m'a répondu que les registres de l'époque de ma naissance avaient été détruits.

Il tira une dernière bouffée de sa cigarette, l'éteignit et la jeta sur la plage.

– Mais depuis que vous m'avez raconté tout ça, il y a des choses qui s'expliquent mieux.

– Par exemple ?

– L'impression que j'ai toujours eue qu'une main inconnue me protégeait durant toute la période de ma scolarité.

– Qu'entendez-vous par « protéger » ?

– Ce n'est peut-être pas le mot exact...

Il réfléchit un instant, puis enchaîna :

– J'ai toujours été bon élève. Très bon, même. C'est souvent le cas chez les adolescents que la vie a laissés seuls et qui n'ont rien à quoi se raccrocher, à part quelques rares éducateurs de bonne volonté. Ces enfants deviennent des gens très bien ou des voyous. Cela dépend des dispositions naturelles de chaque individu. Bref, j'étais bon élève. Mais cela ne suffit pas toujours pour suivre le meilleur cursus. Or, j'ai souvent eu l'impression que des gens particulièrement bienveillants s'occupaient de moi.

– Vous voulez dire que l'on facilitait vos études ?

– Ce n'est pas comme cela que ça se présentait. Je travaillais dur, plus dur que les autres. Mais je sentais confusément qu'au moment où je devais faire des choix, on me guidait vers la meilleure solution, la meilleure décision, au sujet de mes diplômes, les meilleures filières scientifiques, les meilleurs instituts de recherches, les meilleures places.

– A quoi avez-vous attribué ces avantages à l'époque ?

– Au début, à la chance. Plus tard, à mon mérite. J'ai eu en effet un moment la vanité de croire que l'on voulait pousser un jeune communiste particulièrement doué. Je ne voyais aucune autre explication. Puisque j'étais un enfant trouvé, qui aurait bien pu vouloir s'intéresser à moi ?

Elle frissonna. Il s'en aperçut et l'invita à rentrer.

– Je me conduis très mal. Cela fait des heures que nous parlons et je ne vous ai rien offert à manger. Vous n'avez pas faim ?

Il fit coulisser une paroi mobile du salon et découvrit une pièce contiguë qui se révéla être une salle à manger-cuisine ultramoderne.

Ils s'activèrent entre le réfrigérateur et la table et réunirent ce qu'il fallait pour un repas froid.

– Vous ne pouviez évidemment pas penser à Sacha Kolomiakov, dit Dora.

– De toute façon, je n'avais aucune raison de croire qu'il pouvait s'intéresser à moi de quelque manière que ce fût.

– Vous saviez qui il était ?

– Dans notre domaine, chacun était au courant qu'existait parmi les gens haut placés une sorte d'éminence grise du Comité central, un général du KGB du nom de Kolomiakov. Mais pratiquement personne ne connaissait son visage. Qui, à part Staline, Khrouchtchev, Brejnev et les autres sommités qui se sont succédé à la tête du Parti et du gouvernement, aurait pu mettre un visage sur ce nom ?

Il repoussa son assiette et lui proposa une cigarette qu'elle refusa.

Ils rangèrent la vaisselle dans la machine à laver.

– Repassons dans la grande pièce, proposa-t-il.

Elle le suivit et alla s'asseoir, tandis qu'il débouchait une bouteille de vin blanc et remplissait deux verres. Il lui en tendit un.

– A quoi ressemble physiquement Kolomiakov ? demanda-t-il.

– A Mountbatten ! répondit-elle du tac au tac.

– A lord Mountbatten ? Le dernier vice-roi des Indes ? Celui qui fut assassiné par l'Ira irlandaise ?

– Cette ressemblance avec Mountbatten s'est imposée à moi spontanément ! C'est la réflexion que je me suis faite dès que je l'ai vu. Kolomiakov a l'air tellement britannique pour un Russe !

– Alors, ce ne peut être que lui ! s'exclama-t-il.

– Qui, lui ?

– Un général du KGB qui a eu une très curieuse réaction à mon égard juste avant que je ne parte pour un congrès qui se tenait à Toronto...

« Imaginez-vous l'Académie des Sciences de l'URSS à Moscou en janvier 1974, commença-t-il. Un grand bazar avec des dorures partout et un mélange extravagant d'authenticité et de poudre aux yeux. Cette docte assemblée réunissait tout ce que l'Union soviétique comptait de savants. Les vrais et tous les charlatans bien vus du régime. Comme Lyssenko, par exemple, qui avait persuadé Staline qu'il pouvait soumettre aux exigences de la productivité marxiste les lois de Mendel pour l'hybridation des plantes et centupler la production de blé et de maïs ! Je ne sais pas si vous êtes au courant, mais il y a des gens qui sont allés au goulag pour avoir soutenu que Lyssenko n'était qu'un imposteur. Beaucoup plus grave, suite à ses promesses de récoltes de céréales mirifiques, il y a eu de terribles famines et des dizaines de milliers de gens sont morts d'inanition.

– Les charlatans, nous en avons aussi connu, en RDA, commenta Dora. Mais vous, au milieu de tout cela, que faisiez-vous ?

– Je travaillais à la recherche appliquée de la physique spatiale et j'étais devenu un bon spécialiste de niveau mondial. Dans la mesure où la nature de notre propre travail ne nous amenait pas de problèmes éthiques, contrairement à des gens comme Sakharov qui a eu des doutes à partir de la bombe H qu'il avait contribué à mettre au point, on nous laissait politiquement plutôt en paix. Ce n'est que lorsque nous nous sommes mis publiquement à repenser le régime et à vouloir l'infléchir que nous avons été inquiétés. Moi, en 1974, dans mon département des satellites, j'avais de surcroît des problèmes d'informations…

– Quel genre d'informations ?

– Pour faire évoluer n'importe quelle recherche scientifique, voyez-vous, il est nécessaire de savoir où en sont vos homologues des autres nations. Or, nous n'avions quasiment pas de contacts avec nos semblables de l'Ouest. Nous posions des questions précises à nos supérieurs et nous avions souvent la réponse par des « communications scientifiques » du KGB, qui n'étaient ni plus ni moins que le résultat de l'espionnage soviétique qui marchait très bien. Mais, peu à peu, à force de réclamer, nous avons obtenu de participer au mouvement scientifique international et notamment à divers colloques et congrès qui se tenaient de par le monde. Évidemment, c'était toujours sous bonne garde et nos collègues étrangers ironisaient souvent sur certains de nos « assistants techniques » à la carrure massive et au QI voisin de zéro !

Il sourit. Dora l'écoutait, voulant se faire une idée exacte du trajet qui avait conduit Ivan jusqu'en Californie.

– Bref, le régime se méfiait terriblement de ses scientifiques. Ce soir-là, ceux d'entre nous qui avaient été choisis pour se rendre au XVe Congrès d'astrophysique de Toronto étaient réunis dans un salon de l'Académie pour fêter le départ. On a fermé les portes et un homme en civil est entré, quelqu'un que personne ne s'est donné la peine de nous présenter autrement que par son grade. « Maintenant, nous a-t-on simplement dit, le camarade général va s'adresser à vous. »

– C'était Sacha Kolomiakov ? demanda Dora.

– Après ce que vous m'avez raconté de son allure, je suis absolument certain que c'était lui.

– Pourquoi ?

– Parce que, une fois son discours terminé, le petit speech traditionnel sur l'espionnage américain, suivi des menaces habituelles sur les épouses et enfants qui restaient en URSS au cas où des maris seraient tentés de passer de l'autre côté, ce général en civil est venu prendre un verre avec nous en se faisant présenter un par un les membres de notre délégation. Au moment d'arriver vers moi, le général en question n'a pu retenir une sorte de sursaut en me découvrant.

« Votre nom ? Votre origine sociale ? m'a-t-il demandé sèchement. Ivan Sergueïev, physicien, membre de l'Académie des Sciences, orphelin de l'armée Rouge, camarade général », ai-je répondu. En entendant mon nom, une sorte de haine à peine voilée a traversé son regard et il s'est brusquement détourné pour passer aux collègues suivants.

– Il avait inopinément découvert que vous ressembliez à Peter ! s'exclama Dora. Et, en vous voyant, sa rancune a resurgi. Vous étiez la réplique vivante de l'homme qu'il accusait de lui avoir volé la femme qu'il aimait. Vous deveniez immédiatement haïssable, c'était plus fort que lui ! Mais vous, vous ne pouviez pas comprendre !

Ivan se leva et, saisissant le portrait de Peter que Dora avait laissé sur la table basse, l'examina avec émotion.

– Je dois doublement remercier cet homme qui, non content de m'avoir donné la vie, me l'a sans doute sauvée trente ans plus tard, murmura-t-il.

– Pourquoi ?

– Cet incident, dû comme vous le dites à la ressemblance qui a tant agacé Kolomiakov, a sans doute été la goutte d'eau qui a fait déborder le vase. Il m'a poussé à choisir la liberté plus vite que je ne le croyais.

– Vous y aviez déjà pensé, mais ce que vous avez lu ce soir-là sur le visage de Kolomiakov vous a décidé à agir, c'est ce que vous voulez dire ?

– Pas tout à fait. Le 24 janvier 1974, un avion nous a emmenés vers Toronto. Je dois dire qu'à bord l'atmosphère était à la gaieté. Tous les membres de la délégation, hommes et femmes, y compris les accompagnateurs musclés, s'étaient agglutinés à l'avant pour boire de la vodka en avalant du caviar à la louche ! L'avion ne pouvait plus faire demi-tour et tout le monde était ravi de cette escapade à l'Ouest, même provisoire. Nous avions une telle soif de savoir comment c'était de l'autre côté !

« Moi, j'étais resté assis dans mon siège, seul au fond de l'avion, et, une bouteille de vodka calée contre l'accoudoir de mon fauteuil, un crayon et un bloc-notes à la main, j'essayais de peaufiner la solution d'un problème de dérive orbitale lente qui me tracassait depuis des jours et sur lequel je devais faire une communication, au congrès. Boris, un de mes amis physiciens de la Cité des Étoiles, est venu s'asseoir à côté de moi et a voulu commencer à discuter du problème. J'étais agacé, car il avait un verre à la main et paraissait éméché. Mais j'ai vite compris qu'il jouait au type qui avait un peu trop bu. En fait, il essayait de repérer s'il y avait des micros cachés autour de nous. Dans le doute, il s'est emparé de mon crayon et de mon bloc couvert d'équations et il a écrit quelque chose. En récupérant mon carnet, je me suis aperçu qu'il avait habilement mélangé aux calculs quelques mots qui me disaient qu'il était plus qu'urgent pour moi de profiter de ce voyage à l'Ouest pour passer de l'autre côté. J'étais en train de réfléchir à cette idée lorsque nous avons entendu une voix au-dessus de nos têtes : « Alors, toujours au travail, camarades physiciens ? »

« C'était, penché sur nos sièges, un homme de la sécurité qui était venu surveiller ce que nous complotions ! Je me souviens que Boris lui a répondu le plus sérieusement du monde en lui montrant le carnet couvert d'équations que nous calculions notre trajectoire balistique pour savoir où notre avion allait s'écraser lorsque les pilotes auraient fini leur caisse de vodka.

« Le kagébiste est parti, impressionné. J'ai voulu alors en

savoir plus sur ce qui motivait Boris. « Pourquoi *maintenant* ? » ai-je écrit sur le bloc. Pendant cette réception, Boris avait surpris le fameux général en train de parler de moi à voix basse au chef de notre délégation en lui demandant d'annuler mon départ. Heureusement, ce dernier avait argué du fait de ma réputation internationale et de la communication scientifique annoncée à Toronto pour obtenir que je reste du voyage. Mon prestige scientifique m'avait sauvé. Boris me conseillait donc vivement de profiter de ce congrès pour tirer définitivement ma révérence à l'URSS.

« Je lui ai dit que j'allais réfléchir. J'avais confiance en lui, mais on ne se méfiait jamais assez à cette époque-là, c'était devenu une seconde nature. Il pouvait toujours s'agir d'une provocation.

– Donc, vous êtes passé à l'Ouest pendant ce congrès.

– Oui. Et, paradoxalement, le fait d'être orphelin était une chance. Comme j'étais de surcroît célibataire, ils n'avaient personne sur qui se venger en cas de défection de ma part. Ni père, ni mère, ni femme ou enfants.

Il se leva et fit quelques pas dans la pièce, pensif.

– Je réalise à cet instant que cet incident à l'Académie des Sciences avec Kolomiakov m'a sauvé la vie. Vu mes convictions, que je croyais pourtant avoir tenues secrètes, si j'étais revenu de Toronto, j'étais bon pour le goulag.

Il alla jusqu'à la table à alcools et revint avec la bouteille de blanc. Il remplit le verre de Dora et le sien. Il était grave et ému.

– Nous devons porter un toast, dit-il.

– A quoi ? demanda Dora, en saisissant son verre.

Il hésita un instant, puis se décida :

– A cette ressemblance qui m'a sauvé. A mon père.

Elle choqua son verre contre le sien et trempa ses lèvres dans le vin en pensant qu'il était loin de se douter à quel point cette ressemblance était troublante.

Le téléphone se mit à sonner. Ivan alla décrocher.

Au ton de sa voix, elle comprit qu'il s'agissait d'un coup de fil d'Elaine Curtiss. Elle détacha son regard de lui en se disant qu'il fallait qu'elle arrête immédiatement de comparer les gestes d'Ivan avec ceux de Peter. Mais aussi, pourquoi avait-il exactement la même manière de caler le combiné entre sa tête et son épaule afin de libérer ses mains pour prendre des notes ?

Elle se leva. Elle s'efforçait de s'intéresser aux titres des volumes qui garnissaient une bibliothèque, lorsqu'elle l'entendit raccrocher et revenir vers elle.

– C'était Elaine, se crut-il obligé d'expliquer. Elle a des appréhensions : c'est la première fois qu'elle part en poste à l'étranger à ce niveau de responsabilité.

Il alla enfiler une veste de toile posée sur un fauteuil.

– Si nous allions marcher un peu sur la plage ? proposa-t-il. Je viens de penser que cette jalousie que Kolomiakov a entretenue à mon égard par personne interposée vient éclairer beaucoup d'autres choses que personne n'avait jamais comprises jusqu'à aujourd'hui...

– Par exemple ?

– Le fait qu'on ait essayé de me tuer...

Devine qui vient te tuer...

Dora et Ivan marchaient sur la plage. Au loin, vers le sud, scintillaient les lumières de Los Angeles dont on percevait la rumeur sourde. Eux n'entendaient que le bruit de la mer dont les rouleaux venaient mourir sur le sable. Dora finit par revenir à ce qui l'intriguait !

– N'était-il pas *normal*, si j'ose dire, que le KGB ait tenté de s'en prendre à vous pour se venger de votre passage à l'Ouest ?

– Absolument pas, justement. Les Soviétiques essayaient bien entendu de retenir à tout prix le candidat à la liberté. Mais, dès que le transfuge avait réussi à se mettre sous la protection officielle des Américains, ils étaient obligés de le laisser tranquille. En ce temps-là, la notion d'asile politique devait être strictement respectée par les deux camps. C'était sacré. Comme une frontière. Vous-même, d'ailleurs, vous a-t-on jamais agressée après votre défection à Londres ?

– Effectivement pas. Sur le moment, on a bien essayé de me faire rentrer en RDA en se servant de mon père comme appât, mais après, on m'a laissée tranquille.

– Mais moi, on a tenté à deux reprises de me supprimer et personne ne comprenait plus rien. Les politiques ont soudain été inquiets de cette façon inaccoutumée de ne pas respecter les usages convenus entre Russes et Américains. Consultés, les scientifiques ne pouvaient rien expliquer non plus, car si j'étais un astrophysicien plutôt compétent dans mon domaine, je n'étais pas irremplaçable. Derrière moi, en URSS, il y en avait dix de mon niveau.

Soudain, on entendit une voix appeler doucement :

– Monsieur Sergueïev !

Tout alla très vite. Ivan eut la réaction de plaquer immédiatement Dora sur le sable et de la protéger de son corps.

La voix de l'homme retentit de nouveau :

– Rassurez-vous, je viens de la part de Bernie, monsieur...

Ivan reprit sa respiration, se remit debout et tendit la main à Dora pour l'aider à se relever.

– Attendez-moi une seconde, je vous prie.

Il s'éloigna et rejoignit un homme en jean et en blouson. Perplexe, Dora l'observa un instant, puis s'en alla jusqu'à la lisière de l'eau regarder la mer.

Au bout d'un moment, elle se retourna et vit Ivan rendre à son interlocuteur un téléphone mobile et revenir vers elle.

– Nous rentrons, annonça-t-il.

Il tendit la main à Dora et l'entraîna vers sa maison.

– Je suis désolé de vous avoir fait peur, mais c'est une réaction automatique de ma part en cas de danger.

– En tout cas, bravo ! Vos réflexes sont excellents !

– Vous auriez quand même dû me dire que vous aviez été attaquée en venant me voir.

– C'est à ce sujet qu'on vous alertait ?

– Pourquoi ne pas m'en avoir parlé ?

– J'avoue que, lorsque je vous ai vu, j'ai été tellement surprise que j'ai pensé à autre chose. Et puis, quel rapport avec ma visite ici ? Les policiers qui ont arrêté le chauffeur de taxi m'ont parlé de détrousseurs de touristes.

– Ce n'est pas l'opinion des gens de la CIA !

– Ils pensent que l'on aurait voulu m'enlever pour m'empêcher d'entrer en relation avec vous ?

– C'est une de leurs hypothèses. J'avoue ne m'être pas étendu sur le sujet, car je n'avais aucune envie de leur raconter ce que vous m'avez appris. Eux ont fait une relation de cause à effet entre la tentative de kidnapping et l'ancien dissident soviétique que je suis.

– Comme si j'avais un message à vous délivrer ?

– C'est l'idée…

– Vous voyez la main de Sacha derrière tout cela ?

Il s'arrêta. Soudain irrité, il explosa :

– Écoutez, arrêtez d'appeler cette ordure par son prénom ! Vous semblez oublier ce qu'il a fait à Peter et à Anna !

Il reprit son sang-froid.

– Après le mal qu'il s'est donné pour me séparer de mes parents et détruire ma famille, ce salopard n'a peut-être pas du tout apprécié l'idée que vous retrouviez ma trace ! Pas plus que vous veniez m'apprendre qui je suis ! Et je n'ai pas envie qu'il vous arrive quoi que ce soit.

Malgré la tentation qu'elle eut de répliquer, elle se tut. Jamais, lui semblait-il, elle ne pourrait expliquer à quiconque la confusion de sentiments qui s'était emparée d'elle au contact de Kolomiakov et la crédulité dont elle avait fait preuve à deux reprises devant lui.

– Nous sommes sous la protection rapprochée de la CIA à partir de maintenant, lui annonça-t-il. Pour veiller plus facilement sur vous, on me suggère de vous demander de passer la nuit chez moi, si vous n'y voyez pas d'inconvénient. Il faudrait que vous téléphoniez au Beverly Wilshire pour les prévenir qu'on va passer chercher vos bagages.

– Qui est-ce, « on » ?

– Un agent fédéral du nom de Bernie Hackford. C'est l'homme chargé de ma sécurité depuis des années. Celui-là même qui s'est occupé de moi personnellement après que j'ai décidé de passer à l'Ouest.

A peine étaient-ils revenus dans le grand salon qu'il en tira soigneusement les rideaux.

– Est-ce vraiment nécessaire ? dit Dora. Franchement, je ne pense pas qu'on veuille attenter à ma vie. On aurait déjà pu le faire cent fois en Russie…

Il la dévisagea. Plusieurs choses en elle le froissaient. D'abord, la désinvolture dont elle faisait preuve vis-à-vis d'un danger éventuel. Ensuite, la bizarre familiarité qui semblait la lier à Sacha Kolomiakov.

– Pourquoi vous épargnerait-on ? demanda-t-il sèchement.

Elle réagit impulsivement. Ramassant sur la table une photographie d'Anna, elle la brandit devant lui.

– A cause d'elle ! Parce que je lui ressemble vraiment, figurez-vous ! Et que cette ressemblance a le don de troubler Kolomiakov !

Voyant une incrédulité coléreuse envahir le visage de son interlocuteur, Dora prit soudain conscience que sa réaction devait être incompréhensible à ses yeux. Dans le récit qu'elle lui avait fait de l'histoire d'Anna et de Peter, n'avait-elle pas longuement insisté sur les crimes perpétrés par Kolomiakov ?

– Ne vous méprenez pas sur mes sentiments pour Kolomiakov ! s'empressa-t-elle d'ajouter. Ce que j'essaye de vous expliquer, très mal sûrement, c'est que cet homme possède un immense pouvoir de fascination.

– A vous entendre, on n'a aucun mal à le croire !

– Connaissez-vous Philippe Soupault, le poète surréaliste ?

– Je me souviens avoir lu un de ses poèmes, « L'Ode à Londres ». Mais je ne vois pas le rapport !

– Un soir, il est venu dîner chez moi et il a raconté une expérience personnelle très extraordinaire. Avant la guerre, la rédaction de *L'Excelsior*, le journal parisien dont il était reporter, avait décidé de l'envoyer interviewer Hitler dans son Nid-d'Aigle, à Berchtesgaden. Sa curiosité étant aussi forte que sa haine du nazisme, il avait accepté d'y aller. Eh bien, Soupault affirmait qu'en dépit de son aversion profonde pour Hitler et de l'horreur qu'il représentait, au bout d'un moment en sa présence, il s'était senti comme hypnotisé par lui. Un magnétisme malsain se dégageait de sa personne. C'est un sentiment de la même nature que j'ai éprouvé en face de Kolomiakov. C'est ce que j'essayais d'exprimer. Avec maladresse, sans doute, excusez-moi.

Il ne commenta pas, se contentant de la fixer attentivement.

– Je pense en outre que ce qui fausse tout, c'est ma ressemblance avec Anna, la femme qu'il a aimée et détestée à la fois. Il doit éprouver des sentiments très ambigus à mon égard...

– Et vous ?

– Quoi, moi ?

– Oui, que ressentez-vous devant lui ?

– De toutes mes forces, de toute ma raison, je le hais. Mais... mais, sans employer de grands mots, je ne peux m'empêcher de penser que cet homme a une sorte de pouvoir... Si je vous parlais d'envoûtement le mot dépasserait ma pensée...

Elle haussa les épaules.

– Ce que je dis est tellement contradictoire ! Vous devez me trouver incohérente...

– Pas du tout, non. Je pense comprendre. Si de plus cette capacité de séduire est utilisée par des monstres froids et calculateurs ayant droit de vie et de mort sur autrui, ce pouvoir de fascination devient effrayant. Philippe Soupault avait raison en ce qui concerne Hitler. Je saisis parfaitement ce que vous avez pu éprouver devant un personnage comme Kolomiakov...

– Merci.

Le mot avait jailli spontanément. Elle lui était reconnaissante de l'avoir ainsi obligée à analyser ses sentiments. C'était la première fois qu'elle réussissait à éclaircir ce qu'elle avait ressenti en face de Kolomiakov lors de leurs deux rencontres. C'était aussi la première fois depuis longtemps qu'elle se laissait aller à parler de ses sentiments intimes avec quelqu'un.

Elle accepta le verre de vin qu'il lui tendait.

– Expliquez-moi maintenant ce qui vous est arrivé après ce congrès à Toronto, demanda-t-elle.

– A cette époque, je n'avais pas le moindre soupçon qu'il puisse exister un lien quelconque entre Kolomiakov et moi. Comprenez bien : à part le fait qu'il ait essayé de m'empêcher de sortir d'URSS, je n'avais pas plus de raisons de le craindre que n'importe quel autre kagébiste chargé de surveiller des Soviétiques en voyage hors d'URSS.

Il se versa un verre de vin et en but une gorgée.

– La première fois qu'on a essayé de me supprimer, c'était à Boston, peu de temps après mon passage à l'Ouest. Je me promenais dans une rue, distrait, plongé comme d'habitude dans je ne sais quelle réflexion, lorsque j'ai entendu soudain un cri, un cri perçant, et le vrombissement strident d'un moteur emballé ! Je me suis retourné d'un seul coup et j'ai vu une grosse voiture qui semblait littéralement bondir sur moi. Le temps de réaliser, j'étais comme paralysé. Heureusement, un passant qui avait compris ce qui allait arriver a eu le réflexe de me tirer dans le renfoncement d'une porte. Quand j'ai raconté l'épisode aux gens de la CIA, ils n'ont pas pu dire si c'était un acte volontaire ou une fausse manœuvre d'un chauffard.

– N'était-ce pas naïf de leur part ?

– J'étais seul lorsque cela s'est passé. Mais ils ont vite compris, car le deuxième coup de « hasard » a été beaucoup plus tangible. J'étais en train de faire une conférence à Yale. J'allais et venais devant un tableau noir, quand le morceau de craie que je tenais à la main est tombé. Au moment même où je me baissais pour le ramasser, la vitre de la grande baie de l'amphithéâtre a volé en éclats et la balle qui m'était destinée est allée faire exploser le plâtre du mur d'en face. Il s'en était fallu d'un centième de seconde… La police a poursuivi le tueur et a découvert qu'il était américain, figurez-vous !

– C'est un Américain qui a essayé de vous tuer ? s'exclama-t-elle, incrédule.

– Oui. Et comme plus j'insistais pour comprendre, moins on m'expliquait, j'ai eu des discussions orageuses avec la CIA. Je me souviens particulièrement d'un entretien assez animé avec Bernie Hackford dans une voiture qui me ramenait à Boston…

L'été indien de la Nouvelle-Angleterre illuminait de ses couleurs vives la blancheur des maisons coloniales du Massachusetts traversé à vive allure par la Cadillac de la CIA. Bernie Hackford se frottait les mains. Il semblait content.

– Je crois que cette fois-ci, ça y est ! Vous n'avez plus rien à craindre des gens d'en face…

Une expression de doute poli passa sur le visage d'Ivan.

– Notre secrétaire d'État aux Affaires étrangères, poursuivit Bernie, a convoqué l'ambassadeur soviétique à Washington et lui a intimé l'ordre de vous laisser en paix.

– Voilà de quoi me sentir totalement rassuré !

– L'ambassadeur a été formel ! Le coup ne vient pas de chez eux.

– Ne me dites pas que vous les croyez !

– Bien sûr que si ! Dès l'instant où un dissident soviétique est sous notre protection, ceux d'en face ne doivent plus intervenir. C'est la convention.

– Je crois que c'est de rire que je vais mourir…

– Comme ça, je serais enfin débarrassé de vous ! fit Bernie, pince-sans-rire. Le but de l'opération est d'empêcher un dingue d'appuyer sur le bouton ! poursuivit-il. Si nous ne pouvions pas nous fier aux Soviétiques sur quelques points essentiels, le plus frénétique des dessins animés de Tex Avery serait une image pieuse à côté du feu d'artifice atomique auquel vous assisteriez ! Ces accords sont le fondement même de ce que l'on appelle la coexistence pacifique. L'équilibre est tellement fragile que nous devons à tout prix nous faire mutuellement une confiance minimale.

– Tout cela pour m'expliquer que le type qui a essayé de me tuer au fusil à lunette n'était pas un agent du KGB ?

– Absolument. L'homme qui vous a tiré dessus était un banal tueur *made in USA*.

– Merci pour le « banal »...

– Et puis, vous n'êtes pas un savant de première importance.

– Cela fait toujours plaisir à entendre !

– Vous êtes trop susceptible, à la fin ! Vous ne nous avez pas apporté *le* grand secret qui ferait prendre aux types d'en face le risque de violer ces règles. Je ne vois vraiment pas l'intérêt de vous descendre.

– Vous êtes trop aimable...

– Et vous, vraiment impossible ! explosa Bernie, moi, ajouta-t-il, à la place du KGB, j'aurais même payé pour qu'on colle un emmerdeur comme vous dans le premier zinc en partance pour l'Occident !

Ils sourirent tous les deux.

– Quoi qu'il en soit, reprit l'agent fédéral, après cette démarche, nous sommes quasiment certains que plus personne n'essayera d'attenter à votre vie ici, en Amérique. Bien sûr, nous continuerons à vous protéger jusqu'à ce que les choses se tassent. En attendant, vous n'avez pas répondu à ma question. A votre avis, qui pourrait vous en vouloir à ce point-là ? Je veux dire, qui vous haïrait jusqu'à souhaiter vous voir éliminé, vous personnellement ?

Ivan réfléchit un instant, puis haussa les épaules.

– Je ne vois personne. Mais vous non plus n'avez pas répondu à la seule question qui me semble pourtant essentielle : qui a payé l'homme qui m'a tiré dessus ?

– Ça, nous n'en savons rien, avoua Bernie, dépité. Les flics locaux l'ont descendu. N'ayant pu capturer cet homme vivant, nous n'avons donc pas pu le faire parler. C.q.f.d., professeur… ! Ce qui nous préoccupe, c'est que l'apprenti tueur qui a exercé ses talents de tireur sur vous était un type sans histoire. Un simple docker, marié, deux enfants. Il ne faisait pas de politique, n'appartenait à aucune association, à aucun gang, n'était connu d'aucun service de police local ou fédéral. Le portrait du parfait citoyen américain bien tranquille, en somme…

Son récit terminé, Ivan se rassit en face de Dora dans un des canapés du salon.

– Après ce que vous m'avez appris, il me paraît aujourd'hui évident que c'était une tentative personnelle de Kolomiakov pour m'éliminer. Le conducteur de la voiture de Boston et le tueur de Yale devaient être deux de ses « agents dormants ». Des gens noyés dans la population, insoupçonnables…

Il se reversa un verre de vin.

– Heureusement pour moi, Sacha Kolomiakov s'est neutralisé lui-même, ajouta-t-il.

– Pourquoi « neutralisé » ?

– Parce que, à cette époque, les Soviétiques avaient absolument besoin que les États-Unis les laissent tranquilles. Tout manquement aux règles de la coexistence pacifique leur était extrêmement préjudiciable. Nixon leur a mené la vie dure avec mon affaire et ils ont dû certifier qu'ils n'étaient pour rien dans ces attentats.

– Et alors ?

– Eh bien, un incident international de cette nature est forcément remonté jusqu'à la direction du gouvernement soviétique.

– Vous voulez dire qu'on a parlé de cette affaire au Kremlin ?

– C'est évident. Et le Comité central et le Politburo se sont empressés de taper sur les doigts du KGB en lui rappelant sans ménagement l'interdiction de s'en prendre aux dissidents. Kolomiakov a dû se voir sommé de cesser sa guerre privée et, très paradoxalement, mon plus grand ennemi est devenu le meilleur garant de ma sécurité ! Tout simplement parce qu'il en était responsable devant la direction du Parti ! Sur sa tête ! Rétrospectivement, c'est plutôt jubilatoire comme situation.

– Et plus personne n'a essayé de vous agresser ?

– Plus jamais, non. On a bien tenté d'agir sur Elaine par la suite, mais c'était une affaire plutôt classique.

– On a essayé de supprimer votre femme ?

– Non. De la recruter, tout au plus. Lorsque je l'ai connue en 1978, elle avait dix-huit ans et venait de commencer des études supérieures de russe à l'université de Los Angeles où j'enseignais la physique. Dès que nous sommes devenus plus intimes, elle m'a raconté avoir été approchée par des étudiants marxisants, eux-mêmes recrutés par des gens du consulat tchécoslovaque de San Francisco. Elaine était une proie bien choisie car, à terme, elle voulait faire carrière dans la diplomatie. Ce qu'elle a réussi dix ans plus tard.

Il eut un petit sourire.

– A l'époque, j'ai également été prévenu de cette tentative de recrutement par Bernie. Inutile de dire que je me suis mis en rogne. Je trouvais quand même inouï qu'il soit déjà au courant de mes relations avec une femme dont je venais à peine de tomber amoureux ! Je l'ai même accuse de cacher des agents sous mon lit ! Ce qui était peut-être vrai, après tout…

Dora éclata de rire. Ivan l'avait observée attentivement.

– Puis-je vous dire quelque chose sans que vous essayiez de discuter ?

– Dites toujours.

– Je voulais simplement vous faire observer que cela vous va vraiment très bien de rire !

Elle resta un instant étonnée par la remarque. Et prit soudain conscience qu'elle n'avait effectivement pas ri depuis des mois.

– Je m'en souviendrai, dit-elle.

Un téléphone se mit à sonner. Ivan sortit de sa poche un appareil mobile. Il écouta, acquiesça, puis coupa la communication, se leva et s'inclina cérémonieusement devant elle.

– La garde rapprochée m'informe que les bagages de Madame sont annoncés…

Ouroboros

On ne sait jamais pourquoi commence un cauchemar ni exactement comment. Brusquement, on est dedans, et ses images effrayantes ne vous lâchent plus. Cela avait démarré dans les faubourgs de Saint-Pétersbourg devant la petite maison de Vladimir. Dora avait longuement sonné et, couvert de sang, Vladimir était venu la prier d'entrer dans la pièce qui lui servait de cuisine. Là, il avait ouvert la porte d'un grand réfrigérateur et elle avait été obligée de s'élancer pour recueillir dans ses bras le corps nu de Sonia. Elle se retournait pour demander de l'aide à Vladimir lorsque Sacha Kolomiakov apparaissait et lui disait en souriant qu'elle ne devait pas se faire de souci, qu'ils allaient porter ensemble Sonia dans la tombe d'Anna Souvorine et l'allonger à côté d'elle. Elle était sur le point d'acquiescer quand Peter, hurlant de rage, pénétrait dans la pièce et s'élançait sur Sacha. Elle s'apercevait alors brusquement qu'il allait littéralement s'empaler sur un grand coutelas que tenait Sacha, ricanant. Coincée dans un recoin de la cuisine, elle voulait se précipiter pour empêcher la lame du couteau de pénétrer dans la chair de Peter, lorsqu'elle prenait conscience qu'elle glissait sur le sol. Comme si, malgré ses efforts désespérés, elle patinait sur le plancher rouge et gluant de sang et ne pouvait avancer d'un centimètre pour empêcher la mort de l'homme aimé. Dora criait pour appeler à l'aide et se mettait à hurler de terreur. Comme ses appels ne semblaient trouver aucun écho, elle hurlait de plus belle.

Elle se retrouva assise, haletante, dans les bras de Peter. Elle leva les yeux et aperçut son regard inquiet. La serrant contre lui, il essuyait avec un mouchoir son front couvert de transpiration et murmurait des mots d'apaisement :

– Là, là…

– Tu es vivant, n'est-ce pas ? Tu es vivant ? demanda-t-elle en sanglotant.

Elle se blottit contre lui, tendit la main pour lui caresser le visage.

– C'est moi, Ivan, murmura-t-il doucement.

Elle le dévisagea, hagarde.

– Mais non, c'est toi, Peter ! C'était horrible, horrible, mon amour…, fit-elle en lui caressant le contour des lèvres du bout des doigts.

Plus tard, lorsque Ivan et Dora tentèrent de s'en expliquer, ils ne se rappelèrent plus comment cela était arrivé. Alerté par des hurlements en provenance de la chambre de Dora, Ivan s'était précipité quatre à quatre vers le haut de la maison et l'avait trouvée assise dans le lit, le regard halluciné, hurlant de terreur, tentant de repousser un adversaire invisible. Il s'était assis sur le lit et l'avait serrée contre lui pour l'apaiser.

Ils ne surent jamais comment ils s'étaient retrouvés en train de faire l'amour. Cette prise de possession l'un de l'autre avait ressemblé à un acte violent, lent et exigeant, comme s'ils avaient assouvi un désir refoulé, semblait-il, depuis longtemps au plus profond d'eux-mêmes. La jouissance de l'acte d'amour les laissa heureux, épuisés, empreints d'une immense tendresse et de l'orgueil d'être allés bien au-delà de ce qu'ils avaient jamais imaginé possible dans le don de soi et la connaissance de l'autre.

Au matin, elle ouvrit les yeux et aperçut Ivan. Accoudé à côté d'elle, il la contemplait avec tendresse. Dans les yeux de Dora passa un bonheur étonné mêlé à une vague gêne. De l'index posé sur ses lèvres, il arrêta les mots qu'elle allait prononcer.

– Tu as peut-être été la femme d'un homme à qui je ressemble, Dora, mais je ne te suis rien ! Je suis Ivan Sergueïev, ex-orphelin de l'armée Rouge, ex-membre de l'Académie des Sciences de l'Union soviétique, aujourd'hui citoyen américain et professeur émérite à l'UCLA et autres lieux aussi fameux ! Et j'ai envie de toi comme toi de moi. Qu'y a-t-il de plus naturel ? Nous ne sommes qu'un homme et une femme dont le destin a voulu qu'ils se rencontrent...

Il se leva et alla ouvrir les rideaux sur le soleil qui faisait sortir de la nuit l'immensité du Pacifique.

Dora le rejoignit et l'aida à enfiler le kimono qu'il portait lorsqu'il avait pénétré dans la chambre en pleine nuit. Il lui passa le bras autour de l'épaule et, sans cesser de regarder l'horizon, la serra contre lui.

– Si ma mère est encore vivante de l'autre côté de cet océan, je la trouverai, dit-il.

– Non, Ivan. *Nous* la trouverons.

Le cygne noir

La Land-Rover maculée de boue s'arrêta devant la demeure de Sacha Kolomiakov à Vistaïa Kolyana. Le passager sauta à terre, sa serviette à la main, et jura entre ses dents en s'enfonçant dans la neige encore fraîche qui recouvrait le chemin menant à la maison. Tout en faisant attention à ne pas glisser, il s'avança vers la porte d'entrée où l'attendait un garde en civil.

Lorsqu'il fut introduit auprès de Sacha, le visiteur trouva le général occupé à lire son courrier électronique. En l'apercevant, Sacha Kolomiakov arrêta son ordinateur et se leva.

– Bonjour, Mikhaïl, lança-t-il, sarcastique. Vos hommes de main se sont couverts de gloire à Los Angeles ! Je vous rappelle qu'il s'agissait seulement d'effrayer cette femme et non de déclencher l'intervention du FBI !

– Je suis désolé, Alexandre Alexandrovitch, l'opération a été menée par des Américains d'anciens réseaux, et je découvre qu'on ne peut plus leur faire confiance. Faute de subsides, ces gens échappent à tout contrôle et voudraient travailler pour leur propre compte, ce qui est intolérable. J'ai d'ailleurs appris que ceux qui réorganisent le KGB ont déjà commencé à se débarrasser de leurs réseaux dormants.

– Il faudrait tirer un trait définitif sur ces gens-là et ne garder que ceux qui sont fiables. Où est allée Dora Kempf, après sa visite à Sergueïev ?

– Elle n'est pas sortie de chez lui depuis deux jours.

– De chez lui ? Depuis deux jours ? répéta Sacha, soudain irrité. Ils habitent ensemble ?

Mikhaïl acquiesça.

– Il me semblerait plutôt qu'après notre tentative avortée, la CIA ait pensé qu'il serait plus facile d'assurer sa sécurité chez lui que dans l'hôtel de Beverly Hills où elle est descendue. A propos de Sergueïev, son ex-femme a pris hier à Moscou ses fonctions d'attachée culturelle à l'ambassade américaine.

– Mettez en marche la procédure habituelle à son sujet. Que l'on sache comment elle vit, qui elle voit, si elle a déjà des relations à Moscou. Si oui, lesquelles, etc. Elle peut nous servir éventuellement de monnaie d'échange si nous avons besoin de traiter avec Sergueïev.

Il se détourna et fit quelques pas dans la pièce. Il était tout à coup devenu sombre. Si son visiteur avait pu voir son visage, il y aurait décelé une immense contrariété.

– Ainsi, elle habite chez Sergueïev...

Mikhaïl était assez perspicace pour savoir que, lorsque le général Kolomiakov arborait cette mine-là, il valait mieux attendre que ce soit lui qui reprenne l'initiative de la conversation.

– « Alors l'un des douze, appelé Judas Iscariote, alla trouver les princes des prêtres... », murmura Sacha, inaudible.

Il fit demi-tour et revint vers Mikhaïl.

– Il n'est plus question de tenter quoi que ce soit contre ce couple sur le territoire américain. Laissons-les plutôt débarquer ici.

– Parce que vous pensez qu'ils vont venir ?

– J'en mettrais ma main à couper. Si jamais il devait vraiment leur arriver quelque chose, je préférerais que ce soit chez nous. C'est plus sûr. Mais d'abord, ils vont nous servir de lièvres.

Devant l'air interrogateur de son interlocuteur, Sacha alla jusqu'au mur, fit pivoter sur ses charnières le tableau qui cachait un coffre-fort et, de dos, se mit à manipuler les boutons de la combinaison.

– A-t-on des nouvelles de Leonid Varanchine ? demanda-t-il tout en tournant les molettes crantées.

– Il vient d'arriver à New York pour une générale au Metropolitan.

– Une générale de quel ballet ?

– *Le Lac des cygnes.*

Une ombre passa sur le visage de Sacha.

– Qui danse ?

– Ursula Whitman et Jorge Karen.

– Belle distribution ! Et cet événement est prévu pour quand ?

– Après-demain soir, vingt heures trente, heure de New York.

– Alors, trouvez-moi Leonid et dites-lui de m'appeler demain matin à neuf heures. A neuf heures d'ici, s'entend.

Mikhaïl acquiesça.

Sacha referma le coffre et revint vers son bureau avec une enveloppe à la main. Il fit signe à son interlocuteur d'approcher. Tandis que ce dernier s'exécutait, Sacha sortit de l'enveloppe des photographies récentes d'Anna Souvorine. Elle pouvait avoir dans la soixantaine sur le cliché qu'il examinait et, si le visage avait vieilli, il n'avait rien perdu de l'expression de défi, de dignité et d'insolence si caractéristique du personnage.

Sacha quitta des yeux le portrait d'Anna dont le regard semblait directement le provoquer et le tendit à son subordonné.

– Je veux que des mesures prophylactiques définitives soient prises à l'encontre de cette femme. Elle s'appelle

Anna Souvorine. Nous l'avons perdue de vue vers la fin de 1989, lorsque l'on a supprimé les passeports intérieurs. Cette ancienne détenue était assignée à résidence à Simféropol, en Crimée. Mais elle a profité du démembrement des Républiques soviétiques pour disparaître. Je veux que vous la retrouviez et que vous agissiez en conséquence. Et qu'il ne reste aucune trace d'elle. Aucune. Je voudrais qu'elle n'ait jamais existé. Me fais-je bien comprendre ?

Mikhaïl acquiesça d'un bref signe de tête.

– Avez-vous une idée de l'endroit où elle aurait pu se rendre, mon général ?

– A Saint-Pétersbourg, j'en suis presque certain. Mais où exactement, je ne saurais dire.

– La ville est vaste…

– J'ai bien conscience de vous demander de trouver une aiguille dans une botte de foin ! De plus, de nos jours, on peut très bien vivre sous un faux nom sans que personne vous demande quoi que ce soit.

– Qu'est-ce qui vous amène à penser qu'elle pourrait avoir pris une fausse identité, mon général ?

– La peur ignoble de ceux qui ont trahi et qui redoutent le châtiment. Il va vous falloir agir vite avant que Dora Kempf et Ivan Sergueïev n'interviennent. Il me déplairait que votre mission ne soit pas achevée avant qu'ils débarquent.

– J'en aurai terminé, mon général.

– Si, par malheur, vous n'aviez pas retrouvé cette femme avant leur arrivée en Russie, vous ne devrez pas les quitter d'une semelle. Ils vous mèneront jusqu'à elle, il vous suffira de les suivre. Mais ne commettez pas l'erreur de les prendre pour des amateurs : Sergueïev est brillant et Dora Kempf est une femme intelligente, subtile et extrêmement obstinée.

– Et s'ils mettaient la main sur cette femme avant moi ?

– Il faudrait employer la force. Si jamais vous en étiez

réduit à cette extrémité, essayez que ça ait quand même l'air d'un accident plausible. Genre collision avec un chauffard, comme pour l'archiviste du Kirov.

Il prit une cigarette dans une boîte en argent et la fit rouler entre ses doigts.

– A propos d'archives, vous avez pu retrouver et réunir tout ce que je vous ai demandé concernant l'Allemagne de l'Est ?

– Tout à fait. Dans ce que nous avons récupéré de la Stasi, comme vous le pensiez. Cela m'a l'air plein de promesses. Je dois avouer que vous avez une mémoire extraordinaire, Alexandre Alexandrovitch. Un si minuscule détail...

– Oh ! j'avais noté cette petite chose dans un coin de ma tête en me disant que cela pourrait toujours servir un jour ou l'autre. Je pensais alors qu'il faudrait nous méfier des Allemands jusqu'à la fin des temps. Et je n'avais pas tort, comme vous le voyez. Savez-vous ce que le maréchal Joukov disait des habitants de la RDA ? « Ces Allemands de l'Est ont beau être nos très chers frères en marxisme-léninisme, ils resteront avant tout et pour toujours des boches ! » Et il avait raison ! Cinquante ans après leur avoir flanqué la plus mémorable correction militaire de tous les temps, voici que ces salopards ont envahi Moscou et que nous, comme des gueux, leur tendons une sébile !

Agacé, Sacha alluma sa cigarette avec un briquet en or et prit la chemise cartonnée que lui tendait Mikhaïl. Il l'ouvrit et commença à en examiner chacune des pièces.

En observant son chef, le colonel Mikhaïl Petrovitch Tchoukov s'aperçut que la lecture du dossier dont il avait réuni les éléments semblait procurer au général Kolomiakov un contentement qui augmentait de page en page.

– Parfait ! fit enfin Sacha. Vous avez bien travaillé, Mikhaïl. Il est très argumenté, votre dossier. Je pense que cela va calmer les ardeurs de la famille Kempf pour un moment et vous lâcher la bride pour trouver cette femme.

Un peu plus tard, Sacha Kolomiakov, chaudement vêtu d'une pelisse fourrée et coiffé d'une chapka, s'en alla se promener, seul vers le lac aux cygnes. C'était une vaste pièce d'eau chauffée en hiver et flanquée d'un petit hangar maintenu à bonne température pour abriter les oiseaux par temps froid. Sacha avait fait construire cette installation, car il voulait contempler en toute saison, lors de ses promenades solitaires, le glissement lent des cygnes blancs de Sibérie qu'il avait fait venir à grands frais.

Il regarda un cygne glisser et, comme au ralenti, pencher son long cou vers l'eau. La silhouette de la jeune ballerine du Kirov en souvenir de qui il avait fait aménager cette pièce d'eau passa devant ses yeux. Il revit le corps tant désiré d'Anna se mouvoir avec grâce sur la scène. Tandis que la voiture de Mikhaïl s'éloignait et disparaissait à l'orée de la forêt, ses yeux s'embuèrent. Il songea à Dora.

A la pensée que Sergueïev pouvait avoir possédé cette femme, un accès de jalousie vint le tourmenter.

– Pourquoi m'avez-vous forcé... ? murmura-t-il.

Car, dans son esprit, c'était Dora qui avait signé l'arrêt de mort d'Anna. En découvrant qu'elle avait eu un fils et surtout en allant rencontrer Sergueïev en Amérique. Alors, tant pis pour elle ! C'était par pure pitié, par charité même, que Sacha l'avait laissée vivre jusqu'à présent. Pour expier le péché de l'avoir trahi, elle avait dû errer de camp en camp, soit ! Mais, au moins, il lui avait laissé la vie. Or, pour le remercier, voici qu'elle avait filé ! Et que Dora Kempf et ce traître de Sergueïev voulaient la retrouver. Malgré le chagrin qu'il éprouvait, Anna devait disparaître. Car il y avait une chose que Sacha ne tolérerait jamais : qu'Anna puisse revoir son fils, et vivre encore des instants de bonheur. Ça, jamais !

A ce moment-là, la musique de Tchaïkovski, celle du troisième acte du *Lac des cygnes*, celle du Cygne noir, envahit sa tête si violemment qu'il porta les mains à ses tempes.

Sacha place ses pions

La salle n'attendit pas la dernière note de la musique pour éclater en applaudissements. La grâce avec laquelle Ursula Whitman avait dansé le grand pas de deux d'Odette avait soulevé d'enthousiasme le public new-yorkais. Le spectacle d'une œuvre somptueusement montée et dansée à la perfection, telle cette représentation du *Lac des cygnes*, entraînait toujours Dora dans la magie de l'imaginaire et lui faisait oublier l'âpreté du réel. Lorsqu'elle se retourna vers Ivan, elle était radieuse.

– Il paraît que le solo de séduction et de magie du Cygne noir du troisième acte est splendide ! se réjouit-elle à l'avance.

Ivan acquiesça. Comme tout le monde, il connaissait la célèbre musique de Tchaïkovski et l'argument du ballet, mais il n'avait jamais vu le spectacle. En trois jours au contact du New York City Ballet et surtout grâce à Dora qui lui avait expliqué la signification précise des divers éléments de la chorégraphie, il en avait plus appris sur le sujet que durant toute sa vie.

Alors que Dora se levait pour l'entracte, une ouvreuse fit son apparition dans la loge et lui remit un billet qu'elle s'empressa d'ouvrir. Elle le parcourut et se pencha vers la salle. A quelques mètres, dans une autre loge, Leonid lui fit un signe discret.

– Ne regarde pas dans sa direction, dit-elle à Ivan, mais Leonid Varanchine est dans la salle et vient de me faire savoir qu'il souhaite me parler en privé. Crois-tu que cela soit prudent ?

– Je resterai dans les parages. Au moindre ennui, crie le plus fort que tu peux.

Dora acquiesça et, discrètement suivie par Ivan, sortit dans le grand hall du premier étage. Elle rejoignit Leonid qui l'entraîna à l'écart en lui montrant, le long de la façade de verre donnant sur l'avenue, des panneaux annonçant les prochains spectacles du New York City Ballet. Ils formaient une sorte de salon, permettant un entretien à l'abri des regards.

Tandis que Dora et Leonid s'éloignaient, Ivan adressa un signe discret à l'agent fédéral que lui avait envoyé Bernie Hackford pour assurer leur protection. D'un mouvement de la tête, l'homme de la CIA lui fit comprendre qu'il avait anticipé le déplacement de Dora. Il avait déjà alerté deux de ses hommes qui vinrent se placer de part et d'autre de l'espace semi-clos derrière lequel Dora et Leonid s'étaient isolés.

– Que vas-tu faire maintenant, Dora ? demandait Leonid. J'espère qu'après ce qui t'est arrivé à Pétersbourg, tu as pris la décision d'oublier tout cela !

– Que m'est-il arrivé à Pétersbourg ?

Le regard de Leonid se fit implorant.

– N'as-tu pas trouvé ce que tu cherchais ? Une tombe, m'a dit Sacha. Cette malheureuse Anna est décédée depuis des années, a-t-il précisé. Alors ?

Il s'énervait, s'affolait.

– Sur ce que j'ai de plus cher, sur les chorégraphies que j'ai créées, sur la danse qui a été mon unique amour, je te supplie de ne pas remettre les pieds en Russie.

– Auriez-vous appris que Sacha Kolomiakov a décidé de me supprimer ?

– Je t'en prie ! supplia-t-il. Et ne te fie pas à l'attrait que tu exerces sur lui. Je le connais bien ! Ne crois pas que Sacha t'épargnera, ma chérie. Je sais que tu lui plais infiniment, mais ne compte pas sur cette protection illusoire. Les êtres humains ne sont pas si différents des héros de ballet ou de tragédie ! Dis-toi bien que dans la réalité aussi la passion est un sentiment très proche de la haine. Un homme peut avoir à la fois le désir passionné de posséder une femme et celui de la détruire. Sacha a le cœur sec. Si besoin s'en faisait sentir, ta vie à ses yeux ne pèserait pas plus lourds que ça !

Il fit claquer ses doigts dans un geste de dérision. Dora lui prit le bras avec amitié et l'entraîna vers la grande vitre qui donnait sur l'avenue éclairée.

– Je vous aime beaucoup, cher Leonid. Si vous avez choisi de me rencontrer pour me mettre en garde, c'est que vous savez quelque chose. De quoi s'agit-il ? Parlez, je vous en prie.

Leonid se retourna afin de voir si personne ne les écoutait.

– Je sais seulement que la femme que tu cherchais est décédée. Anna Souvorine est morte, Dora, morte ! Sacha m'a dit qu'il t'en avait donné une preuve formelle ! Alors, accepte le fait et tiens-t'en là. Que veux-tu de plus à la fin ?

– Que vous a-t-il raconté exactement ?

– Il m'a fait comprendre ce matin au téléphone qu'il serait malsain pour toi de remettre les pieds en Russie. C'est aussi valable pour ton compagnon. Qui est d'ailleurs cet homme avec qui tu sors et qui ressemble tellement à ton mari ?

– Qu'a dit Sacha, Leonid ? insista Dora sans répondre. Vous a-t-il demandé expressément de me transmettre le message qu'un « accident » m'attendait si je remettais les pieds à Moscou, ou vous faites-vous l'interprète d'un pressentiment plus vague ?

Leonid eut un petit rire de dérision.

– Sacha est toujours très explicite, ma chérie. C'est un homme d'une cruauté et d'une méchanceté terrifiantes quand la folie le saisit. C'était effectivement une menace de traitement radical à laquelle il faisait allusion. Disons qu'il m'a laissé le choix des mots pour te l'annoncer... Au risque de me répéter, il m'a prié de te rappeler qu'il t'avait donné toutes les preuves que tu souhaitais et que cela devait te suffire. Alors, je t'en supplie, promets-moi de ne pas retourner en Russie.

Dora réfléchit un instant avant de prendre Leonid par les deux bras pour l'obliger à la regarder en face.

– Vous êtes le messager, n'est-ce pas ? Celui qui connaît tous les secrets...

Elle était persuadée qu'il en savait beaucoup plus long, mais qu'il avait fait son possible en lui transmettant un message on ne peut plus clair. Elle revit Sacha en train de lui parler de la terre russe qui buvait le sang de son propre peuple.

Elle scruta plus attentivement le vieux maître de ballet que cette conversation semblait crucifier.

– Est-il fou, Leonid ?

Il baissa les yeux.

– Et qui êtes-vous réellement ? Quelle est la véritable nature des liens qui vous unissent à Sacha ? Partagez-vous avec lui des secrets si lourds que vous deviez avoir à ce point peur de lui ?

– Mais je n'ai pas peur, je n'ai pas peur ! s'écria Leonid, tout à coup affolé par ce qu'il venait d'apercevoir au-dessus de l'épaule de Dora.

Elle se retourna avec vivacité et aperçut un homme qui s'approchait, l'air brutal et un rien menaçant. Il arrivait sur eux, la main tendue vers Leonid, le regard rivé à celui du vieux maître de ballet.

– Ah ! Leonid Feodorovitch ! Je vous cherchais partout, justement ! s'exclama le nouvel arrivant en jouant plutôt mal une cordialité forcée.

Leonid s'inclinait déjà pour prendre congé de Dora.

– Mademoiselle Kempf, fit-il cérémonieusement en lui baisant la main.

– Vous ne me présentez pas ? demanda l'homme à Leonid, au moment où elle le quittait.

Un peu plus loin, l'agent de la CIA se détendit en voyant la célèbre ballerine revenir vers Ivan en lui faisant un signe joyeux de la main. Mais elle fut accostée avec chaleur par un couple en qui l'homme de la CIA reconnut le gouverneur de New York et sa compagne. Sans quitter Dora des yeux, l'agent s'approcha d'Ivan qui s'apprêtait à la rejoindre et lui transmit le message qu'il venait de recevoir :

– M. Hackford me demande de vous dire qu'il vous attendra demain en fin d'après-midi à son bureau. Un avion de la Maison viendra vous prendre à Newark.

– Demain ? Pourquoi si vite ? s'étonna Ivan.

– Il y a un élément nouveau, m'a-t-il dit. Je n'en sais pas plus.

Tempête à Central Park

Bernie Hackford surveillait attentivement les réactions de Dora et d'Ivan, au fur et à mesure que la carrière du général Kolomiakov défilait sur l'écran de l'ordinateur.

De temps en temps, l'un ou l'autre sollicitait une explication. Bernie arrêtait alors la machine et fournissait le renseignement. Textes, articles, photographies, extraits de livres et de films divers, toutes ces sources rassemblées permettaient de se faire une idée très exacte du pouvoir qu'avait exercé Kolomiakov.

– Héros de l'Union soviétique, il est parti officiellement en retraite avec le grade très élevé de général d'armée, commenta Bernie en éteignant le moniteur. Il a longtemps été chef du 10e sous-directoire du Premier Département du KGB. C'est-à-dire qu'il avait en charge l'ensemble de l'espionnage industriel sur le continent nord-américain. C'est moi qui le surveillais. En dehors de ce poste officiel, il était très proche du Comité central, où son avis était souvent sollicité.

Ivan lança un coup d'œil à Dora qui, comme lui, restait sans voix en songeant aux chiffres qu'ils venaient de découvrir. Les statistiques parlaient de dizaines de millions de déportés au goulag et de centaines de milliers de personnes internées pour « soins psychiatriques intensifs ». Les mesures dites « à caractère prophylactique » signifiaient enfin l'élimination physique pure et simple d'autres citoyens d'URSS.

– Mais comment un seul être peut-il avoir le pouvoir d'en exécuter des milliers d'autres ? s'écria Dora, effondrée.

– Dans ce genre de régime, c'est une question de prérogative à partir d'un certain rang de responsabilité, répondit Bernie. Dans tous les systèmes totalitaires – gauche ou droite, même combat –, la solidité de l'appareil repose sur la complicité de chacun dans les méfaits commis par tous. Au nom de l'État ou du Parti. Cela commence toujours à la base. L'habileté consiste à donner à chacun des devoirs envers un État qui, en retour, justifie tous les forfaits. Chaque individu apprend à fermer les yeux sur ses propres crimes qui lui apparaissent véniels. Plus on monte dans la hiérarchie, plus on se tait, plus les secrets deviennent grands, moins la base se pose de questions. Songez qu'au beau milieu de certains villages allemands, les barrières du passage à niveau s'abaissaient pour laisser passer les convois de déportés qui traversaient la rue principale. La vue de ces trains ne posait aucun problème moral au villageois lambda, puisque ces convois étaient justifiés par l'intérêt supérieur de la nation, tel que l'expliquait le Führer. D'exaction en exaction, une telle société tient ainsi en équilibre.

« Mais il se peut que cette harmonie soit brusquement déséquilibrée. Au KGB, comme dans les hautes sphères du Parti communiste, il en allait de même. Depuis Lénine et Trotski, tout le monde tenait tout le monde par la barbichette. Le public s'est demandé pourquoi Khrouchtchev et ses copains du Comité central s'étaient dépêchés de supprimer Beria immédiatement après la mort de Staline. C'est pourtant facile à comprendre ! Staline n'étant plus là pour faire contrepoids à ce que savait Beria, il fallait que ce dernier soit éliminé. L'équilibre était brusquement rompu : Beria en savait trop et les autres pas assez ! La seule solution aux problèmes que posaient les citoyens qui refusaient ces sociétés-là était le meurtre, individuel ou par millions…

– Vous voulez dire que Kolomiakov tenait beaucoup de gens ? demanda Ivan.

– Je veux dire qu'il a très vite disposé d'assez de puissance à l'intérieur de l'URSS pour pouvoir mener ses vengeances personnelles à sa guise sans que personne ne lui demande de comptes.

Un silence s'installa, rompu par la voix de Dora :

– Et dire qu'au début je l'ai pris pour un homme des services secrets, rien de plus…

Ivan et Bernie lui jetèrent un coup d'œil et se regardèrent.

– Vous ne pouviez pas deviner qui était Alexandre Alexandrovitch Kolomiakov, dit Bernie. Quoique, ancienne dissidente vous-même, vous auriez pu vous méfier. Souvenez-vous de ce qui est arrivé à Julia Chöltitz, la secrétaire de votre père à Berlin lorsqu'elle est venue lui demander de sortir son mari des griffes de la Stasi !

Cet homme connaît tout de ma vie ! pensa Dora, et cette idée lui fut désagréable.

Pour détendre l'atmosphère devenue soudain trop pesante, Bernie les invita à s'installer dans les grands fauteuils de cuir noir qui entouraient une table basse. Puis il ouvrit un placard qui dissimulait tout ce qu'il fallait pour se désaltérer.

– Je suis heureux que vous m'ayez tout raconté, dit-il en préparant pour chacun la boisson de son choix, car si j'ai depuis le début soupçonné Kolomiakov d'être derrière les tentatives de meurtre qui ont suivi votre défection en 74, Ivan, je n'en avais aucune preuve. Ce type fut et est toujours redoutable.

Il avala une gorgée de bourbon.

– En tout cas, poursuivit-il, il n'est pas question que Dora et vous repartiez là-bas. Autant ici et en Europe occidentale j'ai toute possibilité de vous protéger, autant en Russie je suis impuissant. Tout peut vous arriver. Y compris de terminer votre existence dans la Moskova sans que notre ambassadeur puisse rien faire d'autre que d'aller reconnaître vos cadavres...

– J'ai la vanité de penser que personne n'osera tenter quelque chose contre nous, dit Dora. Chacun dans notre partie, nous sommes trop connus.

– Je vous trouve bien naïfs ! rétorqua l'homme de la CIA. Si Kolomiakov a pris soin de vous faire prévenir, ici, aux États-Unis, c'est pour ne pas devoir en arriver à des solutions plus radicales.

– Pourquoi le voudrait-il ? demanda Ivan.

– Parce qu'il s'estime certainement gravement offensé, répondit Bernie. Je le connais bien ! Mieux que vous, en tout cas ! Il doit être fou de rage que vous l'ayez roulé, Dora. Vous vous êtes jouée d'un maître espion qui, depuis cinquante ans, avait soigneusement verrouillé son affaire en escamotant Ivan à sa naissance et en laissant Anna, sa mère, s'enfoncer dans la folie ! Peut-on agir de manière plus sadique, plus impitoyable, je vous le demande ? L'idée de faire édifier une vraie fausse tombe pour vous persuader de la mort d'Anna sort d'un cerveau machiavélique ! C'est pourquoi je vous mets en garde tous les deux : c'est un type cruel et prêt au pire. Il est toujours puissant et fera tout ce qu'il pourra pour vous empêcher de retourner à Saint-Pétersbourg ! Il vous lancera n'importe quoi dans les jambes !

– Je n'en ai rien à faire de ce qu'il peut me lancer ! s'écria Dora, que ces raisonnements irritaient.

– Il a déjà commencé, pourtant !

– Que voulez-vous dire ?

Immédiatement sur le qui-vive, Dora et Ivan avaient presque posé la question ensemble.

Bernie se mordit les lèvres, mais il était trop tard. Il s'en voulut de s'être laissé emporter, car il avait décidé d'amener la chose en douceur, s'il s'apercevait qu'ils ne savaient rien, ce qui semblait être le cas.

– Vous n'êtes pas au courant ?

– Au courant de quoi ?

– Vous ne lisez pas la presse allemande, Dora ?

– Non. Pourquoi ?

– Il s'agit de votre père.

– Quoi, mon père ? Eh bien, parlez !

Bernie alla jusqu'à son bureau et y prit un fax frappé au sceau de l'Agence fédérale.

– C'est la photocopie d'un article paru avant-hier dans le *Süddeutsche Zeitung*. Votre père, Joseph Kempf, a été arrêté par la police berlinoise. Il fait l'objet d'une demande d'extradition de la part du gouvernement tchèque.

– Pour quel motif ? demanda Dora, livide.

– On lui reproche d'avoir organisé une exécution massive dans un village près de Marianské-Lasné, non loin de Prague, après une attaque des partisans tchèques contre une colonne allemande en retraite, fin mars 1945. Les Tchèques prétendent détenir les preuves qu'il a fait la guerre dans la Waffen SS en tant que Sturmbannführer. Comme commandant d'un bataillon, si vous préférez.

Ivan étreignit l'épaule de Dora, qui s'était détournée et pleurait doucement.

– Et cela peut être vrai ? demanda-t-il enfin.

Bernie n'hésita qu'une fraction de seconde. Il avait déjà fait son enquête.

– D'après les gens de chez nous, il semblerait que oui…

De retour à New York, Dora et Ivan se promenaient lentement dans les allées déneigées de Central Park. Il faisait un froid de loup, mais le temps était clair et les reflets du soleil sur la neige d'un éclat parfois insoutenable. Dora s'arrêta et jeta des morceaux de biscuit à une bande de corbeaux affamés qui les dévorèrent avec une rapacité bagarreuse.

Depuis quarante-huit heures qu'elle avait appris l'arrestation de son père, Dora semblait s'être complètement refermée sur elle-même. Ivan s'était gardé d'aborder le sujet, attendant qu'elle se décide à le faire.

Dora montra ses mains vides aux oiseaux.

– Je n'ai plus rien ! leur cria-t-elle. Allez-vous-en !

Comme s'ils avaient compris, les corbeaux s'envolèrent en croassant bruyamment.

Elle suivit leur vol du regard, puis se détourna pour rejoindre Ivan. Mais elle glissa sur le sol gelé et, voulant se rattraper à son bras, faillit tomber. Il la saisit par la main et l'attira à lui. Elle se retrouva dans ses bras et, soudain, s'abandonna. Elle enfouit son visage contre son épaule et éclata en sanglots. Il l'entoura de ses bras et, lui caressant la tête, la laissa se défouler longuement, tout en posant de temps en temps un baiser sur ses cheveux.

Elle releva enfin la tête.

– Excuse-moi.

Il lui prit le visage entre ses mains et effaça délicatement les larmes qui brouillaient son beau regard.

– Je m'occuperai de mon père, dit-elle enfin, mais au fond de moi-même je sais que ces Tchèques ont raison. Je suis persuadée qu'il est coupable.

Elle écarta les mains de son compagnon et le dévisagea avec intensité.

– Ivan, aide-moi à répondre à une question qui me hante depuis quarante-huit heures : suis-je monstrueuse si je t'avoue que je ne me sens absolument pas concernée par ce qui peut arriver à mon père ? J'éprouve un immense chagrin pour Anna. Mais je n'arrive pas à en ressentir un gramme pour un bourreau. En pensant à mon père et à

Kolomiakov, j'ose même te dire que j'ouvrirais volontiers la porte de l'enfer pour les jeter tous les deux dans les flammes et je m'en irais sans me retourner ! Certains êtres ont assez souffert, Ivan ! Assez ! Assez !!

L'écho renvoya le mot plusieurs fois avant de mourir, laissant le couple seul en face de la question de Dora.

– Voici ce que nous allons faire, décida-t-elle. Je vais aller aider cet homme qui me réclame aujourd'hui, se rappelant que je suis sa fille. Accompagne-moi, car j'ai besoin de toi. Ensuite, nous irons en Russie où je suis certaine que ta mère t'attend quelque part. Nous saurons bien la trouver, malgré l'autre bourreau…

Quand le bourreau a peur…

– En voyant venir vers moi un très vieil homme voûté, et surtout tellement geignard, j'ai failli ne pas le reconnaître, raconta Dora à Ivan.

C'est ce qui l'avait le plus frappée. Elle n'avait jamais revu son père depuis plus de vingt ans. Quel âge pouvait-il avoir lorsqu'elle s'était enfuie de Berlin-Est ? Elle s'efforça de calculer. Né en 1921, il avait un peu plus de cinquante ans lorsqu'elle avait fui. Elle se souvenait de lui comme d'un homme plutôt grand, mince et se tenant très droit. Il était alors le général Kempf, le directeur efficace d'un des bureaux de la Stasi, la police secrète de la République démocratique allemande. Le petit vieillard apeuré qui s'était avancé vers elle dans le parloir de la prison de Prague n'avait plus rien à voir avec l'ancien chef redouté, cet homme plein de morgue et fort de la puissance que lui conférait son poste dans la hiérarchie de la République populaire.

– Que dit l'avocat ? demanda Ivan.

– Il veut tenter de lui éviter la peine capitale…

La pendaison… Il avait une peur panique de la mort, l'ancien Sturmbannführer, que ses guerriers blonds avaient familièrement surnommé « Sepp Panzer » (« Joseph le blindé »), lorsque ce jeune officier commandait une compagnie de chars de la 3e Panzerdivision SS « Totenkopf », celle-là même qui avait ravagé la Pologne, l'Ukraine et la Hongrie, massacrant tout sur son passage.

Et Dora, à la limite de la nausée, avait dû une fois de plus écouter le vieillard tenter, comme tant d'autres avant lui, de justifier son passé de criminel de guerre en répétant comme une litanie : « J'avais des ordres, je ne savais pas, je ne suis pas responsable, je ne faisais qu'obéir... » Puis il se mettait à pleurer et suppliait Dora d'aller solliciter les témoignages de ses anciens camarades de combat. De tous les combats. Ils se dépêcheraient de venir, eux, radotait-il. Ce « eux » englobait ceux de la Waffen SS et ceux de la Stasi ! Il était persuadé qu'ils accourraient pour confirmer à ses juges combien il avait été « ganz korrekt » dans l'accomplissement de son devoir d'officier !

Ce qui semblait le plus inexplicable à Ivan, c'est que Joseph Kempf, en 1945, après la guerre, avait pu passer sans problème du nazisme au communisme. Comment peut-on quitter une dictature pour adhérer à celle qu'on a combattue ?

« Parce que, au fond, il n'y a pas de différence, avait répondu Dora. Il a préféré commander la police en Allemagne plutôt que d'aller se cacher en Amérique du Sud comme Eichmann, Bormann ou Mengele. L'opportunisme se porte bien de nos jours !

– On n'a donc pas fouillé ses antécédents avant de l'engager dans la police secrète communiste ?

– Et Kurt Waldheim ? Est-ce qu'on a épluché son passé avant de le nommer secrétaire général de l'ONU puis de l'élire président de la république d'Autriche ? »

De plus, Dora s'en était aperçue avec dégoût, Joseph Kempf ne regrettait rien.

Heureusement qu'Ivan était à ses côtés, car ce furent des semaines éprouvantes. Elle ressortait épuisée de ses visites à la prison.

– J'ai beau me forcer, lui dit-elle un jour, je n'éprouve aucune commisération. Et je ne peux rendre aucun amour à ce vieil homme qui ne m'en a jamais donné et qui me supplie aujourd'hui de m'apitoyer sur lui. Je n'ai plus rien à faire ici, Ivan. Je ne peux m'empêcher de penser à Anna qui, parfois, m'apparaît en rêve et m'appelle.

– Je ferai ce que tu décideras, répondit-il. Et ta décision sera la bonne.

Elle choisit de rester encore quelques jours.

Les amis de mes amis…

A la sortie des passagers des lignes intérieures de l'aéroport de Saint-Pétersbourg, Gregori Vlatchouk contempla une fois de plus avec dépit la télécopie trop sombre d'un visage aux traits tellement foncés qu'il se demanda comment il aurait fait pour reconnaître celle qu'il attendait s'il avait dû se contenter de ce fax sous-exposé.

Il avait préféré s'arrêter à la télévision pour savoir à quoi ressemblait Vera Semionova. C'est en visionnant une cassette qu'il avait découvert le visage intelligent et très mobile d'une jeune femme aux pommettes hautes et aux yeux bleus légèrement bridés. Des yeux de Caucasienne, de louve, avait-il immédiatement pensé en la voyant dans un reportage qu'elle avait produit et réalisé. Il s'agissait d'une série d'interviews d'anciens combattants d'Afghanistan. Pour être juste, s'il avait tenu à regarder ce film, c'était surtout pour tenter de se faire une idée la plus exacte possible du caractère et de la mentalité de la journaliste. Ce qu'il avait vu et entendu ne lui avait pas déplu. Avant de demander à Vera, dont Dora lui avait certes dit le plus grand bien, de venir le rejoindre, il avait souhaité prendre un maximum de précautions. Ce qui allait suivre était trop dangereux et trop hasardeux pour se permettre de faire confiance à n'importe qui.

– Je ne sais pas comment j'aurais fait pour vous reconnaître, si Dora ne m'avait fourni une description plutôt flatteuse de vous ! s'écria soudain une voix à côté de lui.

Il se retourna et découvrit Vera qui, souriante, un grand sac suspendu à l'épaule, lui tendait la main.

– Vous n'êtes pas mal non plus en photo ! dit-il en lui montrant le fax complètement charbonneux.

Elle regarda le document et éclata de rire.

– Heureusement, je suis physionomiste, comme tous les flics, ajouta-t-il.

Il se saisit du sac et l'entraîna vers la sortie. Tout en échangeant les banalités usuelles sur les conditions aléatoires des vols de la Compagnie, il l'observa à la dérobée, mais il se garda bien de montrer qu'il était séduit par le charme et la beauté de la jeune femme.

– Je vous remercie d'être venue aussi vite, dit-il, pendant qu'ils roulaient vers Saint-Pétersbourg. Avez-vous des nouvelles récentes de Dora ?

– J'ai eu un coup de fil d'elle et d'Ivan il y a trois jours. Ils sont à Prague. Au ton de sa voix, elle n'a pas l'air d'aller très bien. Ce procès l'affecte beaucoup. Pourquoi m'avez-vous demandé de venir avec une telle urgence ?

– Parce que vous auriez dû m'appeler aussitôt que vous avez été au courant de cette histoire du père de Dora. Je ne l'ai appris qu'avant-hier, en rencontrant par hasard Manfred Dornberg, le consul d'Allemagne, ici à Piter.

– Pourquoi aurais-je dû vous avertir ?

– Parce que je suis flic et que la nouvelle de cette histoire de SS m'a mis la puce à l'oreille. Je me suis demandé pourquoi l'ancien général du KGB avait embouché sa trompe et sonné l'hallali. Il est évident que Kolomiakov a compris que Dora avait éventé le coup de la fausse tombe et qu'elle allait reprendre la recherche d'Anna avec Sergueïev. Pourquoi croyez-vous que Kolomiakov a commencé à faire tout ce qu'il pouvait pour empêcher Dora et Ivan d'arriver jusqu'ici ?

Vera esquissa un geste de perplexité.

– C'était pourtant révélateur ! Cette manière de jeter les anciens crimes de son père à la tête de Dora, cette subtilité dans la manœuvre ne peuvent être que l'œuvre d'un professionnel en mesure de se procurer ce genre de documents ! Pourquoi la Tchécoslovaquie ? Parce que c'était la zone d'occupation de l'armée Rouge et que Kolomiakov a certainement été en poste là-bas. Pourquoi un rapprochement entre un Sturmbannführer de la SS et ce général de la Stasi ? Parce que Sacha a dû manipuler Joseph Kempf pendant des années en RDA ! S'attaquer au père de Dora est un trait de génie ! Je veux dire que celui qui a monté ce coup la connaît suffisamment pour savoir qu'elle n'est pas femme à laisser son père attendre seul la corde qui va le pendre !

– Ç'aurait très bien pu ne pas fonctionner. Dora n'est pas non plus quelqu'un à vouloir tirer un ancien SS d'affaire, fût-il son père !

– Bien sûr, n'empêche que ça a marché ! Car où est-elle, Dora, sinon bloquée à Prague ? Ce salaud est derrière cette affaire comme il est derrière tout, depuis le commencement. J'ai même découvert en prime le grain de sable qui a mis Kolomiakov sur la piste de Dora, au tout début ! Figurez-vous qu'il y a huit jours deux de mes inspecteurs ont arrêté un employé du Kirov qui vendait des archives du théâtre à des collectionneurs étrangers. Tout ce qu'on voulait ! Il n'y avait qu'à passer commande ! Chorégraphies de Petipa, partitions de Tchaïkovski, maquettes de décors d'époque, tableaux, photographies, tout ce que le client désirait !

– Je ne vois pas le rapport…

– Pour se dédouaner, ce type m'a dit qu'il pouvait me

fournir un renseignement capital concernant la mort de Sonia, l'archiviste. C'était lui qui l'avait mouchardée après l'avoir entendue demander des renseignements sur Kolomiakov au téléphone ! Vous vous rendez compte ?

– Cela veut dire qu'il est partout !

– Cela signifie surtout que les mouchards du KGB grouillent encore et que Kolomiakov s'en sert toujours.

– Maintenant, expliquez-moi ce que vous attendez de moi.

Il lui jeta un coup d'œil, puis freina et se rangea sur le bord de la route. Sans doute surpris par cette manœuvre, un énorme camion les dépassa en projetant des gerbes de neige fondue et le hurlement strident et agressif d'un klaxon marqua la violente désapprobation du chauffeur. Malgré elle, Vera tressaillit.

Gregori serra le frein à main et se tourna vers elle.

– Il faut que je vous prévienne, Vera : si vous décidez de nous aider, sachez que cela peut devenir périlleux.

– Vous vous y lancez bien, vous.

– Je suis policier. Je sais me défendre. Ce sera dangereux pour Dora et Ivan aussi, dès qu'ils arriveront. Quant à vous, si vous voulez continuer, vous risquez d'être dans la ligne de mire de Kolomiakov, car vous êtes liée à lui par votre grand-mère qui fut sa maîtresse. Je suis d'ailleurs persuadé qu'il sait déjà que c'est vous qui avez révélé à Dora que vous aviez vu Anna vivante. Je ne suis même pas certain qu'il ne vous fasse pas filer.

– Si vous continuiez plutôt vos explications, cela me permettrait peut-être de commencer à vous aider.

Il manifesta sa satisfaction d'un bref sourire et continua :

– En apprenant cette histoire de criminel de guerre, j'ai compris aussitôt que si Kolomiakov cherchait à retarder Dora et Ivan, c'est qu'il avait besoin de temps. Pourquoi ? Parce que ce salaud ne sait pas où est Anna ! Voilà pourquoi je vous ai fait venir ! Pour que nous la retrouvions avant lui ! Parce que, si c'est lui qui arrive le premier, elle est morte.

Sur ce, il redémarra.

Dans la voiture qui roulait dans Saint-Pétersbourg, Vera essayait d'ajuster les éléments du puzzle. Elle ne reprit la parole qu'en voyant les premières maisons de la ville :

– Où serait-elle, à votre avis ? Ici, à Saint-Pétersbourg ?

– Peut-être. Mais la ville est immense et, depuis 1990, personne ne tient plus la liste des déplacements de population.

– Le regretterais-tu, camarade commissaire ?

– Le travail était beaucoup plus facile pour la police quand chacun était fiché, je te l'avoue, camarade journaliste !

Elle rit et il en fit autant.

– Sérieusement, je pense qu'elle doit être revenue à Saint-Pétersbourg fin 1989, dit-il en désignant d'un geste les immeubles qui les entouraient. Son fils ayant disparu ici, elle peut penser qu'il y est resté et persister à vouloir l'y retrouver. Mais où habite-t-elle ? La ville et l'agglomération comptent plus de quatre millions d'habitants. Je l'ai cherchée auprès des anciens du Kirov, car j'espérais qu'elle les avait contactés, mais en vain. Macha, la vieille habilleuse qui avait renseigné Dora, ne l'a pas revue. Les autres retraités du théâtre non plus. J'ai compulsé des dizaines de registres, regardé des milliers de noms dans des fichiers. En pure perte. Tout ce que j'ai réussi à savoir par un ami qui s'occupe maintenant d'établir un fichier de déportation des citoyens de la ville, c'est le numéro du dernier camp où a été expédiée Anna Souvorine. C'était le n° 477.

– Où ça ?

– En Sibérie orientale, dans la taïga. Je me suis renseigné

sur cette dernière incarcération d'Anna. Le camp a été fermé fin 1989.

– De toute façon, qu'est-ce qui nous prouve qu'elle est encore vivante ? murmura Vera, soudain découragée.

– Qu'est-ce qui nous prouve qu'elle soit morte ? Peut-être nous trompons-nous complètement et est-elle tout bêtement à Moscou… Allez savoir !

Ils roulèrent un instant en silence.

– Me déposeriez-vous devant l'immeuble de la télévision ? demanda Vera. Je voudrais téléphoner à Dora.

– Bien sûr. Mais où allez-vous habiter ? Je n'aimerais pas vous savoir seule. Nous engageons une partie difficile et vous n'avez pas les moyens de protection dont je bénéficie. Je vous préférerais en lieu sûr.

Il réfléchit.

– Pourquoi pas chez moi ?

– C'est ainsi que les policiers de Saint-Pétersbourg déclarent leur flamme aux femmes qui leur plaisent ? dit-elle en souriant.

– Les policiers célibataires, toujours !

Des cendres dans la rivière

Il faisait très froid à Prague et Ivan frissonna. Il observa le ciel trop noir au-dessus du château du Hradcany qui dominait la Vlatava. La neige allait se mettre de la partie. Il consulta sa montre. Il était en avance pour son rendez-vous avec Dora. Il s'accouda à la rambarde du pont Charles, content d'avoir une bonne nouvelle à lui annoncer. Son assistante venait de lui téléphoner : eu égard à sa personnalité et aux services rendus dans le passé, l'université de Californie avait accepté que le professeur Sergueïev prenne ex abrupto une année sabbatique. Il avait maintenant la vie devant lui pour retrouver sa mère. Le mot lui sembla bizarre, toute idée de parenté restant encore abstraite pour lui. Que dirait-il à Anna s'il la retrouvait ? Comment l'appellerait-il ? Son image ne se brouillerait-elle pas avec celle de Dora, puisque sa compagne lui avait longuement parlé de leur étrange ressemblance ?

A l'évocation de Dora, une brusque bouffée de désir s'empara de lui. La veille, il était allé la chercher à la salle où elle achevait ses exercices à la barre. En observant la fin de sa séance de travail, il avait été frappé par la superbe morphologie de ce corps dont il découvrait chaque nuit la force et la souplesse. Quelle volonté ! avait-il pensé en la regardant. Il savait, bien sûr, qu'une ballerine était une athlète, mais jamais comme ce jour-là il n'avait assisté à la démonstration concrète du véritable entraînement physique, à la limite du supportable, auquel une danseuse devait s'astreindre.

Un bruit de pas le sortit de ses pensées et le fit se retourner. Il aperçut immédiatement le visage bouleversé de Dora qui courait vers lui. Il se précipita et la recueillit dans ses bras, où elle éclata en sanglots. Inquiet, il s'efforça de la calmer et, mot après mot, finit par lui faire raconter que, lorsqu'elle s'était présentée à la porte de la prison, le directeur de l'établissement pénitencier lui avait annoncé qu'on avait découvert le matin même Joseph Kempf pendu dans sa cellule.

Ainsi, « Sepp Panzer » n'avait pas eu le courage d'affronter la responsabilité de ses actes...

Dora semblait au bord de la crise de nerfs. Ivan s'efforça de la consoler. Secrètement, il était persuadé qu'à terme cette disparition allait la soulager. Elle n'aurait plus à affronter le dilemme qui la détruisait chaque jour un peu plus : sous prétexte qu'il était son père, devait-elle porter assistance à un être qu'elle méprisait, ou valait-il mieux qu'elle l'abandonne à son sort ? Dans la mesure où il lui avait fallu un certain courage pour mettre un point final à sa vie, Joseph Kempf avait peut-être rendu à sa fille le dernier et unique service de sa vie.

– Tu n'es pas seule. Je suis là, mon amour...

Tandis que les premiers flocons de neige commençaient à tomber sur la ville, il l'avait entraînée dans une longue randonnée dans les rues de Prague. Il pensait qu'elle devait marcher sans arrêt, puis manger un peu et recommencer à marcher afin d'aller physiquement au bout de ses forces, jusqu'à tomber de fatigue et s'endormir enfin dans ses bras...

Des heures plus tard, elle s'arrêta au bord d'un quai et désigna l'eau boueuse de la rivière.

– Sais-tu ce que j'ai demandé à ce directeur de prison ? Que mon père soit incinéré et qu'une nuit on vienne disperser ses cendres dans ce cours d'eau. Un fonctionnaire m'a demandé si j'étais bien certaine que c'était ce que je désirais. Je lui ai dit que oui et j'ai signé les papiers nécessaires. Quant à lui, Joseph Kempf, mon père, je n'ai même pas voulu revoir son corps… N'ai-je pas été un peu lâche ?

– Non. Le vrai courage a été de ne pas t'apitoyer.

– Alors, partons, tu veux bien ? lui demanda-t-elle avec force. Partons, je t'en prie. Je n'ai plus rien à faire ici et je sens qu'Anna a besoin de nous.

Exercices de tir

– Bienvenue à l'Académie des Sciences de la république de Russie, Ivan Sergueïev !

Ivan détesta cette entrée en matière. Parce que le physicien imbu de lui-même qui l'apostrophait ainsi – il avait failli dire « camarade Sergueïev », le vieil imbécile ! – avait été un jeune stalinien convaincu qui, vingt-cinq ans auparavant, avait dénoncé ses meilleurs amis au KGB. C'était ça, la nouvelle Russie ? On prenait les mêmes et on recommençait ? Cette bande de professeurs cacochymes qui se pressaient pour fêter le savant californien ne lui disait rien qui vaille. Il sentait se poser sur lui des regards de jalousie ou d'hostilité. Quelque part, il serait toujours considéré par certains d'entre eux comme un traître qui avait déserté la mère patrie. Heureusement, il retrouva vite quelques anciens amis parmi lesquels Boris Plemakov, celui-là même qui l'avait prévenu des soupçons qui pesaient sur lui avant son passage à l'Ouest.

La cérémonie étant organisée en son honneur, il était bien obligé de faire contre mauvaise fortune bon cœur. Et puis, il était ravi de découvrir le visage des gens qui avaient aidé Dora, ou d'être présenté à certaines personnes dont elle lui avait raconté le rôle dans sa quête d'Anna. Elle lui avait tellement vanté la droiture d'Untel et la prudence suspecte de certains autres qu'on n'eut pas besoin de lui présenter une femme d'un certain âge, élégante et encore très altière, qui salua Dora avec froideur et observa Sergueïev avec curiosité. Il s'agissait, bien entendu, d'Olga Vissetskaïa. Elle battit brusquement en retraite en apercevant Leonid Varanchine, qui surgit de la foule pour venir saluer Dora avec des airs de conspirateur affolé.

– Pourquoi es-tu revenue ? Je t'avais pourtant bien dit de ne pas remettre les pieds dans ce pays !

– Je vous assure, cher Leonid, répondit Dora en souriant, que si elle n'a plus envie de moi, la Russie ne me reverra plus dès l'instant où elle nous aura rendu Anna Souvorine…

– Ne prononce pas ce nom. Tu m'effraies, Dora ! Tais-toi, je t'en supplie ! Et pourquoi es-tu toujours avec ce Sergueïev qui ressemble à ton mari ? Que fais-tu avec un ancien dissident ? Présente-moi ! Qui est-il pour toi ?

Dora allait répondre à ce flot de questions inquiètes, lorsqu'elle entendit une voix toute proche :

– Tiens ! une danseuse étoile !

Elle se retourna et eut la surprise de découvrir Roland Meisner, l'ambassadeur d'Allemagne, donnant le bras à son épouse qui, ravie de revoir Dora, abandonna tout protocole et l'embrassa avec effusion.

– Et à moi, on ne dit plus bonjour ? On préfère m'abandonner avec une jolie sosie dans une voiture diplomatique sur la route de Pétersbourg ? fit une autre voix, un rien sarcastique.

C'était celle de Werner Schellendorf. Il s'inclina galamment, lui baisa la main et l'entraîna à part.

– Avez-vous quelque secret à me confier ? demanda Dora.

– Aucun, sauf que j'aperçois là-bas une jeune femme d'une grande beauté en train de discuter avec votre ami Sergueïev. On m'a dit qu'il s'agirait d'une diplomate à laquelle je n'ai pas encore eu l'honneur d'être présenté…

Dora regarda dans la direction indiquée et sourit en reconnaissant Elaine Curtiss, l'ex-femme d'Ivan.

– Vous avez de la chance ! Je la connais très bien !

La réception se poursuivit ainsi, brillante, avec l'arrivée de Collin Brubaker, l'ambassadeur des États-Unis, qui vint saluer Ivan et fut enchanté d'être présenté à Dora. Par jeu, Ivan tenta de deviner qui, de la suite diplomatique de Brubaker, était le responsable local de la CIA. Il paria pour le troisième attaché commercial qui accompagnait l'ambassadeur. Bingo ! pensa Ivan, qui avait jugé l'homme un peu âgé pour ce poste, lorsque, s'approchant de lui, le « diplomate » lui demanda de passer le lendemain à l'ambassade dans la matinée.

– Pourquoi pas à dix heures ? proposa Ivan.

– D'accord. Mais à dix heures *pile*, répondit l'homme.

– A dix heures pile, entendu.

Ivan fut rassuré. « Pile », employé dans ce sens, était le mot de code que Bernie Hackford avait donné à Ivan pour reconnaître son contact à l'ambassade.

Après l'accueil de l'Académie et ce rendez-vous avec qui de droit, la soirée était finie en ce qui le concernait.

Soirée moscovite étrange, cependant, où Ivan et Dora, tout en se sentant déracinés, eurent ensemble, mais pour des raisons différentes, l'impression de revenir à un monde connu. Dora, parce qu'elle reprenait contact avec sa quête et ses principaux acteurs ; Ivan, parce qu'il retrouvait son ancienne patrie, des collègues et amis d'autrefois, sa langue maternelle enfin.

Accompagnée de Gregori, Vera apparut pour donner le signal du départ, replongeant Dora dans une réalité plus prosaïque.

– Je voudrais qu'Ivan et vous ne vous éternisiez pas ici, lui glissa Gregori. J'ai fait un tour de la salle et il y a quelques têtes qui ne me reviennent pas.

– Quelques-unes seulement ?

– Ne plaisantez pas ! Vous ne savez pas ce que vous risquez. Nous ne sommes plus dans mon bureau de Saint-Pétersbourg où vous pouviez mentir comme une arracheuse de dents…

C'est ainsi qu'ils se retrouvèrent tous les quatre dans le minuscule appartement moscovite de la journaliste.

– Si je peux me permettre une question, commença Gregori, pourquoi diable avoir laissé organiser cette réception ?

– Par provocation. Afin de rendre publique la présence d'Ivan en Russie, rétorqua Dora. Après cette soirée, personne n'osera s'attaquer à un personnage de cette notoriété.

– En public et accompagné, non ! Mais n'importe où ailleurs, de nos jours, en Russie, un accident est vite arrivé !

– Arrêtons d'avoir peur de tout ! s'écria Vera. Des anciens communistes et de la mafia ! Des néo-fascistes et des nouveaux riches ! Je crois me souvenir que c'est toi, Gregori, qui parlais de bâtir une nouvelle Russie, non ?

– Nous reparlerons de la nouvelle Russie plus tard ! répliqua Gregori, un rien énervé. Je voudrais qu'on remette les pieds sur terre, tout simplement…

Dora l'examina pendant qu'il versait de la vodka dans les verres. Il était bel homme et sympathique. Elle avait remarqué que Vera et Gregori se tutoyaient. Et comme, en observant Vera, elle l'avait trouvée épanouie, elle pensa qu'il existait entre eux des relations plus intimes. Cette idée lui plut. Quand elle croisa le regard de la jeune femme, elle lui fit un petit signe de connivence. Vera rougit légèrement, ce qui conforta Dora dans son impression.

– Dora vous a raconté tout ce qui est arrivé depuis le début de ses recherches au Kirov, n'est-ce pas ? Alors, continua Gregori en voyant Ivan acquiescer, ne soyez pas dupe des salamalecs qu'on vous a prodigués pendant cette réception. Ne croyez pas que Kolomiakov ait désarmé. Tout au contraire. Ce soir, dans cette petite cérémonie, il y avait au moins cinq types qui sentaient la momie pourrissante du KGB à cent mètres ! Alexandre Alexandrovitch va nous suivre pas à pas. Pour le moment, il ne sait pas plus que nous où se trouve Anna Souvorine. Si nous avons de bonnes raisons de la croire vivante, personne n'a idée de l'endroit où elle se cache. Mais je sens que Kolomiakov cherche comme un forcené et il a des moyens considérables à sa disposition. Nous, non.

– Pourquoi se cacherait-elle toujours ? demanda Ivan.

– Après plus de quarante ans de persécutions, d'asile en prison, de prison en camp et de camp en relégation, vous ne vous cacheriez pas, vous ?! Moi, à la place d'Anna, ou j'aurais fichu le camp à la première occasion, ou je me planquerais là où ce cinglé paranoïaque ne pourrait jamais me retrouver ! Voilà pourquoi !

Ivan acquiesça. Et chacun s'absorba dans ses propres réflexions.

– Comment allons-nous organiser cette recherche ? demanda enfin Dora. Je veux dire, d'un point de vue pratique. D'abord, croyez-vous qu'Anna soit revenue à Saint-Pétersbourg ?

Gregori eut une moue marquant sa perplexité.

– Je le crois, mais ce n'est qu'une intuition. Il y a deux cas de figure : soit elle espère toujours retrouver son fils et elle y est donc obligatoirement retournée. Mais où ? Ça, c'est la question.

– Quelle est la deuxième hypothèse ?

– C'est une idée que j'ai eue en pensant à Vania, fit Vera. Vous vous souvenez de lui, Dora ? Vania, le vieux trappeur d'Irkoutsk ?

Dora acquiesça.

– Eh bien, je me suis demandé pourquoi Anna ne se serait

pas établie comme lui dans la région de son dernier camp ? Elle est âgée et ne connaît plus personne à Saint-Pétersbourg. Elle n'a pas de famille, pas d'appartement, rien.

– Vous voulez dire qu'elle aurait renoncé à retrouver ce fils pour lequel elle s'est battue toute sa vie ? C'est faire bien peu de cas de son obstination ! s'exclama Dora, surprise.

– Mais elle n'est peut-être plus en état de rechercher qui que ce soit ! Quel âge aurait-elle aujourd'hui ? demanda Vera.

– Elle *aura* soixante-neuf ans dans quatorze jours exactement, précisa Dora, en insistant sur le futur, car ce conditionnel l'angoissait.

– Parfois, j'ai envie de me ranger à l'avis de Vera, intervint Gregori. Réfléchissez : à cet âge-là, comment une femme comme Anna pourrait-elle subvenir à ses besoins à Saint-Pétersbourg ? Une femme qui a passé plus de quarante ans en prison ! Qui connaît-elle encore en ville ? Qui la logerait ? Contre quoi ? Qui lui donnerait de l'argent pour vivre ? Elle n'a même pas de pension. Déjà, avec les dévaluations successives du rouble, les retraités crèvent de faim et les gamines se prostituent pendant que leurs frères volent, vendent de la drogue ou font la manche dans les rues...

– Et si Dora et moi allons nous renseigner auprès d'éventuels survivants de camp, pendant que vous et Vera continuez les rechercher à Saint-Pétersbourg ? suggéra Ivan. Si Anna n'y est pas, nous en aurons du moins le cœur net et nous concentrerons tous nos efforts sur Pétersbourg. D'un coup d'avion, nous pouvons faire cette enquête très vite, tout en restant en contact. Qu'en pensez-vous ?

– Je pense que c'est du temps perdu, dit Dora, prise soudain d'une énorme lassitude.

– Moi pas, Dora, répliqua Ivan. Je ne sais pas pourquoi, mais quelque chose me dit que je dois aller là-bas...

Seule dans la salle de bains de la suite qu'elle occupait avec Ivan au Hilton de Moscou, Dora achevait de se démaquiller. En contemplant son image dans le miroir, elle ne put s'empêcher de penser à son reflet plus âgé qui, peut-être, attendait son fils quelque part dans cet immense pays. Dans ce continent, rectifia-t-elle.

– Où es-tu, Anna ? Fais-moi signe…

Elle avait beau savoir que, comme elle l'aurait fait elle-même en pareil cas, Ivan devait suivre son intuition et aller jusqu'à ce camp situé près de l'océan Pacifique, à des milliers de kilomètres de Moscou, à l'autre bout de la Sibérie, elle aurait préféré qu'ils partent tout de suite avec Gregori et Vera à Saint-Pétersbourg. Au fond d'elle-même, elle était certaine qu'Anna se cachait là-bas.

Le téléphone sonna. Elle entendit Ivan décrocher et répondre en russe. Curieuse, elle le rejoignit dans la chambre.

– C'est Boris, fit-il en raccrochant. Il est en bas dans un salon de l'hôtel et voudrait me parler.

– A cette heure-ci ? Ne l'as-tu pas déjà rencontré tout à l'heure à l'Académie des Sciences ?

– Justement. Il ne nous a pas vus quitter la réception. Il a quelque chose à me dire qui me concerne de près, paraît-il. Il a parlé de renseignements confidentiels sur ma famille…

Dora s'alarma :

– Il a prononcé le mot « famille » ?

– Oui, mais n'aie pas peur. Souviens-toi que c'est lui qui m'a prévenu qu'il fallait que je quitte l'URSS au plus vite, il y a vingt ans.

– Ne t'attarde pas. Je t'attends.

En voyant Ivan sortir d'un des ascenseurs, Boris se leva et agita la main. Il était encore en smoking. Ivan traversa le hall désert à cette heure-ci et vint s'asseoir en face de lui, impatient. D'un geste, il refusa une consommation à un garçon promptement surgi de nulle part. Déçu, le serveur repartit et ramassa au passage les verres de trois hommes d'affaires installés un peu plus loin qui, penchés au-dessus d'un ordinateur portable, poursuivaient un conciliabule animé.

– Qu'est-ce qui se passe, Boris ?

– Tu es parti si vite de l'Académie…

– Excuse-moi, il y avait tant de monde ! Au téléphone, tu m'as parlé de ma famille. Que sais-tu exactement ?

– On m'a chargé à ce sujet d'une commission pour toi.

– Qui, « on » ?

– Des gens qui m'ont approché à la réception en me demandant de te rencontrer ce soir pour te parler de ta mère…

– Ivan Sergueïev ?

Surpris, Ivan leva la tête et découvrit, les entourant, les trois « industriels » de la table voisine, qui maintenant les cernaient, Boris et lui.

– Je vous conseillerais de nous suivre sans essayer d'attirer l'attention, Sergueïev.

L'homme qui parlait sans élever la voix écarta légèrement un pan de son manteau posé sur ses épaules, afin qu'Ivan puisse apercevoir le pistolet qu'il tenait à la main.

– Je vous promets en échange que l'on ne touchera pas à une mèche de cheveux de Mlle Kempf, qui vous attend dans la suite 435. Dans le cas contraire…

Ivan chercha Boris du regard, mais ce dernier avait depuis longtemps baissé les yeux. Ivan le regarda avec mépris.

– Salaud…

– Allons-y, intima l'homme en désignant la sortie de l'hôtel d'un geste de la tête.

– Où ?

– Dehors. Rencontrer quelqu'un qui veut vous parler.

Comme Ivan hésitait encore, l'homme lui montra le talkie-walkie qu'il tenait de l'autre main.

– Puis-je dire à mes amis qui attendent devant la porte de la suite de Mlle Kempf de se retirer, Sergueïev ?

Ivan acquiesça et, sous cette escorte discrète qui ressemblait à un petit groupe d'industriels regagnant leurs voitures après un entretien, il se dirigea vers la sortie sous l'œil indifférent des employés de la réception.

Dehors, les hommes indiquèrent à Ivan une grosse limousine qui, à leur vue, décolla ses roues du parking et s'avança vers eux. Soudain, un cri retentit :

– Couchez-vous, Ivan !

Automatiquement, Ivan se laissa tomber à terre et roula derrière un véhicule, tandis que des coups de feu éclataient, nourris et saccadés.

Des sons et bruits divers se précipitèrent. Ivan entendit les cris de douleur, des coups de feu émanant d'autres armes. Puis, de nouveau, les détonations très caractéristiques du premier automatique et, presque en même temps, le rugissement d'un moteur, un coup de freins et des claquements de portières. Pour finir, des pneus sollicités par un démarrage rapide crissèrent.

Enfin, succédant à tout ce vacarme, le silence se fit.

– Vous pouvez vous relever, Ivan !

Il se redressa lentement et découvrit Gregori qui, un peu plus loin, regarnissait machinalement le chargeur de son arme en jetant un coup d'œil alentour.

Ils se rejoignirent au milieu d'une allée.

– Merci, dit Ivan, encore secoué.

– De rien. Vous voyez que j'avais raison, lorsque je vous disais qu'on pouvait vivre dangereusement à Moscou !

– Et Boris ?

– Ce salopard a disparu ! J'ai eu l'idée de rester un petit moment sur le parking après vous avoir raccompagnés, Dora et vous. On ne sait jamais. C'est en voyant débarquer votre ami d'une grosse voiture aux vitres teintées que j'ai pensé à un coup fourré vous concernant. Je n'ai pas voulu déclencher les hostilités à l'intérieur pour ne pas transformer le hall en stand de tir. J'ai préféré les attendre dehors, où je savais qu'ils ne se méfieraient pas.

Gregori lui montra une trace de sang sur le macadam et des impacts de balles sur les carrosseries d'une camionnette et d'une voiture.

– Ce n'était pas pour une simple causette qu'on voulait vous emmener en promenade.

Il abandonna son examen des carrosseries et se redressa.

– Qu'est-ce qu'il vous a raconté pour vous attirer dehors, votre ami Boris ?

– Qu'il était à même de me fournir des renseignements sur ma famille. Dans le salon, il a parlé de ma mère.

– Voilà qui est signé ! Alexandre Alexandrovitch Kolomiakov est donc reparti en campagne dès votre arrivée. Mais pourquoi vous en premier ?

– Pour assouvir sa haine, je suppose. Pour se venger de m'avoir raté autrefois.

– On peut aussi imaginer que ce malade a voulu faire d'une pierre deux coups. Il a pu calculer que, vous disparu, Dora, folle de chagrin, abandonnerait ses recherches et quitterait immédiatement la Russie. Ce cinglé pourrait ainsi déguster tout seul sa vengeance !

– Je n'avais pas pensé à un tel raffinement.

– Vous n'avez heureusement pas à fréquenter de psychopathes ! Cela dit, il n'est plus question que vous partiez en Sibérie sans escorte. Vous avez un moyen sûr d'entrer en contact avec le service de sécurité de votre ambassade ?

– J'ai un code d'urgence.

– Alors, téléphonez-leur immédiatement et dites-leur que l'on a cherché à vous attaquer devant votre hôtel. Vous ne savez pas qui, bien sûr. Vous étiez sorti prendre l'air cinq minutes et on vous a tiré dessus. Des voyous, sans doute.

Il rangea son arme dans un holster sous sa veste.

– On se revoit demain pour aviser. Je téléphonerai à huit heures. Si vous vous vouliez me joindre avant, j'habite chez Vera.

On entendit au loin le son de sirènes de police.

– Rentrez vite, dit Gregori. Je vais raconter à la police locale que j'ai été agressé par une armée de hooligans et que j'ai dû me défendre. Je ne suis pas dans ma circonscription juridique, voyez-vous, et mes exercices de tir n'ont rien de légaux, sauf en cas de légitime défense. Bonsoir. A demain !

Ivan lui serra la main et s'éloigna vers l'hôtel, mais Gregori le rappela.

– Je ne sais pas de quoi ils ont pu menacer votre ami Boris, mais je ne pense vraiment pas qu'il ait agi de son plein gré. On a dû le faire chanter. C'est peut-être trop vous demander, mais ne le mêlez pas à tout ça. Ce n'est pas le moment.

– Il m'a sauvé la vie il y a vingt ans. Disons que je vais faire l'effort de considérer que nous sommes quittes.

Après un dernier geste d'au revoir de la main, Ivan rentra dans l'hôtel.

Cher Sacha

Si c'est un lieu commun de prétendre qu'une cigarette est un plaisir après l'amour, alors soit ! Gregori sacrifiait volontiers aux lieux communs. Nu dans le confortable lit de Vera, il savourait sa cigarette tout en examinant avec intérêt l'unique chambre-salon-salle à manger qui constituait l'appartement de la jeune femme. A droite, il pouvait apercevoir, symétrique à une petite cuisine bourrée d'objets, une buanderie que Vera avait transformée en bureau en y entassant des magnétoscopes, des caméras et un ordinateur. Tout autour de lui les étagères croulaient sous une masse impressionnante de dossiers et de cassettes vidéo. En fait, se disait Gregori, l'appartement entier semblait être l'enjeu d'une sévère bataille entre l'occupante et une armée de livres, de revues, de disques et de cassettes, dont on sentait que bientôt ils allaient remporter la victoire et envahir le peu d'espace restant disponible.

En même temps, il réfléchissait à l'avenir de leur couple tout récent. Depuis leur coup de foudre à Saint-Pétersbourg, totalement pris par la quête d'Anna Souvorine, ils ne s'étaient pas quittés ni encore rendu compte que chaque jour qui passait renforçait la soif et le besoin qu'ils avaient l'un de l'autre. Ils n'avaient pas eu le temps de réfléchir sérieusement à ce qu'ils allaient devenir après la fin de la traque à laquelle ils se consacraient entièrement. Puisqu'il était impensable d'envisager qu'ils se séparent, qu'allaient-ils faire ? Est-ce lui qui devrait demander une mutation à Moscou ? Quant à ce qu'elle quitte la capitale, centre de l'aventure politique de la nouvelle Russie, cela semblait difficile à exiger d'elle...

– Eurêka !

Gregori se redressa sur un coude et la vit surgir comme une trombe de la minuscule salle de bains et bondir sur le lit, sans autrement se préoccuper de sa nudité.

– Je viens de trouver ce qu'il faut faire au sujet d'Ivan ! Ce qui m'a mis sur la voie, c'est un mot que Dora a prononcé ce soir même dans cette pièce ! Te souviens-tu de sa réaction lorsque tu leur as reproché de s'être trop exposés à l'Académie ? Elle t'a dit avoir accepté cette invitation pour faire de la provocation, tu te rappelles ?

Il acquiesça en se demandant où elle voulait en venir.

– Elle souhaitait qu'Ivan paraisse en public, continua-t-elle, histoire de bien montrer à tous sa notoriété, dans l'espoir que personne n'ose s'en prendre à lui.

– Je n'ai pas voulu la décourager, mais ce n'est pas parce qu'on racontera demain dans les gazettes ou à la télévision que le célèbre professeur Sergueïev a été reçu à l'Académie des Sciences qu'Ivan s'en trouvera mieux protégé. La preuve ! Cela n'a pas traîné. Moins de trois heures après, on a essayé de l'abattre !

– Eh bien ! j'ai trouvé mieux comme protection ! Tu te souviens de *La Lettre volée* d'Edgar Poe ?

– Oui, des enquêteurs passent au crible toute une maison à la recherche d'une lettre volée. Or, depuis le début de l'enquête, personne n'a remarqué que cette lettre est posée bien en évidence sur la cheminée du salon, juste sous leurs yeux.

– Ce à quoi je pense relève de la même démarche. Au lieu de nous cacher dans nos recherches en rasant les murs et en nous méfiant de tout le monde, pourquoi ne pas au contraire exposer le cas d'Ivan et de sa mère devant toute la Russie ?

– Tu veux qu'il dise tout à la télévision ?

– Pas tout ! Presque tout. Je le fais passer dans un talk-show style *Appel à témoins* et Ivan raconte son histoire, qui est quand même très étonnante ! Depuis les tribulations de son père alsacien, touriste malgré lui : Strasbourg, Leningrad, Vladivostok, Odessa et retour, jusqu'aux épreuves subies par sa mère, victime de la jalousie et de la vengeance d'un inconnu ! Triple avantage : un, Ivan explique qu'il cherche sa mère ; deux, il désigne un ennemi sans le nommer ; et trois, Anna, si elle est toujours vivante, verra peut-être l'émission ou du moins peut-on espérer qu'on lui en parlera. En résumé, pourquoi continuer à chercher Anna Souvorine dans l'obscurité alors que nous pouvons le faire au grand jour et qu'Anna a des chances ainsi de venir d'elle-même à nous ?

Si, comme des dizaines de millions d'autres téléspectateurs, Olga Vissetskaïa ne pouvait détacher son regard du poste de télévision, où la 5 diffusait *Destins*, une émission du très célèbre journaliste Pavel Jabonski, c'est que ce qu'elle voyait et entendait l'intéressait prodigieusement. Comme Dora, Vera et Gregori qui, depuis une régie, regardaient Ivan Sergueïev répondre en direct aux questions de Jabonski, Olga se demandait si le journaliste retors allait parvenir à faire suffisamment sortir le savant américain de ses gonds pour qu'il lance une accusation. L'interviewer venait juste de suggérer que quelqu'un de haut placé était certainement intervenu à l'époque contre la mère d'Ivan.

Sur le plateau du direct, Ivan contenait mal sa fureur. Avant l'émission, il s'était mis d'accord avec Jabonski sur un point : il ne ferait aucune révélation quant à l'identité de la personne qui aurait pu vouloir se venger d'Anna. Mais le journaliste avait oublié sa promesse.

– Et pourquoi ne pas dire que votre mère a été victime de représailles ? Qu'on lui a carrément volé son enfant ? Cela change tout ! Car, derrière un rapt d'enfant dans une maternité, il y a forcément une vengeance. Qui donc, Ivan Sergueïev, aurait pu se montrer assez machiavélique pour dérober un bébé à l'affection de sa mère et, en prime, envoyer cette dernière dans un goulag ? Il fallait que ce soit un personnage puissant, un homme de pouvoir... Vous avez bien une idée...

– Pas de commentaire, répondit sèchement Ivan.

– Un membre du NKVD, peut-être ?

– Pas de commentaire.

– Mais enfin, il y a bien quelqu'un derrière tout ça ?

– Pas de commentaire.

– Je disais cela pour éclairer le débat, cher Ivan...

– Pas de commentaire.

– Revenons donc aux circonstances qui ont fait de vous un orphelin de l'armée Rouge. Il y a bien eu un moment dans la vie de cet orphelin où, sa conscience s'éveillant à ce qui l'entourait, il s'est demandé qui étaient ses parents.

– Certes, mais lorsque l'on vous répond que vous êtes un enfant trouvé, vous ne cherchez pas plus loin. Heureusement, je sais maintenant qui sont mes véritables parents.

– Avez-vous des preuves de ce que vous avancez ?

– Absolument.

– Vous voulez dire par des méthodes biologiques ? Des recherches d'ADN ?

– Il n'y a pas que ces moyens.

– Donc, vous n'avez aucune certitude...

– Bien sûr que si. Je peux prouver que ma mère était une jeune danseuse du théâtre Kirov. Une élève de Vaganova du nom d'Anna Souvorine, et je souhaite que vous passiez sa photographie à l'écran.

– Mais bien sûr ! s'exclama Pavel Jabonski en se tournant vers une des caméras qui les filmaient. Régie, s'il vous plaît ?

Et la photographie d'Anna apparut sur l'écran en une lente ouverture fondue qui fit sortir du noir le beau visage de la jeune ballerine. Quelques notes de Chopin rendirent l'image encore plus mélancolique.

Bouleversé, Ivan contempla ce visage, ne sachant plus si c'était celui d'Anna ou de Dora...

A Vistaïa Kolyana, fou de rage, Sacha ne put se retenir de lancer contre un mur le verre qu'il tenait à la main. Le cristal éclata avec fracas et se brisa en mille morceaux.

Sans quitter l'écran des yeux, Olga saisit une coupe de champagne et la porta avec gourmandise à ses lèvres. Elle se pencha machinalement en avant, parce que la tournure que prenait l'émission l'intéressait au plus haut point et commençait même à lui donner des idées.

La chaîne retransmit ensuite la scène des actualités filmées où l'on voyait Anna danser *Le Lac des cygnes* au Kirov, fin 1943. La voix de Pavel Jabonski expliquait que cette représentation spéciale avait été donnée à Leningrad en l'honneur des ouvriers de l'usine de tanks portant le même nom que le théâtre. On voyait Anna danser avec, en coupe, des plans de la salle où l'on pouvait reconnaître au premier rang un jeune travailleur qui n'était autre que Peter Muller.

Qui était qui ? Dans un jeu de miroirs ambigu, film et portraits renvoyaient à Dora et à Ivan les images de jeunesse de ceux dont ils étaient les reflets. Sur le plateau, Ivan, très ému, contemplait un plan rapproché de son père que le réalisateur avait demandé d'arrêter et d'agrandir. En régie, troublée au plus profond d'elle-même, Dora passait alternativement de l'image filmée de Peter à la vision directe d'Ivan.

Puis vint l'appel à témoignages, pour lequel Gregori et l'homme de la CIA avaient beaucoup travaillé, car le danger de l'émission résidait là : en tentant de les contacter, Anna risquait de tomber dans une embuscade tendue par Sacha. Si elle donnait de ses nouvelles, ou si des gens en relation avec elle se manifestaient, ils ne devaient le faire qu'après avoir appelé deux numéros de téléphone indiqués dans l'émission : ceux d'Elaine Curtiss, attachée culturelle auprès de l'ambassade des États-Unis à Moscou. Le journaliste, qui s'était repris et avait conscience du danger qu'il faisait courir à certaines personnes, avait annoncé aux téléspectateurs que la diplomate détenait tous les renseignements susceptibles d'écarter les tricheurs, les malveillants et les importuns.

Après l'émission, tandis qu'ils prenaient un verre dans un salon de la station, Gregori se montra soucieux. Comment assurer la confidentialité absolue de la transmission de l'information – si information il y avait ? Et comment pourrait s'effectuer la prise de contact physique avec Anna, si elle était encore vivante et se découvrait ? Ils allaient être surveillés de plus belle après cette émission, qui avait eu en outre l'inconvénient de mettre en jeu une nouvelle partenaire en la personne d'Elaine Curtiss... Comme le bon joueur d'échecs qu'il était, Gregori, qui avait contribué à mettre au point le verrouillage des sécurités de la partie, essayait d'en trouver la faille et de deviner le prochain coup de Kolomiakov.

Après avoir éteint la télévision, Olga s'était mise à marcher de long en large dans le salon de sa datcha. Elle réfléchit longuement, dégusta une autre coupe, hésita, puis se décida enfin. Elle alla décrocher son téléphone, composa un numéro et attendit que la communication soit établie.

– Bonsoir, murmura-t-elle de sa voix la plus douce. Je suppose que tu as regardé l'émission. Comment as-tu trouvé Ivan Sergueïev ? C'est à son sujet que je t'appelle. Ne penses-tu pas que nous devrions nous rencontrer dans les plus brefs délais ? Je crois que nous avons beaucoup de choses à nous dire. Tu es aussi de cet avis, n'est-ce pas… ? Je te propose que nous nous voyions dans ma datcha de Moscou. Nous serons plus tranquilles pour bavarder, cher Sacha…

Silence radio

Vera revenait des cabines téléphoniques du hall des départs de l'aérogare de Moscou. Peut-être parce qu'elle était une professionnelle de la télévision et qu'elle avait mis beaucoup d'espoir dans l'appel d'Ivan, elle parvenait mal à cacher sa déception. Davantage que Dora, Ivan ou Gregori, elle avait espéré que cette émission leur permettrait de retrouver Anna sur-le-champ. Si la Russie avait maintenant faim et froid, elle ne manquait pas de téléviseurs, et l'émission avait été très regardée. Pourquoi Anna ne s'était-elle pas manifestée d'une façon ou d'une autre ? Que signifiait ce silence ? Qu'elle était morte ?

– Alors ? demanda Dora.

– Rien de neuf. Personne n'a appelé la chaîne...

– Elaine n'a reçu aucun appel non plus, précisa Ivan. Mais cela ne veut rien dire. Il n'y a que quatre jours que nous avons fait cette émission. Il est peut-être encore un peu trop tôt pour avoir un résultat.

Il ne voulait pas que Dora et Vera se découragent. Gregori, le plus sceptique d'entre eux, partageait son avis.

– Compte tenu du décalage horaire, poursuivit Ivan, je vous propose que nous nous téléphonions à heure fixe trois fois par jour : neuf heures, midi, six heures. Qu'en pensez-vous ?

Cette question ramena Gregori à la réalité. Il acquiesça. La veille, Ivan lui avait remis une mallette de téléphone GPS par satellite qui leur permettait de se joindre de n'importe quel endroit du pays.

– Si nous ne répondons pas immédiatement, parce que, pour une raison quelconque, nous ne sommes pas à l'écoute, utilisons le service messagerie du GPS, repris Ivan. Mais surveillons nos propos. Nous pouvons être repérés et écoutés sur les fréquences du système. Si jamais nous avons des choses vraiment confidentielles à nous communiquer, servons-nous du réseau chiffré de l'ambassade d'Allemagne à Moscou et de son consulat à Saint-Pétersbourg. Ou alors, appelez Elaine et utilisez celui des Américains.

Gregori et Vera accompagnèrent Dora et Ivan vers la porte d'embarquement de leur vol pour la Sibérie. En songeant au système téléphonique soviétique vétuste et sans cesse sur écoute policière en service en Russie encore cinq ans auparavant, Gregori pensa que les temps avaient changé de fond en comble. Il en allait de même des ordinateurs individuels en réseau et d'Internet. Aucun pouvoir politique, quel qu'il soit, ne pourrait jamais revenir en arrière. Staline se retournerait dans sa tombe s'il savait que le message qu'Ivan lui enverrait de Sibérie par satellite lui serait retransmis jusqu'à Saint-Pétersbourg par une opératrice américaine anonyme, quelque part au Texas.

Vera et le policier adressèrent un geste d'adieu à leurs deux amis. Tout en l'entraînant vers le hall d'embarquement de la navette de Saint-Pétersbourg, Gregori tenta de remonter le moral de sa compagne :

– Fais marcher ton imagination, car un travail de fourmi nous attend !

– Tu as une idée ?

– J'en ai dix mille et cela ne va pas être facile.

Il lui prit le bras.

– J'ai beaucoup réfléchi à l'impact de cette émission et

je pense que nous en avons sans doute trop espéré. Il se peut qu'Anna ne soit pas dans un état psychologique qui lui permette d'entrer en contact avec nous. Elle a pu voir là un piège.

– Je ne te comprends pas. Il n'y avait pas de piège !

– Tout dépend de l'état d'esprit dans lequel l'a laissée sa détention. T'es-tu demandé quelle peut être la réaction d'un être qui a appris à se méfier de tout pendant quarante ans, vingt-quatre heures sur vingt-quatre ? Lorsque j'étais enfant, j'avais un grand-oncle qui s'appelait Ilya et que je trouvais très bizarre. C'était un homme bourru et renfermé qui ne parlait presque pas. On m'avait dit qu'il était écrivain et pourtant je ne le voyais jamais écrire une ligne. Un jour, je m'en suis étonné devant ma mère et elle m'a tout expliqué. Jeune, il avait été un espoir de la littérature russe, compagnon de lettres d'Anna Akhmatova et d'Ilya Ehrenbourg, encouragé à l'époque par Maxime Gorki lui-même. Mais il avait eu la malchance d'être arrêté fin 1937 sous le prétexte fallacieux d'espionnage, parce qu'il avait rencontré un écrivain français nommé André Malraux. Après avoir été soumis aux « méthodes physiques d'influence » – c'est l'euphémisme qu'employaient les tchékistes pour désigner les tortures infligées aux détenus dans les caves de la Loubianka – il avait confessé tous les crimes antisoviétiques qu'avaient bien voulu inventer le NKVD. Maman m'a raconté que lorsqu'on l'avait relâché en 1953, après la mort de Staline, c'était une véritable épave. Un homme complètement détruit qui, même libre, était sans cesse aux aguets du geste qu'il ne fallait pas faire, de la parole qui ne devait pas être prononcée. Plus tard, il m'a raconté qu'il n'avait utilisé chacune des minutes de ses quinze ans de détention qu'à une seule chose : se méfier de tout à tout moment. Eh bien, l'oncle Ilya n'a plus jamais écrit une ligne de sa vie, sauf celle qu'il avait exigé qu'on inscrive sur sa tombe : « Maudits soient ceux qui m'ont volé les mots. » Voilà pourquoi je me demande si quelqu'un comme Anna voudra répondre à un appel à témoins lancé à la télévision. Est-elle encore en état de faire la différence entre une enquête télévisée et une provocation ?

Pas de deux

Le champagne venu de France était frappé à souhait, le dîner en tout point parfait, et Sacha attendait avec curiosité qu'Olga dévoilât ses plans. Il savait que tout ce qui avait précédé n'était qu'une mise en scène destinée à l'amener à accueillir avec faveur ce qu'elle avait derrière la tête.

Il alluma un cigare avec soin, choisit de s'installer dans un fauteuil Louis XV en face de la cheminée et l'observa à l'autre bout de la pièce en train de verser deux cognacs, debout près d'une table à alcools.

Elle était habillée avec élégance d'un fourreau moulant son corps toujours parfait, qu'il jugea soudain éminemment désirable. Il se souvint de leurs élans amoureux, quelque vingt-cinq ans auparavant. Cela se passait dans une pièce située au premier étage, se rappela-t-il. Ou sur un divan Récamier qui occupait autrefois un recoin de ce salon.

Jamais il n'avait passé la nuit chez elle. Ç'aurait été contraire à ses propres règles de sécurité. Il arrivait le soir tombé et repartait à la nuit noire. Il avait fait sien le précepte qui exigeait que toute liaison féminine reste le plus longtemps possible clandestine. Son obsession du secret le lui commandait. Et puis, personne ne devait avoir la moindre prise sur le général Kolomiakov. Surtout pas une femme. Cela ne l'empêchait pas d'avoir des maîtresses, bien au contraire. Et Olga avait été l'une des plus attentives à se prêter à ses pulsions sexuelles d'une violence qu'elle n'avait connue chez aucun autre homme. A cette époque-là, il arrivait souvent qu'il se présente au Bolchoï pendant une représentation. En le voyant pénétrer dans la loge, l'habilleuse s'éclipsait en quatrième vitesse et Sacha attendait que sa maîtresse revienne du plateau.

A peine avait-elle refermé la porte de la loge qu'il la prenait, debout, à la hussarde, sans se déshabiller lui-même ni laisser le temps à Olga de prendre une douche ou d'enlever son costume de scène... Il semblait apprécier que l'odeur de l'amour se mélangeât au parfum âcre de la transpiration de la danseuse encore haletante. En agissant de la sorte, il avait l'impression de soumettre à sa puissance la fragilité féminine, de brutaliser la maîtresse de Siegfried, de violer le cygne blanc. Au plus profond de lui-même, Sacha aimait le viol.

Tout d'un coup, Olga se rendit compte qu'il était près d'elle, l'attirant avec brutalité contre lui. Sentant monter en Sacha le même désir bestial qu'autrefois, elle le repoussa.

– Nous n'avons plus l'âge de jouer à cela ! Tu es grotesque, voyons !

Il s'écarta avec un regard de haine.

– Cela ne veut plus rien dire entre nous, Sacha...

– Est-ce que cela a jamais voulu dire quoi que ce soit pour toi, Olga ?

Elle eut un petit rire de gorge.

– Je pense bien ! Je te guettais comme les musulmanes cloîtrées attendaient les cavaliers de Gengis Khan !

Il eut un mince sourire à cette évocation. Puis il prit son cognac et un verre d'eau et ils allèrent s'installer devant le feu

– Si nous en arrivions à ce pour quoi tu m'as demandé de venir.

Elle avala un peu d'alcool et s'éclaircit la voix.

– Je vais être franche avec toi. Tu ne sais peut-être pas que j'ai entrepris des travaux dans ma maison de la mer Noire. Je dois également acheter les terrains voisins. Tout cela coûte une fortune de nos jours. J'ai donc de gros besoins d'argent en ce moment et je suis, comment dirais-je, financièrement dans la gêne…

Elle s'aperçut qu'il ne la regardait plus.

– Tu m'écoutes, Sacha ?

Il promenait son regard sur la pièce, jaugeant le luxe et le raffinement de chaque meuble, chaque tableau, chaque bibelot.

– J'admirais ton indigence. Mais je suis tout ouïe.

– Je disais donc que j'ai besoin que tu m'aides…

– Sinon ?

– Je te demande pardon ?

– Je ne fais que prononcer le mot que tu n'as pas encore osé formuler. Sinon quoi, Olga ?

Elle se leva, le regarda en joignant les mains nerveusement. Il ne la quittait pas des yeux, impassible. Comme elle ne parvenait pas à poursuivre, il se décida à parler à sa place :

– Sinon, les journaux de Moscou pourraient bien avoir vent de rumeurs concernant un personnage autrefois haut placé qui connaît toutes les réponses aux questions que se posait Ivan Sergueïev avant-hier soir à la télévision. C'est ce que tu n'avais pas le courage de dire, n'est-ce pas ?

– Je serais franchement désolée de voir ton nom déshonoré et ta photographie à la une des quotidiens.

– Je le serais également, figure-toi !

Il hocha la tête.

– J'avais espéré que tu ne te livrerais pas à ce genre de manœuvres. Comme c'est dommage.

Il soupira et sortit de sa poche une minuscule fiole emplie d'un liquide foncé, dont il versa le contenu dans le verre d'eau. Puis il agita le mélange afin de bien dissoudre le produit. En tournoyant, le liquide devint peu à peu vert émeraude et, à la lueur des flammes, commença à briller comme une pierre précieuse en fusion. Sacha reposa enfin le verre sur une table devant Olga.

– Il paraît que cela n'a pas mauvais goût et qu'on ne souffre pas.

Stupéfaite, Olga fixa le verre. Elle avait tout de suite compris, mais elle mit quelques secondes avant de se révolter :

– Tu n'y penses pas ! Tu es fou !

– Disons que je suis un partisan résolu du maintien des avantages durement acquis de ma retraite du KGB.

– Tu n'es plus au temps où le Parti disposait de la vie des gens, Sacha ! cria-t-elle.

Il montra le verre.

– Tu crois ça ?

Elle hurla, paniquée, et voulut se précipiter vers le téléphone. L'ayant devancée, il arracha le fil de l'appareil, jeta le tout et se dirigea vers la fenêtre. Il écarta le rideau pour qu'elle puisse apercevoir dehors des formes humaines allant et venant autour de la maison.

– Que préfères-tu ? Des balles tirées par les « voyous » que la police laisse aujourd'hui hanter les quartiers les plus chic de nos villes, ou un départ en beauté que tout le monde interprétera comme l'ultime sortie de scène d'une grande artiste qui se sait atteinte d'une maladie incurable.

– Personne ne te croira !

Il tira une enveloppe de sa poche.

– Voici le dossier médical que l'on retrouvera dans tes affaires. Il révèle que tu es atteinte d'un cancer en phase terminale.

Il se rassit et montra le verre.

– Mais je te laisse choisir : je ne me permettrai jamais de décider de ta propre fin à ta place.

C'était terrifiant. A cause du calme de Sacha, elle n'arrivait pas à se convaincre de la réalité de ce qu'elle était en train de vivre.

– Je crois rêver ! Tu es un malade, Alexandre Alexandrovitch !

– Je n'ai jamais été aussi lucide.

– Tu ne m'as jamais aimée !

– Sans doute pas, je te le concède.

– Tu te contentais de prendre les femmes !

– La seule que j'aie aimée m'a trahi.

– Cette petite salope d'Anna Souvorine !

– Je t'interdis de parler d'elle sur ce ton ! Ce n'est pas parce qu'il faut que tu disparaisses que je te hais, Olga. Pas plus qu'il ne t'appartient d'être vulgaire à son égard.

– Elle t'a bien eu avec son Français, ta petite roulure du Kirov ?! Le Héros de l'Union soviétique trompé par un ancien seconde classe de la Wehrmacht, c'était plutôt comique, non ? Cela t'est resté à travers le gosier, ça, n'est-ce pas, Alexandre Alexandrovitch ? Ton orgueil ne l'a jamais accepté !

Elle espérait le faire sortir de ses gonds en salissant le souvenir d'Anna, mais cela semblait n'avoir pour effet que de le calmer davantage.

– C'est effectivement de cette nuit-là que date mon aversion pour les putains dans ton genre qui ne sont bonnes qu'à être prises debout, à la va-vite.

– Bien sûr, j'y suis ! Il a perdu sa virginité sous ton nez, ton beau cygne blanc ! Envolé, ton droit de cuissage ! Ça a dû te plaire de les voir s'envoyer en l'air tous les deux !!!

Il ignora la grossièreté. Il parla d'une voix calme et douce, cherchant à évoquer la justesse d'une situation dont il avait été à la fois spectateur et acteur :

– Il est vrai que je n'avais pas touché Anna. Mais cela ne

s'est pas du tout passé comme tu le dis. Je revenais du front, il était tard, j'étais épuisé mais, apprenant qu'Anna dansait le soir même *Le Lac des cygnes* pour la première fois, qu'elle créait le personnage d'Odette, réalisant son rêve de toujours, j'ai voulu néanmoins aller au théâtre. Je suis rentré dans la salle très en retard, au troisième acte, au moment où Rothbart arrive au bal avec sa fille Odile. Je l'ai aperçu tout de suite, celui qui allait être la cause de mon malheur. C'était un jeune homme brun assis au premier rang. Tout le monde se donnait du coude et riait sous cape, car il s'était peu à peu assoupi et dormait comme un sonneur, malgré Tchaïkovski et l'orchestre qui se déchaînait devant lui. Il tenait dans ses bras un bouquet de fleurs. C'était celui, m'a-t-on expliqué, qu'il devait offrir à Anna de la part de l'atelier des Usines Kirov où il travaillait. A la fin du spectacle, la salle s'est vidée en silence sans réveiller le jeune endormi. Un moment après, Anna s'est approchée de lui, toujours habillée de son costume de scène. Dissimulé dans l'ombre d'une baignoire d'orchestre, j'ai vu le cygne blanc s'incliner et réveiller le jeune homme. Il s'est levé, confus, s'est incliné, lui a tendu le bouquet en bafouillant trois mots. Elle a souri. Puis ils sont restés longtemps à se regarder en silence, avec une étrange expression dans leurs yeux. Et j'ai compris qu'ils étaient tombés amoureux.

« Ils sont partis ensemble, marchant enlacés dans les rues. Devant l'immeuble où elle logeait avec le corps de ballet, ils ont longuement hésité à échanger un baiser… Puis ils se sont décidés. Un baiser qui dura si longtemps que j'ai eu le temps de sortir mon revolver de son étui, de l'armer et de les viser. Mais j'ai hésité à les tuer.

Il la regarda, comme si elle n'était déjà plus là.

– Comme cela aurait été dommage d'abattre ainsi deux si jolis amants…

Puis elle l'entendit murmurer :

– Ce n'est que des jours après que j'ai compris que je

devais me venger pour calmer la douleur qui me rongeait le cœur. Pourquoi m'avait-elle trahi ? Pourquoi m'avez-vous tous trahi ?

Son regard fou se reposa sur elle. Il ne voyait plus que l'accomplissement à venir d'un acte inéluctable.

– C'est fascinant de regarder sa mort en face, n'est-ce pas ? dit-il d'une voix presque imperceptible.

Et il attendit en silence qu'Olga se décidât à saisir le verre qu'elle fixait, terrorisée.

L'année prochaine à Saint-Pétersbourg

Cela faisait plus de trois heures que le puissant 4×4 suivait une piste parallèle à une voie de chemin de fer qui semblait filer tout droit vers nulle part. Le conducteur avait du mal à éviter que son véhicule se mette en travers de la route verglacée. Parfois, la piste était barrée par une énorme congère et le chauffeur faisait alors monter le tout terrain sur la voie ferrée et suivait le ballast en brinquebalant sur les traverses pourries jusqu'à ce qu'il puisse emprunter de nouveau la route.

De temps à autre, toutes les demi-heures environ, Dora et Ivan apercevaient des ruines de ce qui avait été des baraquements. Ils s'enquirent de leur origine.

– C'étaient les camps d'avancement provisoire des travaux, expliqua le chauffeur.

– Pourquoi d'avancement provisoire ?

– Parce que tous les vingt-cinq kilomètres on positionnait une équipe. Celle qui posait les rails venait en dernier. Ceux qui édifiaient le remblai étaient stationnés vingt-cinq kilomètres plus en amont et ainsi de suite depuis les équipes qui creusaient les collines et défrichaient le terrain en tête de ligne. Quand une section de vingt-cinq kilomètres de voie était posée, tout le dispositif avançait d'un cran.

– Et les déportés rentraient où, en hiver ?

– Rentrer ?

Visiblement, le conducteur ne comprenait pas.

– Oui, où dormaient-ils la nuit ?

– Ils ne rentraient pas, ils couchaient sur place.

– Par tous les temps ? demanda Ivan.

– Bien sûr. Il y avait des baraquements en rondins à chaque station.

– Elle va d'où à où, exactement, cette voie ferrée ? s'enquit Ivan.

Le chauffeur soupira et jeta un coup d'œil vers le couple d'Occidentaux assis à ses côtés. Ils ne savaient vraiment rien, ces étrangers !

– Elle partait de Biejgorod où je vous ai pris et n'allait nulle part.

– On ne construit pas une ligne de chemin de fer qui va nulle part, s'exclama Dora, c'est stupide !

– C'était pourtant comme ça !

Le chauffeur fut obligé d'élever la voix à cause du bruit de ferraille du 4×4.

– Il n'y avait aucun plan précis. Au départ, un type du KGB avait pris une règle et un crayon et avait tracé une ligne droite vers le nord. Il aurait pu tout aussi bien tirer le trait vers l'ouest, cela n'avait aucune importance. L'idée n'était pas que la voie ferrée serve à quelque chose ni conduise à un endroit quelconque. Le but recherché était de consommer des prisonniers.

– De consommer ?

– Qu'ils s'épuisent au travail. Jusqu'à ce qu'ils meurent de faim et de froid. Ces ordures appelaient cela dans leurs registres « la déperdition induite des équipes de construction ferroviaire ».

– Vous voulez dire que la construction de cette voie ferrée ne répondait à aucun autre besoin que celui d'éliminer des prisonniers ?

Le chauffeur acquiesça.

– Ces rails ne mènent à aucun village, à aucune ville. Vous allez voir, à l'autre extrémité, ils s'arrêtent net au milieu de nulle part. Et si la voie allait en ligne droite, c'était par pur sadisme, pour augmenter la pénibilité de la construction. Plus il y avait d'obstacles naturels, plus c'était difficile et plus le commandement du chantier n° 477 était content. Collines, rivières, marais, il fallait tout traverser, quoi qu'il en coûte. Aucun détour n'était permis. Toujours tout droit, c'était la devise.

Une dizaine de kilomètres plus loin, effectivement, la ligne de chemin de fer s'arrêtait de manière brusque au milieu d'un amas de rails enchevêtrés. Sur une voie de garage, des carcasses de wagons ne laissaient plus voir que leurs châssis qui rouillaient sous la neige.

– Voilà ce qui reste de la dernière station du camp n° 477, dit le chauffeur. Je ne peux pas aller plus loin avec le 4×4 et, de toute façon, la personne que vous voulez voir habite tout près.

Dora et Ivan pouvaient apercevoir les restes des soubassements de pierre de ce qui avait été des baraquements.

Le conducteur les aida à descendre et désigna au loin une petite fumée qui montait toute droite dans le ciel plombé.

– C'est la cabane de Svetlana. Elle se trouve juste derrière la petite colline que vous voyez devant vous. A environ cinq cents mètres. A côté du bois de bouleaux que vous apercevez sur votre droite.

Seuls maintenant, s'enfonçant dans la neige profonde, Ivan et Dora se dirigeaient en suivant un sentier vers l'endroit d'où montait la fumée.

La voiture avait disparu depuis longtemps lorsqu'un coup de feu claqua dans le silence ouaté de la forêt. Ils se jetèrent à plat ventre. Ivan se retourna et vit que la balle avait déchiqueté l'écorce d'un bouleau derrière eux, juste au-dessus de leurs têtes.

Il risqua un œil et aperçut à une centaine de mètres un couple, fusil à la hanche. L'homme et la femme étaient vêtus de fourrures et des capuches protégeaient leurs visages des morsures du froid.

– Ne tirez pas ! cria Ivan en levant le bras.

– N'approchez pas et retournez d'où vous venez ! hurla une voix de femme.

– Nous sommes venus vous parler d'Anna Souvorine ! lança Ivan. Je suis son fils ! Laissez-nous approcher !

Stupéfaite, la femme au fusil jeta un coup d'œil à son compagnon, puis se retourna vers Ivan.

– Quel fils ?

– Le fils qu'elle a eu d'un Français à Leningrad fin 44 !

– Le fils d'Anna... Mon Dieu !

Bouleversée, Svetlana abaissa son arme et enclencha la sécurité de tir.

– Venez ! cria-t-elle.

Ivan tendit la main et aida Dora à se remettre sur pied.

– Continue tout droit sans t'écarter du chemin, ajouta l'homme à l'adresse d'Ivan.

– Pourquoi Anna nous envoie-t-elle son fils ? Il lui est arrivé quelque chose ? demanda Svetlana à son compagnon.

Encore abasourdie, elle paraissait tout à coup inquiète. Elle rabattit sa capuche et secoua ses cheveux. C'était une grande et belle femme aux yeux verts et au visage buriné par le vent, le soleil et le froid. Elle pouvait avoir dans les soixante-dix ans, plus âgée d'une dizaine d'années peut-être que son compagnon.

Ce n'est que lorsque Dora fut assez proche que Svetlana eut un mouvement de surprise en découvrant ses traits.

– Anna..., murmura-t-elle, stupéfaite. Tu es sa fille ?

– Non, dit Dora, souriant avec mélancolie, je lui ressemble seulement. Mais voici Ivan, son fils.

– Tu ne t'appelles pas Igor ? s'étonna Svetlana.

– Non. Et Anna ne me connaît même pas.

– Tu veux dire que vous ne vous êtes jamais rencontrés ? Ce n'est pas elle qui vous envoie ? fit Svetlana, stupéfaite.

– Non, et c'est pourquoi nous sommes ici. Parce que vous êtes la dernière personne à l'avoir vue vivante.

– Nous sommes à sa recherche et nous n'arrivons pas à la retrouver, ajouta Dora. Où est-elle partie lorsque le camp a fermé ?

– Mais à Saint-Pétersbourg, bien sûr ! Retrouver son fils.

– Où, à Saint-Pétersbourg ? Vous avez une idée ?

– Aucune. Mais ne restons pas là.

Elle montra sa cabane en rondins.

– De toute façon, vous ne pouvez pas repartir avant demain.

Nicolas, le compagnon de Svetlana, posa quelques bûches près de l'âtre qu'il se chargea de regarnir. Assis devant la cheminée, Dora et Ivan écoutaient Svetlana expliquer leur présence au bout du monde.

– Après la fin de ma captivité, j'ai choisi de rester ici avec le vieil ours affectueux qui remet actuellement des bûches dans le feu ! A quoi bon repartir ? Et pour aller où ?

– Vous n'aviez plus de famille ? demanda Dora.

– Si ! Juste un mari qui était un beau salopard ! Un jour, croyant m'abattre un peu plus, Feodor, un commissaire politique d'ici, m'a appris que c'était même lui, mon mari, qui m'avait dénoncée au KGB. Tu vois le joli coco que c'était ! Il était colonel, lorsque, du temps de ma belle jeunesse, j'étais moi-même capitaine dans un régiment de transmission des forces armées soviétiques. Mais, en 1968, j'ai eu le malheur d'avancer l'opinion que l'intervention de l'armée Rouge en Tchécoslovaquie n'était peut-être pas tout à fait justifiée. Qu'est-ce que je n'avais pas dit là !

Dénoncée, arrêtée, écrouée et jugée, j'ai écopé de vingt-cinq ans de travaux forcés. Quant à lui, l'ingénieur ferroviaire, ajouta-t-elle en désignant son compagnon avec un regard plein de tendresse, il a préféré lâcher son métier pour rester avec moi ! Quelle idée saugrenue !

– Comment pouvais-je repartir, dit Nicolas en se tournant vers Svetlana, puisque ma colombe avait décidé de s'installer dans la région ? Et puis, j'avais découvert qu'avec elle et la compagnie des animaux de la toundra, j'étais comblé. Qu'ils restent entre eux, les hommes, à s'entre-tuer en faisant la guerre ou de la politique, ce qui revient au même ! Je ne les envie pas, et je préfère la compagnie des ours et des panthères des neiges.

Il alla s'asseoir près de Svetlana et lui entoura l'épaule de son bras.

– Je pense, ajouta-t-il, qu'Ivan et Dora doivent avoir envie que tu leur parles encore d'Anna.

Ivan hocha la tête affirmativement.

– Quand est-elle arrivée ici exactement ?

– En juin 1981, répondit Svetlana. Très vite, ta mère est devenue ma meilleure amie. Elle m'a tout raconté. L'existence de ton père, Ivan, ta naissance, ses différentes captivités, ce perpétuel recommencement qui la faisait repartir à ta recherche dès qu'elle était libérée, au risque d'être renvoyée en camp par Kolomiakov, ce chien du KGB. Alors qu'elle était sûre que ton père était mort, elle n'a jamais cessé d'être certaine de te retrouver, mon petit. Elle sera tellement contente d'apprendre que Peter Muller s'en est tiré et a vécu heureux ! Elle se faisait beaucoup de mauvais sang pour lui. Puisqu'il ne lui avait pas donné de nouvelles, elle pensait que ces salauds l'avaient tué.

– Il a essayé pendant plus de trente ans de la retrouver..., dit Dora.

Un long silence s'installa.

– Quelquefois, lorsque j'évoque le souvenir d'Anna avec Nicolas, reprit Svetlana, je parle de mysticisme…

– Parce qu'elle est croyante ? demanda Ivan.

– Je ne sais pas… Forcément un peu, comme beaucoup d'entre nous. Il fallait bien que Dieu existe pour avoir laissé le diable créer ces mouroirs. Non, elle, elle croyait surtout à l'astre solaire…

– Vous voulez dire qu'elle priait le soleil à la manière des Égyptiens ? s'étonna Dora.

– En un sens, oui. Mais elle ne pensait pas qu'il représente une divinité. C'était très étrange. Je l'ai découvert un soir de juillet. Je me souviens que c'était peu de temps après son arrivée au camp…

Svetlana et sept autres détenues en haillons transportent une lourde traverse de chemin de fer. Il fait une chaleur accablante sur le remblai, où des centaines de prisonnières installent la future voie ferrée. A perte de vue, des détenues s'activent. Elles transpirent et les miliciennes qui les surveillent, armées de kalachnikov, repoussent celles qui essayent de s'approcher des tonneaux emplis d'eau.

– Ce n'est pas encore l'heure de boire ! Est-ce que j'ai soif, moi ? Retourne travailler !

Sur un ordre cadencé, comme une mélopée, Svetlana et ses compagnes balancent d'avant en arrière la lourde traverse, puis, sur un cri de l'une d'entre elles, la jettent sur le sol et s'en retournent en chercher une autre. D'un peu plus loin, Anna appelle Svetlana et lui fait signe de la rejoindre. Après un rapide coup d'œil autour d'elle, Svetlana se faufile dans la masse des travailleuses et la rejoint.

– Je suis très inquiète pour Ilonia, dit Anna, Regarde-la.

A l'écart, une jeune femme mince, trop mince sans doute, tente de soulever une masse, fait quelques pas avec l'outil puis titube et s'écroule. Les deux femmes se précipitent et se penchent sur elle.

– Au travail, vous deux !

C'est la voix d'une kapo qui s'approche et veut, à coups de fouet, forcer la détenue épuisée à se mettre debout.

– Tu vas te lever, salope !

– A moi, vous autres ! A moi !

Anna s'est mise à crier et ameute les détenues qui, dans un premier temps, s'arrêtent de travailler pour voir de quoi il retourne. Puis, répondant à l'appel à l'aide d'Anna, et parce que c'est elle, se mettent en marche vers le lieu de l'affrontement.

Elles sont bientôt des dizaines, puis des centaines à converger, muettes, menaçantes, et les gardes tentent vainement de les éloigner.

– Laisse-nous la porter à l'ombre, elle est épuisée, dit Anna à la milicienne.

– Ne t'avise pas de la déplacer, fait l'autre en brandissant son arme.

Alors, les femmes, toutes les femmes, les centaines de femmes présentes, le visage fermé, commencent à frapper en cadence les traverses de bois du manche de leur pelle ou de leur pioche. Bientôt, un bruit scandé martèle le chantier, s'enfle et devient assourdissant, comme le roulement aux morts d'un gigantesque tambour. Vaincue, la kapo abaisse le canon de sa kalachnikov et s'éloigne en proférant des menaces.

– Nous l'avons transportée et étendue à l'ombre des bouleaux, racontait Svetlana, et Anna l'a prise dans ses bras. Quand j'ai pu revenir après le travail, c'était la fin. Anna la berçait doucement et lui embrassait le front pour l'aider à passer de l'autre côté. Lorsque Ilonia est morte, je crois que, à bout de force, j'ai éclaté en sanglots. Alors, Anna m'a prise dans ses bras et s'est efforcée de me consoler. Elle s'est comportée de manière fantastique, ta mère, mon petit Ivan.

– Et le soleil ? demanda doucement Dora.

– Oh ! ça... Nous avons ensuite passé des heures à creuser une tombe pour enterrer Ilonia tout en chassant à coups de pierre des chiens sauvages qui tentaient de s'approcher pour dévorer son cadavre. Quand ceci a été terminé, Anna a enfoncé dans la terre à l'aide d'un gros caillou une croix que nous avions confectionnée avec deux bouts de bois et j'ai dit une prière. Je m'en allais lorsque je me suis aperçue qu'Anna ne me suivait pas.

« Elle était tournée vers le disque orange du soleil couchant et tendait les bras vers lui en murmurant des choses que je ne comprenais pas. Par pudeur, croyant qu'elle priait, je me suis un peu éloignée. Plus tard, la nuit dans notre baraquement, je lui ai demandé pourquoi elle tendait ainsi les bras vers le soleil. Elle m'a répondu qu'elle priait de cette manière tous les jours l'astre qui fuyait vers l'Ouest pour aller éclairer des hommes libres. Elle le suppliait de lui donner la force de retourner à Leningrad, où un jour, elle en était certaine, elle retrouverait son fils Igor. C'est-à-dire toi, Ivan.

Un silence s'installa.

– Où peut-elle bien être ? fit enfin Ivan.

– A Saint-Pétersbourg, en train de t'attendre !

– Mais où, bon Dieu ?! Il y a près de cinq millions d'habitants dans cette ville !

– Ne t'énerve pas. Demain, vous partirez et tu la retrouveras, j'en suis sûre. Cette femme n'a pas trouvé la force de t'attendre cinquante ans pour ne plus te revoir. Elle t'attend encore, c'est évident.

Svetlana était tellement sûre d'elle que Dora ne put s'empêcher de se lever et de l'embrasser.

– Anna n'a jamais désespéré, ajouta Svetlana. Jamais. Tu

n'as donc pas le droit de te décourager, Ivan. Ni toi non plus, Dora. Je me souviens encore, c'était le dernier nouvel an que nous avons passé ensemble et nous avions réussi à acheter un peu de vodka frelatée aux gardiens. Elle a trinqué avec moi et elle m'a dit, les yeux brillants : « L'année prochaine à Saint-Pétersbourg, Svetlana ! »

Un ticket pour l'enfer

Vassili Antonov avait un quotient intellectuel voisin de zéro, mais c'était un excellent tireur, et c'est pour cela qu'on l'appréciait. Personne mieux que lui ne pouvait descendre un homme d'une seule balle de fusil à lunette à deux cent cinquante mètres, avec quatre-vingt-dix-neuf pour cent de chances de réussite. Ce jour-là, embusqué dans l'embrasure d'une fenêtre dominant ce cimetière, il était tout heureux. Il avait déjà dans sa poche le faux vrai passeport et le billet d'avion pour Rome qui allaient lui permettre de réaliser un vieux rêve : aller en Italie et entrer au service de la mafia. Pas celle de Moscou, mais la vraie, la sicilienne, celle que l'on appelait avec respect la Camora. Son travail effectué, il devait toucher le restant de ses dollars à l'aéroport. Et après, adieu Moscou ! Il tapa des pieds sur le sol afin de se réchauffer et ajusta ses jumelles.

Un instant plus tard, il les ôta de ses yeux, étonné, et les remit. Personne ne lui avait dit qu'il y aurait deux enterrements dans ce cimetière ! Il se rassura en se rappelant qu'on lui avait donné tous les détails sur la cérémonie qui l'intéressait. Il s'agissait de celle de droite, où des croque-morts finissaient de décharger d'une camionnette d'innombrables couronnes et bouquets de fleurs. Vassili saisit le fusil et se servit du grossissement de la lunette pour lire les mots écrits sur un ruban : « A Olga Vissetskaïa, le Bolchoï reconnaissant. » C'était bien le bon enterrement !

Juste pour satisfaire sa curiosité, il fit pivoter le fusil et voulut savoir qui on inhumait à côté. Les inscriptions de ces couronnes-là n'en avaient que pour « Notre bien-aimé camarade président ». Camarade ? A quelle époque se croyaient-ils, ces ploucs ? Ce n'est que lorsque deux croque-morts creusèrent des trous dans la terre pour planter et déployer une banderole qui célébrait « la mémoire sacrée de Vitali Voronov, président des anciens d'Afghanistan », que Vassili se souvint que l'on enterrait aussi ce jour-là l'homme qui avait présidé aux destinées de l'AACA, l'Association des anciens combattants d'Afghanistan, victime trois jours avant d'une rafale de kalachnikov. Vassili sourit. L'épisode était plaisant. En récompense de leurs bons et loyaux services pendant cette guerre impopulaire, le gouvernement avait accordé aux membres de cette association une exonération totale d'impôts sur les importations de cigarettes et d'alcools. Évidemment, l'AACA était tout de suite devenue une colossale entreprise de marché noir et la lutte devenait féroce pour s'en assurer le contrôle. L'arrivée presque simultanée des cortèges des deux enterrements sortit Vassili de ses réflexions.

De sa Cadillac aux vitres foncées dissimulée derrière un caveau situé un peu plus loin, Sacha Kolomiakov, les jumelles aux yeux lui aussi, se dit que les enfants d'Olga avaient fait les choses avec un déploiement de luxe inouï qu'elle aurait apprécié. A moins qu'elle ne l'ait voulu par testament. Non seulement on avait ressorti du Musée des véhicules hippomobiles le somptueux corbillard tiré par quatre chevaux noirs, mais un orchestre symphonique en smoking jouant la *Marche funèbre* de Chopin attendait le cortège. Sacha fronça les sourcils en apercevant Leonid qui marchait à côté de Dora. Qu'il n'aille pas encore tout gâcher, cet imbécile ! Et Gregori, ce fouille-merde pétersbourgeois, que faisait-il ici ? C'était parce qu'il sautait la petite journaliste ? De son temps, fiancé ou pas, il serait resté vissé à Leningrad ! Le pays s'en allait vraiment à vau-l'eau ! Il tourna la tête pour voir arriver de l'autre côté l'enterrement du défunt président de l'AACA. Ce n'était pas le luxe, chez ceux-là ! En tête du cortège venaient la famille et, juste derrière, précédant au moins trois cents vétérans d'Afghanistan, Gueorgui Chilkine, le nouveau président de l'AACA. Détail significatif, tous marchaient au pas. Sacha reporta son attention sur l'enterrement d'Olga.

Dans le cortège, Ivan et Dora s'entretenaient à voix basse avec Gregori.

– Elle savait peut-être trop de choses..., disait Ivan.

– Je l'ai vue il y a à peine un mois sur la place Rouge. Elle ne semblait pas inquiète, du moins en ce qui la concernait, rétorqua Dora. Nous avons discuté technique de danse pendant une heure, depuis les Ballets russes jusqu'à Béjart ! Même si je ne l'aimais pas, je dois reconnaître que c'était une très grande danseuse. Elle devait partir pour une tournée de conférences aux États-Unis et en Amérique du Sud dans un mois. On ne fait pas des projets de cette ampleur si on se sait condamnée...

Elle se tut brusquement en repensant à Peter qui avait voulu exercer son métier jusqu'à l'extrême limite de ses forces.

– Et Anna ? demanda-t-elle.

– Rien encore, répondit Gregori, mais Vera et moi avons mis en place un système de recherche systématique qui devrait porter ses fruits. Vera a eu l'idée de se mettre à sa place : qu'aurait-elle fait pour retrouver son enfant ? Vous comprenez la démarche ?

Dans sa voiture, Sacha régla le volume du haut-parleur qui retransmettait tout ce que disaient Dora, Ivan et Gregori. C'était intéressant, comme raisonnement. Il n'était pas si stupide après tout, ce petit flic ! Soudain, la voix de Leonid le fit sursauter. Sacha remonta le niveau d'écoute. De quoi se mêlait-il encore, celui-là !?

– Partez tout de suite, Ivan ! chuchotait Leonid, le souffle court. Il veut vous tuer ! Il veut vous tuer ! Je le sais !

– Petit salaud ! gronda Sacha ! Attends un peu ! Tu me le paieras !

De son embrasure de fenêtre, Vassili observait le cortège. Son œil allait de la lunette du fusil fixé sur un trépied à une photographie d'Ivan prise lors de sa réception à l'Académie des Sciences de Moscou.

– C'est bien toi, mon gros lapin ! Allez, arrête-toi maintenant…, murmura-t-il.

Il attendait que ceux qui assistaient à l'enterrement d'Olga se regroupent et s'immobilisent après que l'on eut sorti le cercueil du corbillard. A côté de la fosse, il aperçut le buffet rituel dressé avec vodka et caviar dans des coupes Fabergé de cristal et d'argent posés sur des nappes damassées. Des petits verres Lalique finement ciselés attendaient les lèvres des assistants. La foule s'immobilisa enfin peu à peu, et le pope et ses assistants s'avancèrent vers le cercueil de bois noir aux ferrures d'argent posé au-dessus de la fosse.

Vassili fit coïncider avec soin la croix du réticule avec le visage d'Ivan et son index vint caresser la détente du fusil. Il était d'un calme impressionnant, en même temps qu'il sentait son membre durcir dans son pantalon. A chaque fois que le visage de la victime visée éclatait sous ses balles comme une grenade rouge, il ne pouvait se retenir de jouir.

Un peu plus loin dans le cimetière, Viktor Platonov, un jeune unijambiste barbu et mal accoutré, observait le nouveau président de l'AACA qui allait commencer un discours élogieux à l'adresse de son prédécesseur malchanceux. Platonov était trop loin pour voir les traits de l'homme haï, mais il avait longuement étudié sa photographie, lorsque ses camarades vétérans de la 4e compagnie de fusiliers marins et lui avaient décidé qu'ils allaient débarrasser l'Association de tous ces pourris. Ces salauds qui volaient l'argent qui aurait dû profiter aux veuves et aux enfants des copains dont les restes pourrissaient encore sur les barbelés de la passe de Kandahar, les couilles coupées par ces ordures de moujahidins ! A ce souvenir, Viktor Platonov sortit le boîtier noir de sa poche, déplia la petite antenne et, sans hésiter, appuya sur le bouton rouge.

L'explosion de la bombe placée devant la tombe pulvérisa le cercueil de l'ancien président de l'AACA et envoya son remplaçant en enfer en tuant au passage un nombre respectable de mafiosi et d'anciens combattants d'Afghanistan. Le bruit et le souffle de la déflagration couchèrent également les premiers rangs de ceux qui assistaient à l'enterrement d'Olga Vissetskaïa, et la balle destinée à Ivan s'enfonça dans le bois du corbillard sans que personne ne s'en aperçût.

Ce fut une panique générale dans les deux enterrements et les assistants s'enfuirent dans tous les sens. Gregori avait sorti son arme et entraînait déjà en courant Dora, Vera, Ivan, Elaine Curtiss et Werner Schellendorf vers la protection que formait la masse d'un caveau. Ils ne virent pas la grosse Cadillac aux vitres fumées disparaître après un démarrage sur les chapeaux de roue. Ni, bien sûr, Vassili démonter et ranger dans son étui son fusil à lunette. Très déçu, il pensa avec amertume qu'au lieu d'aller en Italie en avion, c'est en camion qu'il devrait s'y rendre, et en stop !

– Il n'y a pas à dire, dit Gregori à Dora en entendant les premières sirènes des voitures de police, avec vous on vit dangereusement !

Où es-tu, Anna ?

Evgueni fut chassé à coups de pied dans les fesses hors de la prison du commissariat central de Saint-Pétersbourg le jour même où Dora revint dans cette ville en compagnie d'Ivan. Il avait essayé une nouvelle méthode maintenant éventée. Il s'arrangeait pour commettre un larcin juste sous le nez d'un flic et, immédiatement arrêté, se voyait propulsé séance tenante dans une cellule certes beaucoup trop surpeuplée à son goût, mais chauffée et avec trois repas à la clé !

Il ramassa sa besace et, pour réfléchir, s'assit sur le banc d'un arrêt d'autobus. Il avait tout perdu dans l'aventure, surtout son caddie chargé de cartons qui lui permettaient de se faire un abri provisoire pour la nuit. Il y avait bien le métro où il faisait chaud, mais, dans la journée, il fallait avoir un billet et se déplacer sans arrêt. Quant à y rester la nuit, c'était possible si l'on arrivait à déjouer la surveillance des équipes de fermeture du réseau.

Pour profiter du beau temps, il décida de rendre visite à son copain Pierre le Grand, dont la statue de bronze s'élevait quai du Palais, tout près de l'Amirauté. Il fut récompensé de cette fidélité, car il découvrit, en fouinant non loin de la statue, la petite cabane d'un chantier visiblement interrompu pour l'hiver et il eut tôt fait d'en fracturer la porte. Restaient le chauffage et l'intendance, mais à chaque jour suffit sa peine. Très vite, il fabriqua, avec quelques débris de grillage plastique et des morceaux de cageots de bois trouvés dans les poubelles de l'ancien GOUM, une dizaine de pièges à oiseaux qu'il installa autour de sa nouvelle résidence dans des emplacements bien choisis, espérant que quelque volatile affamé viendrait s'y prendre.

Soulagé d'avoir déniché un toit aussi vite, il porta à ses lèvres le goulot d'une bouteille de vodka qu'il avait chapardée dans un grand magasin et se mit à boire à longs traits pour fêter la pendaison de crémaillère…

L'avion se posa en douceur sur la piste et roula jusqu'au parking. En apercevant Vera et Tatiana qui les attendaient en faisant des grands gestes, Dora fut heureuse de retrouver Saint-Pétersbourg.

Ils prirent la route de la ville en échangeant les derniers renseignements recueillis sur la recherche d'Anna. Malheureusement, ils n'étaient pas encourageants.

Tatiana eut un mouvement d'agacement en découvrant dans son rétroviseur une grosse Zil qui les suivait.

– Ils ne nous lâcheront donc jamais !

– Ivan se retourna pour regarder la « voiture d'escorte ».

– Cela veut dire que Sacha n'a rien trouvé.

– Nous non plus !

– Vera était dépitée.

– Ne t'inquiète pas, nous allons bientôt réussir.

La voix de Dora témoignait d'une assurance qui les étonna quelque peu.

Alexandre Alexandrovitch Kolomiakov se leva et replia son dossier, signifiant par là que la session était terminée.

Les membres du bureau politique du « Cabinet fantôme » qu'il avait mis en place se dispersèrent après l'avoir salué. Il y avait là, réunis dans ce palais pétersbourgeois camouflé en bureaux d'une société anonyme d'importation, l'essentiel de ceux qui avaient réellement tenu les rênes du pouvoir sous l'ancien régime. Très vite après le putsch manqué de 91 – du travail d'amateur ! avait jugé Sacha –, l'ex-général Kolomiakov avait imaginé de former une sorte de « Shadow Cabinet » calqué sur l'organisation soviétique et prêt à prendre le pouvoir sur-le-champ si la nécessité s'en faisait sentir.

Parallèlement à cette activité, le CEG, le Cercle d'études géopolitiques que Sacha avait créé, constituait le véritable centre d'intérêt de l'ancienne éminence grise du Comité central. Les hommes et les femmes qui le composaient n'étaient en rien des nostalgiques et ne souhaitaient pas rétablir un communisme à l'identique de ce qu'il avait été. Ils avaient été recrutés sur un constat : le système avait failli et il convenait, avant de tourner la page et d'en créer un autre, d'examiner avec soin et méthode ce qui n'avait pas marché.

Les plus jeunes, ceux de la génération de Bill Gates et qui intéressaient le plus Sacha, n'étaient donc en rien dupes du passé. Les ordinateurs ouvrant devant eux les portes du troisième millénaire, ils étaient convaincus que rien ne serait plus pareil et qu'il était vain de vouloir reconstruire ce qui avait échoué et causé des millions de morts. Il s'agissait d'inventer une idéologie nouvelle, fondée sur la seule disposition humaine qui avait fait fonctionner le marxisme et poussé pendant soixante-quinze ans des millions de Terriens vers le socialisme : la générosité. Ayant analysé avec lucidité les causes internes et externes de la chute du système socio-économique soviétique, les chercheurs du CEG tentaient de définir les composantes idéologiques d'un nouveau système politique doté d'un État fort.

« Ne vous faites pas d'illusions, vous ne pourrez pas échapper au centralisme autoritaire, affirmait Sacha. Vous serez obligés de faire le bonheur du peuple malgré lui, puisqu'il est trop stupide pour l'imaginer tout seul… »

Ils pensaient qu'il n'y avait pas de temps à perdre. Ils estimaient en effet que, privé de la régulation automatique que représentait le contre-pouvoir qu'il avait dû opposer aux tentatives hégémoniques de l'ancienne URSS, le capitalisme exploserait à cause d'une mondialisation débridée de l'économie. Le conservatisme des avantages, les intégrismes religieux et le réveil des nationalismes ne faisant qu'accroître les disparités économiques mondiales, le capitalisme ne pouvait à terme que s'autodétruire dans une gigantesque déflagration. Un jour ou l'autre, prophétisait Sacha, des centaines de millions de sous-alimentés s'abattraient sur l'Europe et l'Amérique comme des sauterelles et achèveraient le travail ! Tant pis pour ce que cela coûterait ! Avec la démographie galopante qui menaçait la planète, on n'en était pas à quelques vies près…

Quittant les locaux du CEG, Sacha referma et verrouilla derrière lui la porte secrète qui lui avait permis de repasser dans ses appartements privés.

Le bruit de la circulation qui montait de la Perspective Nevski le ramena à la réalité. Celle d'Anna.

Il pénétra dans son bureau et alla se préparer un double cognac en attendant l'arrivée du lieutenant-colonel Dmitri Koliatcheff, qui suivait le dossier Souvorine à Saint-Pétersbourg. Il était évident qu'ils allaient retrouver Anna sous peu. Soit par eux-mêmes, soit grâce à la filature des autre, qui les y conduirait.

Tout en réfléchissant, le verre à la main, il se mit à arpenter de long en large son bureau, un ancien salon d'un palais tsariste, vaste pièce décorée de dizaines de miroirs muraux biseautés. Au sol, des tapis de Tachkent recouvraient le parquet. Tout en goûtant la volupté d'enfoncer le talon de ses bottes dans l'épaisseur des tapis précieux, Sacha songea qu'il toucherait bientôt au but. Il avait décidé de parfaire le plan, renonçant provisoirement à l'idée d'abattre Ivan Sergueïev avant d'avoir retrouvé Anna. La vengeance serait plus satisfaisante, estimait-il, si le fils était tué sous les yeux de sa mère et juste avant elle. Qu'ils aient le temps de se voir et l'espérance de profiter l'un de l'autre…

Il sourit en pensant que ses jeunes chercheurs du Cercle d'études géopolitiques seraient fort surpris de découvrir leur chef vénéré préoccupé par des vétilles de cet ordre ! Bizarrement, pour Sacha, ces vétilles étaient d'une importance capitale, car il était persuadé que sa vie ne pourrait pas redémarrer tant que cette affaire ne serait pas résolue.

Sa pensée l'amena vers Dora. Il revit le charme du visage et la délicatesse des lèvres qu'il avait essayé d'embrasser à Vistaïa Kolyana. Tenter à nouveau de la séduire ? Il repoussa l'idée. Quel sort allait-il lui réserver ? Une bouffée de haine l'envahit. Cette vicieuse n'avait pas pu résister à l'envie de coucher avec le fils de son ancien mari ! Alors, à passer par pertes et profits, la danseuse ! Et bon débarras ! Les femmes, il y en avait à la pelle !

Il se regarda dans un des miroirs muraux qui, par un jeu de reflets, lui renvoya dix, vingt, cent images de Sacha Kolomiakov ! La séquence finale de *La Dame de Shanghai* d'Orson Welles lui revint tout à coup en mémoire, celle où le mari de Rita Hayworth, voulant tuer son rival à coups de revolver dans le Palais des Glaces, cherche à l'abattre et tire sur son image dès qu'il l'aperçoit. Mais le rival est intouchable, car à chaque coup de feu ce n'est qu'un miroir – donc un reflet de lui-même – qui se fracasse. Le brusque rappel de cette sensation d'impuissance le troubla tellement qu'il lança le verre de cognac contre le miroir, le fracassant.

Se reprenant, il décida de presser Dmitri Koliatcheff. Cette affaire avait assez duré.

Sans doute à cause de son enfance solitaire dans les orphelinats de l'armée Rouge, Ivan n'aimait pas les veilles de Noël. Depuis, il admettait mal pourquoi, à part les enfants, tout le monde devait se réjouir ce jour-là. Il se trouvait que Dora avait une attitude similaire, sa dernière « *Weihnachtsfest* » avec sa mère remontant à si longtemps... Pour ne pas se montrer désobligeant avec la direction de l'hôtel, ils n'avaient pas fait enlever le petit sapin décoré de bougies électriques qu'on avait installé dans leur suite, mais le débranchaient et le cachaient derrière un fauteuil dès qu'ils le pouvaient.

Ce 24 décembre, ils n'avaient donc pas prévu de réveillon et c'est autour d'une table dressée pour eux dans leur salon qu'ils avaient convié Vera et Gregori à déjeuner.

Assis maintenant dans les grands canapés, ils examinaient les papiers étalés partout. Ces documents témoignaient de l'acharnement de leur enquête. Un employé de l'hôpital où Anna avait accouché à la fin de la guerre se souvenait bien avoir vu en 1990 une vieille femme venir l'ennuyer avec une histoire d'enfant volé à sa naissance, mais ses recherches n'avaient rien donné et il ne l'avait jamais revue. De toute façon, elle n'avait pas laissé d'adresse.

Ivan ramassa un journal où la photographie d'Anna s'étalait en pleine page.

– C'est quand même troublant. Que peut-on faire de plus ? Si elle n'a pas vu ça...

Dora, qui avait quitté ses chaussures et s'était assise dans un grand fauteuil, les jambes repliées sous elle, n'avait pas dit un mot. Elle vit Ivan se lever et, l'air découragé, aller vers la double fenêtre qui donnait sur la ville. Elle le rejoignit. Comme elle marchait pieds nus sur la moquette, il ne l'entendit pas venir. Les yeux perdus au-delà de l'île Vassilievski, il regardait sans la voir l'aiguille pointue de la flèche dorée de la cathédrale Pierre-et-Paul. « Où es-tu, Anna ? Où es-tu ? » murmurait-il, désespéré.

Elle lui prit la main. Découvrant sa présence, il la serra contre lui. Dora ne put s'empêcher de songer à cet autre instant, presque similaire, où Peter l'avait étreinte en regardant la Seine. La nuit où il lui avait appris l'existence d'Anna et annoncé sa propre fin…

Elle s'écarta de lui et retourna vers ses amis.

– Et la danse ?

– Quoi, la danse ? firent presque en chœur Vera et Gregori, tandis qu'Ivan, intrigué, revenait vers eux.

– Elle ne danse plus à son âge ! s'exclama Ivan.

– Non, mais elle doit encore s'en occuper. Forcément, fit Dora.

– Pourquoi, forcément ?

– Parce que nous avons cela dans le sang, nous, les danseuses ! Jusqu'à la fin de mes jours, tant que mes jambes auront la force de me soutenir, c'est vers un studio de répétition que mes pas me conduiront. Et le jour où mon corps refusera, je me ferai porter au théâtre et je regarderai des ballets !

– Nous avons fait tous les cours de danse, toutes les écoles de chorégraphie, visité tous les musées s'y rapportant, demandé partout, au Kirov, à l'Académie Vaganova…, personne ne l'a vue nulle part ! dit Gregori en brandissant une liste.

– Et pourtant, c'est là qu'elle se trouve, fit Dora, butée. Je la vois ! Dans ou autour de la danse…

Eurêka !

– Et un, deux, trois ! Et un, deux, trois !

Macha, Olga et Irina suivaient les ordres de leur professeur du mieux qu'elles pouvaient. C'était vraiment très difficile à six, cinq et sept ans de tendre la jambe en élongation, puis de la faire pivoter et de la replier vers soi tout en se tenant à la barre !

En tant que studio de danse, l'endroit était plutôt sommaire. Derrière la barre de bois fixée à la paroi par trois pièces de ferraille, le miroir indispensable à tout exercice chorégraphique était composé de plusieurs morceaux de glace collés tant bien que mal à même le mur. Tout cela sentait la récupération.

Le reflet du miroir permettait de découvrir l'unique pièce du « studio ». Le lit du professeur, poussé sur le côté pour l'occasion, en occupait la plus grande partie. Il était paré d'un couvre-lit en patchwork réalisé en raboutant avec goût des morceaux de tissu trouvés çà et là. Juste à côté de la couche, une table de nuit constituée d'une chaise portait un réveil et quelques livres avec, pincée au dossier du siège, une petite lampe de chevet. Le parquet, inégal, était briqué comme celui de l'Académie Vaganova. Entre le coin du mur et la fenêtre, confectionnée avec des planches posées sur des briques, une bibliothèque. Au centre de la pièce, relié à une ouverture pratiquée dans un carreau par un tuyau de zinc, un poêle de fonte s'efforçait de donner quelque chaleur. On devinait un évier servant de lavabo derrière un paravent. Une armoire métallique de récupération renfermait l'essentiel de la garde-robe du professeur de danse. Faute de radio ou de télévision, un antique tourne-disque 33-tours posé sur une table de bistrot constituait tout l'équipement audiovisuel de l'endroit. Lorsque le professeur mettait un disque – surtout *Le Lac des cygnes* –, les yeux d'Irina, de Macha et d'Olga brillaient et leurs petits cœurs battaient à tout rompre ! Un jour, elles seraient premières danseuses au théâtre Marie* !

Le professeur donna un ordre et les trois petites filles lâchèrent la barre et commencèrent les exercices de relaxation, qui étaient le prélude à la fin du cours. Anna – car c'était elle – regarda les gamines en souriant. Ce qui l'amusait le plus, c'était leur souplesse. Lorsqu'elles faisaient un faux pas et qu'elles tombaient, on aurait dit des chatons maladroits, mais d'une élasticité à toute épreuve…

Anna tapa dans ses mains. Le cours était fini. Les fillettes remercièrent leur professeur en faisant une petite révérence et se précipitèrent vers le lit où elles avaient déposé leurs vêtements de ville. En un tour de main, elles furent prêtes et, avant de sortir, elles lui offrirent chacune un petit cadeau enveloppé dans un papier de Noël, qu'elles avaient dissimulé sous leurs affaires.

– En vous souhaitant un bon et joyeux Noël, madame, dirent-elles presque en chœur en faisant de nouveau une révérence.

Émue, Anna les embrassa. Emmitouflées dans des parkas, elles saluèrent une dernière fois leur professeur et se ruèrent vers la porte.

Anna jeta un coup d'œil au réveil. Elle avait le temps.

* C'est le nom qu'a repris le Kirov après 1990.

Elle avait calculé la durée du trajet à pied et s'arrangeait toujours pour renvoyer ses élèves en avance afin de pouvoir souffler un peu après les deux heures de cours. En se dirigeant vers le fond de la pièce, elle aperçut son image dans le miroir et prit le temps de se regarder.

S'il avait cru briser Anna Viktorovna Souvorine, Sacha Kolomiakov s'était trompé. Soit, c'était une femme de soixante-dix ans qu'Anna contemplait dans le miroir, mais quelle allure encore ! Elle pensa à Olga Vissetskaïa, dont elle avait vu la photographie dans le journal l'autre jour, dans un tramway, en se penchant par-dessus l'épaule d'un voyageur. Elle s'était suicidée, annonçait le titre sous un portrait récent de la star. C'était encore une belle femme ! Elle a dû mourir de rapacité, pas d'un cancer ! s'était dit Anna en songeant à la cupidité de son ancienne compagne du Kirov. Elle, Anna, ce n'étaient pas les instituts de beauté qui lui avaient conservé cette allure ! Mais plutôt le froid polaire de Sibérie, les chaleurs extrêmes du Kazakhstan, la nourriture sommaire jetée aux zeks, le travail des camps. *L'Institut du Goulag*, en somme ! Et, songea-t-elle, une santé de fer dont elle ne remercierait jamais assez le Créateur. Elle était grande, élancée, et, si les rides du visage trahissaient l'âge de la femme, le corps le démentait. Elle s'approcha d'un morceau de miroir et examina ses yeux. Encore de nouvelles petites pattes-d'oie depuis la dernière fois ! Elle soupira et jeta un coup d'œil vers la fenêtre. Le soleil commençait à jaunir. Si elle continuait, elle allait être en retard !

Elle enfila un gros chandail, une robe en laine, des bottes, puis se saisit de son manteau après avoir coiffé la chapka dont lui avait fait cadeau la mère d'une de ses élèves.

Dans la rue, elle hâta le pas. Elle avait calculé qu'il ne lui fallait que quarante-cinq minutes pour aller à pied au quai de l'Amirauté. Un jour qu'elle s'était sentie un peu fatiguée, elle avait pris un tramway, mais il était tombé en panne et elle avait failli arriver en retard pour son rendez-vous quotidien avec le coucher du soleil. Depuis, elle avait décidé d'y aller toujours à pied.

Dora, haletante, se rejeta sur le côté en s'efforçant de reprendre sa respiration. Une fois de plus, elle eut le sentiment d'avoir volé quelques instants d'éternité dans le plaisir qu'elle venait de partager avec Ivan. Elle se retourna, posa un baiser sur l'épaule de son amant et croisa son regard amoureux. Ils échangèrent un sourire. Leur complicité érotique était totale. Elle s'étira avec volupté, puis son regard quitta son compagnon et alla vers la grande baie vitrée donnant sur la ville. Un rayon de soleil apparut brusquement entre deux nuages et, tel un projecteur, posa son faisceau rougissant sur le lit, semblant les embraser. Ce fut si étrange que Dora se redressa et s'assit sur le lit, saisie de stupéfaction.

– C'est fantastique, non !? s'écria-t-elle.

Il acquiesça, surpris lui-même.

– On dirait un projecteur de scène. Celui qui nous suit dans nos évolutions et que l'on appelle une « poursuite » ! fit-elle, tout excitée.

Elle sauta hors du lit et, nue, courut vers la baie vitrée pour admirer l'effet lumineux. Un déclic se fit dans sa tête. Elle resta bouche bée une seconde. Et elle se précipita vers son amant.

– Le soleil, Ivan ! Le soleil !

Il ne comprit pas immédiatement.

– Quoi, le soleil ?

– Rappelle-toi ce que nous a raconté Svetlana en Sibérie ! Elle nous a dit qu'Anna avait pris l'habitude de supplier chaque soir le soleil de lui rendre son fils !!!

Il se dressa, toute son attention aux aguets. Dora, qui

criait maintenant, eut un rapide coup d'œil vers la baie vitrée.

– Eh bien, c'est là qu'elle est ! Ou plutôt, c'est là qu'elle sera lorsqu'il se couchera !

– Mais où, Dora ?! Sur quel quai ? Sur quelle île ? Où ?

Le désarroi passa sur le visage de Dora.

– Je ne sais pas...

Elle donna un coup de pied rageur sur le sol, puis poussa un cri de triomphe.

– Mais si, je sais ! Je suis stupide ! As-tu réalisé quelle date nous sommes ?! Cette nuit du 24 décembre sera celle de ton anniversaire, Ivan ! L'anniversaire de ta naissance !

Ivan la regardait, à la fois désorienté et fou d'espérance.

– Alors, où pourrait être Anna, le jour anniversaire de ta naissance, hein ?!

– Je ne sais pas...

– Et pourquoi pas près de l'endroit qui t'a vu naître ? Près de cette maternité de l'armée Rouge où elle t'a mis au monde !

Le Cavalier de bronze

Lorsque Gregori Vlatchouk tenta par la suite d'établir la chronologie exacte des événements criminels qui s'étaient déroulés place des Décembristes vers 16 heures ce 24 décembre, il lui manqua une foule de détails parce que le seul témoin capable de fournir les renseignements, celui qui avait tout vu et agi en conséquence, s'était évanoui dans la nature. De plus, comme dans toutes les affaires qui tournent mal, une série de coïncidences et de hasards s'était accumulée pour déranger les plans du tueur.

La ronde de police aurait dû passer à 15 h 30. Elle ne passa qu'à 15 h 38, car Kouchoniev, inspecteur de première classe du XVIIe district, s'était arrêté près d'une baraque de la place du Palais pour acheter un hareng gras. C'est donc avec huit minutes de retard qu'il se présenta quai de l'Amirauté. Le trajet de la voiture de police était toujours le même : quai Robespierre, quai Koutouzov, quai du Palais, quai de l'Amirauté, avec un virage à gauche après la statue équestre de Pierre le Grand, et retour au bercail par la place des Décembristes et la Perspective Nevski.

A cause de ces huit minutes, Kouchoniev ne vit pas les barrières de travaux que des employés municipaux venaient d'installer devant les vastes façades des anciens Sénat et Saint-Synode. Pourtant, les ouvriers avaient attendu les policiers jusqu'à 15 h 35 pour les avertir de l'existence de cette barrière et surtout de l'absence de panneau la signalant. Parce qu'il était en train de négocier le virage d'une main tout en poussant de l'autre dans sa bouche le dernier morceau de son hareng, la main dégoulinant d'huile de l'inspecteur de première classe Kouchoniev glissa sur le plastique du volant et la voiture vint taper en plein dans la barrière.

Sous le regard écœuré de l'inspecteur de deuxième classe Affanassieff, son équipier, Kouchoniev extirpa ses cent vingt kilos de la voiture et alla constater les dégâts. Affanassieff était furieux. C'était toujours pareil ! Non content de s'empiffrer, ce gros porc couvrait de gras le volant et le tableau de bord, et c'était lui, Affanassieff, qui devait nettoyer le tout avec un chiffon imbibé d'essence avant de passer la voiture à l'équipe suivante...

Après avoir repoussé la barrière qui, maintenant, ne pouvait même plus laisser le passage à une voiture, Kouchoniev se laissa tomber en grommelant dans le véhicule de police dont les ressorts gémirent sous le poids, s'essuya comme prévu les mains sur le tableau de bord, redémarra et monta sur le trottoir pour éviter la barrière et continuer tout droit.

A 15 h 40, Evgueni se réveilla en claquant des dents dans la baraque de chantier dans laquelle il avait pensé passer l'hiver. Évanouie, la sensation de chaleur provoquée par la vodka ! Malgré le feu qu'il avait allumé avec des bouts de bois glanés un peu partout, il était illusoire de penser pouvoir demeurer dans cette glacière. Il allait crever de froid, tout simplement. Tout en songeant pour de bon à aller vivre dans des pays chauds, n'importe où, dans le Pacifique ou en Afrique, il ramassa ses affaires et les entassa dans sa besace.

En sortant, il jeta un coup d'œil à la Grande Neva prise

par les glaces et sur laquelle des gamins de l'île Vassilievski faisaient du patin, petites silhouettes colorées à la Breughel. Devant lui, prisonniers de la glace, se trouvaient les embarcadères flottants des bateaux qui promenaient les touristes sur le fleuve en été. Il songea un moment qu'il lui serait facile de forcer une des portes et de s'installer dedans, quitte à faire croire qu'il en était le gardien. Mais le problème serait le même : comment se chauffer ? Il n'allait quand même pas démolir les cloisons de bois une à une pour alimenter un poêle ! Cela se verrait.

Il observa le ciel et, à la hauteur du soleil qui descendait vite en cette saison, il jugea qu'il valait mieux s'en aller pendant qu'il faisait encore jour et mettre le cap sur la gare Baltiiskaïa. Tant que la nuit ne serait pas tombée, il éviterait les flics trop curieux et, quitte à dormir au chaud, si on le flanquait à la porte des salles d'attente de la gare, il pourrait toujours se réfugier dans la station de métro juste à côté. Il connaissait un banc situé sous la fresque en mosaïque du *Coup de canon du croiseur « Aurore »* où il ferait bon dormir jusqu'au matin.

Anna pressa le pas. Avant d'arriver sur la place des Décembristes, elle longerait la façade orgueilleuse de l'hôtel construit au début du XIXe par Montferrand. Deux panthères de marbre en gardaient l'entrée. Deux félines qui, la tête dressée vers le large, semblaient défier le temps. Anna les aimait bien et, quelle que soit son humeur, elle ne manquait jamais de leur dire bonjour.

L'hôtel du prince Oubanov-Voronski lui rappelait des souvenirs précis dont elle ne savait jamais, selon les jours, si elle devait les qualifier de merveilleux ou d'horribles. C'est dans ce palais réquisitionné et transformé en prison-hôpital par le NKVD pendant la guerre qu'elle avait accouché d'Igor. Elle se souvenait de l'horreur de cette prison et de ce qu'on lui y avait fait subir, mais elle gardait également en mémoire la nuit où, il y avait fort longtemps, elle y avait donné le jour à son fils.

A présent, elle était lasse, fatiguée, un peu découragée aussi. C'est surtout la solitude qui lui pesait. Cet isolement qu'elle s'était imposé pour n'être jamais retrouvée par Kolomiakov et attendre en paix le retour d'Igor. De plus en plus souvent, elle se surprenait à observer dans les rues les femmes de son âge et à songer que, lorsqu'elles seraient très vieilles, celles-là auraient des enfants ou des petits-enfants pour s'occuper d'elles.

Elle chassa ces idées noires et adressa au passage un signe de la main à ses deux amies félines qui n'étaient en rien responsables de son découragement.

Il était exactement 15 h 42 lorsque Evgueni, tournant résolument le dos à la Grande Neva, se mit en route pour la gare Baltiiskaïa. D'un salut porté à une casquette imaginaire, il prit congé de Pierre le Grand, qui persistait à monter à cheval par ce grand froid.

Il était 15 h 45 lorsqu'il croisa une femme plutôt âgée qui marchait d'un pas alerte vers la Neva. Elle n'a pas l'air d'une patineuse, pensa-t-il. D'ailleurs, il lui semblait qu'elle ne portait pas de patins. Peut-être allait-elle chercher un de ses petits-enfants qui s'amusait sur la glace ? Mais il n'y avait aucun gamin sur cette rive-ci de la Neva, se souvint-il.

Intrigué, il se retourna et l'observa. Elle alla directement s'isoler sous les pattes du cheval de Pierre le Grand et se plaça face au disque orange du soleil. Là, sous le regard ébahi d'Evgueni, elle leva lentement les bras vers l'astre. Il avait l'impression – mais peut-être se trompait-il – qu'elle *parlait* au soleil… Il eut envie de s'approcher pour voir si c'était vrai, mais renonça. Après tout, chacun avait le droit de prier n'importe quel Dieu. Il avait entendu dire et lu, il ne savait plus où, qu'il y avait des sectes beaucoup plus étranges de par le monde ! Lui-même n'était-il pas prêt à invoquer tout ce que l'on voudrait pour un bon repas chaud ?

Il abandonna donc la silhouette de la femme qui se dessinait sur le ciel à contre-jour et continua son chemin.

C'est à 15 h 52 que tout se précipita.

Venant de l'ancienne avenue Dzerjinski, un gros taxi Zil noir s'engagea à vive allure le long de la place des Décembristes avec l'intention évidente de gagner la statue de Pierre le Grand. Le chauffeur n'aperçut sans doute qu'au dernier moment les barrières de travaux, car il freina in extremis et vint s'arrêter à moins de trente mètres d'Evgueni. Aussitôt, les portières s'ouvrirent. De celle de droite jaillit un homme grand et mince qui s'élança vers la silhouette qui priait sous la statue. De l'autre sortit une femme blonde qui voulut suivre son compagnon, mais qui fut bloquée par le chauffeur furieux sorti de sa voiture pour réclamer le prix de sa course.

– Je veux qu'on me paye ! Et tout de suite ! hurlait-il avec un fort accent géorgien.

Evgueni s'approchait pour aider à dissiper ce malentendu, lorsqu'il s'arrêta et demeura bouche bée : la femme qui bataillait avec le chauffeur n'était autre que sa belle voyageuse blonde. Il s'élança vers le taxi et, d'un geste de la tête, salua Dora, qui le reconnut mais ne parut pas plus surprise que cela de le voir apparaître.

Ivan ralentit sa course en arrivant près de la statue équestre du fondateur de la ville. Ébloui par la lumière du couchant, il ne put distinguer les traits de la femme qui priait mais il *sut* tout de suite qu'il touchait au but.

– Anna ? fit-il. Anna Souvorine ? C'est moi…

Elle abaissa vivement les bras et se retourna d'un bloc, effrayée. Puis, en apercevant le visage de l'homme qui venait vers elle en souriant, elle crut se trouver mal. Ces traits éclairés par les derniers rayons étaient ceux de... C'était impossible !

– Peter... Oh, Peter !...

Elle faillit s'évanouir. Mais déjà l'homme l'avait prise par les épaules. La faisant tourner afin qu'elle puisse le regarder, il eut pour elle un sourire émerveillé.

– Je suis le fils de Peter, Anna ! Je suis ton fils ! Ton fils, Anna ! Ton fils !

En atteignant le lieu de la bagarre, Evgueni jugea que la première chose à faire était de tenter de calmer le chauffeur qui gueulait comme un charretier. Il se mit en devoir d'expliquer au Géorgien irascible que ces étrangers qu'il connaissait n'étaient pas en train de lui fausser compagnie, mais désiraient simplement qu'il les attende. Le chauffeur se calma tout d'un coup. S'ensuivit un silence essoufflé pendant lequel Evgueni eut le temps de percevoir avec netteté derrière lui un son que l'ancien combattant qu'il était identifia tout de suite. Ce claquement métallique sec, c'était celui d'un fusil qu'on arme.

Il se retourna et aperçut une voiture que, tout à leur discussion, ils n'avaient pas dû entendre arriver. Juste derrière la carrosserie, il vit un homme introduire des balles dans la culasse d'un fusil à lunette.

– L'homme et la vieille, là-bas, près de la statue ! hurla Evgueni, Couchez-vous ! Danger !

Dora avait compris presque en même temps que lui.

– Ivan ! Anna ! cria-t-elle. Attention ! Couchez-vous ! Vite !

Ivan se retourna vers Dora. Visiblement, il ne comprenait pas. Elle s'élança vers le couple enlacé en criant.

L'index du tueur vint se poser sur la détente de son fusil et il allait centrer le couple sur la croix formée par les fils de visée du réticule lorsque soudainement l'image se brouilla. Il ôta l'œil de la lunette et aperçut un homme en guenilles qui courait vers lui, se plaçant volontairement entre sa cible et lui. Le tireur se déplaça un peu et chercha à retrouver dans sa lunette le couple à abattre. En vain. Là-bas, devant la statue, Ivan avait enfin compris et s'était jeté au sol avec Anna. Rassurée, Dora s'était précipitée derrière un groupe électrogène laissé par les ouvriers municipaux.

A 15 h 58, tandis que le tueur appuyé sur le toit de sa voiture cherchait vainement à retrouver sa cible, il fut déséquilibré par une secousse du véhicule violemment ébranlé par Evgueni qui s'était précipité contre la carrosserie.

C'est au même moment exactement qu'apparurent les véhicules de police qui bloquèrent la place. La grosse voiture radio de commandement fonça vers Dora, qui s'était relevée et courait vers Ivan et Anna. Gregori jaillit du véhicule, fit embarquer à toute vitesse Dora, Anna et Ivan. Puis il ordonna à Tatiana de prendre le volant et de conduire ses passagers au consulat d'Allemagne.

Le tueur avait été pris en chasse par les policiers. Au bout de cinquante mètres, il lâcha son fusil qui ralentissait sa fuite et tenta de couvrir sa retraite à coups de revolver. Il fut aussitôt abattu. Il était déjà mort lorsque ses poursuivants arrivèrent à hauteur de son corps. Ses papiers étant visiblement faux, Gregori désespéra de jamais connaître son identité.

Les réverbères s'allumèrent l'un après l'autre et les projecteurs éclairèrent les palais et les statues.

Quant au témoin principal dont parlait le chauffeur de taxi en bafouillant d'admiration, lui qui en tant qu'ancien d'Afghanistan s'y connaissait en matière de courage, il s'était volatilisé. Les flics eurent beau chercher partout, ils ne retrouvèrent personne.

Evgueni, lui, était satisfait. Se dévouer pour la plus belle femme du monde, soit. Faire des témoignages aux flics, jamais. Et puis, avec les quelques dollars qu'il avait subtilisés dans le gilet du chauffeur de taxi tout en lui tapant dans le dos pour le calmer, il avait enfin pu s'offrir un bon réveillon de Noël au buffet de la gare Baltiiskaïa. Avec caviar, blinis, vin de Crimée, rince-doigts, et : « Gardez ces dix roubles comme pourboire, mon garçon ! » En repassant dans sa tête les événements de la journée et tout en exhalant la fumée d'un havane de prix, il n'avait qu'un seul regret : cette superbe femme blonde, il ne saurait jamais son nom...

La patience du cygne

A cause de la présence dans le nord de la Russie d'une nombreuse colonie d'Allemands russifiés, le consulat de la République fédérale était un centre important et la résidence de Manfred Dornberg comportait assez d'appartements pour des hôtes de passage. Ivan, Dora et Anna s'y installèrent. En plus des *très spéciaux* diplomates musclés envoyés depuis son ambassade de Moscou par les bons soins de Roland Meisner, Gregori doubla les mesures de sécurité autour du bâtiment.

En vue de réduire à néant toute possibilité d'attaque désespérée de Sacha, Vera se dépensa sans compter. Le soir même, fidèle à sa théorie, elle raconta l'extraordinaire odyssée d'Anna à la radio et dans la presse. En plus, dès le lendemain des retrouvailles, elle mit sur pied une émission de télévision qui rendait le cours des choses irréversible et Anna intouchable.

Quant à Anna, elle encaissa avec difficulté la commotion psychologique de ses retrouvailles avec son fils. Elle qui avait traversé les épreuves les plus rudes avec un courage et une obstination hors du commun eut presque du mal à prendre conscience puis à admettre que cinquante années de souffrances avaient pris fin.

Ces retrouvailles, c'était un choc émotionnel à la fois

inopiné et presque trop fort. Anna sembla même désarçonnée par le confort de l'appartement mis à sa disposition par Dornberg. Quand Dora lui proposa un bain moussant, elle rit de bon cœur. Elle répliqua avec malice que chaque hiver elle ne manquait jamais, comme la plupart des Pétersbourgeois, de faire un trou dans la glace pour se baigner dans l'eau glacée de la Neva ! N'empêche qu'elle se dépêcha d'enlever ses vêtements et, offrant sans la moindre gêne au regard de Dora la nudité d'un corps encore beau, entra dans le bain. Elle mit un temps infini à en sortir, le ramenant sans cesse à bonne température en ouvrant le robinet d'eau chaude et ajoutant sels et parfums, émerveillée comme un enfant.

Ce furent des heures inouïes, se rappela plus tard Dora, que celles où Anna et Ivan se racontèrent leurs vies, avec tous les avatars de leurs destinées réciproques.

Ce qui sembla étonnant aux yeux de Dora, c'étaient les relations qui s'établirent entre Ivan et sa mère. Ces rapports, tout en étant très forts, n'avaient rien de filial ou de maternel. Sans doute parce qu'ils avaient vécu plus de cinquante ans sans se connaître et que cette parenté leur tombait dessus comme un objet inconnu que l'on vient de découvrir et que l'on tourne entre ses mains sans trop bien savoir ce qu'il convient d'en faire !

Plus complexe fut la relation qui s'établit entre Anna et Dora. Sans doute à cause de cette ressemblance – pour lors assez estompée – qui les liait.

– C'est extraordinaire ce qui nous unit, tu ne trouves pas, ma colombe ? demanda un jour Anna, bouleversée, en dévisageant Dora.

Un matin qu'Ivan était sorti, Dora était venue rejoindre Anna qui, dans son lit, le dos calé par des oreillers, profitait avec volupté de la douceur des draps. Elle avait tapé sur la couche à côté d'elle.

– Viens te mettre là que je te regarde, ma belle !

Et Dora avait obéi.

Quelque temps plus tard, ou plutôt quelques heures après, on aurait dit deux amies de longue date qui se faisaient des confidences comme après une séparation interminable. Tout les réunissait : leur métier, leur ressemblance, à une génération près, et surtout le fait qu'elles avaient aimé le même homme. Dora ne savait pas comment aborder ce dernier point. C'est Anna qui se décida !

– Ce serait une pudeur mal placée de ma part de te reprocher d'avoir aimé le père et d'être devenue l'amante du fils, fit-elle avec un petit rire malicieux, puisque c'est grâce à eux que tu m'as retrouvée...

Ce fut la seule fois où Anna se permit de faire une allusion aux rapports qui avaient existé entre Dora et Peter, et à ceux qu'elle vivait avec Ivan.

C'était surtout leur ressemblance passée qui émerveillait Anna. Elle ne cessait de mettre côte à côte sa photographie prise du temps du Kirov et un cliché de Dora datant de ses débuts à l'Opéra du Peuple de Berlin-Est. Un jour, elle déclara :

– Tu avais un peu plus de poitrine que moi. Mais j'avais le haut de la cuisse légèrement plus fin... C'est étrange, nous deux, mais cela ne m'étonne pas, au fond... Il faut que je te raconte quelque chose qui ne va peut-être pas vraiment te surprendre, car, comme moi, tu crois au destin avec un grand D. En 1976, entre deux séjours dans les camps, je suis tombée sur une photographie de toi dans une revue que j'ai pu consulter à Moscou dans la salle d'attente d'un dispensaire. Cette photo illustrait un article consacré aux créations du New York City Ballet de l'année précédente. Quand j'ai vu ce cliché de toi dansant *Giselle* dans les bras de Noureev, j'ai éprouvé un petit pincement de jalousie. Je me suis même dit que c'était injuste et que c'est moi qui aurais dû créer ce ballet-là, sur cette scène. Je me rappelle que cela m'était apparu comme une réaction curieuse de ma part, car j'avais tiré un trait définitif sur la danse et je ne suis pas quelqu'un qui éprouve du dépit pour ce qu'ont les autres et que je ne possède pas. Alors pourquoi, me suis-je demandé sur le moment, pourquoi cette poussée d'envie pour une étrangère que je ne connaissais pas la seconde d'avant ? J'ai regardé la légende de la photographie et c'est comme cela que j'ai su que cette étoile montante de la danse s'appelait Dora Kempf. Il s'agissait d'un cliché en pied et on ne distinguait pas les traits de ton visage. Cette bouffée de jalousie, ça a juste été une impression, mais très forte ! Comment aurais-je pu imaginer une seconde qu'après les bras de Noureev, c'étaient ceux de Peter qui t'accueillaient ?! Aujourd'hui, je comprends, ma colombe, qu'en fait nous nous connaissions déjà…

Elle regarda Dora avec tendresse.

– Viens que je te serre contre moi !

C'est ainsi qu'Ivan les retrouva. Comme deux sœurs enlacées dans leur sommeil.

Vint le jour du départ et le cocktail au consulat des États-Unis, où Elaine Curtiss remit officiellement à Anna son passeport américain. Puis Collin Brubaker, Manfred Meisner, Werner Schellendorf et Manfred Dornberg, Gregori, Tatiana et Vera levèrent leur verre de champagne et portèrent, émus, un toast à la santé d'Anna Viktorovna Souvorine qui partait pour les États-Unis avec Ivan et Dora.

Et la rescapée, la détenue que rien ne pouvait décourager ni abattre, sentant l'affection de tous ceux qui s'étaient unis pour la retrouver, éclata en sanglots.

– Bienvenue d'avance sur le sol des États-Unis où vous

atterrirez demain, lui dit l'ambassadeur américain en trinquant avec elle.

– Pas exactement demain, rectifia Anna, j'ai un petit détour à faire avant...

– Quel détour ? s'étonna Elaine Curtiss.

Anna ne répondit pas.

Un peu plus loin, Ivan était en discussion animée avec Gregori et Vera.

– Nous avons finalement identifié le tireur, disait Gregori. Un tueur à gage moscovite qui travaillait sous contrat.

– Savez-vous ce qu'est devenu Kolomiakov ? demanda Ivan. Où est-il ?

– Nous savons qu'il a quitté la ville le lendemain des « exercices de tir » de la place des Décembristes et que la deuxième session officielle de son Centre d'études géopolitiques a brusquement été reportée fin janvier à Moscou. Ce salopard a abandonné la partie. Il est k.o. Il ne peut plus rien faire depuis que les émissions de ma journaliste favorite l'ont directement mis en cause et poussé dans les cordes !

Le visage de Tatiana se rembrunit.

– Quand même, je ne serai tranquille que lorsque vous aurez quitté la Russie, dit-elle.

– Et moi, fit Vera, lorsque j'assisterai à ses obsèques !

– Reviendrez-vous nous voir à Saint-Pétersbourg ? demanda Gregori, soudain mélancolique.

Dora l'embrassa, complice.

– On finit toujours par revenir à Saint-Pétersbourg, vous devriez le savoir...

Remerciements à Apollon

Avec ses deux agents, bien au chaud dans une grosse BMW du bureau fédéral, Bernie Hackford vit Dora, Ivan et Anna sortir de l'aéroport de Strasbourg et gagner une grosse Mercedes parquée sur l'aire réservée d'un loueur de voitures.

– Ils montent tous les trois dans une Mercedes 600 bleu foncé. La femme la plus âgée, c'est Anna Souvorine, dit-il dans son téléphone. Notez l'immatriculation, s'il vous plaît.

Il donna le renseignement à son correspondant, fit un signe au chauffeur qui démarra et se mit à suivre discrètement le véhicule où avaient pris place les arrivants.

Les deux voitures contournèrent Strasbourg par l'autoroute et s'élancèrent à l'assaut des monts d'Alsace.

Bernie consulta la carte routière posée sur ses genoux et reprit son téléphone.

– Ils prennent la direction de Mittelsheim, comme prévu. C'est un petit village de montagne haut perché où est enterré le père de Sergueïev.

Il se tourna vers le plus âgé de ses agents.

– A propos, avez-vous pris des chaînes pour les roues de la voiture ? Non ?!

Il jura un chapelet d'obscénités.

La grosse Mercedes de Dora s'arrêta devant la grille du petit cimetière. Grâce aux pneus neige qu'elle avait eu la précaution d'exiger du loueur de voitures, elle avait pu emprunter sans encombre les petites routes mal déneigées de Haute-Alsace.

Ivan aida Anna à sortir de la voiture. Elle était bottée, coiffée d'une chapka et revêtue d'un manteau de peau retournée. Elle tendit sa main gantée de cuir pour saisir à l'arrière du véhicule un petit paquet et un bouquet de fleurs multicolores. Ivan portait un panier contenant quelques victuailles, trois verres et une bouteille de vodka. Anna avait souhaité que l'on sacrifie à l'usage russe qui exige que l'on mange et boive à la mémoire du défunt.

Se tenant par le bras pour ne pas glisser sur le sol verglacé, ils s'avancèrent vers le portail. Dora passa sa main entre deux pierres, où elle savait trouver la clé de la grille, et ils pénétrèrent dans l'enceinte funéraire.

Anna regardait autour d'elle et étudiait, comme pour mieux s'en souvenir, ce paysage inconnu. Malgré l'altitude, c'était un relief doux qui laissait une impression paisible. Le cimetière lui-même, construit le long d'une pente, était enchâssé sur trois côtés par la forêt. Anna apprécia que l'atmosphère et la nature alentour soient calmes et aimables et conviennent au repos de celui qu'elle avait si follement aimé.

Dora s'arrêta et s'écarta pour laisser Ivan et Anna approcher du caveau de marbre rose où reposait Peter Muller. Ivan s'effaça à son tour et Anna s'avança seule en premier. Elle fit un signe de croix et regarda longuement les lettres gravées d'or qui formaient le nom de celui qu'elle avait si peu connu et tant aimé. Elle revoyait son visage et surtout son sourire, lorsque, tout joyeux malgré ses joues creusées, il la rejoignait en faisant des grands gestes en approchant du Kirov...

Elle se retourna et fit signe à Ivan et à Dora de la rejoindre. Puis elle prit un brin de buis et, à voix haute, bénit trois fois la tombe :

– A toi Peter, mon seul amour...

– A toi Ivan, notre fils aimé fait à ton image...

– A toi Dora, que Dieu a créée pour me ressembler et sans laquelle je n'aurais jamais revu mon fils...

A ce moment précis, on entendit un ricanement. Se retournant brusquement, Anna, Ivan et Dora eurent la stupéfaction de voir sortir Sacha de derrière un caveau, un pistolet Tokarev à la main. Comme pour ajouter à la théâtralité de la scène, mais sans cesser de les tenir en joue, il se défit de la cape qui recouvrait ses épaules et apparut, bardé de décorations, en grand uniforme de général de l'armée Rouge. Il approchait, le regard égaré par la folie.

– Je n'avais jamais imaginé que notre relation se terminerait en terre étrangère, Anna, dit-il en détachant chaque mot. Si loin de Leningrad où je t'ai tant aimée...

Dora regardait le doigt de Sacha glisser vers la détente, lorsqu'un cri retentit :

– Non ! Assez !

Sacha se retourna et, en même temps que Dora, Anna et Ivan, aperçut Leonid. Il venait vers eux avec, lui aussi, une arme à la main. Ses vêtements déchirés étaient révélateurs d'une course dans les bois. Sacha éclata de rire.

– Tu es trop lâche pour oser tuer ton demi-frère ! Jette cette arme, couard ! A genoux ! Et bouffe la neige, salopard, en attendant que je te fasse bouffer ta propre merde dès que j'en aurai fini avec ceux-là !

Un coup de feu éclata, fracassant l'air. C'était Leonid qui avait tiré. Une seconde détonation retentit presque en même temps. Leonid s'écroula, une balle en plein cœur. Sacha, toujours ricanant, avait seulement du sang sur le poignet gauche.

Ivan profita du bref instant où Kolomiakov eut un regard

vers sa main blessée pour se jeter sur lui. Ils roulèrent dans la neige et commencèrent à lutter. Sacha finit par lâcher son arme, mais ses mains puissantes se refermèrent autour de la gorge d'Ivan et commencèrent à serrer. L'air lui manquant, Ivan allait faiblir, lorsqu'un troisième coup de feu claqua dans la clairière, déclenchant un écho fantomatique.

Ivan sentit les mains de Sacha se desserrer. Il reprit son souffle. Une balle dans le cœur, tirée à bout portant, le corps du général de l'armée Rouge roula sur le côté et le sang commença à colorer la neige.

Dora et Ivan, lorsqu'il releva la tête, aperçurent Anna, le pistolet à la main encore braqué dans la direction de celui qu'elle venait de rayer de manière définitive de la liste des bourreaux. Puis elle jeta l'arme et, ramassant de la neige, en fit une boule bien tassée qu'elle mit dans la bouche ouverte de Kolomiakov. En guise d'épitaphe, elle n'eut que ces mots :

– Mange, chien.

Ni Ivan ni Dora n'eurent le temps de réfléchir ni même d'imaginer une quelconque mise en scène, car on entendait déjà des bruits de moteurs emballés et de portières claquées. Bernie Hackford s'élança en courant avec ses deux agents et parvint près du groupe bien avant que n'apparaissent les premiers véhicules de la gendarmerie française.

Il regarda longuement les corps des deux Russes, puis leva les yeux vers les trois personnages qui lui faisaient face. La tenant par le bras, Ivan et Dora encadraient Anna qui avait les yeux posés sur Sacha. Un regard d'une dureté d'acier, pensa Hackford.

Il tendit la main vers le maître de ballet.

– Celui-là, c'est Varanchine ?

– Leonid Varanchine, demi-frère d'Alexandre Alexandrovitch Kolomiakov. Ils se sont entre-tués.

Dora avait jeté ces mots automatiquement. Son esprit

travaillait à toute vitesse, affolé. Dieu ! si tu existes, avait-elle pensé en un éclair, fais qu'il ne soit pas reproché à cette femme d'avoir gommé de la surface de la terre un des plus grands criminels qu'elle ait jamais portés.

Puis elle attendit.

Bernie Hackford regarda la position des corps, sortit de sa poche un stylo et, le passant sous le pontet, déplaça le revolver de Sacha pour le poser près de sa main droite, comme s'il l'avait lâché quand la balle de Leonid l'avait atteint... Il rangea son stylo, ôta la boule de neige de la bouche de Sacha et piétina le sol à l'endroit où l'arme de Kolomiakov avait laissé une empreinte.

– C'est évident, dit-il en tournant vers Ivan et Dora un visage sans expression. Ils se sont entre-tués...

Le silence retomba enfin sur le cimetière. Anna n'avait pas dit un mot jusqu'à ce que les forces de police et les agents américains eussent quitté les lieux en emportant les corps.

Lorsque la dernière voiture eut disparu, elle disposa les victuailles et la vodka sur un petit napperon, le panier retourné faisant office de table.

Avant de s'éloigner de la tombe, Anna enleva un gant et passa une dernière fois la main sur les lettres dorées qui composaient le nom de Peter. Puis elle leva les yeux vers le ciel. Ivan et Dora suivirent son regard. Vers l'ouest, des nuages noirs se déchirèrent et le disque orange du soleil apparut brusquement. Le voyant, Anna s'éloigna en direction de la petite colline.

Maintenant, au sommet du crêt qui surplombait le cimetière, Ivan et Dora, enlacés, observaient la silhouette indomptée d'Anna Souvorine se découpant sur le paysage enneigé.

Les bras tendus vers le soleil, le Cygne blanc du Kirov remerciait Apollon d'avoir exaucé ses vœux.

La composition de cet ouvrage
a été réalisée par I.G.S.-Charente Photogravure
à L'Isle-d'Espagnac
l'impression et le brochage ont été effectués
sur presse Cameron dans les ateliers de
Bussière Camedan Imprimeries
à Saint-Amand-Montrond (Cher),
pour le compte des Éditions Albin Michel.

Achevé d'imprimer en septembre 1997.
N° d'édition : 16543. N° d'impression : 4/868.
Dépôt légal : septembre 1997.